KB134979

1928년생

김한필의 일기

1928년생
김한필의 일기

김 포 에 서 의 4 0 여 년

김한필 지음
김호숙 엮음

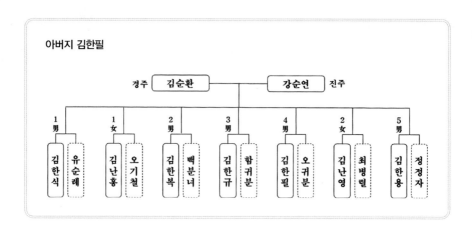

아버지 김한필

경주 김순환				강순연 진주		
1男	1女	2男	3男	4男	2女	5男
김한식 / 유순례	김난홍 / 오기철	김한복 / 백분녀	김한규 / 함귀분	김한필 / 오귀분	김난영 / 최병렬	김한용 / 정정자

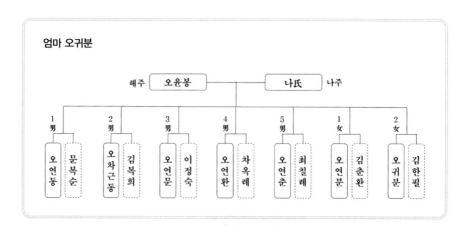

엄마 오귀분

해주 오윤봉				나氏 나주		
1男	2男	3男	4男	5男	1女	2女
오연동 / 문복순	오차근동 / 김복희	오연문 / 이정숙	오연환 / 차옥레	오연춘 / 최칠레	오연분 / 김춘환	오귀분 / 김한필

소화 18년, 대곶공립소학교 5학년, 1943년

1970년 6자녀와 가족사진

1983년 5월 3일 단양 팔경 도담 3봉에서

1997년 칠순을 기념하여 아내, 큰형수, 여동생, 아우, 제수씨와 함께

일러두기

- ( )는 저자 본인이 일기 쓰면서 사용한 것이다.
- 일기는 거의 70~80%가 한자로 쓰였으나 쉽게 읽기 위하여 한자를 한글로 옮겨 쓰고, 중등용 한자 및 문맥상 필요하다고 여긴 한자어는 그대로 남기고 한글음을 달기도 하였다.
- 일기에서 저자는 쉼표, 마침표, 작은따옴표, 큰따옴표 등등을 사용하지 않았으나 -추측건대 50년대, 60년대에는 그러한 부분이 널리 알려지지 않은 듯하다- 읽는 편의를 위하여 엮은 이가 임의로 사용한 부분이 있다.
- 문장이나 글의 뜻이 통한다고 여긴 단어들은 가능한 한 일기에 쓰여진 철자 그대로 옮기는 것을 기본으로 하여 현행 맞춤법과 다르지만 그대로 둔 것이 있다.
- 단어나 문장 옆에 사용한 [ ] 및 작은 활자는 좀 더 명확한 전달을 위하여 엮은이가 설명한 것이다.

아버지와 엄마 두 분께

두 분의 귀한 인생에 존경과 사랑을 담아서, 감사한 마음을 표합니다.

아버지께서 평생 기록하고 남기신 일기를 일부분이나마 엮어 아버지의 소년 시절과 엄마와 함께하신 청년기, 장년기의 삶을 펼쳐 보여 두 분의 삶을 길이길이 보관하려고 합니다.

2020년 어느 날 문득, 지금은 부모님을 따라 고인이 된 나의 오빠 김재선께서 그동안 늘 간직하고 있던 아버지의 일기장을 모두 내어주며 "아버지 일기장을 정리해서 책으로 내자" 하였습니다. 2002년 14일 간격으로 나란히 돌아가신 부모님의 여러 유품을 장남이라는 무게로 홀로 감당하며 늘 간직해 온 오빠의 제안에 남매들이 좋은 생각이라며 환영하였고 일기를 옮겨 적기 시작하였습니다.

아버지의 인생을 고스란히 기록한 일기를 옮겨 적으면서 그동안 잊고 살았던 두 분의 인생이 다시 등장하였는데, 이제야 보고 알게 된 아버지의, 아버지와 엄마께서 겪은 세월의 고단함을 눈앞에 보고 너무 서럽고 너무 안타깝고, 너무 슬퍼서 눈물만 흘렸습니다. 살아계실 때 그 생활의 고단함을 전혀 나타내지 않으셨던 두 분, 그 서사를 일찍 알았더라면 두 분의 노년을 좀 더 행복하게 해드리려 노력했을 텐데 하는 아쉬움과 짙은 후회.

아버지는 1928년, 엄마는 1931년, 두 분 모두 일본 식민지 시절 김포에서 태어나셨습니다. 일기에 의하면 아버지는 잠시 서당에서 한문을 배우시고 9-10세 무렵에는 작은형과 함께 야학에서 한글을 배운 후 일기를 쓰기 시작하셨다고 합니다.

1930년대 일본의 지배 아래에서 10여 세경에 겪은 소학교 불합격과 합격, 졸업 후 인천에서의 공장 생활, 1945년 해방을 맞이하고 귀향하여 누렸던 즐겁고 희망에 찬 김포에서의 짧은 직장 생활, 1950년 6·25 전쟁 발발로 고향을 떠난 피난 생활, 수복되어 다시 돌아온 김포에서 겪는 낯선 외국 군인들과의 생활, 그리고 끊이지 않았던 포탄 소리 속 불안했던 시대를 지나고 휴전을 맞은 대한민국의 정치적, 경제적 혼란스러운 변혁기, 이 다사다난한 사회를 살아오신 아버지의 삶이 일기에 그대로 남아 있습니다.

아버지의 일기를 읽으면서 1948년 새 정부를 수립한 신생 대한민국의 힘겨운 성장기를, 그 힘든 시기를 아버지와 엄마께서, 그 시대 대한민국 부모님들이 겪은 고통이 새삼 직접적으로 다가왔습니다. 글로만, 역사책에서나 언급된 그 시대를 두 분이 겪으셨다는 생소함이 아버지의 일기를 통해 갑자기 나의 일이 된 듯하였습니다. 아버지의 소년 시절과 청년 시기, 청춘을 같이하신 두 분의 결혼생활은 대한민국의 초기를 그대로 보여주었습니다. TV에서나 보았던 기록 필름, 할머니들의 옛날 살림살이·시집살이 이야기, 할아버지들의 농사 이야기 등 다큐멘터리로 보던 그 시절을 보다 생생하게 보게 되었습니다. 내 아버지의 생활이었으므로.

이 일기책은 아버지의 글이 위대하거나 멋지거나, 대단히 감동적이거나 역사적인 것은 아니지만 그저 그 시대를 살아오신, 지극히 평범한, 묵묵히 고난을 헤치며 자신의 인생을 열심히, 성실하게 살아오신, 그래서 더욱 존경스러운 한 사람의 글이므로, 그 한 사람, 우리 아버지 김한필 그리고 함께 청춘을 보내신 그의 아내이자 우리 엄마 오귀분을 기억하기 위한 책입니다.

아버지는 위암 진단으로 2002년 1월 입원하시고 수술을 거듭 받으셨으나 끝내 가시고 입원 전 2001년 12월 31일을 끝으로 기록하신 일기 64권이 모두 남아 있습니다. 아들 김재선이 20년을 보관하고 있다가 2020년 출판을 위한 이서를 목적으로 동생에게 맡겼습니다.

이서하며 여러 번 논의 끝에 아버지의 일기책은 분량상 일부분만 엮기로 하고, 아버지께서 명하신 제36호까지, 햇수로는 1969년까지의 일기를 부분부분 편집하여 엮었습니다.

아버지의 일기를 통해 알게 된 아버지의 삶, 그 옆에 엄마의 삶에 무한한 감사를 드리며 더불어 그 시대, 그 시절을 힘겹게 살아내신 우리 어르신들, 40년대, 50년대, 60년대에 청년기, 장년기를 보내며 자신들의 성실한 노동으로 가족을 일구고 지켜주신 분들께 후대로서 무한한 애정과 깊은 감사를 드리는 바입니다.

두 분의 아들 고 김재선이 기획하고 막내, 5녀가 모두와 의논하며 자녀들을 대신하여 이서하고 엮었습니다.

김금숙 · 김현숙 · 김명숙 · 김은숙 · 故 김재선 · 김호숙 올림

1928년생
김한필의 일기

아버지와 엄마 두 분께 ——————— 9

日記帳 - 金漢弼 ——————— 15

아버지의 일기를 세상에 내보이며 ——————— 323

日記帳

일 기 장

金漢弼

김 한 필

한국전쟁의 포성으로 놀라 허겁지겁 도망 나온 후 귀가하니, 그동안 써놓은 일기 및 그나마 가지고 있던 자잘한 세간 모두 불타 없어졌다.

10여 세 무렵 언문을 배운 후 늘 써왔던 일기가 모두 타버렸다.

몇 가지 기억만 다시 옮긴다.

[단기] 4266년? [1933년쯤]

[일기에는 단기=단군기원으로 연도가 기록되다가 1962년부터 서기 연도로 쓰였다]

자임[누나:김난홍]가 밥 함지를 이고 들에 나가는 등에 누이와 같이 쌍둥이같이 업혀 아랫동산 및 뚝길을 지나다 소를 비켜 가다가 너머지는 바람에 3인이 각각 뎅구른 기역[기억]이 기리기리 기역[기억]에 남는다. 궁극 5, 6세 때?였나 보다.

[단기] 4269년? [1936년쯤]

겨울과 봄이면 빚 받으러 오는 사람들이 많아 부모님의 부탁으로 어른들이 계시면서도 "안 계시다"고 늘 거짓말로 많이 돌려보낸 생각이 난다. 또 어머님은 한동안 동생[김난영]과 나에게 떡을 해주시고 두고두고 먹으라고 하시고 옷감 장사로 외지로 한때 행상도 하셨다.

[단기] 4269년 [1936년]

아버님의 인솔로 동네에 있는 한문 서당에 입당하였다. 당시 부친의 연세는 49세인 것 같았다. 한문을 가리키는 선생은 文龍漢 先生 및 龍模 連

模 등등으로 3兄弟分들이 자기 집 사랑방에서 선도하시었는데 그 3형제 분들의 부친께서는 우리 부친과 동년배이셨다.

그러나 겨울철이 되어 천자문부터 배우기 시작은 하였으나 농번기가 닥치자 동생 한용을 업어주어야 한다고 어머님께서 부득이 서당을 중단케 하셨다. 나는 아기를 업고 밭으로 따라다닌 기억이 난다.

또 千字文을 끼고 귀가하던 학우였던 노용래의 책자를 어디까지 배웠느냐고 묻다가 심통이 나서 그 부분을 확 찢어서 뭉쳐서 굴뚝 뒤에다 버렸다가 충고도 들었다.

[단기] 4270년 [1937년]

이른 봄철기였다. 나는 마을을 나가 서당 근처까지 갔다가 한문 책 읽는 소리를 듣고 당장 집으로 돌아와 천자문 책을 옆에 끼고 자발적으로 재입당하였다.

배우는 중 가장 精神이 좋다고 稱讚을 많이 받았으나 일제하에서 大串 尋常小學校에 入學試驗을 보아 不合格이 되었다. 口述試驗에서 "누구하고 살고 있느냐"는 질문에 우리 아버지 어머니를 가리킬 대 우리를 "유리"라고 말한 것이 잊혀지지 않는다.

그러나 진흥회당에서 자근형인 한규 등과 같이 야학까지 하면서 한글, 전에는 언문이라고 한 것을 김흥실 선생님한테 배웠다.

[단기] 4271년 [1938년]

소원이었던 대곶공립심상소학교, 얼마 후에 보통학교, 현재로는 대곶공립국민학교[초등학교] 입학시험에 합격되었다. 나는 합격통지서를 받아들고 엇찌 좋고 기뻤는지 사랑방에 뛰어 들어가 홈자서 춤을 추며 즐겨했다.

담임선생님은 학교 근처 사택에 거주하시는 경현 선생님이였다. 상냥하고 날씬한 몸매이며 얼굴에 주근깨가 약간 있었다.

성적은 우등생이 못 되었지만 4Km나 되는 곳을 皆勤賞_{개근상}으로 修了_{수료}하였다.

단기 4272년 [서기 1939년]

일본인 교장 高橋_{고교} 선생은 키가 작고 통통한 편으로 貧寒_{빈한}한 사정을 잘 알아주는 분이었다.

미술부 내에서는 나의 것을 제일 잘 그렸다고 미술판 복판에다 부치고 칭송하였으므로 한때는 나의 마음이 흐뭇하였으며, 그럴 줄 알았으면 좀 더 노력하여 잘 그려 볼 것이 아쉬웠다.

학기 말에 80명인 급우 중 14등이라고 성적발표를 하셨다.

朝鮮語_{조선어} 시간에는 이강빈 선생께서 擔任_{담임}을 하셨다.

단기 4273년 [1940년]

조선어 성적이 제일 좋았는데 책만 내주었다가 전혀 가르치지 않고, 시간에서 조선어를 빼고 姓名_{성명}도 일본 성을 따라야 했다. 우리는 金氏_{김씨}를 金山_{김산}으로 改名_{개명}하고 가나야마로 改稱_{개칭}하였다.

담임선생님 尹_윤은 平昭_{평소}(히라누마) 선생이라 하며 가르치셨는데, 구구단 외우기에서 실수로 틀리게 외웠다고 호시노라는 여학생에게 배우라는 말에 나는 매우 불쾌하였다.

학기 말에는 진보상을 받았다.

단기 4274년 [1941년]

제4학년 담임은 추 선생님이었다.

부락 인근으로 이사 온 이영구 벗에게 도박을 배우기 시작하여 철야 도박을 많이 하였다. 수업 시간에는 졸기도 많이 하였다.

석정리, 쇄암리, 송림리의 3개 부락을 1조로 묶어 청소 당번을 조직하였는데, 조장이 쇄암리의 임덕기이고 부조장에 내가 피선되었다. 1조가 8명이었다.

학기 말에 와서는 우등후보인 나에게 노력을 더 하라고 하셨다.

단기 4275년 [1942년]

담임은 趙産相(長川) 선생이다.

학우들과 도박이 심해졌다. 급우인 이효전과 싸우다 낡아 삭은 옷이 찢어진 채 교실에 들어가 앉아 있기가 매우 부끄러웠다.

부락 조회를 마치고 등교까지 인솔하는 학생회에서, 제5학년 때 새로 모집한 문병영이가 회장이고 나는 부회장이었다.

단기 4276년 [1943년]

조산상 선생과 義川 선생 등께서 담임이었다.

식량난으로 종종 굶기도 하였으며, 도시락은 누님 댁에서 많이 주셔서 갖고 다니었다.

어머님의 말씀으로는 아버지께서 이미 7개월째 체끼로 고생하신다고 하였으나, 무쇠 가루를 배 보자기에 걸러 가루를 소화제라고 복용하신 것이 잘못된 것 같았다.

陰曆[음력] 8월 28일 새벽 아버님께서 운명하셨다.

日本語 國語硏究會日[일본어 국어연구회일]이었다.

단기 4277년 [1944년]

3월 20일에 제6학년을 皆勤[개근]으로 卒業[졸업]하였다. 6년제 제2회 졸업이며 4년제로는 필경 제11회인 것 같다. 졸업 후 사회에 투신하려고, 취직하려고 하였으나 쉽게 이루어지지 않았다.

步行[보행]으로 석정리서부터 仁川[인천]을 몇 번 往來[왕래]하면서 百方[백방] 노력하였으나 되지 않고 큰형과 농사에 종사하였다.

9월 2일에 영등포구 동면 도림리에 있는 자근형[한규]이 근무하는 '다이야' 공장 옆에 한 재단인 '아사이' 고무회사에 취직이 되어 방독면을 제조했다.

때에 따라 '다이야' 공장으로 지원 갔다가, 갑빠[가죽] 조각을 단화 맞추어 신으려고 몰래 배에다 차고 나오다가 수위한테 발견되었는데, 職場[직장] 長[장]인 일본인 가니무라 씨의 協助[협조]로 무사히 용서도 받았다. 평소 일을 잘한다는 칭찬을 받았는데 그런 때 도움을 받았다.

작은형과 방은 달라도 같은 식당에서 식사하면서 기숙하였다.

단기 4278년 [1945년]

8월 15일 日本[일본]이 聯合軍[연합군]에 항복하여 우리 大韓民國[대한민국]은 解放[해방]이 되었다.

해방과 동시에 회사 재단도 전 종업원이 분배하여 액수는 잘 모르겠으나 수만 원을 받고, 광목 및 양복 등을 받아서 가지고 귀가하는데, 영등포 역에서 기차표를 사려고 작은형이 줄에 서 있고 나는 소지품을 갖고 있다 가 일본인 귀가하는 것을 탄압하지 말라는 가두방송을 들으러 광장에 잠 깐 나갔다가 모든 소지품을 도난당하였다. 누구인가 아는 놈의 행동으로 보고 늦도록 찾아보았으나 못 찾고, 인천 큰형에게 와서는 그러한 내용도 알리지 못한 채 남은 광목 몇 마를 드리고 어머님에게 와서는 걱정하실까 봐 전부 여쭈어드리지 못했다가 後日에 後聞으로 아시게 되었다. 뽀나쓰 받은 巨額은 인가의 김영식 씨 방에 가서 어머님 몰래 賭博으로 다 탕진 했다. 어머님에게 제일 죄송했다. 홀로 계신 어머님이라 나에게는 큰 기대 를 갖고 계셨는데 뜻을 못 받아드렸다.

객지에서 그토록 다정했던 작은형이었는데 고향에 와서는 싸움이 심 하였다. 내가 형을 무시했던 탓이다.

단기 4279년 [1946년]

陰曆 5월에 간데 형은 文의 소개로 인천 '사바우라' 공장에 취직이 되 었다가, 도라무통을 갖고 나오다 미군에게 발각되어 3개월의 형을 받고, 다시 미군부대에 근무하다가 자그마한 집까지 구입해 갖고 있으면서 군 화 깔창을 갖고 나오다가 두 번째라는 죄목으로 8개월의 형을 받고 복역 했다. 西大門刑務所였다.

큰형은 주안 염전에 근무하시면서 面事務所에서 농우 송아지 사준 것 을 팔아 계양의 누님 댁과 반씩 부담해서 농우를 구입하였다. 다남리까지 소를 몰고 왔다 갔다 하니 약 25km나 되는 거리였고, 里 수로 따지면 50 里 거리였다.

나는 작은형과 같이 밤이면 우물물을 돌렸다. 캄캄한 밤을 무릅쓰고 몰래 물을 돌리느라 같이 나가려고 형은 나를 깨웠으나, 나는 정말 고단하여 말을 듣지 않은 적이 많아 싸움이 많았다. 그러다가 음력 9월에 큰형께서 염전을 그만두시고 이사 오셨다. 피미에 논 1019평을 평당 9원씩 주고 소작을 목적으로 매입하였다.

작은형은 큰형수와 뜻이 맞지 않아 계양면 오가리 남의 집으로 머슴살이를 떠났다.

첫째 원인은 피미 논 두 논배미인데 5마지기는 큰형 앞으로 하되 2마지기는 작은형 앞으로 해달라는 것이 되지 않았던 관계이다. 12월 달 논을 계약하고 12월로 작은형은 농사를 다 해놓고 타향으로 떴다.

단기 4280년 [1947년]

큰형과 같이 農事_{농사}를 하면서 陰曆_{음력} 5월 2일 자 面事務所_{면사무소}에서 貸與穀 條_{대여곡 조}로 大麥_{대 맥}[보리] 한 가마니를 대명리 창고로부터 노관래, 김영덕과 같이 각각 지게에다 지고, 지난 1945년 '아사히' 고무공장에서 다 해진 운동화에다 고무를 입혀 만든 신을 신고 오다가 힘에 겨운 데다 좌측 발등에 고무신이 닿아서 고난에 고난을 거듭하다가, 송삼리 죽박 고개까지 와서는 큰형이 받아오셨으나 몸 전체가 담도 들고 무릎도 아프고 밤부터 꼼짝 못 할 정도로 병증이 심해서, 여름 한 계절을 보내는데 고통이 말이 아니었다.

간데 형수도 혼자가 되어 큰댁에 와서 묵었는데, 피로병[감기]을 갖고 와 나까지도 전염이 되고 전 가족이 앓았다.

발등 종기로 11월까지 고생을 했다. 가난한 가족이라 병원은 생각도 못 하고, 세월이 완치케 하였다. 만 18세 때였는데 몸이 약해서 큰 고민이었다.

함께 부리던 소는 조르매 앞을 지나가다가 아버지 때에 빚진 소값(도지 소를 팔아 큰형 결혼비로 사용했다고 함)으로 主人에게 뺏겼다가, 계양면에서 農牛라고 찾아갔기 때문에 우리는 그때 반액도 받지 못했다.

단기 4281년 [1948년] 1월 27일

陽谷 市場의 태평당 약방(주인 김재성 한의생)에 사촌 형인 김한근의 소개로 傭員으로 就職이 되었다.

3월에 지붕 영을 올리다가, 허리를 다치지도 않았는데 삐끗하면서 계속 痛症이 있었다.

新聞紙上 廣告를 보고 서울 태평로 1가 61번지에 있는 中央通信 講義錄을 배우려고 양곡에서 동제약방을 경영하시는 강세희 선생님에게, 상경하는 길에 책을 부탁하고 500원을 드렸더니 1호 冊代가 250원이고, 入學費가 100원이라고 150원을 거스름돈이라고 돌려주시면서 購入해 주셨다. 구입 일자, 즉 입학 일자는 9월 1일, 음력으로는 8월 8일이었다.

각 과목을 열심히 배웠다. 그러나 주인인 김재성 씨는 밤에는 전등불을 꺼야만 잠이 온다며 불을 끄라는 성화에 괴로웠다. 일찍이 자려고 해도 얇은 담요 1개로 추워서 잠이 오지 않았다. 식사는 늘 찬밥이어서 매우 불쾌하였다.

陰曆 8월 27일 아버님 忌日을 앞두고 여러 가지 與件이 맞지 않아 陰曆 8월 25일 자로 태평당 약방을 사직하였다. 보수라고는 지난 7월에 어머님께서 200원 받다 나의 바지저고리 해주신 것뿐이고 춘추용 나단 기지 양복 1벌에 4,500원 주었다는 것뿐이다.

요통으로 인해 陽谷里의 韓藥을 하시며 침도 놓으시는 문명열 先生과, 대능리 임성구 先生 등등으로 2차나 침을 맞았으나 효과가 없었다. 허리를 굽히기조차 부자유스러웠다. 귀가하여서 휴양하려고 했으나 농촌이라 여의치 않았다. 눈으로 바쁜 과정을 지켜만 볼 수도 없어 억지로 추수를 돕는데, 문길모 宅 마당에서 쌀 7가마니를 발동기로 搗精, 찌어 오게 되어 不便한 몸으로 힘에 겨운데도 지게로 운반하고는 밤부터 요통을 더 느끼고 등이 부어오르기 시작했다. 참다못해 큰형의 알선으로 인천 도립병원에 진료비 80원을 지불하고, 12월경인데 X레이를 촬영해 보았더니 우측 하부 갈비뼈 1개가 특히 커서 그러하니 봄철까지 기다리다가 서울대학교 부속병원에 약 15,000원 정도 準備해서 手術해야 한다고 하였다. 나는 형과 매우 걱정하였다. 뼈를 잘라야 한다니 큰 수술인 거 같았다. X레이 촬영비는 700원이었다. 그러나 자금난으로 생각조차 못 할 입원 문제다.

귀가하여 이럭저럭 앓고 있던 중 12월 말경에 처음에는 목 뒤가 붓더니 차츰 등 한복판으로 옮겨지고 있었다. 대접 엎어 놓은 것같이 부어 있으며 통증이 심하니, 부락에서 축구단을 조직하여 회비까지 같이 지급하여 놀아야 할 터인데 심정은 안타까울 뿐이었다. 친우들이나 타인에게 불구가 될까 걱정이 되어 알리는 것까지 꺼렸다. 나이 21세로 한창 희망에 찬 총각 시절이니 쑥스러워 아픔을 숨기려고만 하였으나, 반듯이 누워 잘 수도 없고 문을 드나들 때 허리를 굽힐 수도 없었다. 목도 부자유스러웠다.

어느 날 부천군 계양면 다남리에 거주하시는 누님이 다녀가라는 전달이 왔다.

단기 4282년 [1949년]

舊正인데 나는 누님 宅에 가서 약 15일간 놀고 있으면서 어머님이 데리러 마중 오셨기에 따라나섰다. 계양면 장기리 황아장터까지 배웅을 쫓아 나온 누님은 계양병원의 이병태 의사에게 나를 데리고 가서 병명을 설명하고 수술을 받게 하였다.

주사기로 처음 등창의 종기 속 고름을 빼내 보더니, 바시로 등창을 째서 약 한 사발 정도의 고름이 나왔다. 700원의 수술비는 누님이 지불해 주시고 귀가를 연기하고 어머님만 귀가하시었다. 나는 다시 누님 댁으로 들어가서 3일 동안 더 치료를 받으면서 하루에 300원씩 지불하였다. 비용은 넉넉지 못한 누님께서 부담하시었다.

치료받으면서 이병태 醫師는 양곡 등지에 建物 時價를 묻고 購入할 만한 것을 묻기도 하였다.

누님 댁에서 모든 점으로 미안하기도 하고 거의 치료가 끝나자 귀가하여 한 번 더 윤여창 의사에게 가서 치료를 받고 동제 한약방 강세희 씨에게 찾아가 종기를 보이며 새살 나오는 고약 7봉지를 주시어 無料가 아닌 無價로 받았다. 代金을 支拂하려고 했더니 돈벌이도 못 하는 처지이니 어찌 돈을 받겠는가? 하시면서 無償으로 주시었다. 나는 감사히 받아 使用하면서 윤여창 醫師 宅 假屋을 賣渡하겠다는 말씀을 듣고 윤 의사의 자전거로 부상도 완치되지 못한 채 약 40리 거리를 왕래하면서 매도 소개를 하려 했으나, 이병태 의사는 집수리를 한창 하시면서 돈이 없다고 하셨다. 말인즉, 일관 일전에 다른 가옥을 샀다는 것이었다. 그러면서 같이 양곡의 윤 의사 댁을 방문하기도 했다. 같이 모여 좌담을 하시는 자리에서 나의 등창이 계양의 이 의사는 척추 가리에스 같다고 말하고 윤 의사는 아닌 것 같다며 의아심을 말하였다.

후일에도 윤 의사의 부탁으로 몇 번 이병태 의사에게 가서 가옥 건을 토론하였으나 영영 성립되지 않았다.

사촌 형님, 김한근 댁에서 식사를 많이 먹고 다니다가 귀가하여 이병태 의사의 의견대로 일광소독을 즐겨 했다. 우정 뜰 안에서 초봄부터 여름에 이르기까지 게으름 피우지 않고 빤스만 입은 채 해를 뒤로 지고 앉아 中學 講義錄으로 學課에 열심하며 몸 수양에 중점을 두었다.

病院에 가서 治療하자면 몇천 원짜리 注射를 맞아야 한다고 하나 極貧者라 마음에도 두지 못하고 자연 치료에 노력했다. 담 너머로 부락 사람들이 들판에 나가다가 들여볼까 봐 우정 조용히 하였으나, 가족들에게는 미안하기 짝이 없었다.

7월 4일에는 대곶 지서 순경 두 명이 나와 "이번에 砲兵隊 敎育部 募集이 있으니 그곳에 가면 학업도 할 수 있고 자유스럽다"면서 입대를 권하기에 나는 응했다.

김포읍에 가서 신체검사에 합격이 되어 영등포 양평동에 있는 포병대에 입대하여, 다시 신체검사가 실시되었는데 불합격이 되었다. 분대장님께서 다른 전우를 대리 신검시켜 합격토록 했다. 체중 부족으로 고민하면서 학과 및 복무 규칙 외우는데 제일 먼저 외웠다.

집에서는 보리밥도 없어서 굶고 있다가 입대 후로는 백미 밥에다 먹지도 못하는 소고기국도 자주 주었으나, 나는 부식이 없어 냉수에다 맨밥만 말아서 자주 먹으면서 소고기국을 못 먹었다. 나에게는 행복이었는데, 어느 날 갑자기 용산에 있는 수도사령부 보병대로 전근케 되어 다시 그곳으로 가서 신체검사를 받게 되었는데, 체중 부족으로 군 복무가 아쉽게도 억지로 불합격이 되어 몇몇 전우들과 같이 마포에서 배로 류산리까지 와서 각자 귀가했다.

약 1개월이 못 되어 8월 1일 집에 도착하니, 피미 앞 논을 끝내는 날이라 하며 모를 심고 계시던 날이었다. 어머님은 어디 출타하셨다가 오셔서 제일 나를 반겨주셨다. 동리 벗들은 나에게 불과 약 1개월 정도 군 생활이 있었는데 "매우 건강해진 몸이 되어 왔다"면서 기뻐하였다.

며칠 후 강세희 씨께서 잠시 다녀가라는 부탁을 받았다면서 찾아오시어 말씀하셨다기에, 양곡리에 나가 뵈었더니, 윤여창 씨 가옥을 소개하라고 하시기에 윤 의사에게 찾아가 상의하였더니, 320,000원을 받아주면 앞으로 나를 자기 집에서 숙식하면서 월 200원씩 보수를 지급할 터이니 서울로 가서 같이 생활하자고 하였다. 兩方을 往來하면서 時價를 조절하였더니 300,000만 원으로 조정이 되면서 계약을 강세희 씨께서 직접 쓰시면서 비로소 구매자가 누구라는 것이 확인되었다.

소개비로 3,000원을 강세희 씨로부터 받고, 나는 서울로 윤 의사를 따라 이사해 왔으나, 음력 9월인데 용산구 문배동으로 전입해 오신 윤 의사는 개업을 못 하고, 부산에 가서 조 사장이라는 사람하고 동업으로 무역을 한다기에 시기를 기다리며 놀고 있었다.

다다미 6뢰방에서 혼자 추운 잠을 자며 부산에서 한다는 무역이 빨리 되기를 기다렸는데, 조 사장이라는 분이 첩이 많아 자금을 탕진하면서 사기를 당했다고 하여, 나는 용산서에 고발을 하며 형극이하고 같이 형사들을 이끌고 조 사장이라는 정체를 알려주느라 다니기도 하였다.

쌍방이 서로 재판이 벌어지고 있던 중, 음력 12월 23일 아침 조반상 앞에 앉아 식사 전에 코에서 구린 냄새가 난다고 이야기했더니 형극이께서 축농증인가 보다고 하였는데, 바로 그런 증세였다. 냉방에서 내가 갖고 간 이불 1개로 깔고 덮고 자니 매우 추워서 감기 끝에 축농증 병이 발생한 것이다.

나는 양곡리 이창현 씨 댁을 숙박소로 삼고 자면서, 윤여창 씨의 약 외상값을 수금하느라 왕래하면서 일부는 내가 직접 사용하기도 했다. 어느 날 양곡의 강세희 씨께서 陽谷 郵遞局 集配員으로 취직할 의사가 있으면 귀가하라는 편지가 왔다.

윤여창 씨는 편지 내용을 보고 가겠으면 가보라고 하시었다. 나는 놀고 있는 것이 불안해서 바로 귀가하여 양곡 우체국 집배원으로 취직할 결심을 하였다. 내가 태평당 약국에 있을 적에 심상호께서도 한번 말한 바 있다. 그때는 심상호도 집배원을 시작한다면서 나에게 생각 있으면 근무해 보라고 하였는데 나는 무심코 있었다.

단기 4283년 [1950년]

陽谷 郵遞局 김백순 局長은 강세희 씨의 부탁을 받아들여 나를 1월 23일 자 集配員으로 採用해 주시었다.

나는 강세희 씨의 치료법으로 소금물을 코안에다 넣어 자주 치료하면서 된장찌개만으로 이두준 씨 댁 건넛방에서 자취 생활을 하면서 숯 1가마니를 사놓았다.

우체국에 근무하다가 2월 말일 10,000원 전세로 있던 사촌 형께서 이사하신다기에, 나는 고광원 所有인 國民學校 舍宅 앞에 있는 전셋집으로 移徙하여 어머님을 모시고 아우도 함께 同居했다. 特別配給 糧穀 外로 公務員 配給 糧穀으로 食糧이 充分했다. 당분간이 될 줄 모르고 幸福하게 살아가기 시작했다.

어머님께서 일부 집 세간을 큰댁에서 갖고 나오시고 아우 한용은 명신 고등공민학교에 등교하고, 누이는 영등포로 방직 회사에 취직하러 간다고 갔다가 취직이 안 되고 남의 집 식모 격으로 있게 된다고 와서 있다가, 식량 걱정으로 큰댁으로 들어갔다.

어머님은 산에서 삭은 나무, 가랑잎 등으로 나무를 열심히 하여 오시고 나는 월곶 방면의 포구곶리 성씨 댁과 하성 가금리 신씨 댁을 집배원 숙소로 정하고, 하루씩 숙박하고 식사까지 제공 받아가며 집배 생활을 하였으나, 강의록 배울 생각으로 국민학생 편에 다 위탁 배달하고 일찍이 집에 와서 공부하기에 바빴다.

한편으로 홍신리 박의석 누이와 결혼한 것처럼, 더구나 출산한 아이까지 있는 것처럼 하고 가족수당 배급 쌀을 타기까지 했다. 하성학교 선생님의 協助(협조)가 컸다. 月(월) 1斗(두)씩 받는 白米(백미)가 매우 흐뭇해졌다.

(이상 기억으로 불타 없어진 일기의 요약, 이것을 부록으로 한다.)

第 一號(제일호) 檀紀(단기) 4283년 [서기 1950년]

1950년 6월 25일 일요일 天候(천후) 맑음 陰曆(음력) 5월 10일

今日(금일)[오늘]도 매일과 같이 우체 가방을 메고 하성면 방면으로 出發(출발)하여 신리까지 가니까 개풍군 쪽에서 避難民(피난민)이 쏟아져 나왔다. 今日(금일) 아침 5시경부터 以北軍(이북군)이 38線(선)을 처부수어 以南(이남)에 두말없이 進軍(진군)해왔던 것이었다. 가금리 宿所(숙소)에서 잤다. 人民軍(인민군)은 이미 祖江(조강) 近處(근처)까지 와서 대포 작전을 계속하였다.

1950년 6월 26일 天候 구름 陰曆 5월 11일

숙소에서 아침을 먹은 후 곧 하성학교를 거처서 봉성리에 오니까 하성 사람 전부가 피난 간다고 출발하였다. 양곡 우체국 거리에 와 본즉 이미 사무를 일절 끝내고 있었다.

밤에 아우와 같이 숙직실에서 전쟁 결과 보고만 듣고 잠도 못 잤다.

1950년 6월 27일 화요일 天候 구름 後 비 陰曆 5월 12일

아침에 식사를 많이 해놓고 우체국에서 쉬고 있는데 오전 11시경에 대포 소리가 심히 나면서 거물대리에는 집이 타고 피난민이 길이 미여서 남쪽으로 가고 있었다.

나도 백미 1두와 모친의 베적삼 2개, 아우의 노-타이 1개를 갖고 혼자서 검단면으로 해서 인천을 지나 밤을 새워 내리는 비를 다 맞으면서 남쪽으로 왔다.

1950년 7월 2일 일요일 天候 맑음 陰曆 5월 17일

강 형님이 삼 백 원어치 마령서[감자]를 사 와서 식사하고 권영록과 이별하고 천안역에 도착해서는 강형과도 이별하고 나 혼자 수원행 열차를 타고 수원까지 와서 밤 3시경에 반대로 대전행을 타고 남쪽으로 향했다.

1950년 7월 9일 일요일 天候 맑음 陰曆 5월 24일

개풍군 중면 식현리 내촌면 사는 유문호는 세탁하러 가고, 나는 시장에 가서 복숭아 30원어치와 일기장을 25원 주고 사 왔다. 석식[저녁밥]에 옆 사람이 찬밥을 주어서 두대산 씨에게까지 갖다주었다. 今日 教師 試驗

問答集을 보았으나 戰爭 때라 못 사 왔다.

1950년 7월 11일 화요일 天候 맑음

아침에 우리 4반의 식사는 어제 석식 무렵에 도착한 새로운 피난민들에게 먼저 주어 식사하게 하고 누른밥을 남비에 담아 갖고 유문호와 같이 먹었다.

간밤의 꿈엔 집에 대한 꿈을 꾸었다. 꿈에서 어머니와 동생과 배를 타고 낚시질을 가려다가 어머니를 놓치고 집으로 가던 중 친구들을 만났었다. 교우들과 또 역시 낚시질 갈 날을 정하는데 今日이 며칠인지 몰라서 꿈에서도 郵遞局 休日을 찾아가려고 정하지 못하였다.

今日이야말로 교사 시험 문답집을 매수할까 말까 하며 있는 중, 오후 3시경에 이리중앙국민학교 유리창 부서지는 소리가 났다. 호주 비행기가 이리역에 폭탄을 던져서 우리는 동쪽으로 피난 갔다. 소식에 약 160명이 사망했다고 한다.

유문호와 같이 전북 익산군 팔봉면 석암리 읍에서 10리 밖 앞이었다. 남중원 씨 댁에서 석식 식사를 하였다.

1950년 7월 20일 목요일 天候 구름 陰曆 6월 6일

지난밤에는 바람이 있어 선선하여 밤잠이 행복이었다. 조반을 한 집에 가서 식사하려고 하는데 전주 방면에서 포성이 심히 들렸다.

고산 쪽으로 가서 歸家하려고 準備하는데, 鐵道 警察 2명이 뛰어 들어 오더니 총을 꺾어버리고, 의복도 시골집에 가서 바꿔 입고 우리보고 대구로 가자며, 정부도 대구로 이동했다고 하였다.

우리는 원하 씨와 이별하고 대구로 가는 도중에 푸른 사과를 실컷 따 먹었다.

전주를 지나 진안의 정락 고개를 넘어 80리를 걸어와서 잠을 잤다. 정락 고개는 참으로 명산의 고개였다.

1950년 7월 22일 토요일 天候 비 陰曆 6월 8일

어젯밤 잔 집에서 아침을 먹고 비가 오는 길을 떠나 60령 고개에 도달하니, 피난민들이 아군끼리의 경찰대가 서로 적인 줄 알고 총 쏘는 바람에 모두 쫓겨 오다가 확실한 사실을 알게 되어 우리와 같이 안의까지 와서 本署에서 身分 調査한 後 農業中學校에 와서 受容을 받았다. 나는 가진 쌀이 조금 있는데도 식사를 받았다.

1950년 8월 15일 화요일 天候 맑음 陰曆 7월 2일

今日은 解放記念日이라고 아침에 찹쌀 1홉 5작[1홉=1合=180ml=10작]씩을 주어서 朝飯에 식사하였다. 낮에 목욕하고 7반으로 編入되었다. 夕食 무렵 金浦 사람을 찾다가 하성면 후평리의 이낙구, 홍대식의 두 가족을 만나 대단히 기뻤다.

1950년 9월 2일 토요일 天候 맑음 陰曆 7월 20일

아침에 일어나기 전에 面 職員이 오더니 募兵에 갈 수 있는 名簿를 作成했다. 朝食 後 集合하여 있는데 황 巡警이 오더니 名簿에 있어 어찌할 도리 없으니 身體檢查나 하라고 하였다. 面事務所로 가서 身體檢查 한 後 B로 合格되었다.

晝食[점심]에 황兄이 支署로 案內하여 찰밥을 한 그릇 주시어서 잘 먹고 면에 와서 2개의 밥 뭉치를 먹었다. 오후에 밀양 영남루에 가서 100원짜리 우동 1그릇을 대식이와 같이 먹었다.

밤에 자는데 추워서 영남루 밑에서 가마니를 1장 끌어다 덮으려다가 옆 사람에게 무리하게 胸部를 채였다.

1950년 9월 6일 수요일 天候 맑음 陰曆 7월 24일

낮까지 川邊에서 訓練을 하고 와서는 신체검사에 가기 바빠 晝食[점심]도 못 먹고 명륜국민학교로 가서 신체검사 중 200명 중에 19명 불합격이고 나는 乙로 합격이었다.

200명이 한 교실에서 자는데 좁아서 괴로웠다.

1950년 9월 9일 토요일 天候 비 陰曆 7월 27일

今日은 대식이와 같이 再身體檢查에 50명 중 10명이 丙으로 不合格되었다. 그중에 나도 불합격에 포함되었다. 脊椎 가리에스의 身病으로 인한 것이었다. 대식이와는 딴 장소에 있게 되어 이별하였다.

1950년 9월 10일 일요일 天候 맑음 陰曆 7월 28일

아침에 除隊證을 받고 晝食도 없이 부산진까지 전차로 와서 부산까지 步行으로 와서 오후 5시경에 봉사대원들로부터 따뜻한 숭늉과 백미 죽을 식사하였다. 봉사대는 婦女와 부산중학교 여학생들이었다. 나는 죽을 2개 탕게[대접]나 식사하였다.

오후 8시경부터 기차가 출발하여 밤새도록 달려서 밀양에 도착하였다.

1950년 9월 21일 목요일 天候 맑음 陰曆 8월 10일

朝飯을 월산학교 收容所로 와서 비로소 製造해 食事하였다. 食事가 끝인 後로 募兵으로 인해 밀양 영남루에 가서 눈으로 신체검사를 받아 제대증을 보이고 불합격으로 돌아왔다.

낙구도 모병을 피해 촌으로 가 있다 부잡혀서[붙잡혀서] 면사무소까지 가서는 낙구 모친의 병 때문이라는 사정으로 않갓다[안 갔다].

낙구는 검단 지서 주임이 府北 支署에 전근되었다는 소식을 듣고 전화했다.

1950년 9월 30일 토요일 天候 맑음 陰曆 8월 19일

今日도 道民證을 하러 갔다가 못 하고, 국수 한 그릇에 100원, notebook[공책] 80원, 감 20원, 합 200원을 소비했다. 今日의 벽보에는 28일에 서울 입성식을 했다고 하였다.

1950년 10월 1일 일요일 天候 맑음 陰曆 8월 20일

今日은 산에 가서 밤을 따서 나는 나무속에다 넣어 왔기 때문에 무사했고, 명희댁 아주머니는 뺏겼다. 오다가 모병에 걸렸는데 제대증을 보이고는 돌아왔다.

오늘 밤은 술집에서 신씨가 일을 해주고 있는데 가서 석식을 식사하고 밤에 매끼[새끼]를 꼬아주고 잤다. 술도 비로소 한 탕게[대접]를 마셨다.

1950년 10월 11일 수요일 天候 구름 陰曆 9월 1일

今日은 榮光에 날이다. 채 밝지도 않아서 염씨 댁 사랑에서 起床하여

낙구의 食事_{식사}를 같이하고 총무와 더불어 단체적으로 기차를 승차하자고 하며, 우리 김포 일행 먼저 밀양읍의 역으로 출발, 시작할 그때야 마음, 었다가[어디에다] 비교할지 몰랐다.

내가 집에서 피난 나온 날이 양력 6월 27일인데 벌써 今日이 집 떠난 지 107일째나 되었다.

이른 아침이라 아직 컴컴하지만 거름[걸음] 내놓는 데는 대단히 마음이 愉快_{유 쾌}하여 北部支署_{북 부 지 서} 앞에 오니까 오전 5시 반이었으나 통행을 허락해 주었다.

밀양읍에 와서는 개곡리 신정우와 낙구, 명희 모친들은 짐들이 무거워서 시장으로 들어가 보리쌀을 팔았다. 나는 獨人_{독 인}[혼자]이라 配給量_{배 급 량}이 약소해서 1승 반쯤과 백미 약 5홉 정도밖에 없었다. 역에 도착하니까 이미 첫 열차는 서울로 行發_{행 발}[출발]하는데 나는 一行_{일 행}들로 因_인해서 기다리다가 오전 11시경에 열차를 승차하고 대구 와서 갈아타는데 상당히 만원이라 고생되는 데다, 명희 모친은 食滯_{식 체}이므로 扶持_{부 지}[매우 어렵게 버팀, 버티지를 못함]를 못 하다가 弱弱_{약 약}[겨우겨우] 夕方_{석 방} 때서야 약간 滯氣_{체 기}가 나아졌다.

대구를 거쳐 약목까지 와서는 기차 위에서 밤을 새우는데, 춥기는 차물 수가[참을 수가] 없었다. 하로 종일 굶고 아침 일찍 찬밥 먹은 것밖에 없었다.

1950년 10월 14일 토요일 天候 맑음 陰曆 9월 4일

昨夜_{작 야}[어젯밤] 천안역에서 피난민 상인들이 많이 승차하였기 때문에 軍器_{군 기}[무기] 실은 車_차의 중량으로 인하여 못 끌고 午時_{오 시}[12시 전후]경에 美軍_{미 군}이 우리 乘客_{승 객}을 다 내리라고 하더니 무기 실은 차만 발차하였다.

우리는 다들 20리[8km]의 병점까지 걸어가서 오후 5시경에 병점역에서 서울행을 타는데 만원이라, 독신인 나만 승차하여 시흥까지 오니까 오후 8시경이었다.

시흥서 7시간을 기차 위에서 떨고 있다가 발차하여 영등포에 도착하니까 翌日[이튿날] 오전 4시였다.

1950년 10월 15일 일요일 天候 구름 後 비 9월 5일

영등포역에서 기상해서 낮에 걸어서 갈까 하는데, 인천 발차가 오전 7시에 있다고 하므로 인천행을 타고 부평역에서 하차하여 보리쌀 1되 반을 1,350원에 팔고, 부평읍에 와서 촌가에 가서 약 11시경인데 처음으로 좁쌀과 백미밥을 식사하였다.

식사를 잔득한[가득 한] 후 계양산을 넘어 다남리 姉任 宅[누님 댁]에 와서 畫食[점심] 식사한 후 집의 소식을 듣고는 반갑기 말할 수 없었다.

밤에 비로소 따뜻하게 잘 잣다[잤다]. 밀양서 따온 밤을 다 姉任[누님]에게 드렸다.

누님은 陰曆 9월 2일에 房 이동을 再次[거듭] 하였다.

1950년 10월 17일 화요일 天候 맑은 후 구름 陰曆 9월 7일

朝飯을 五寸 되시는 광기宅에서 하고 당숙모와 같이 석정리 큰집에 들어가다가 피미 논에서 이윽고 형님과 아우, 형수가 稻苅[벼베기]를 하시는데 畫食을 먹고, 나는 큰댁으로 들어갔다. 今日 115일 만에 귀가했다.

한 가지 不幸은 자근형님이 以北義勇隊로 가고, 한 가지는 양곡의 집 시간[세간]이 다 탔다는 것이었다. 우선 나의 세탁을 하였다.

1950년 10월 24일 화요일 天候 맑음 陰曆 9월 14일

조식만 먹고 있다가 晝食은 순복이내 가서 먹고, 현철이로부터 8, 9월 분 一部 臨時俸給을 4,500원을 받았다. 다들 4,000원씩인데 나와 정만 4,500원이었다.

오후에 어머님이 오시더니 화재 당한 사람들 의복 배급을 준다 하시며 가시더니 面 창고에 가시어서 夏服만 6種類 타오셨다. 그리고 된장, 푸고추[풋고추], 마눌[마늘]을 家으로부터[집에서] 갖고 오셨다.

국장님은 김포에 가시고 客人[손님]은 정 書記 宅에 가서 夕食을 먹고 나는 客人의 찬 食事를 하였다. 현철이는 숙직실 이불을 해왔다. 의대, 현철과 같이 감[감 내기] 장기를 두어 내가 200원어치 사 와서 먹었다.

1950년 10월 25일 수요일 天候 맑음 陰曆 9월 15일

朝飯 후 정진욱이와 客이 와서 客은 국장님 宅의 벼를 묶으러 갔고, 국장님은 오시어서 오후 1시에 의대에게 벼 묶는 것을 요구해서 나와 함께 자전거로 가서 객과 같이 밭에서 식사하고, 663속의 벼를 묶고 국장님 댁까지 가서 석식[저녁]을 먹고 양곡에 도착하니까 6시 20분이었다. 국장님은 정진욱 집에 가서 석식을 먹고 나오셨다.

밤에 구세의원의 이정택 선생은 방을 요구해 국장님은 허락해 주시어서 서울 객인 3인이 다 다미방에서 잤다. 우리는 국장님과 정, 이 선생 네 명이 잤다.

1950년 10월 26일 목요일 天候 구름 후 비 陰曆 9월 16일

朝飯 후 덕오의 말을 듣고 南部區長의 이창현 씨 宅에 가서 火災

被害者에게 [주는] 衣服 配給을 받아오는데, 나는 약간 자유롭게 행동하여 선출해왔다. 수[갯수]는 10류나 되었으나, 동복[겨울옷] 같은 것은 하나도 없었다. 그나마도[그렇지만 그것이나마] 우체국에 갖다 놓았다.

구름 낀 하늘은 소낙비로 변해서 秋收와 市[5일장]를 방해하였다. 정서기와 장기 두며 노는데 어머님이 감을 판매하시러 나오셔서 枾餠[감떡]을 조금 부서에 갖다주시고, 백미 2되와 계란 2개를 두시고 저한테서[내게서] 1,900원을 갖고 가시었다.

우체국에서 노는데 永漢 叔父가 불러서 밤 1叺 半[한 가마니 반]을 집으로 저다 달라고 하시어 나는 허리가 불편한데도 불구하고 운반하였다.

석식은 찬밥을 끓여 먹었다. 식당에서 석식 할 때 생각나서 보니까 어머님이 갖다 두신 계란 두 개가 없어졌다. 쥐가 물어간 것인지 흔적도 없었다.

석식에 대곳 지서에 임시 근무하러 간다고 소학교 동창생들이 今般[이번] 警察 試驗에 合格이 되어 金浦로부터 오는 중 局[우체국] 近處에서 만나보았다.

국장님은 조반은 정 서기 댁에 가서 식사하시고 석식은 박 의사 댁에 가서 식사하고 오셔서 초 1개를 앞 상점에서 갖고 오라고 하시어 나는 [가는 길에] 강형님 댁에 가서 이불을 밤만 빌려달라고 하였다가 강형님께서는 감기에 땀을 내고 있는 중이라고 하시어서 그냥 오다가 초만 외상으로 70원에 매입해 왔다.

今夜[오늘 밤]도 이정택 의사, 국장님 현철 나 4명이 잤다. 今夜 밀린 日記를 다 記錄했다.

第二號 4283년 [1950년]

1950年 11月 7日 火曜日 天候 晴後雲 陰曆 9月 28日

昨夜 宿直 當番이므로 起床하여서 舍內外를 淸掃하고는 국장님을 모셔다 朝食이나 待接한다고 국장님에게 요청한즉 이윽고 심상정 의사가 또 요청하신 고로 그리 가시었다. 나는 정 書記를 先 食事[먼저 먹으라고] 하라고 하며 있다가 9시 20분에 조의대가 出勤하기에 곧 歸家하니까 어머님은 먼저 잡수셨다며 않[안] 잡수셨다. 수朝[오늘 아침] 비로서 野菜 국을 끄리시고[끓이시고] 鷄卵 1個를 쪄 놓으셨다.

식사 후 출근하니까 3區 配達을 出發케 되어 대곳면으로 가서는 대벽리 2枚[장], 약암리 2枚를 그 부락민에게 위탁하였고 등기 1매를 김숙자에게 배달하고는 피난 중 귀가하여서는 비로서 면사무소에 가서 강 형님을 뵈옵고 석정리 큰댁으로 가다가 송림리의 심영섭이께로 가는 post[우편물]를 전하고 큰댁에 가 晝食事[점심 먹고]하고, 형님에게 假面的[거짓으로]으로만 陽谷에다가 3間의 家을[집을] 建設하겠다고 木材를 準備해 달라고 하며, 석가래는 약 5,000원 價値[값어치] 買受하겠다고 하였다. me[나는] 單 홀자서만 內容的[진짜로는]은 木材 準備가 끝나면 큰댁 집부터 再建築할 覺悟로 있는 것이다. 큰댁에서는 이미 술을 製造 中이었다.

아우는 신[신발]도 없이 나무해 드리기[들여오기] 바뻐서 일심이며, 中兄任[중형님:가운데 형]은 금조[오늘 아침] 영복이와 함께 방위대로 입대되어 침구 1매식 갖고 본 면사무소로 갔다 하는데, 궁극 양촌면으로 왔을 것 같다.

나는 일기장 할 notebook[공책] 2권을 집에서 갖고 병영이를 보고 나올 예정이었으나, 병영이 집에 없어서 못 보고 귀국[우체국에 돌아오니까]하니까 오후 4시 반이었다.

정 서기는 국장님의 석식 식사를 걱정하기에, me[나는] 모든 準備^{준비}는
不利^{불리}하나 待接^{대접}하려고 집에 오니까 주인댁에서 의복 배급을 火災當者^{화재당자}[화
재 당한 재난민]에게 한다기에 面 倉庫^{면 창고}로 갔더니 女子의 저고리 1개, 치마
1개, 男子 와이셔츠 1개를 주어서 갖다 두었다.

찬밥은 두 그릇이나 있어도 국장님 식사로 말미암아 한 그릇을 제조하
되 한 시간 이내에 제조해 놓고 局^국[우체국]에 가서 국장님과 더불어 와서
食事^{식사}하는데, 식사가 若干^{약간} 설어서 국장님이 찬밥을 半^반 사발 食事^{식사}하시고 가
시는데 참으로 未安^{미안}스러웠다.

문 선생님 댁에 가서 놀다가 귀가하니까 대문을 잠갔다. 그러나 깨워서
대문을 開門^{개문}[열게] 하고 냉방에서 再食事^{재식사}하고 日記^{일기}를 記錄^{기록}하였다.

어머님은 今日^{금일} 晝食^{주식} 食事^{식사}도 않 하시고 本家^{본가}에 歸家^{귀가}하시었다. 어머님에
게 木材代^{목재대}[목재값]로 5,000원 드리고, 간데 형[가운데 형] 댁의 화폐교환
으로 1,400원 중 600원치는 창호지를 사서 가지고 들어가셨다. 今日은 숙
직실에다 무전 방송을 국장님과 현철, 정이 설비하였다.

1950년 11월 16일 목요일 天候 雨後雲[비 온 뒤 구름] 陰曆 10월 7일

백미도 내놓지 않은 채 조반도 식사하였다. 작야 식사하고, 조반에는
소고기국을 식사하였다. 출근하여 오전 10시경에 월곶 지서에 갔는데 11
시 50분에 도착하였다. 강화에서는 12시 40분에 도착하였다. 江華 遞送人^{강화 체송인}
에게서는 강화 국장님의 命^명으로 白米^{백미}를 20되만 買入^{매입}해 달라고 요구하며
준 金^금[금:돈] 15,000원과 왜부대[일본 자루] 1개를 受取^{수취}하였다[받았다].

월곶 지서 김 순경이라는 분이 초면인데도 불구하고 晝食^{주식}을 식사시켜

주어 강화 집배원과 둘이 많이 식사하고는 오후 1시경에 석정리 큰댁으로 飛速한 步行으로 가서 이병기 댁으로 다녀 큰댁에 갔더니 이윽고 어머님과 큰형님과 큰형수, 자근형수 4촌 형님 5명이 나의 식사할 진장[김장] 배추, 무를 운반 하니라고 양곡에 왔다고 하였다.

간데 형한테 가서 말 듯니까 영학이 부친이 2간 치 집 재목을, 도리[서까래를 받치기 위하여 기둥과 기둥 위에 건너지르는 나무] 7개나 부족 되는 것을 칙목[치목:재목을 다듬고 손질함]하여 놓았다고 한다.

그리고 간데 형은 어제 비로서 향토방위대 훈련을 끝마치고 돌아와 今日에 소곰[소금]을 매입하였는데 金[금:돈]이 몰리니 2,500원만 우선 달라고 하여 월곶에서 백미 대금으로 받은 돈을 2,500원 드렸다. 그리고 수리할 우비를 갖고 나왔다. 양곡에 오기를 어찌나 急速한 步行이엇던지 약 1시간밖에 안 걸렸다.

초원지리 앞 용산모루 벌판에서 형수들을 만났는데, 주식[점심]도 못 드시고 오후 4시 반경에 귀가하시었다.

우체국에 도착하여 遞送記와 백미 대금 15,000원과 부대[자루]를 정 書記에게 納付하고, 큰형님을 만나 상의한즉, 2간 치 칙목은 하였으나, 석가래가 전부 없어 어찌하냐고 하시므로 저는 "나의 계획은 내년 봄에 큰댁의 행랑채나 수리할까 하였드니 이미 칙목[치목]을 하셨어요" 하였다. 그리며[그렇게 말하고] 비상대책위원회에서 釜[부:솥] 깨진 것을 1개 우체국에다 갖다 놓은 것을 듸렸다.

방 얻은 순녀네를 왔더니 먼저 거주하던 방에서 독 3개를 갖다가 짠지 한 독, 배차[배추] 김치 한 독을 해 넣으시고 각두기[깍두기]는 후일에 해 넣으신다고 무만 한 독을 하야케[하얗게] 시쳐[씻어] 놓으셨다. 어머님은 이미 식사를 지으셨다. 風爐(풍로)에다가 냄비로 지으셨다. 晝食(주식)을 많이 먹어서 약 반 그릇밖에 못 먹었다.

나는 우선 방이 추워서 매지미 겨를 두 번이나 처넣고 집[짚] 한 뭇[나무 장작이나 짚, 채소 등의 묶음을 세는 단위]을 땠다. 그리고 어머님과 더불어 잤다.

석정에 가서 들은 소식에는 영환이가 2일 전에 지서로부터 나왔다고 하여 가본즉 외출하였으므로 못 만났다. 양곡에 와서는 陽村校(양촌교)의 교원들이 11명이나 轉勤(전근)되였다고 하였다.

그리고 조 선생님은 석정 교장으로 근모와 같이 전근되었으며 최근행 선생은 대곳교로 전근하게 되는데 明日(명일)[내일]부터 가게 되었다고 하였다.

今日(금일) 1개일[하루]는 참으로 飛速(비속)한 보행으로 50리의 길을 단녀 나왔기 때문에 다리도 앞았다[아팠다]. 오후 11시가 너머서 잤다.

1950년 11월 22일 수요일 天候(천후) 청 陰曆(음력) 10월 13일

기상을 7시에 하여 官舍(관사) 內外(내외) 淸掃(청소)를 마치고 미국의 講習話(강습화) 英語(영어)를 무선전신으로 듣는데, 현철이는 8시 반에 조반을 식사하기로 정했으므로 먼저 식사하겠다고 가더니 도리어 와서 "식사가 늦어서" 하면서 석유 한 등잔을 따라 놓았다.

약 11시경인데 남부 구장님 이창현 씨는 나를 보더니 "漢弼(한필)아 道民證(도민증) 하는데 사진을 속히 가져오너라" 하시므로 그때야 급히 사진관에 가서 500원 선금을 내고 찍었다. 의복은 현철이 우아기를 빌려 입고 찍었다.

그리고 국[우체국]에 오니까 今日(금일)부터 '강화 체송은 끝이다' 하던 것이 전화로 '今日(금일)도 체송을 한다' 하므로 午正(오정)[낮] 12시 25분인데 강화서는 이미 성동에 도착한 중이라 하므로 자전거를 의대에게다 요구한즉 "수리치 못했다" 하므로 보행으로 晝食도 없이 월곶 지서에 도착한즉 강화서는 아직 오지 않았다.

나는 월곶면사무소 서기 호적계원을 피난에서 돌아와 비로서 만나보고 지서로 와서는 김포를 통해 김포 우체국에다 부탁하여 강화 체송을 떠나왔는지를 문의하던 중 중간에 강화에서 정씨가 도착하였다. 시간은 오후 3시 반이다. 즉시 양곡을 향해 귀국하였다.

도착하니까 해는 떨어져 서산에 있는데, 국장님 댁 아주머니는 진장[김장]을 계속하시며 오늘 석식은 심 의사 댁에서 식사하신다고 하시었다.

급히 퇴근하여 방에다 군불을 때고 여전히 아주머님 댁에서 석식을 정규철 씨 객인과 더불어 먹기 始作하는데, 이윽고 조 형님도 歸家하시어서 3명이 食事하는데, 나는 항상 峰같이[산봉우리같이] 담은 식사를 거뜬히 남김없이 식사하였다.

조 형님은 客人의 米穀 買入으로 종생, 초원지리 등으로 가시어서 한 가마니에 4만 원씩 4가마니를 매입했다 하시고, 今夜는 경비 당번이므로 근무처에 가시었다.

나는 서울 영등포에서 오신 객인과 더불어 잤다.

1950년 11월 29일 수요일 天候 청 陰曆 10월 20일

어젯밤 금년에 한하여 비로서 눈이 내렸다. 아침 7시에 일어나 안 부엌의 물솥에다 겨를 때여 듸렸다. 어머님은 고만 누어 계시라고 하는데도 괴로우신 몸으로 조반을 제조하시었다.

안마당의 눈을 치우고 재도 약 5번이나 치웠다. 아침 식사 때 아주머님은 밥을 한 그릇 주시었고 국과 고치장[고추장], 고등아 등 반찬을 어머님에게 드렸으나, 국은 내가 다 먹고 어머님은 역시 약간밖에 식사치 않으셨다.

조 형님은 식후 정미업으로 인해 출두하시고 나는 9시 반에 출근하였더니 순집이와 의대가 이미 눈을 씨러[쓸어] 놓았다.

10시경에 정은 소균이와 더불어 출근하였는데 현철이가 말로 정에게 출근이 늦었다고 하여서 잠시 다투다시피 하다가 끝내고 있는데, 병석이가 와서 직원들 사진을 단체로 박으라고[찍으라고] 하여 우리는 갑자기 눈 위에서, 사진 대금도 1,400원에다 6명이 우체국 앞에서 현철, 진욱, 의대는 앉고 나, 순집, 소균이는 뒤에 서서 박았는데, 나는 자근 조 형님의 미국제 우아기에다 방위대 부관의 조순석 친구의 네구다이[넥타이]를 생후 비로서 처매고 박였다[찍었다]. 그리고 와이셔츠는 소균이 의복을 입고서.

今日은 宿直室에서 全職員이 다 모여갖고 장냥[장난]만 하다가 오후 3시경에 내가 먼저 어머님이 不平安하심을 걱정하고 왔더니, 어머님은 그저 누워 계시면서 하시는 말삼이 "낮에 오류리의 누님과 누이가 와서 찬밥을 끓여 주었고 한 사발 남았으니 아주머님 댁에다 쪄서 식사하라" 하여 가져다 아주머니를 드렸다.

나는 물을 들어 드리고 재 고무레와 큰 고무레를 제작하고 석식에 안방에서 식사하면서 찬밥은 순녀가 먹고 나는 새 밥을 주시어서 먹는데, 아주머니가 더 주셔서 너무나 과하게 먹었다. 어머님은 아무것도 안 드셨다.

식후 아주머님이 건너오셔서 어머님에게 煙草[연초:담배] 1개를 부쳐 주시고 건너가시었다.

국장님은 어제 상경하시다 도라오셔서 今日에 상경하셨다고 한다.

今夜에도 어머님이 不康[부강:건강하지 않음]하신 몸으로 불을 따뜻이 때어 놓으셨다. 어젯밤과 오늘 밤은 방이 뜨거웠다. 어머님은 계속 痛聲[통성:아픈 소리]를 내셨다.

1950년 12월 1일 금요일 天候 청 陰曆 10월 22일

7시 반에 기상하여 사무실을 물걸레질도 안 하고 집으로 와서 보니, 어머님은 약간 평안하신 듯 식사를 제조하시며 겨로다가 군불을 때셨다. 그리하여 안방으로 들어가서 순녀네와 같이 식사하는데 아주머님은 어제 절구에 찌신 쌀이라 찹쌀이 섞여서 나는 그 밥을 먹고 어머님도 함께 식사하셨다.

9시 5분에 출근하여 5구를 배달 나가게 되어 나는 집에 와서 오바와 장갑을 갖고 출발하여 마송리 3매와 서암리 1매와 박전리 1매는 서암국민학교에 가서 6학년 반에 가서 여선생님에게 부탁하고 일찍 퇴근하여 양곡에 도착하여 집으로 率先[솔선:남보다 먼저] 와서 보니까 오후 2시인데, 어머님은 부인 상인에게 150원에 미제품 대늠[대님]과 나의 양말 1족과 강화 棉木[면목:솜 면] 같은 직물 4마를 "백미 2되와 돈으로 1천 원을 지불했다"고 하시며 사셨다고 하셨다. 양말은 1천 원이고 직물은 1마에 500원씩이라고 하셨다.

오후 4시경에 귀국하였더니 현철이는 일전의 11월 29일에 직원 일동이 찍은 사진을 내주었다. 나는 우측 끝에서 찍었다.

차자[찾아] 갖고 오니까 문득 생각이 나서 자근 조 형님 댁에 들어갔더니 작은 아주머님은 單獨히[혼자] 메주를 찧고 계시므로 나는 助力해[도와]드리고 집에 와서 夕食을 먹고 군불은 못 때고 있었다. 오라리에서는 큰 조형을 재차 부르러 와서 今夜는 米穀 收集에 대하여 割賦로 빌르겠다고 하여 밤에 회의를 개최하니 집합해 달라고 하여 나는 작은 조兄에게 가서 대리로 가 보라고 권고하여 작은 조 형님이 대리로 갔다.

나는 와서 바람이 심한 것 같아서 8시 반경에 재차 군불을 때고, 富平驛前에서 前에 순녀네하고 친히 지내던 최기만 씨 손님이 今日 오셔서 그 손님과 같이 자고, 어머님은 안방에서 주무셨다.

어머님은 석식을 어느 정도 하시고 始寢時에 頭痛이 있다고 하시었다. 그러나 많이 나으셨다. 큰 조 형님은 今日 낮에 도민증 발행으로 인해 잠시 왔다가 도로 가시어서 안 왔다.

1950년 12월 2일 토요일 天候 구름 후 눈 陰曆 10월 23일

조반 후 출근하니까 국장님은 김포서 전화로 今日 12시까지 제2국민병 보류신청서를 지출하기 위하여 각자 사진 2매와 도장을 갖고 오라고 하여 현철이는 가지고 갔다.

나는 12시경에 대명리 post 2매를 갖고 배달 나간다고 나와서 율생리의 이하옥에 위탁하고 책과 잡지 등을 갖고 큰댁에 와서 간데 형님 댁에서 晝食을 먹고 큰댁에 와서 형수에게 절구 방아를 찌어달라고 청하여 누이와 형수가 찌시고, 자근형수가 순산한 지 8일 만에, 지난 음력 10월 15일 득남하신 후 비로서 석식을 제조하시어 식사하였다.

큰형수는 경준이 고무신을 3,000원에 매입하셨다. 경천이 외조모가 오시었다고 하였다.

밤에 눈이 내리기 시작하였다.

1950년 12월 5일 화요일 天候 청 陰曆 10월 26일

조반 후 9시 5분에 출근하여서 국장님에게서 봉급과 특근수당, 숙직 수당을 수취하되 10월분 봉급의 추가액 11,800원과 11월분 봉급 전액 21,300원을 받고 금년도 4월부터의 특근수당 6,800원과 숙직수당 1,500 원과 전 합계액이 41,400원을 받았으나, 그중에서 금년의 6월 25일을 기 하여 北漢 人民共和國 國軍이 침입하여 온 것으로 인하여 전 직원이 4, 5 천 원씩 분배해 가진 액수를 제하고 今般 국장님이 상경하실 적에 旅費로 순집이는 제외하고 5명이서만 각자 200원씩 내놓고 일전에 전 직원 일동 이 찍은 사진대 240원과, 제2국민병 보류 신청서 용지대 100원씩하고 구 제조합비 10, 11월분 2개월분 회비가 1,300원하고, 의대 자전거 쥬부 빵 고 난 것을 현철이가 김포에 가니라고 수리한 200원을 33원씩 추렴해서 합계 2,400원을 봉급에서 제외하고 差引金 33,300원을 받았다.

현철에게서도 일전에 대여해 준 3,200원을 받고서 夕方에 이발을 하고 300원을 지불하였다.

今日은 숙직실에서 하로 종일 놀다가 晝食도 안 먹고, 정 서기의 말이 순집이가 보험 서기로 승진하고 소균이가 技員[기원:전에 기술직 8급 공무 원의 직급. 지금은 '서기(書記)'로 바뀌었음]으로 개정직 되었다고 하였다.

그리하여 감원 문제를 해결하여 외무직원 3명, 내무직원은 국장까지 4 명이라고 하였다.

夕方에 퇴근하여 오니까 오늘 같은 추위에 어머님이 雪山[설산: 눈 쌓 인 산]에 가시어서 나무를 한 가마통을 해오시어서 석식 식사는 쌀래기 [싸래기]로만 식사를 하시었다.

방에는 어머님이 굼불[군불]을 때신 위에다 내가 겨를 한 삼태기 땠더니 방이 뜨거웠다.

半夜頃[반야경]에 일찍 시것다[식었다]. 12시경까지 봉급 계산하니라고 이러구러 있다가 잤다.

1950년 12월 14일 목요일 天候 청 陰曆 11월 6일

어제부터 신을 신고 Toieck[튀르기예] 군인이 사무실 내에 들락거리는 고로 사무실 소제[청소]를 하지 않고 집에 와서 식사하고, 출근해서 3구를 보험과 post를 갖고 배달 나가 2매의 보험료 370원을 集金[집금·수금]해 갖고 5시 반에 귀국하여 집에 오니까 어머님은 떡을 하시되 고사 시루떡을 제조하셨다. 순녀네서도 고사떡을 하시어서 아주머님네 떡만 먹고 나가 순복이네 가서 전기를 수리해 드리고 [우체]국에 가서 놀다가 터키인한테 빵을 1개 받아서 순집, 정, 나 세 명이 먹었다. 그 군인에게는 등잔을 약 2시간 대여해 주었던 것이었다. 나는 10시경에 순복이네 가서 방송을 듣고 우체국에 가서 잤다. 今日은 국장님이 오지 않았다.

今日은 피난민이 상당히 발생되었다.

1950년 12월 16일 토요일 天候 설 후 청 陰曆 11월 8일

昨夜부터 내리는 비는 눈으로 변하여 날씨가 차졌다. 市外를 나가지 않았다.

직원 일동이 하로 종일 놀다가 조기 퇴근하고 현철과 정은 상호 간 숙직을 밀고[미루고] 나오지 않아 혼자서 있는데, 오후 5시 55분에 durkiye[튀르기예] 군인 ibrahim erkan '이브라힘 에리칸'이라는 군인이 와서 미제 빵과 칫솔 치분을 주고 세면을 하고 갔다.

나는 그 후 후평리의 낙구, 대식 2인에게 post를 書記[서기:쓰다]하고 밤 1시경에 잤다.

피난민은 개풍군 방면에서 날로 증가되고 있다.

1950년 12월 19일 화요일 天候 雲後晴 陰曆 11월 11일

今日은 제2국민병이 신체검사를 하러 출발하는 날이다.

오전 7시 10분에 기상하여 집에 와서 백합 1각, 셋별 1각, 합해서 2각을 자근 조 형님에게 되리고 조반을 거기서 먹고 출근하여 대곳에서 나오는 동리 사름[사람]들을 마중 나왔다.

간데 형을 만나 1,000원을 되리고 列 中이라 자세한 말도 못 드러[들어] 보았다.

한낮에 자근 조형 댁에 가서 晝食에 감주를 식사하였다. 그리고 강 형님이 불러 간즉 그 형님은 근처의 藥代[약값]를 收金 해주었으면 하시는데, 나는 어제부터 職務를 취급하지 않음으로 시외 나갈 틈이 없었다. 그리하여 못 한다고 하였다.

현철이는 갑자기 어젯밤 제2국민병 소집령장이 있으나 3년 이상의 공무원은 제외한다고 하여 가지 않았다. 왼종일 있다가 집에 오후 4시경에 오니까 어머님이 5,000원에 미군 샤쓰를 사셨다고 하였다. 웃 샤쓰인데 입던 것이다.

석식 후에 局에 가니까 현철이가 석식을 못 했다고 하기에 나는 데리고 와서 찬밥 남은 것을 주었다. 그리고 국에 가서 있는데 어제 밤에 와서 놀던 '겨말 요로마쓰'가 와서 토이의[튀르기예 군인] 양말 1족과 미군 양말 1족을 나에게 주었다.

나는 현철이에게 꾸어 1,000원을 주었다.

밤에 순복이네 가서 방송을 들으려다가 잡소리가 들려서 그냥 10시경에 숙직실로 와서 잤다.

第三號 단기 4283년[1950년]

1950년 12월 20일 수요일 天候 청 陰曆 11월 12일

숙직실에서 기상하여, 집에 가서 식사 후 출근하여, 종일 놀다가 직원들은 조기 퇴근하고 나는 숙직실에다 불을 때고 있는데 土耳義[튀르기예]軍人 將校 1인을 불러 서로 얘기하다가, 夕方 때 notebook[공책] 1권에 100원 주고 사 왔다.

순범의 外祖父와 三寸이 今日 오셨다. 江華서는 今日 避難한다고 하며 郵遞局에도 外務員 1인만 남아 있었다고 한다. 순집이와 나는 숙직이다. 방이 뜨거웠다.

1950년 12월 24일 일요일 天候 청 陰曆

아침에 토이의[튀르키예] 군인에게 작야 나믄[남은] 술을 주고 연초 1각을 받았다. 아침에 출근을 늦게 하였으므로 늦게 왔다. 아침 식사하고는 곧 가서 놀다가 의대 대리로 정과 숙직인데 밤에 토이의 군인들이 와서 술을 사 먹고 나는 신부람[심부름]을 하고 연초 1각 양말 2개개를 얻고 도진이에게서 엿[엿]을 식사하였다. 군인과 함께 5명이 잤다.

1950년 12월 26일 화요일 天候 청 陰曆 11월 18일

출근들을 늦게 하여 나는 오전 9시 30분경에 집에 왔더니, 순복네는 바

하흐로 인절미 떡을 식사 겸 避難 準備하느라고 製造하시고 계셨다. 조 형님 댁에서는 오늘 아침 某某한 物件은 땅속에 묻었다고 하였다. 나는 순복네 떡과 식사를 가쁘도록 먹고 출근하니까 현철이만 있었다. 정은 오후에나 나온다 하며, 의대는 돈 받느라 갔다고 하고, 순집이는 출근치 않았다고 하는데 현철이마저 가진포 집에 들어갔다.

동제약방의 강 형님이 나를 부르시어 갔더니, "피난을 하게 되면 식사는 우리 집에서 먹일 테니 같이 약 등을 싣고 피난하자"고 하셨다. 나는 그리하기로 하고 남규 처가 사진을 찍으러 여기까지 왔기 때문에 큰댁에 가서 하의의 고이를 갖고 오시거나 편에 보내달라고 부탁하고, 순집이가 왔기네 솜을 바지에 두어 입고 피난하려고 1,500원에 사 와서 우선 어머님이 마르셨다. 바지저고리를 다 마르신 후 우체국에 가니까 鄭[정씨]만 있다가 夕方에 들어가고 나 혼자서 있었다. 불도 때지 않고 우체국을 비워놓고 와서 석식 식사 후 가 보니까 현철이는 숙직실에 불을 때고 있었다. 그리고 미군에게 술 반 되에 500원을 주고 사다 주고는 장갑과 연초 2각을 받았다고 하였다.

나는 같이 숙직하려고 있다가 7시경이 되어 순복이네 가서 방송을 듣다가 11시경에 우체국 숙직실로 가는 도중에 강 형님 댁 집 앞에 가니까 토이의 군인들이 나에게 전지를 비추었다. 나는 겁이 나서 골목길로 속히 갔더니 어느덧 쫓아와서 2명인데 1명이 왼쪽 뺨을 때려서 나는 포스트맨이라고 말하는데 1명이 마침 한국어를 잘하는 지인의 중위였다. 그러나 내가 방송을 듣던 곳을 가보자고 하여 나는 순복이네 가서 방문까지 열어 보이었다.

그 군인들은 비공식스러이도 娘[랑:여자]을 소개해달라고 하는 것을 나는 없다고 대답하고는 숙직실로 끌고 갔다. 숙직실에서 술을 사다 주려고 하니까 그만두라고 하며 순찰 가버리고 나는 현재까지도 가슴이 울렁울렁하고 있었다.

1950년 12월 31일 일요일 天候 운 후 청 陰曆 11월 23일

기상하여 8시에 와서 아침은 순녀네서 먹고, 어제 남은 벼를 마저 털기 시작하였다.

나는 맹순 부친에게 벼 털기를 하러 오라고 말을 전하고 우체국에 갔더니 정과 신이 나와서 "어제 나 혼자서 숙직을 했다"고 하고 곧 왔더니, 순례내는 이미 추녀 밑에 벼를 다 털었다. 나는 끝까지 도와드렸다.

오후 3시경에 김명수 씨가 와서 하성, 월곶은 오늘 아침 피난 명령이 하달되었다고 하였다. 그 말을 듣고 가슴이 덜컥거리는데 신도는 와서 자기 부친께서 나를 잠깐 부르셨다고 하여 나는 곧 갔더니 강 형님은 약방에서 피난 준비를 하는 동시에 나에게 미군에 도꾸리 샤쓰 있거든 1개 사달라고 하였다.

어머님도 감기 드신 불편한 몸으로 건너오셨다가 오셨다. 나는 어머님의 감기약을 2冊[승:되] 지었으나 약값을 받지 않으셨다. 곧 집에 와서 약을 다리기 시작하였다.

금년의 6.25 사변 후 피난 갔다 온 후로 보수액은 80,045원인데 費用[비용:쓴 돈]은 55,850원이다. 今夜 현금 잔액은 27,000원이 있었다.

단기 4284년 [서기 1951] 1월 1일 월요일 天候 운 陰曆 11월 24일

今日은 陽曆 正月 1월 1일이나 戰時이므로 명절이 말할 것도 없는데,

어제 市日[장날]이었다.

　조반 전에 어젯밤 어머님이 약을 드신 후 땀 흘리시라고 숙직실 이불 한 개를 덮고 잤던 것을 숙직실에 갖다 두고, 강 형님에게 가서 기록 뉴스를 문의한즉, 강 형님은 안심되어 있으며 어제 하성, 월곶에 내린 소개령은 전부가 아니고 관공서 부근만이라고 하시었다.

　그러나 우체국에 가 있으니까 의대가 하는 말이, 오늘 아침 양촌과 대곶도 피난령이 하달되어 1월 3일 아침까지 남김없이 피난 가라는 명령이 전달되고 있었다.

　나는 신과 정 셋이 있다가 집에 와서 晝食 먹고 석정리의 큰댁에 오후 3시경에 도착했다.

　간데 형 댁에는 피난민이 가득히 있었다.

　큰댁에 와보니 마침 생후에 비로서 연안 숙부님을 뵈어 인사드리고, 밤에는 강 형님 댁에 가서 이야기하는데 강 형님은 부모님만 남겨두시고 전원이 다들 나간다고 하시었다. 떡을 주시어 식사하고 半夜에 큰댁으로 귀가하여 잤다.

단기 4284년 [서기 1951] 1월 2일 화요일 天候 청 陰曆 11월 25일

　조반 전에 벼 6가마니를 防空穴에 묻고, 조반에 떡과 닭 2羽[마리]를 잡아먹었다. 식사 후 큰댁 형님과 약속하기를 명일 검단면 오류리의 이종사촌 형 댁으로 모여 같이 피난 가기로 하고 나는 아우와 신도와 같이 양곡에 나오니까 초원지리에서 양곡 강 형님을 만나 신도는 강 형님을 쫓아 대명리로 갔다. 양곡에 와서 피난 준비로 보따리를 동이는데, 양곡 지서 직원들은 오전 10시경인데 단체로 출근하는 것이 보였다.

冬服과 이불과 양은솥과 白米 2斗를 갖고 검단면 오류리의 이종사촌 누님 댁에 오후 4시경에 도착하였다. 오다가 다행이도 지게를 2개 얻어왔다. 집에서는 34,000원을 현금으로 갖고 나왔다.

단기 4284년 [서기 1951] 1월 3일 수요일 天候 청 陰曆 11월 26일

조반을 식사하고 큰댁 가족들만 오시기를 고대하고 있으나 오후 4시경에 翦翦[약약:조금씩] 큰댁 가족원들은 도착하였다. 이 댁의 누님 댁도 정오경에 출발하여 대곶면 피난민은 今日로 전부 남하하였다. 우리는 13명의 인원이 이불 3체와 백미가 50승, 의복이 각각 2벌, 白米粉[쌀가루], 떡 등으로 짐이 무거워 참으로 나는 걱정이었다.

夕食을 製造해 먹고 건너방과 안방에서 우리 집같이 夜寢을 시작하였다.

단기 4284년 [서기 1951] 1월 4일 목요일 天候 운 후 청 陰曆 11월 27일

일찍 일어나 일찍 밥을 먹고 13명의 가족들은 다남리를 향하여 사촌 형과 누님 댁이 있는 곳에 도착하는데, 정오경이나 되였는데 서울, 인천 방면에서는 풀신풀신 솟고 있는 연기와 포성과 폭격 소리가 대단하였다.

사촌 형님 댁에 도착하였더니 전에 질병으로 아팠던 허리가 심히 아팠다.

굉장히 꽝꽝거리던 전쟁 소리는 오후 2시경에 天地를 잠깐 중지하더니, 계양시장의 벼 창고에는 군인들이 불을 놓고는, 야간에는 군인들까지도 남하하였고 근처는 고요 잠잠하였다.

계양면에는 오늘 아침에 소개령이 하달되었다고 하였다. 사촌 댁과 누님 댁도 피난 갈 준비로 보따리를 쌓아놓고 방황하고 있는 중이었다.

명일에나 일찍 출발하려고 석식을 먹고 건너방에 불을 때고 잤다. 밤에도 포성이 들려왔다. 우리는 명일에 일찍 출발하려고는 하나, 아기들과 형수들이 너무나 고생이 되어 큰 염려를 하고 있었다.

단기 4284년 [서기 1951] 1월 5일 금요일 天候 운 陰曆 11월 28일

아침을 일찍 먹고 '가족들 반만 피난 갈까, 또는 함께 같이 갈까' 하며 방황하다가 함께 가려 하는데 부락민들 중 먼저 피난 갔었던 사람들이 도리어 귀가하여 우리는 주저하고 있고 누님 댁은 출발하였다. 그러나 우리는 상태를 더 알고서 출발을 정한다고 있다가 이러구러 자게 되었다. 今日도 근처에서 김포 비행장, 소사, 김포읍 등에 폭격이 심했다. 어제도 같은 지역에 계속 폭격이 있었다.

4284년 [1951년] 1월 6일 토요일 天候 청 후 운 陰曆 11월 29일

작야 곰곰 생각한 결과 今朝는 目標 세우기를, 어머님과 누이와 아우와 조카 영길이와 5명만 군산까지 가기로 각오하고, 계양면 다남리에다는 큰댁 형님과 형수 3분과 조카 아이 5명을 두고서 우리만 출발하였다. 소사를 경유하여 부천군 소래면 은행리에 와서 잤다.

今日은 소사읍에서 비행장까지는 못 쓰게 폭격이 심하였다.

의복을 새 옷으로 갈아입었다. 어제는 눈에 보이는 것 같았다.

今日도 남들은 고생된다고 도리어 많은 피난민들은 귀가 중이나, 우리는 끝까지 군산까지 도달하려고 내걸었다.

銀香里의 김학선 씨 댁 坐房에서 뜻뜻하게 자고 모친과 누이와 아우는

<ruby>內房<rt>내 방</rt></ruby>에서 잤다.

4284년 [1951년] 1월 9일 화요일 天候 우 陰曆 12월 2일

일찍 아침을 먹고, 비가 내리는 이유로 늦게 서정리로부터 오전 11시경에 눈 반 비 반씩 내리는 것을 무릅쓰고 진위군 평택면 장다리서 숙소를 정하고 석식 식사를 끝인 후, 군인들이 전략상 불리하다고 내몰아서 근처의 세교리 부락에서 집 떠난 후 비로서 헛간에서 잤다.

그나마도 같은 피난민이 문을 열어주지 않아 대문을 부수고 들어가서 싸우고 잤다.

今日은 왼종일 눈이 내렸다. 의복도 젓고 고생이었다.

4284년 [1951년] 1월 16일 화요일 天候 청 陰曆 12월 9일

조반에도 주인댁에서 소고기국을 주시어서 어머님만 식사하셨다. 우리는 1되 5홉 정도를 제조하였는데도 식사는 많지 않았다. 나는 今日을 휴일로 하고 신풍면 신하 시장으로 뉴스를 알려고 가다가 대곳면 산척동에 거주하는 권 씨를 만났다.

나는 뉴스를 그 지인에게 듣고 돌아왔다. 뉴스는 인천을 상륙하고 남방에서 교전 중이라고 하였다. 그러므로 이동할 필요 없이 이 만천리에서 피난하다가 귀향하기로 하고 귀가했다.

영길이는 한용과 함께 나무를 해왔다.

어머님은 크림을 갖고 나가서서 4병에는 2,000원에 소매하시고, 1병은 약 7홉을 교환해 오셨다. 누이는 장갑, 양말 등을 세탁하였다. 晝食도 없이 있다가 석식에는 보리를 두고 밥을 해서 넉넉히 된장 지지미[찌게]에다 식사하였다.

밤에는 주인댁에다 크림 1병을 주었다. 밤에 여럿이 독서하다가 잤다.

第四號 辛卯年 檀紀 4284년 [서기 1951년]

4284년 [1951년] 1월 20일 토요일 天候 청 음 12월 13일

어제까지는 대단히 온화하였는데, 今日부터는 갑자기 추위가 심했다.

명일부터는 고향 근처로 계속 귀향할 예정이었으나, 날씨가 치워서 멈추어 볼 계획이다.

주인댁에서는 다른 방을 준비해 보라고 하나 엊이[어찌]할 도리가 없어 그대로 묵었다.

夕方에 주인댁 부인에게 백미값 1되 반으로 1,400원을 주고 백미는 후로 받기로 하였다.

4284년 [1951년] 1월 21일 일요일 天候 청 陰曆 12월 14일

昨夜에는 눈이 내렸으므로 매우 치웠다. 취위가 심해 나무도 않 하고 놀다가 한용은 신하 시장에 갔다 오더니 중공군은 韓滿[한만:한국과 만주]의 국경을 넘어 철수 중이라고 벽보에 발표되었다고 하며, 미 해병대는 평양시 20粁[천]킬로미터 앞까지 진격했고 함흥도 상륙했다고 하였다. 今日 석식에 3일째 죽을 만들어 먹었다. 석식 식사 후 주인댁에서 호도 6개를 주시어 나누어 먹었다.

今日은 들려오는 말이 온양까지도 疏開令이 있었다 하기에 나는 더 念慮가 되었다. 이제부터 군산으로 가는 것도 막연하고 어이할 줄을 몰라 밤에 잠이 다 오지 않았다.

4284년 [1951년] 1월 24일 수요일 天候 운 陰曆 12월 17일

조반 전에 인가에 갔더니 김포군 월곶면 포내리 사는 송오막 씨를 만났다. 조반에는 주인께서 야채 김치, 깍두기 외에도 靑大豆까지 주시어서 밥에다 두어 배불리 식사하였다. 小盤까지도 주셨다. 조반 후 어머님은 누이, 아우와 함께 3인이 감자 1관을 쩌갖고 가셔서는 2,100원에 소매하고 백미를 4,800원에 소매해 오셨다.

영길이는 비로서 혼자 나무를 가더니 주인에게 빼끼고 빈 지게로 왔기에 나는 기분이 좋지 않아 있었는데, 갈키 나무를 해왔다.

夕方 때 나는 부락으로 가서 감자를 소매하는데 1,000원씩 달라는 것을 약 900원씩 주고 2관을 소매해 왔다. 一金 1,800원을 주고 1개도 후이 주지 않아서 나는 가슴 깊이 한탄을 하며 돌아왔다. 1관은 잘 소매한다 해야 200원이나 300원이 남았다.

추운 冬節에 어린 아우에게다 그나마도 小賣하라고 맛기는[맡기는] 것은 단 한 푼이라도 食糧에 보탬이 될까 하는 생각으로 이 가슴 쓰라린 짓을 하는 것이었다.

어제 석식 식사는 이동한 날이라 밥을 지어 식사하였으나 今日 석식에는 죽을 쑤어서 주인댁의 김치 깍두기 찬에 잘 먹었다.

4284년 [1951년] 1월 26일 금요일 天候 청 陰曆 12월 19일

아침에는 어제 약을 먹은 효과인지 걷든[거뜬]하나 감기가 담뿍 들었는데, 영길이만 제외하고 가족이 다 감기가 들었다. 조반에는 비로서 시래기국을 끄려 밥을 반 그릇 먹었다.

영길이만 밥 먹은 후 나무 한 지게 해오고 식구가 다 방에서 꼼짝 않 했다. 나만 조반 남긴 밥을 먹고 있는데 인가에서 감자를 팔겠다고 하기에 나는 우리가 사겠다고 하였다. 주인댁에서는 우리의 감기가 낫기 바라시고 석식에 맴물장국을 해서 한 뚝배기 주시어서 우리는 잘 먹었다. 우리는 죽을 한 그릇 주인댁에 드렸다. 나는 감기로 말미암아 밖았을[바깥] 안 나가고 몸을 조심하고 있었다.

4284년 [1951년] 1월 28일 일요일 天候 청 陰曆 12월 21일

조반도 시래기밥을 처음으로 지어 식사하고 어머님은 아우와 같이 유구 시장으로 감자를 팔러 가시고 누이는 감기로 인해 누워 있었다. 영길이는 어디인지 가버리고 없는 시간에 신풍지서 직원이 영길이 구두와 군복을 보고 의심을 두고는 본인을 보았으면 좋겠다고 하여 물품까지도 조사를 하여보고는, 나의 병에 조심이나 하고 있으라고 하며 간 후에 부락 향토방위대원 1인이 와서 재차 내용을 묻고 갔다.

그리고는 부락에서 어느 분이 다니면서 피난민증만 향토방위대 사무실로 집합해달라고 요청하였다. 영길이는 나 몰리 시장에 가서 흑색 물감을 200원치를 소매해 왔다. 저[자기]의 양복에 염색할 것이다.

어머님은 크림 1병에 백미 반 되에다 교환해 오시고 아우는 어제 산 감자를 쪄 갖고 가서는 2,300원에 팔아왔다. 석식은 누이도 병으로 누워 있고 어머님도 아직 오시지 않아 주인이 흰죽을 쑤어 주시었으나 죽이 반이나 많게 남았다.

주인은 자기의 친족들이 정월을 지내러 오니 방을 이동해 달라고 요구하였다.

4284년 [1951년] 1월 29일 월요일 天候 청 陰曆 12월 22일

어젯밤에는 코에서 流血이 있었는데, 今日에는 입에서도 流血이 있었다.

조반에는 어머님이 식사를 제조해 주시었다. 아우는 감자 1관도 못 되는 것을 시장에 갖고 가서는 1,000원에 팔아왔다. 영길의 군복에는 흑색 염색을 들이고, 어머님은 병이 나셨다.

나는 今日 발을 씻고 놀았다. 밤에는 흥복이가 왔다 갔다.

4284년 [1951년] 2월 5일 월요일 天候 청 陰曆 12월 29일

今日은 조반에도 비로서 죽을 쑤었다. 영길이와 한용은 부끄러움을 무릅쓰고 조반을 얻으러 바가지를 들고 나갔다가 한용은 전혀 못 얻어오고 영길이만 얻어오되 한 사발 반쯤 얻었다. 주인댁에서는 아침에 우리가 죽을 먹는 것을 보고 밥을 한 그릇 주었다. 우리는 그 밥을 석식에 먹는다고 남겼다.

나는 세탁해 주신 바지를 입고 유구 시장으로 뉴스를 보러 갔으나 뉴스는 그 상태로 수원 방면에서 교전 중이었다. 나는 300원에다 이발을 하고 인절미 떡을 1개에 100원을 주고 사 먹고 돈으로 인해 陰曆으로는 금년의 말일인데도 소고기 한 근도 못 사고 빈손으로 쓸쓸히 어머님에게로 왔다.

영길이와 아우는 주인댁에서 晝食을 얻어먹고 둘이 나무를 2짐씩 해왔다. 다 합하면 4짐을 해오고, 누이는 종일 주인댁 아해들의 의복을 꼬매니라고 바빴다.

夕方 때 크림 1병을 주인댁에다 거저 드리고, 1병은 인가에다 백미 1되

를 후이 받고 교환하였다. 어머님은 홍영이네서 콩나물과 흰떡 1가락 주신 것을 갖고 오셔서 우리는 감사히 받아서 떡은 나 혼자만 먹었다.

석식에는 아침에 남긴 밥을 끓여서는 한용과 영길이가 석식 얻으러 나가서 영길이는 밥에다 부침 한 조각을 얻어오고, 한용은 밥은 적으나 부침이를 하나도 먹지 않고 얻어다 먹는데 주인댁에서는 밥을 또 한 사발 주었다.

4284년 [1951년] 2월 10일 토요일 天候 운 陰曆 1월 5일

今朝는 대단히 쌀쌀하였다. 영길이는 일직이 다남리 부인에게 가서 今日 못 가고 明日경에나 출발해 본다고 통지해 주고 온다고 조반 전에 가고 어머님은 비로서 밥을 얻으러 가셔서 한용과 함께 한 탕게쯤 되게 얻어오셨다. 그러나 백미는 없고 도리 없이 한 수저씩 떠먹고는 나는 누이에게 밥 안 얻어온다고 안 하던 욕을 오래간만에 각쟁이[깍쟁이]라 하며, 유구 시장으로 뉴스를 볼 겸 놀러 갔더니 뉴스는 전보다 좋으나 완전히 귀향하게는 못 되었다.

나는 조반을 못 먹은 탓으로 허기증이 나서 인절미 뜨듯하게 파는 상인에게 가서 무턱대고 1개를 먹고는 그래도 나 혼자만 식사하기가 죄스러워서 그만두고 1,000원짜리를 내놓았다. 그러면서 1개만 더 먹겠다고 1개를 집었더니 인제 처음인 줄 알고 상인은 900원을 거스러 주었다. 나는 비양심적으로 100원에다 2개를 먹고도 그냥 돌아와서 석식에는 내가 처음으로 아우와 밥을 얻어다 놓고 죽을 식사하였다.

밤에 모친과 아우는 홍영이네 가셔서 자고, 나는 3명의 부락 친구들과 작은 소 파묻은 것을 파러 산으로 가서는 이미 남이 파가고 없기에 도로 와서 한참 놀다가 갔다.

4284년 [1951년] 2월 11일 일요일 天候 청 陰曆 1월 6일

나는 아침부터 생각만 하고 있던 뉴스를 일찍 일어나자마자 신하 시장으로 가본즉, 뉴스는 참으로 좋았다. 어젯밤 보도인데 인천, 영등포를 탈환하고 김포 비행장도 우리 공군이 사용 중에 있으며 어제 오후 5시경에 탈환했다고 하였다. 나는 좋아서 돌아오다가 두 집에서 조반을 얻어먹고 어머님에게 와서는 귀향할 준비를 하시라고 하였다. 어머님은 어제 석식에 내가 얻어온 밥을 식사하셨다고 하셨다.

우리는 물품을 갖고 주인댁에 인사를 하고, 홍영이네 와서는 홍복이 모친께서 조반 남은 것을 주시어 우리는 다 식사하고 크림을 2병 드렸더니, 밥 누룽지와 白米粉 다소 주시어서 갖고 공주군 신풍면 만천리를 이별하는 것이었다.

우리는 40리를 진행하여 약산군 송행면 송정리에서 숙소를 정하고 석식을 아우와 같이 나가서 한 바가지 잔뜩 얻어다 배불리 식사하였다. 누이는 비로서 밥을 얻으러 나가더니 꼳꼳시 한 수저를 얻어왔다.

자는 방은 피난민만 자던 방인데, 뜨듯이 자는데 평안스러웠다. 今日 석식은 재미있게 얻어와 어머님도 좋으신 기분으로 고추장 반찬이 다 있어서 많이 식사하신 것 같았다.

4284년 [1951년] 2월 17일 토요일 天候 청 陰曆 1월 12일

모친과 나는 조반을 얻어다 식사하고는 북상을 출발하여, 경기도를 들어서서 평택군 팽성면 소재지에 와서, 객사리 부락에 와서 문도 없는 방

을 가마니로 치고 숙소를 정하고 배가 고파서 죽을 쑤어 식사하고 있는
데, 지서에서 순경이 나오더니 나를 보고는 금야에 평택역으로 미군의 일
을 나가면 백미 5홉을 준다 하기에 나는 아우를 데리고 야간 일을 가되 지
서 앞부터 도락구[트럭]에 실려 역까지 가서는 미군들의 지시로 기차에서
도라무통을 도락구에다 굴려 실어 놓았다.

속속 날이 세서, 오전 10시경에 교대원이 들어오지 않아 식사도 없이
일을 하다가 교대인들이 오자 우리는 백미 5홉을 후이 받고 차로 팽성 지
서까지 왔다.

4284년 [1951년] 2월 18일 일요일 天候 설 후 청 陰曆 1월 13일

어젯밤 일을 하고 오전 10시경에 집에 오니까 그때야 누이는 시래기국
에다 밥을 지어서 식사하였다. 지난밤 만나 본 양촌면 심하섭 씨는 궁극
북상할 줄로 믿고 우리는 한용과 내가 보수로 받아온 백미로 今日의 어머
님 생일을 맞이하며 아우와 나는 밤에 잠을 못 자 晝食을 하였다. 밥을 지
어 먹고 나는 또 아우와 같이 평택역으로 야간 근무를 하러 갔다. 어젯밤
에는 날씨가 나쁜 고로 눈병까지 생겼으나 식량문제로 출근한 것이다.

지서로 집합할 때는 경기도 救護班이 바야흐로 도착되었던 것이다.

나는 어제 논에서 〈그-도〉[톱 종류의 하나]와 손도끼를 얻었다.

4284년 [1951년] 2월 22일 목요일 天候 구름 陰曆 1월 17일

조반에 무 4개 있던 것으로 무밥을 제조해서 식유[식용유]를 넣어 비
벼서 먹고 '혹이나 일이 있으까' 하고 지서로 가본즉 평택의 일도 없고, 비
행장 일은 맘에 들지 않아 돌아오는 중간에 양촌면 석모리의 신현도 씨를

만났다. 그 신 씨는 양촌국민학교장의 숙부되는 분이라 하며 교장님의 모친과 함께 있다고 하였다.

今日은 구장을 통해서 구호반에서 피난민 등록을 하라고 하기에 우리는 5명의 성명과 나이를 보고하였다. 석식에는 비로서 누이가 냉이를 캐다가 냉이죽을 쑤어 석식을 일찍 먹고 누이는 아우와 둘이 나가더니 밥을 합해서 반 사발쯤 얻어다 식사하였다.

나는 나무를 松枝[송지:소나무 가지]로 다 해왔다.

4284년 [1951년] 2월 25일 일요일 天候 청 陰曆 1월 20일

今日도 평택 비행장에 일하러 갈 예정이었으나 추워서 그만두었다. 조반에는 무죽에다 무, 파를 넣고 된장을 지지셔 식사 중에 주인댁의 외사촌을 만났는데, 그자는 문도 없는 방에다 따뜻하지도 않은 방을 가지고 집 주변을 청소치 않았다고 집을 내놓으라고 하는 것을 "앞으로 깨끗이 청소하마" 하고 그대로 있기로 하였다.

조반 후에 어머님과 함께 마당 앞 주위를 청소하고, 정오경에 크림을 갖고 나가시더니 해가 진 후에 백미 반 되와 보리 반 되와 대두 반 되를 3병에 다 교환해 오시고 김치, 된장, 밥 등으로 한 바가지를 얻어다 밥은 내일 아침에 식사하려고 남겨놓고는 석식은 냉이죽을 쑤어 식사하였다.

아우는 누이와 같이 냉이를 캐오고 나무를 1차 해왔다. 조반 전 구장댁에다 가족 수를 신고하고 아우와 누이는 조반을 얻어다 어제 어머님이 얻어오신 밥과 국을 끓여서 식사하고, 나는 뉴스를 알려고 지서 방면에 가니까 양곡서 온 이발업하던 신 씨를 만났다.

나는 잠깐 놀다가 집에 오니까 어머님은 간장 3사발과 크림 1병을 교환하셨다. 나는 어제 어머님이 얻어오신 된장을 양곡서 온 신 씨에게 조금 갖다주고 오다가 수수떡을 1개 100원 주고 사 먹었다. 석식에는 비로서 어제 어머님이 크림으로 교환해 오신 대두를 삶아서 뒷집의 절구에다 찧어서 콩죽을 쑤어서 맛있게 식사하였다.

4284년 [1951년] 2월 28일 수요일 天候 운 陰曆 1월 23일

어제 석식에 콩죽을 먹은 것이 복통이 되어 밤에 설사를 2번이나 하였다. 조반에는 백미죽을 쑤어 먹었다. 식후 어머님과 더불어 양곡으로부터 온 이발하던 신씨 댁에 갔다가 나 먼저 왔다. 지서 앞 面에서 區長會에 잠간 있었는데, 救護責任者가 講演하되 벼로 配給을 나누되 1人分의 도량수가 5日分 2kg에 熱用, 즉 火木代가 30원, 반찬대가 20원이라 하며 5日分을 1차에 분배한다고 하였다.

夕方 때 구장 댁으로 집합시키기에 아우를 보냈는데, 피난민에게는 백미로 1인당 3홉 1촌을 주고 돈은 88원씩 주었다. 우리는 5인 분량을, 백미는 1승 5홉 5촌을 받고 돈은 440원을 배급받았다.

집주인은 오후에 4인의 가족만이 우선 도착하였다. 우리는 방을 집주인에게 드리려고 하는데 주인은 참에[이 기회에] 좌방을 수리해 들겠다고 하여 우리는 여전히 방을 사용하고 있었다. 夕方 때 누이는 냉이를 캐갖고 와서 콩죽으로 일찍 석식을 먹었다.

今日에는 얼마만인지 학도의용대원들 보도를 발표하되, 중부는 횡성을 탈환하고, 서부전선은 漢江에 방위선을 두고 적의 主人部隊들과 交戰 중이며, 東部는 녹산 부근에서 軍艦으로 艦砲사격 중이며, 지상부대는 북진 중이라고 하였다.

개인들의 말에는 평택군 시민은 통행을 개시했다고 한다. 금야는 부는 바람이 강했다.

4284년 [1951년] 3월 4일 일요일 天候 청 陰曆 1월 27일

아침에는 내가 먼저 나가 불을 때여 보았다. 어젯밤에 눈이 약간 내렸다. 今日은 날씨가 많이 온화하여 어머님께서는 크림을 갖고 나가셔서는 夕方 때 오시더니 석식까지 얻어 잡수셨다고 하시더니 크림은 2병에다 1 승 반을 교환해 오시고 김치도 얻어오셨다.

누이도 따뜻하니까 냉이를 캐오고 아우는 종일 나가서 놀다가 와서는, 今日의 뉴스는 한강을 사이에 두고 교전 중이라는 보도가 있다고 하였다.

今日은 왼종일 방 안에서 연필로 쓴 일기를 잉크로 다시 기재하였다.

어제부터는 晝食에도 냄비에다 쌀 12홉 정도를 넣어 화로에다 끓여 식사하였다. 석식에는 냉이 된장에다 어머님이 구해오신 김치에다 죽을 데워 식사하였다.

밤에는 군불도 많이 때지 않았는데 따뜻했다.

4284년 [1951년] 3월 5일 월요일 天候 청 후 운 陰曆 1월 28일

조반에도 온화하여 평안히 조반을 제조해 산이 비치게 쑤운 죽을 1사 발 마시고는, 연필로 기재한 일기를 잉크로 고쳐 쓰다가 뉴스가 궁금하기에 지서 근처로 갔더니, 헌병 대장이라는 서울 거주하던 자가 어제 서울에 아군께서 돌입하였으니까 3일간이면 완전히 탈환될 것이라고 하였다. 어머님은 크림 2병을 교환해 오셨다.

우리는 석식을 죽을 쑤어서 어머님은 한 사발 남기고 먼저 식사하셨다.

누이는 이름도 모르는 나물을 처음으로 해왔다. 우리가 夕食^{석 식}을 먹는데 學^학義隊^{의 대}들이 와서 房^방을 교환해 들자고 말하고 갔다. 석식 후 나는 석모리의 신씨 댁에 말을 갔더니 뉴스를 보면서 陰曆 2월 3일께는 상향해보자고 하였다. 밤에 방이 추웠다.

4284년 [1951년] 3월 7일 수요일 天候 청 후 운 陰曆 1월 30일

조반을 비교적 일찍하게 되었으나 그야말로 명칭만이 흰죽이지 된장 말국에다 쌀알 약 2수저 정도 넣어 순전히 말국으로만 식사하고 있는 상태인데, 어머님은 우리들로 인해 그것도 약소이 식사하시고 크림 5병을 갖고 나가셨다.

잠시 있다가 부락 반장이 와서 식구 수를 조사한 후 오후에 배급 타라 구장 댁으로 오라고 通[통:전달]해주고 간 후에, 구장이 와서는 남자들은 도로 수리로 부역을 나오라고 하기에, 나는 순경의 지시로 비행장 가는 도로 다리 三方所^{삼 방 소}를 修理^{수 리}하는데, 참으로 朝飯^{조 반}도 약소스러이 죽을 먹은 배라 허기장이 나서 힘이 하나도 없어 간신히 돌아오니까, 아우는 벼로다가 1貫^관100匁^문의 식량을 받아와서 돈은 없었다고 하며 저만이 예방주사를 맞았다고 하였다.

누이는 냉이를 캐다가 된장을 지져서 죽을 쑤어 우리끼리 먼저 식사하고 어머님을 기다리는 차에 어둡기 시작하여 어머님이 오셨는데, 크림은 1병도 소매치 못하고 근처 방의 문산리에서 피난 온 최기성 씨 댁에 가락지만 1개에 수수 반 되를 교환하셨을 뿐이며, 찬들로 나무재 나물, 김치, 된장, 간장, 우거지, 시래기 등을 얻어오셨다.

근처 방의 피난민 주소는 금야에 비로서 알았는데, 파주군 임진면 문산리 69번지의 최기성였다. 그분은 沐間業^{목 간 업}을 開始^{게 시}했다가 왔다고 하였다.

4284년 [1951년] 3월 12일 월요일 天候 운 陰曆 2월 5일

今 조반은 나물밥을 제조하여 국에다 말아 먹고 날씨가 추워서 방에서만 있으려고 하는 차제에 근처의 최씨가 자기네 주소, 성명을 써달라는 부탁으로 나는 써주고 식량을 사러 나갔다가 白米代는 7,500원이고 맥[보리] 쌀은 700원이므로 망설이고 있는 중에, 김포군 양동면서 피난 온 분이 평택시에 가서 백미를 5되에 6,800원씩 주고 25되를 산다고 하므로 나는 명일에 평택에 가서 산다고 사지 않았다.

그 양동면서 온 분은 자기가 약 5일 전에 김포에 갔다 왔다면서, 김포에도 국민이 많이 있으며 이 지역같이 많은 인구가 있다고 하며 경찰대는 오류동 소사 방면까지 들어가 있다고 하였다. 백미 대는 5되에 10,000원 하고 있다는 말을 들었다.

우리는 석모리 댁 가족과 함께 날씨가 온화하면 細道路[샛길]^{세 도 로}로 歸鄉^{귀 향}을 시작하자고 決定^{결 정}을 하였다. 夕方 때 돌아와서 화로에다 일전에 아우가 주워 온 보리가루를 약간 타서 식사하라고 어머님이 만들어 주시므로 식사 후 석식에도 백미죽에다 보리가루 남은 것을 마저 넣어 식사하였다. 今日은 날씨가 차서 누이와 어머님께서는 집에만 계시다가 어머님은 석식 때 양곡 교장님의 모친에게 가보겠다고 가시더니 없다고 못 보고 오셨다.

4284년 [1951년] 3월 17일 토요일 天候 청 陰曆 2월 10일

조반에는 수수를 넣고 밥을 지었는데 었이도[어찌도] 많이 탔는지 밥이 한 탕 개가량밖에 차례가 안 와서 나는 누이에게 수수를 너무나 삶아

앉여끼 때문에 밥이 많이 탔다고 골을 냇엇다. 식후 양곡의 신씨에게 가서 이발을 무료로 하고 집에 오니까 어머님이 누이와 더불어 나물을 하시러 가신 후, 나는 大豆 상인에게 가서 대두 한 움쿵을 얻어다 홈자 災大豆해서[콩을 구워] 식사하고, 냄비에다 화로를 이용하여 끓는 물에다 쌀을 반 홉 정도 넣었더니 여전 끓인 밥같이 좋았다.

나는 晝食 겸 식사 후로 양곡 신씨가 今日부터 함께 방을 들겠다고 하며, 석식에 우선 신씨 부인께서 냄비, 간장, 새우젓, 수저 등을 갖고 왔다. 우리는 나물 캐오신 것을 삶아 죽을 쑤어 식사하였다. 한용은 아침에 평택역에 가서 석유 도라무통만 차에 실어주고는 팽성 지서 앞까지 타고 왔다고 하였다.

나는 명일경에는 귀향하자고 하나 배급식량을 수취하여 갖고 출발하려고 今日 식량계에 가서 食糧 苦難에 配給을 要求하였더니, 區長會가 끝난 후 곧 配給을 分配해 드린다고 하였다.

석식에 죽을 쑤어 식사 후 교장 모친께서 며칠간만 함께 자자고 하다가 돌아가시고는, 어둡기 시작하자 양곡 신씨 내외분이 식량과 침구를 갖고 자러 와서는 신씨는 말을 나가시더니 밤 10시경에 우리는 잘 시간에 申氏가 맑거리[막걸리] 酒를 갖어와서 나를 깨워 1되를 신씨 兩位分[부부]과 申氏 친구 1인과 母親과 5명이 마시되, 나는 평소 술을 금하였던 바인데 피난으로 식사에 너무 고통이 되어 비로서 3잔의 찬술을 먹으니, 야밤이 지나서 어제 수수밥을 먹은 관계인지, 술이 원인인지 설사가 한 번 있었다.

第五號 檀紀 4284년 [서기 1951년]

4284년[1951년] 4월 4일 수요일 天候 청 陰曆 2월 28일

순녀네서 조반을 먹는데 가무락쌀을 넣고 콩나물에다 조반을 식사하고 집에 들어오려고 하였으나 남태 씨가 놀다가 명일에 들어가라고 하며, 자기가 어제 토지를 35만 円[원:원의 속자]에 매입한 밭에 가서 순복이네 재를 처다[쏟아] 붓고 벼를 3가마니 내여놓았다. 火間地下[땅속 잿더미 사이]에 묻었든 것을 끄내놓고 밭의 씨래기[쓰레기]를 모아 불을 질럿다. 今日 海兵隊 大隊가 양곡에 도착하였다.

나는 조 兄과 晝食을 먹고 귀가하겠다고 하고, 강 형님 댁으로 와서 어머님의 감기약을, 과거 겨울에 숨차신 때에 지어다 다려 잡수시고 낳으신 한약 향소탕 2승을 1,000원에 지어 받았다. 약품은 貝母백합과에 속하는 여러 해살이풀. 기침과 담의 약재로 씀. 蘇葉차조기의 잎. 성질이 따뜻하여 땀을 내며 속을 조화시키는 약. 陳皮오래 묵은 귤껍질. 맛은 쓰고 매운데 위 보호와 발한의 약효가 있다. 半夏여러 해살이풀. 杏仁살구씨의 껍데기 속 알맹이. 기침·변비에 약재로 씀. 白朮삽주의 덩어리진 뿌리. 성질은 따뜻하며 소화 불량·구토·설사·습증 등에 씀. 甘草, 生薑, 이와 같은데, 생강은 없어서 빠졌다.

그리 지어가지고 강 형님과 같이 종생의 강 형님의 처남 댁으로 단녀 夕方 때 약주와 누름지[누룽지], 두부를 강 형님의 처남인 김흥석 씨와 함께 약간씩 식사하였고, 저무는 고로 곧 출발하여서 집에 도착하였다.

집에는 석식이 남지 않아서 큰형님의 식사를 반 그릇 먹었다.

경준이 외조모는 今日에 오셨다고 하며 와 있고, 경천이 외조모는 어제 귀가하고, 큰형수 친가의 피난민은 금일에 6명이 귀가했다고 하며, 큰형님은 어제 양천서부터 오셨다고 하였다.

4284년 [1951년] 4월 5일 목요일 天候 청 陰曆 2월 29일

今日은 植木 記念日이므로 조반 후 경준, 경복, 평환, 현환 4명을 데리고 나는 안살미 先山으로 가서 松木을 선택하여 250本을 植木하였다.

경준이와 평환이는 나무를 하고 현환, 경복이와 上山峰[산꼭대기]에 올라가서 앉아 석정 부락의 맴도리를 제외하고 호수를 세어보니까 58호였다.

부락에서 피난하여 두 집이 귀향치 못한, 병영네와 영락이네 두 집이 오는 것을 보고 집으로 와서 漢龍이 석정교 事務室 內를 청소했다기에, 나는 근모 선생에게 가서 놀다가 집에 와서 晝食을 먹는데 백미죽이었다.

晝食 후 간데 형수가 대문 열쇠를 잊었다고 하여 대문을 못 열기에 울타리로 들어가서도 어찌할 수 없어 고난 중인데 자근형수가 오셔서 의견을 내여 대문을 열었다.

간데 형수는 큰형수와 더불어 조게를 잡아 와서 석식에 조게를 넣고 밀작국을 해서 평환이, 현환이를 식사시켰다. 우리도 조게를 넣고 백미죽을 쑤었는데 맛이 있었다.

큰형님은 영덕이네 사초 잡수는데 가셔서 왼종일 도우시고 석식도 식사하셨다 하며 석식을 않이 잡수시고, 어머님도 노영남이가 와서 보러 가시더니 분향네 가셔서 석식을 잡수셨다고 않이 잡수시었다.

나는 석식 무렵 한용과 경준이를 시켜서 뒷밭의 두 골창에다 마령서[감자]를 마저 심고, 석식 후로는 한용, 평환, 경준, 경복을 데리고 홀타리[울타리] 매끼를 꼬았다.

어머님은 어제 香蘇湯 2升을 今 朝飯 後 1升 식사하시고, 夕 식사 후로 1승을 잡수시었다. 경준이 외조모는 신리로부터 출가해 온 구룡촌분이 식사를 대접한다고 모셔갔다.

나는 아침부터 왼쪽 다리 무릎이 색근거리고 공연히 아팠다.

밤에는 誰何[어떤]의 老人이 아이 1인을 데리고 와서 자겠다는 것을 방의 여유가 없어 거절하여 보냈다.

4284년 [1951년] 4월 6일 금요일 天候 청 陰曆 3월 1일

今日은 청소일이므로 일찍 일어나 甥兒[생아:조카]들과 [청소]를 하다가 조반 후로는 큰형수가 경준, 경복, 평환, 현환, 한용을 데리고 쇄암리 해안으로 조개를 잡으라 가고, 나는 자근형수와 함께 소제[청소]를 하고, 晝食은 더운밥을 식사하고 오후에 놀다가, 어머님이 쇄암리에 가서서 봄보리 종자를 1되경 구해 오셨으므로, 일전에 3월 30날 심고 남은 뒷밭 3고랑을 나는 8개일[8일] 후, 늦게 심었다.

마령서[감자] 종자 남은 것도 今日 마저 심고, 생아[조카]들은 오후에 나무를 해오고 버드나무를 꺾어왔다. 나는 뒷밭에다 7본을 심었다. 석식 후 나는 노영남에게 말 갔다 와서 평환, 현환, 한용 3인을 모아놓고 한글을 실습시켜 본즉 평환이가 끝으로 나쁘게 공부가 되었다.

집에 雌鷄[암탉] 1羽[마리]가 있는데, 닭이 3일 전부터 앉아 있는데 鷄卵이 없어서 못 안기고 있다.

4284년 [1951년] 4월 9일 월요일 天候 청 陰曆 3월 4일

아침 일찍 일어나 홀타리[울타리]를 엮었다. 조반에는 밥을 더 식사하였다.

현환이는 어제 아침도 귀가하자고 울더니 오늘 아침도 울었다. 어머님은 조반 후 일전에 안기니라고 계란 교환해 오신 것을 今日 우리 계란 11개를 꾸려서 약산리의 一區 강봉근 씨에게 갓다주시고 夕方쯤에 귀가해 오셨다.

큰형님은 필수네 지붕을 이우러 가시고, 경준이 외조모는 구룡촌 부인이 와서 모셔가셨다.

큰형수는 조반 식사 시에 갑자기 밥 수저를 놓고 복통이라 하더니 애기를 지웠다 하며 血出이었다고 왼종일 누워 있었다.

나는 날씨가 쓸쓸하므로 형님의 바지를 입고 홀타리를 정오경까지 엮으고는 몸이 불편한 기가 있어 쉬다가 좌방의 벽을 우체국 서류지로 바르고 석식을 먹었다.

4284년 [1951년] 4월 15일 일요일 天候 청 陰曆 3월 10일

일찍 일어나서 홀타리를 날아 놓고 조반 후 엮었다. 큰형수는 간데 형네 보리밭을 매고 큰형님은 모짜리 가레지[가래질]를 하고 夕方 때 원두밭을 갈아놓고 고추 종자를 심었다. 한용과 경준이는 오늘 석정국민학교로 대청소를 하러 가서 오후에 와서는 나무 한 지게씩 해오고 고추 가는 것을 도왔다.

夕方 때 어머님과 누이가 와서 석식이 남지 않은 고로, 간데 형수네 밀장국을 식사하시고, 계양면 다남리에서는 피난민에 배급을 5일간씩 2회를, 1차[한 번]는 4승, 1차[한 번]는 6승을 수취하였다 하시며, 명일에는 본인의 도장을 갖고 나에게 가보라고 하기에 나는 배급 쌀을 수취하기 위하여 명일에 양곡으로 다녀서 부천군 계양면까지 갔다가 [상황을] 보아가면서 귀가할 예정으로 [계획을 하고] 잤다.

4284년 [1951년] 4월 21일 금요일 天候 청 陰曆 3월 16일

조반을 이번 다남리[누나네]에 와서는 비로서 한국미로만 제조한 밥을 식사하고, 평환네로 들러서 일쩍 출발하였다. 오다가 신소균이를 만나 이야기를 잠시 하고, 조 형님을 만나보려고 하다 晝食만 먹고 순집 친구 집을 가는데 우체국 앞에 오니까 신현철, 신순집, 정진욱 3인이 출근하여 있으며, 4월 20일부터 사무 개시를 하라는 하달이 있으니, 명일부터는 내무원 1인과 외무원 1인 2인씩 출근하기로 하여 명일에는 정과 내가 당번이 되었다.

석식은 7촌 당숙 김응환 씨 댁에 가서 해병대들의 식당으로 인해 식사를 얻어먹고, 조 형님 댁의 흑손을 응한 숙부 댁에다 얻어다 드렸다.

어머님은 순녀네서 식사하시고 순복이네로 가셔서 주무시고, 나는 순녀네 안방에서 자려고 하는데 군인 2명이 와서 오락을 자기네들끼리 재미있게 하기에 밤 12시까지 놀다가 잤다.

4284년 [1951년] 4월 28일 토요일 天候 우 陰曆 3월 23일

今日은 나의 생일이었다. 어제 석식에는 서양 쌀로만 식사하였는데, 조반에는 한국 쌀로 만들어 시래기국에다 口味[입맛] 있게 식사 후 양곡을 향해 초원지리까지 오니까 어머님이 이윽고 양곡의 보따리를 갖고 오시면서 초원지리 부락에다 맡기고, 今日 부평 자임과 부평까지 갔다 오시겠다고 하시며 가셨다.

나는 양곡에 도착하여 于先 郵遞局에 갔더니 국장과 소균이 외에는 局員이 다들 出勤해서 이미 중요 서류 등을 지하에다 묻고 있었다. 묻고 난 후에 나는 응한 숙부 댁에 가서 晝食을 식사하고는 그 숙부가 집 짓는데 가서 도우라 하시기에 나는 잠깐 가서 하고는, 우체국으로 와서 사진 각구[액자]감을 갖고 순집이네 오니까 피난 준비로 독을 파묻고 계셨다.

나는 순녀네로 가서 있다가 송편만 2개를 식사하고, 해병대들이 성냥과 라이타 돌을 사다 달라고 하며 라이타 돌은 200원이라고 3개에 600원을 주고 요구하여 성냥은 한 통에 150원대로 2각 요금 300원을 주기에 나는 시장으로 와서 라이타 돌을 100원씩, 성냥도 100원씩 주고 매입하였으므로 400원이 잔금이 되었으나 비양심적임에도 나는 가져버리고 말았다.

오후 5시경에 떠나서 초원지리에 오니까 어머님이 갖다 두신 보따리 생각으로 그것을 가지고 왔다. 와서는 가득히 식사한 후이므로 석식은 약간 간데 형 댁에서 식사하고 말았다.

밤에는 철희 씨를 찾아보러 가서는 영희만 만나 이야기하다 와서 잤다.

4284년 [1951년] 4월 30일 월요일 天候 청 陰曆 3월 25일

늦게 일어나서 석정 우물에 가서 세면을 하고 와서 닭 안긴 것을 조사해 보았더니 3우의 병아리가 나왔다. 어젯밤에는 부락민들도 대체적으로 피난을 하러 출발했다고 하므로 나는 아침에 준비를 해놓았다. 金[금:돈]은 10,800원이었으나 백미가 문제이다. 그러나 곰곰 생각하던 결과 의복을 두 벌 갖고 洋白米[양백미:서양 쌀] 3되를 어깨에 메고 아침 9시경에 육지로 남하할 계획으로 양곡으로 혼자 출발했더니, 양곡서는 침착히들 아무 별일 없이들 있으므로 나는 마음이 놓였다. 면 직원들과 객관 공사 직원들은 그저 근무들을 하고 있으므로 안심이 되었다.

나는 보자기를 五寸 댁에 두고 순집이에게 가보았더니 순집이는 큰댁

에 갔다고 하며 없었다. 도로 와서 순복이네 들어갔더니 인절미 떡을 식
사하라고 하기에 2개를 먹고는 구장님 댁에 가보니, 이윽고 극빈자의 식
량 배급이 나왔다고 하며 나도 가져가라고 하였다.

　나는 순녀네로 가서 놀다가 원두밭에 심어 기르는 오이 · 참외 · 수박 · 호박 등의
총칭나 심어 드릴까 하고 삽까지도 정자네서 얻어 갔는데 이미 심고 있다
가 중지, 끝이었다.

　가정에서는 조 형님이 정미기로 벼를 찧다가 식사를 하러 들어가기에
정미기 근처에서 가볍게 감시라고 할 여지가 있을까마는, 잠간 동안 있는
데 항상 부는 봄바람에 이상스러이도 온몸이 추워서 몸이 괴로웠다. 얼마
안 있어 조 형님이 나오셔서 晝食을 먹으라 하기에 나는 추워하던 차에 얼
른 들어가서 콩나물국에 가무락쌀을 넣어 끓인 국에다 더운밥을 맛있게
식사한 후 한 수저가량이나 되게 남기고는 뜨거운 안방에서 오후 2시 반
부터 4시까지 낮잠을 자고 나서, 삽도 얻은 김이라 행길 옆에다 호박 구데
[구덩이. 황해도 사투리]를 약 15개 파놓고는 귀가한다고 인사를 하고
區長 宅에 왔다가, 避難 中 歸鄕하여 다른 사람들은 2차씩이나 洋米로 1
인당 1승씩 배급미를 받았으나 우리 3식구는 지금에야 비로서 한국 쌀에
다 예전 升으로 3升을 받아 순집이네다 두고, 큰 조 형님 댁으로 와서 왜부
대일본산 자루 1개를 가져다가 배급미를 받아서 五寸 댁에 가져다 두었다.

　양백미까지도 함께 담아서 순집이네다 두고 삽도 정자네로 가져다주
고는 의복만 갖고 귀가하는데 전신이 약간 쑤시고 춥고 아무래도 몸살이
난 것 같았다.

　집에 와서 석식을 조반에 식사하던 돼지국 말국에다 말아서 먹고는 따
뜻한 방에 잠깐 누워 있다가, 괴로운데도 불구하고 강 형님 댁에 가서 양

곡 뉴스가 그다지 급하지 않은 것을 전달하고는 몸이 괴로워 즉시 귀가해서 누웠으나 사지는 약간 쑤시며 불편하였다.

안방에서 11시까지 자다가 坐房으로 나가 갔다.

4284년 [1951년] 5월 7일 mondae[월요일] 天候 운 陰曆 4월 2일

어머님은 고양리 능동 부인들과 더불어 인천 포로병 수용소로 혹이나 작은형을 만나 볼까 하는 가능성으로 백미 1되를 여비로 갖고 가시는 것을 나는 못 가시게 할 수가 없었다.

큰형님은 김소봉 씨의 행야[행여]를 메고 장사를 지내시었고, 나는 능동에 가서 이발을 300원에 하고 셈골 밭으로 다녀와서 晝食에는 시금치 쌈에다 식사하고, 간데 형 밭에 나가보고는 피미 논에다 됨을 한 지게 내고 와 있노라니까 큰형수가 친가로부터 경준이와 함께 와서는 "간데 형수는 친가 모친께서 병중에 있으므로 못 오고 있다" 하며 석식을 일찍 먹고 있는데, 일전에 섬으로 피난 갔던 동리분들이 귀향하셨고, 간데 형도 인천에서 조기 5줄을 5,000원씩 주었다며 사 왔다. 나는 이러구러 놀다가 밤에는 명식이네 무전 방송을 들으러 갔는데 잡음이 많아 방해되어 일찍 와서 잤다.

4284년 [1951년] 5월 10일 목요일 天候 청 陰曆 4월 5일

아침에도 怠慢을 느껴 늦게 일어나서 前 校庭까지 근모와 같이 散步를 하였다. 조반에는 보리밥을 먹고 양곡에 나가보겠다는 계획인데 다비를 한용이 신고 가서 못 가고, 됨[퇴비, 거름] 남은 것을 마저 진 곳에다 져내었다. 晝食에는 시금치 쌈을 먹고 있는데 형수들은 무릇을 캐오고 경준이는 둥걸 한 짐을 해다가 읍내 집이라는 인가에다 주고 있는데, 문병돈이가 왔다고 하기에 나는 잠깐 보고 왔다.

어머님도 조기 10개에 백미 3되 반하고 성냥 1통을 파시고 오셔서 말가셨다.

간데 형님은 신리로부터 귀가하셨다. 今日도 왼종일 感에 늦겨지는[느끼는] 것은 과거에 걸어온 길도 무단히 세월을 소비하였으나 前途에는 어찌할까 하는 생각뿐이며 此際에 군대 생활을 하여보고 싶어도 집이 염려가 되고, 나의 염려는 주야로 어머님이 큰형수와 의지가 합의치 않으셔서 내가 모시고 一 生涯을 누리고자 하는 것이다.

또한 나의 결혼 문제도 늦지는 않으나, 나로 말미암아 누이가 늦어지기 때문인 것과 단지 2개의 조건이므로 멍- 하고 있는 중이다. 생각할수록 막연하고 복잡한 감각뿐이다.

석식 후 근모 댁에 가서 무전 방송을 듣고 과거 얘기를 서로 하다가 왔다.

4284년 [1951년] 5월 17일 목요일 天候 청 후 운 陰曆 4월 12일

날씨는 바람이 있고 추웠다. 오정까지는 큰형수와 더불어 모짜리의 피사리를 하고 오후에는 놀고 있는데, 문병희가 15일 날 귀가했다고 하며 나에게 와서 놀고 간 후로 거물대리의 김순화 씨가 혹 비료를 구할까 하고 왔으나, "문현모 씨가 今日 가지러 갔다" 하니 10가마만 부탁이라고 하며 가버렸다. 1가마에 代金[값]은 白米로 8斗까지면 매입해 달라고 하며 도라갓던 것이다. 큰형수는 경준이와 무릇을 小斗로 2斗경 캐오시고, 형님은 구룡촌의 한 집으로 田畓을 새로 꾸며주러 가시고 품삯으로 백미

3되를 갖다 식량을 하셨다고 하였다.

석식 후로는 근모에게 가서 무전 방송을 듣고 약 半夜^{반야}경이나 되어 집으로 와서 자는데, 半夜^{반야}가 넘어 오전 2시경인데 잠결에 갑자기 두-두두 하는 소리에 잠이 깨어 보니, 병아리 안긴 닭의 둥지에서 궁극은 고양이가 와서 그리했을 것 같은데 병아리 1마리는 물어가고 1마리는 물었다가 놓았다. 그러므로 사랑에다 들여놓았다.

이윽고 큰형이 말을 가셨다가 집에 도착한 때에 그 닭의 소리가 나서 조사를 신속히 하였으나 1마리는 잃었다.

4284년 [1951년] 5월 29일 tuh[화요일] 天候 청 陰曆 4월 24일

요사이는 권태를 느껴 아침 기상이 늦었다. 조반 후로 사돈 되는 분들은 강화로 대두를 팔러 가는데 큰형님도 함께 가셨다. 나는 낮잠을 자고 식사 후에 못자리에 가서 가름을 따고 있는데, 김[논밭에 난 잡풀]이 너무 많아 터[티]가 나지 않았다. 싫증도 나거니와 요통도 있었다. 집에 들어오니까 간데 형은 석유 1초롱, 1되를 사 와서 간데 형수의 全身痛^{전신통}에 韓藥^{한약}을 지어오라는 것을 나는 해도 다 가고 양약의 효과만 못해서 "夕方에 강 형님에게 가서 양약을 사세요" 하면서 재에다 똥을 쟀다.

석식 후 나는 한용에게 약을 사 오라고 하며 말을 갔다 오니까 큰형과 큰형님의 처남분이 오셨다. 今日은 닭의 날이라 불을 다려 닭의 이를 다 죽이고 닭의 똥까지 재에다 섞었다.

경준이는 겨울 피난민으로 갔다 온 후 今日까지 身痛이 有 하온지[있는지] 얼굴이 백색이며, 죽이나마도 항상 남겼다.

4284년 [1951년] 5월 31일 thur[목요일] 天候 청 陰曆 4월 26일

조반 역시 식구들은 죽이오, 손님은 밥을 대접하였다. 비는 어젯밤에 그치었다. 작은형수님은 예방주사 맞으신 후로 얼굴과 손이 부었으나 까닭도 모르거니와 今日도 여전히 부어 계셨다. 今日은 참을 수 없는 시장기가 생겨 죽을 지경이라고 하여도 과언이 아니었다.

간데 형은 석유를 팔러 간다고 하며 나에게 부탁하길 "거물대리에 가서 약을 2승만 지어오라"고 하기에 나는 간데 형 댁에서 晝食이라도 약소하게 먹은 후 2,000원을 받아 거물대리에 가서 형수가 잡수실 韓藥(한약)의 捨(사) 神蕩(신탕) 2升을 지었는데, 2,700원이라 하며, 생강 3편씩 넣어 다리며 파뿌리도 2개씩 넣고 하시기에 600원은 잔금으로 두고 100원은 생강을 사 왔다.

집에 와서 다려놓고는 누이에게 맡기고 집에 와 있는데, 夕方 때 어머님과 형수는 인천으로부터 소금 14되를 사시고 보리 1되 반을 갖고 귀가하셨다. 무릇은 너무 아려서 할 수 없이 정액[제값]에 못 파셨다고 하였다. 밤에는 정모 댁에 말을 갔다 와서 좌방에서 잤다.

4284년 [1951년] 6월 9일 토요일 天候 청 陰曆 5월 5일

아침 기상이 늦었다. 조반에는 여전히 맛있게 식사 후 구장님에게 가기 전 순복이네 가서 본즉, 어머님이 어제 夕方 인천에서 오셨다고 하시며, 어제 석식 후 주무시고 조반까지 식사하였다. 나는 구장님 댁에 가서 도장을 차자 갖고 순집이네 갔더니, 이미 직원이 나와 있어 부양가족 조사에 관하여 신고하는데, 나는 어머님과 누이와 아우와 4명으로 권하며, "제2국민병 징집 보유증을 새로이 신청하여야 한다"고 하므로 우리는 현철에게 맡기고 우편사무소에 대하여서는 헌병에게 상의한즉 우체국 앞의

진원 씨 댁 상점방을 이용하여 12일부터 2명씩 교대로 출근하기로 하였다. 12일은 정과 내가 당번이었다.

현철이 아우는 어제 결혼식을 하고, 소균이는 陰曆 5월 27일을 혼인일로 정했다고 하였다.

今日은 단오일이므로 양촌면에서는 그네를 매고 뛰었다.

나는 晝食이 싫어서 식사하지 않고 정자 댁에 가서 방을 부탁하고 들어왔다. 순녀네 방은 조 형님이 말하길 나에게 순복이네 가서 함께 사용하라고 말하시므로 차후로 밀었다[미루었다].

오후 3시 반경에 나는 귀가하여 간데 형수에게 가본즉 병은 많이 나았다. 집에서는 큰형수가 사돈댁에서 2명의 손님을 데리고 어제 오셔서 묵으시고, 보리 이삭을 잘라 볶아 갈고 있으며 큰형님은 비로서 약암리로 게를 잡으러 가셔서 한 방구리 잡아 오셨다.

4284년 [1951년] 6월 12일 화요일 天候 청 陰曆 5월 8일

일찍 조반을 먹고 양곡 우체국 일을 시작하는 날이므로 정과 내가 당번이므로 출근하였다.

양곡에 와서는 전윤완 씨 댁에 가서는 어제 夕方 이발 후 세면을 처음으로 비누 세면을 하였다. 그리고 국[우체국]에 가본즉 정과 신이 나와 있었다.

우리는 장소는 구하지 못하고 있는 중 순녀네 가서 晝食을 먹고 국[우체국]에 나오니까, 순집이는 국장님이 今日 겨울 피난 중 비로서 귀향, 오셨다고 하며 국장님은 금융조합에 가 계셔서 나는 찾아뵙고 인사드리고 있으니까 정이 晝食 먹고 나왔다.

우리 3인은 국장님과 사무 장소를 구하다가 못 구하고, 국장님은 김포로 가셨다. 김제동이도 김포를 간다고 하기에 새삼스러이도 직장을 구해 달라고 부탁하였다.

석식에는 큰 조 형님 댁에서 식사하였다. 그리고 잘 때 세환 부인에게 방을 내놓으라고 하였더니 내일 아침부터는 방을 구해보겠다고 하였다.

4284년 [1951년] 6월 28일 목 天候 청 陰曆 5월 24일

큰형님은 신도 댁 소로 피미 논을 쓸리시고, 형수와 간데 형은 개 논을 田植하였다. 나는 왼종일 놀다가 오후 5시경에 못자리에 물을 퍼 올리고 큰형님은 밤늦도록 물을 푸시고 계셨다.

피미 논을 田植, 今日은 물 퍼니라고 홍래 모친에게도 말을 듣고 말썽이 많았다.

4284년 [1951년] 6월 29일 금 天候 청 陰曆 5월 25일

今日은 피미 앞 밭에 전식으로 남의 일꾼 6명을 데리고 모를 찌는데 어머님까지도 나오셔서 모를 찌시고 오후에는 그만두었다. 午正경에는 조의 대가 나와서 어제부터 편지 배달을 하였다고 하였다. 나는 의대와 晝食을 먹고 모를 심으러 가서 다 심고 왔다.

4284년 [1951년] 7월 2일 월 天候 청 陰曆 5월 28일

今日은 왼종일 소균이만 기다리다가, 오후 5시경에 정진욱이가 가서 소균이를 불러다가 감원문제에 대하여 결정을 지어야만 명일에 봉급신청서를 지불하게 됨으로, 우리 직원들은 대단히 어려운 사건이나마 상호 간

충돌이 많다가 어둡기 시작되고 시간은 짧으므로 제비질을 하는 수밖에 없었다.

그러나 순집이와 소균이는 거절하다가 순집이는 당분간 보험 서기로 있던 관계로 보험 서기는 의당 감원되었는데, 하는 말이 많아 순집이는 스스로 자기가 퇴직으로 감원하겠다고 요청하였으므로 우리는 외무 3인, 의대, 소균, 나 3인이 제비로 나머지 1인 감원인을 선택하였다. 그랬던 결과 감히 유감스럽게도 내가 감원표를 집어서 결정되었다. 나는 보통으로 생각하고 7월 2일 夕方부터 감원을 당하였다.

순집이와 나는 명일부터 출근치 않게 되며 집배원이라는 명칭도 없으나 우리 직원끼리만 약속을 하여 감원되었다는 말을 내지 말자며 헤어졌다.

今日 晝食은 조형 댁에 가서 먹고 석식은 순복이네 가서 식사하고 큰 조형 댁에 가서 잤다.

우리의 감원자에게는 4월부터의 봉급이 없다는 것을 듣고 나는 작년 6, 7, 8월분과 금년의 1, 2, 3월분 봉급을 희망하였다.

4284년 [1951년] 7월 16일 월요일 天候 청 陰曆 6월 13일

우체국에 놀러 갔더니 현철이는 오늘 3구를 배달하면 정원이 해결될 것이니 갔다 오라고 하기에 고양리로 다녀 석정 큰댁에 와서 일기 연착되었던 것을 기록하였다. 나는 晝食을 굶었다. 큰형수는 바햐흐로 病起병에서 일어남하여 계셨다.

오후에는 덕포로 다녀 차창식 벗을 만나 잡담 중에 창식이는 나에게 부탁하길 군대 바지를 사달라며 26,000원을 미리 주기에 나는 받아갖고 2구 편지를 배달하면서 귀가하다가 초원지리에서 나뭇가지를 주서 모아왔다. 석식 식사를 학현 씨와 같이 하였다.

아침 출근 후 배달을 나올 적에 순집이와 상의한즉, 순집 의지는 그만 둘 계획이나 나에게도 재직치 말라고 말하나, 나의 처지는 놀게 될 상태이므로 회답을 주저하다가 배달한 것이다. 약간 미안하나마 염치없이 동작을 취하였다.

4284년 [1951년] 8월 3일 금 天候 청 음 7월 1일

조반에 역시 찬밥으로 식사 후, 4구를 배달 나가 성동까지 승차하여 허비호 순경에게 포내리 것을 위탁하고 포구갑리로, 용강리로 와서 군대 차로 고막리까지 와서 군하리로 면사무소에 가서 갈산리 것을 위탁하고 양곡까지 승차하여 왔더니, 6월분 봉급은 20,000원이 나왔는데, 나와 신은 5,000원씩, 소균이는 10,000원을 분배해 가졌다.

퇴근 시에 국진이는 군대 쓰봉을 8,000원에 매입하고 4,000원은 대여해 주었다.

밤에는 해병대 사령부에서 위문단이 와서 극을 한다기에, 어머님께서도 今日 나오셨고 하셨기에 나는 구경을 가 보았다. 2시간에 걸쳐서 끝났으나 그다지 별 취지는 나타내지 못했다.

양곡 면장님까지도 노래를 부르셨다. 돌아와서 요를 사용하기 시작했다.

(1951년 8월 18일부터 1952년 5월 5일까지의 7, 8, 9號의 本 日記帳 原本을 紛失하여 重要部分만 1975년 6월 9일 再수록함)

단기 4285년 [서기 1952년] 1월 28일

해방 이후 제1회 面職員 農業技術員 資格應試를 보러 인천에 어제 가서 국민학교 동기생인 김홍향 댁에서 同宿하고 朝飯까지 待接받고, 나는 신혼부부 방에서 함께 친절을 받으며 조곰도 미암[미안]감을 생각지 못하고 합격에만 목표를 두고 긴장하였다.

중국학교에 가서 한광섭이와 같이 앉아서 시험을 보았다.

나는 당시 대곶 면사무소 부면장님으로 재직 중이며, 같은 석정리서 태어나신 강철희 씨의 推薦[추언:충고]으로 코치를 받아, 서울 원예학교를 구경도 못 한 채 졸업한 것으로 이력서를 제출하고 당시 김갑수 서기에게 구비서류를 제출했다.

실무와 구두시험은 노력한 보람으로 그리 어렵지 않았다.

나는 강세희 씨 댁 앞집인 이소현 씨 댁 건너방을 얻어 어머님과 같이 생활하면서 우체국에 근무하면서 양곡국교 교원으로 근무하는 문근모 씨의 농업에 관한 책을 열독하면서 밤늦도록 학업에 노력하였다.

4285년 [1952년] 2월 2일

今日도 정상 근무로 양곡 우체국에 나가 시외배달을 나가려는 중 뜻밖에도 양촌면에 나오셨던 강철희 부면장께서 "郡所[군소:군 사무소]에 다녀와야겠다"면서 나의 면직원 합격발표를 받았다고 하시었다. 나는 一生 동안 2번째 제일 기쁜 마음을 가져보았다. 먼저는 국민학교 입학 합격통지를 받고 사랑방에서 춤을 덩실거리고 혼자서 기뻐한 적에 이어 두 번째로 참 경사의 기쁨이었다.

일류 고등학교 졸업생들을 물리치고 중학 강의록으로 독학을 하면서 면사무소 농업 기수직에 합격이 되니 기쁨, 그야말로 큰 벼슬이락도 한 것 같았다.

한데 강철희 씨는 계속 이끌어 주시니라고 또한 노력하시는데, 대곶면보다는 양촌면으로 채용이 되게끔 알선해 주시겠다고 하였다. 기왕에 어머님 모시고 양곡에 나와 있고 면사무소도 양촌면이 발전이 크므로 그리하시여야 좋겠다고 인도하시었다.

4285년 [1952년] 3월 21일

면직원 시험도 대곶면소에 우체 가방을 갖고 갔을 때 강철희 부면장님께서 나에게 코치하여 나는 신현철이에게만 알리고 인천에 가서 응시하고, 합격발표를 듣고도 전백형 국장님에게는 아직 알리지 않은 채 비밀로 숨기고 있었다.

그러나 今日 우체국에 출근하니까 양곡에 나와서 친히 사귀어 놓은 양촌면 사무소에 傭員으로 있는 변영인이께서 나를 부르러 왔다. 당시 양촌면 부국장인 이두석 씨는 나에게 양촌면으로 今日부터 출근하라는 것이다. 나는 비로서 양곡 우체국장에게 사유을 이야기하고, 우체 가방을 풀어 놓고 아침에 면으로 가서 미리 연습해 둔 데로 인사말을 책에서 본 대로 외었다. 나 자신도 잘한 것 같았다.

그러나 우체국장은 나를 괴씸히 생각하는 것 같았다. "왜 사전에 말을 안 하고 숨겨왔느냐?" 하는 것이다. 나는 이유를 불합격이 되면 면목 없을까 봐 그랬다고 했더니, 局長은 "所屬長이 출세하는 것을 왜 막을까 봐 그랬느냐"면서 매우 노발했다.

4285년 [1952년] 5월 5일 天候 청 陰曆 4월 12일

今日부터는 橫書를 利用하여 日記帳을 使用하기로 정하였다.

양곡 우체국장의 前職 照會가 늦게 되어 今日도 이원하 면장의 독촉에 못 이겨 겨우 구비서류가 다 되어 발령을 받았다. 5급 24호봉을 給하고 農務係 勤務를 命하였다.

今日은 양촌면 의원의 의원 중에서 의장과 부의장을 무기명 투표를 시행하와 의장은 양곡리의 이범응 씨께서 당선되었고, 부의장도 양곡리의 김동선 씨가 되었다.

나는 英語 單語集을 修理하였고, 신현근 書記와 홍석표 技員과 더불어 누산리 방면으로 苗垈개량 지도로 출발하다가 홍 技員 댁에서 晝食을 식사하고, 곡촌 벌판으로 다녀서 半月로 다녀 樓山里에 갔다가 針山으로 다녀 석모리로 다녀서 귀가 도중에 강영목 里長에게 찾아갔더니 오재의 主事께서 里長과 酒 食事 中이었다.

나도 함께 비로서 약주를 2곱부가량 식후 귀가 중, 長壽煙 半 封을 전윤완 煙草店에서 400円代로 매입하여 갖고 면사무소로 다녀서 귀가하였더니, 모친께서는 간장을 다리고 있었다가 세탁을 못 하셨다고 하셨다.

1952년 5월 12일 월 天候 청 陰曆 4월 19일

조반 전에 모친과 나의 하의 양복을 대르는데[만드는데] 소학교 동기생인 한광섭이가 왔다가 나의 식사 후로 함께 면사무소에 가서 헤어지고, 나는 정강성 기원의 요청으로 今年度 春蚕種 檢收 次로 郡廳으로까지 갔다 오게 되었다.

일전에 원용희 계장으로부터 완전치 못한 영수증을 今日에 正書하여 오려고 假領收證과 旅費를 정강성 기원으로부터 2,000을 받고, 부면장으로부터 대한 뻐-스 무임승차권을 받아 경기 여객으로 무료로 갔다가 郡에서 蠶種을 9枚 檢收할 때에 田作 係員들 2인이 初面부터 나에게 하대를 하였다. 하오나 나는 끝까지 敬待로 答辭을 하고 작별 인사를 하려니까, 도청으로부터 農務 課長이 도착 되시었다.

잠시 앉어서 農務 課長님의 말씀을 듣자니까 묘판에 대하여 더욱더 철저히 지도하와 今月 15일까지 완료되게 지도하여 주라고 말씀이 있었다.

本面으로부터 예정한 일전의 미결 영수인 助成金이니 糧穀 補償金이니 하여 정확히 領受를 접수하여 왔다. 돌아올 때는 대한여객 뻐-스로 귀가하였다.

今日부터는 해병대 헌병대가 양곡에도 검문을 설치하여 놓았다. 모친께서는 절대적 비용으로 因하셔서 今日도 나무를 4束[묶음]이나 制作하여 왔다.

今日은 면의회에서 의회를 종결시키고 아울러 약주가 1차 있었으므로 전 직원이 다 취했다.

석식 후에 순복이 댁에 가서 명일에 수수를 배급받으려고 부데[자루]를 갖다 두고, 지서의 이 형사를 만나 酒中[술 마시는 것을]을 보았다. 일찍이 귀가하여 잤다.

1952년 5월 13일 화요일 天候 청 陰曆 4월 20일

조반 전에 호박밭을 하고, 산 주인에게 不言[하지 말라는 말]을 들을까 하여 나는 단 한 군데에다만 심고서, 식사 후 출근하였더니 이미 전 직원이 다 출근하였다.

晝食 식사 후 五寸 댁 이발관에 가서 職工女에게 이발을 하고 요금 2,000원을 支拂하였다. 2,000원은 어제 김포 군청에 다녀오는데 정 기술원으로부터 받았다. 그 돈을 지불한 것이다.

今日은 필히 배급 수수를 사회계 이병춘 서기로부터 요청하여 수급받으려 하였으나 기회가 안 되어 공연히 면소와 배급소를 수차에 걸쳐 왔다 갔다 하였다. 그러나 퇴근 시간에 이 서기의 허락으로 하씨 廳夫에게 가서 袋[부대]에 넣어 달라고 하였더니, 하씨는 너무나 경솔히 행동하면서 명일로 미뤄가며 안 된다고 하였다. 그야말로 기분이 나빠서 재차 이 서기에게 문의한즉 호의적으로 허락을 하나, 하씨가 심히 不言한[안 된다며] 心中[마음속]으로 듣지 않기 때문에 나는 영영 기분이 없었다. 한편 순복이 댁도 배급을 받지 못하게 되어서 우연적으로 기분이 없었다.

퇴근 도중에 모친의 七寸인 구장 댁에서 시금치를 주시어서 갖고 와서 다듬어 모친과 되시쳐 놓고, 석식 식사 후 성냥이 없어서 한 각 사러 시장에 나갔다가 자전거 포주 홍성렬 씨가 뜻밖에도 1,000원대의 과자를 사주셔서 나는 감사히 받아 호주머니에다 넣고 순복이 댁에 갔더니 순복이만 있었다.

나는 순복이 앞으로 군인 위문편지를 기재해주고 있노라니까 약 9시 30분가량 되었는데, 순복이 댁 아주머님이 귀가하시더니 웃는 얼굴로 공연 말을 가자고 하되, 미래 약혼자 측에서 지금에야 某 所에에 도착하였으니 함께 가 뵈옵자고 하기에 나는 와이셔츠를 改服하고[갈아입고] 순복이 모친과 더불어 두 번째 걸쳐 화섭이네 방에 들어갔다.

화섭이와 순철이는 자고 있으며 또한 2인의 아주머니들과 약혼자가 함께 앉아 있었다. 먼저 상대측뿐만 아니라 나도 상호 간에 걸쳐 아무 말도 못 하며 화섭이 댁 아주머니의 첫 대화로 먼저 상대측의 不足^{부족}한 人物^{인물}과 薄學^{박학}을 이야기하시기에 나는 簡單^{간단}히 대답만 할 뿐이더라.

결국은 두 분의 아주머님이 나가시기에 나는 초면의 표시와 아울러 인사하였다. 基^기 側^측에서도 응하였다. 나는 먼저 이처럼 不肖人^{불초인}에게, 그처럼 마음을 여기어 주신다 하는 것을 상호 간 소원을 말씀드렸다. 도중에 가서는 彼此間^{피차간} 合心^{합심}만 主^주로 하되 別^별 以上^{이상}의의 생각을 두지 말자며 상호 간 굳게 약속을 맺었다. 초면일지언정 자세한 말을 다 하였다. 그리하는데 순복이 모친이 화섭이 모친과 함께 들어왔다. 나는 바른말로 더 좀 나가 계시다 들어오시라고 하였더니 再次^{재차} 두 분이 나가셨다.

우리는 필요치 않은 말까지도 하여 가며 홍성렬 씨가 사 준 쬬끄랫트까지 내놓으며 화섭이 주라고 하였다. 약 12시경에 화섭이 모친께서 더욱이나 양위[두 사람이 부부 됨]를 환영하신다는 뜻을 표시하였다.

나는 시간도 오라고[늦고] 하여 귀가 시 상대측에서는 작별의 인사가 확실치 못함을 자각하였다. 今日^{금일}의 기분이 그다지도 없어 하였던 것이 야간에 貞分^{정분} 氏^씨의 마음으로 씻어져 버렸다. 언제나 所感^{소감}을 두고 있었는데 今夜^{금야}에야 뜻밖에도 相面^{상면}케 됨은 想像^{상상}도 하여보지 못하였다. 만남과 동시에 성과가 우수한 사실이었다.

1952년 5월 14일 수요일 天候^{천후} 청 음 4월 21일

어제부터 흑색 쓰봉을 입고 출근하여 남부 구장 댁에 가 신장신청서를 찾아왔다.

별다른 사무는 없고 때마침 苗板^{묘판} 지도에 출장케 되어 나는 어제부터 부탁한 식량에 대하여 午正^{오정}경에 정강성 技員^{기원}과 홍석표 技員^{기원} 3인과 같이 출장케 되기 전 배급소에 가서 수수쌀 舊升^{구승}[옛날 되]으로 약 30승가량을 요구하려 하였으나 15승만도 받아오기가 심히 어려웠다.

우선 갖다가 순복이 댁에 두고 홍 기원과 정 기원과 함께 누산리로 다녀 수참으로 가서 이장을 찾아가 뵈옵고 막걸리 술을 식사하고 백암현으로 다녀 홍신리의 정강성 기원 댁의 묘판을 보고서 정강식 기원 댁의 요청으로 가서는 국수를 먹었다.

그리고 흥양 2구로 다녀 불당으로 하여 오니산리로 거쳐 허운이를 만나 홍 기원의 방으로 인해 부탁하고, 夕方 6시경에 귀가하였더니 작은형수께서 경만이 身痛으로 말미암아 병원에 왔던 길에 모친께서 강 선생 댁에 가서 주사를 맞히고 오셨다 하였다. 그런 때문인지 今日 夕方은 무사하였다. 夜寢에 일찍이 잤다.

자기 전에 순복이 댁에 가서 자연적으로 어제 貞分 측과 이야기한 것을 말하였다.

1952년 5월 15일 목 天候 청 음 4월 22일

금조는 작은형수께서 조반을 제조하시어 식사 후 출근하여 비로서 행정 법규 책을 읽고 있는데, 郡으로부터 産業 局長 및 米産係長 元 主事와 함께 郡에 계시지 않고 우리 技員 試驗에 시험이었던 道 職員도 더불어 오셔서 苗板 指導에 注意를 주시었다.

나와 홍 기원은 비로서 산업국장에게 초면 인사를 드리고 講話를 끝냈다. 즉시 지도 구역을 분담하였으나 농무계 직원들만 동원하였다. 나는 정강성 기원과 더불어 수참과 도사리 方行으로 분담되었다. 그러나 오재의 주사가 사무에 바빠서 지도를 못 나가기 때문에 내가 대신 오 주사 대리로 홍 기원과 함께 양곡리를 담당하여 남부의 苗板實地를 우리가 직접, 우리 손으로 整地하며 남부 각 부장을 통해서 夜間會를 약속하고 각자 석식 식사하라 귀가하니까, 금일 모친께서 인천에 가신다 하다가 北部 區長 宅에 가셔서 今般 配給을 수수로 2되를 주어서 받아온 것으로 이미 섞어서 식사를 지으셨다.

長壽煙 1봉을 전윤완 煙草[담배] 매점에서 사 왔다. 대금은 500원인데 未支拂이었다. 아침에 동제약방 강 선생님에게 가서 경만이 주사약대 4천 원 중 2,000원만을 지불해 드리고, 나머지는 감해주셨다.

석식 후 남부 구장 댁으로 집합시켜 홍 기원과 더불어 회의를 개최하였다. 홍 기원의 말끝에 나는 간단히 부락민에게 면에 취임 인사 겸 묘판 지도를 거듭 부탁하였다. 폐회 후 귀가 도중 활동사진을 구경하였다. 금일은 또 새로운 견지하에 오 주사에게 백미 배급을 말하건데 요구하여 보았더니, 부면장에게 말씀을 드려보라고 하였다. 그리기 때문에 결과를 몰랐다. 아울러 사무인계 날이었다.

1952년 5월 16일 금 天候 청 음 4월 23일

정강성 기원과 수참리와 백석현 방행의 묘대 지도 담당 구역을 출장 나가다가, 나는 문득 시일임으로 농민을 만나 뵙기가 어려워서 정 기원과 논의하여 금 야간에나 수참에 나가서 야간 강회를 개회하기로 정하여 북부로부터 귀가하였다.

집에 甥兒[생아:조카] 경만이에게 과자를 1,000원어치 사다 주었고, 숙제같이 다루고 있던 각 대장[장부, 서류목록]을 작성하였다.

작은형수는 바람 부는 날씨에 귀가하여 갔다. 모친께서는 夏衣類品인 베 한 필을 3만 4천 원에 사시고 저고리 안감도 14,000원에 매입하셨다.

나는 오후 5시경에 수참에 출장 가는 도중에 오 주사와 만나게 되어 식량에 대하여 문의한바, 오재의 주사는 사회계 이병춘이에게 부탁하겠다고 하였다.

나는 수참에 도착하여 채순종 구장에게 문의하여 夜間講話를 요청하고, 석식을 今年에 한하여 비로서 시금치죽을 식사하였다. 밤에는 다행히도 다수인원이 집합되시었다. 대중 앞에 나가 講話라고 할 餘地가 있을까마는 나는 남부 및 수참에 대하여 2차째 말씀드리는 바였다.

그러나 心中이 沈着되여 輕率하다고는 생각 않이 되게끔 말씀드리되 苗板 指導였다. 시기는 늦었을지언정 앞으로의 농업증산을 위해 굳게 굳게 지도하려는 목적하에 말씀드렸다.

1952년 5월 21일 수 天候 청 음 4월 28일

일찍 일어나 면 숙직실에서 귀가하여 아침 전에 마당의 씨레기 터에서 호박씨가 발아하여 있기에 버려질 듯하여 나는 가무는 날씨를 무릅쓰고 산기슭으로 이식을 하였더니, 조반 식사 때에 마당에서 이기중 모친께서 호박씨를 왜 이식했냐며 자기가 키우는 것이라며 기분을 나쁘게 하였다. 하오나 노인의 주책없는 말로 인정하고 참았다. 실은 사용치 못할 씨인 것이 정확한데도 그리 원망을 들었다.

출근하여 어제의 수참과 마송리의 인계서를 부면장에게 제출하였더니 수참리 인계서만은 簿 冊 卷數를 기재치 않아서 새로이 작성해 오라고 하기에 나는 여유로 2권 捺印해 온 것이 있어서 면소에서 재기록, 작성하였다.

今日은 별 사무는 없으나 수수 식사 중이라 복통이 심해 왔다. 데불[테이블] 위에서 잠간 낮잠을 자고 놀다가 퇴근 도중에 한용을 만나 아우가 소년 통신 중학교 입학시험 수속차라며, 그리기 때문에 김포서로 신원증명원을 하러 갔다가 명일로 밀우어서 그대로 귀가 도중이라고 하며 대명리행 뻐-스를 승차하고 작별하였다. 뜻대로 시험에 합격이 되면, 그야말로 서글픈 생각이 자연스러이 자아내졌다.

今日 회계로부터 일전에 煙草代^{연초대} 잔액 1,000원을 마저 받았다.

今日은 내의를 벗었다. 야간에는 신체가 괴로웠다.

1952년 5월 22일 목 天候 청 음 4월 29일

아침에 일찍 일어는 났으나 요사이 수수 식사로 인해 복통이 심해서 이후로는 수수밥을 금하였으면 하는 각오였다. 조반 식사 후 출근하여 부면장의 책상 위에 면장님의 付託記紙^{부탁기지}를 읽어보니까, 명일의 김포 군수 순시 차에 묘대 지도를 농무계 직원들이 총 출장하여 만전을 기하라고 놓고서 인천에 가셨다.

나는 양곡리 시장 부락의 묘판을 담당하여 票棒^{표봉}을 세우라고 하였다. 大槪^{대개} 되어갔다.

晝食^{주식}은 큰 조 형님 댁에서 하였다. 그리고 집에 와서 費用額^{비용액}이니 報酬額簿^{보수액부}니 하여 갖고 옮겨 기록하였다.

夕方경^{석방}에 갖고 있던 300円^원에 병학이에게 편지 회답을 하여주고 조원욱이로부터 편지를 받았다. 夕方경에 오라리 부락에 가서 묘대 관리의 부탁을 하고 귀가하였다.

석식은 수수 찬밥이 되어서 적게 먹고, 순복이 댁 아주머니가 오셔서 今日은 전기합선으로 인하여 지붕이 탔다고 하였다. 어머니께서는 큰댁의 큰형수와 경준이가 봉성리 가는 도중에 들러 갔다고 하였다.

今日(금일)부터 작년도의 郵遞局(우체국) 衣服(의복)인 와이셔츠를 비로서 입었다.

今日(금일) 하루는 한갓지게 보냈다. 기중 댁 소는 今日(금일)부터 內側(내측)에다 옮겨 매었다.

1952년 5월 23일 금 天候 청 후 운 음 4월 30일

今日(금일) 조반부터는 보리쌀로 식사하였다. 출근하여서 신문을 보니까 소년 통신 하사관 모집에 있어서 만 15세부터 만 18세까지의 국민학교 졸업생 이상의 자에 한하여서인데, 今月(금월) 25일이 마감이며, 그 학교에 졸업 후에는 체신부와 협의하여 3급 이상의 면허를 주며, 성적이 우수하면 외국으로 유학까지 보내준다고 기재되어 있었다.

突然(돌연)이도 郡(군)에서 홍 기사가 苗垈管理(묘대관리)로 출장 나왔고, 이어서 郡守(군수)께서도 오신다 하기에 우리 직원들은 구역을 담당하여 나는 오세충 서기와 홍 기사에게 합심하여 묘대 관리를 지도하러 가서 晝食(주식) 후 귀가하여, 식사 후 약 오후 3시경에 곡촌으로 묘대 때문에 가려하니까, 아우가 뒤에 쫓아 오면서 증명사진을 찍으러 왔다고 하였다. 나는 안내하여 사진관에 가서 3,000원대로 명조에 사용토록 해달라고 하며 찍었다. 그리고 弟[제:아우]와 함께 집으로 와서 파스 한 각을 한용에게 주었다. 그리고 반면에 대품으로 미제품을 아우가 구해 주기에 받았다.

그리고 문 선생에게 편지를 기재하여 주고 곡촌 홍 기사에게 갖다 두고 왔다. 오후 6시경인데 비가 내리기 시작하여 아우와 함께 인분 비료를 작물에다 주고 나니까 비가 그치었다.

석식 후 큰 조 형님 댁에 말을 가서 정오경에 本署(본서)로부터 취조도 있었다 하시기에 가다가 말고 순복이 댁에 갔더니 hasuk[화섭]이 마더께서 haus가 없으면 결혼을 단절하겠다고 하였다 하오나, 믿지 않고 있다가 귀가 도중 빠게스 못 쓰는 것을 주워왔다. 화덕을 만들 생각이었다.

1952년 5월 24일 토요일 天候 청 음 5월 1일

아우의 부탁으로 모친께서는 조반을 일즉이 제조하시고, 나는 아우에게 3,000원을 주면서 조식 전에 사진을 찾아오라고 식혀서 今日 중으로 소년 통신 하사관학교에 지출 서류를 완비하도록 부탁하고서 출근하였다.

今日 직원회가 있어서 면장으로부터 몇 가지의 주의사항이 있었는데, 출근시간과 공사구별과 출장을 가면 필히 복명을 하라는 것이다. 동시에 기밀도 지켜줄 것이며 앞으로는 전 사무를 다 배우자는 등의 몇 가지의 말씀이 있고, 후로 정강성 기원과 오세충 서기와 3인이 도사리 방향의 묘대 지도를 나갔다.

홍양 1구로 다녀 정 기원 댁에 이미 2번째나 가서 晝食을 먹고, 白石峴 등으로 다녀 뜻밖에도 돌연히 홍양 2구의 박흠석 씨 댁에 가게 되었다. 정 기원의 態勢로 잠간 앉아 있다가 나의 재촉으로 타소를 다녀서 귀가하여, 면사무소에 들렀더니 이희종 서기가 田地稅 告知書를 기재하여 달라고 130매를 부탁하시기에, 나는 야간에 다 기재하였다.

모친께서는 불편하시므로 누워 계셨다.

나는 今朝 비로서 뉘[누에]의 뽕[뽕나무 잎]을 주고서 다시 보지도 않았다.

郵遞局長은 今朝도 뵈옵던 차에 의복을 요구하였다. 나는 대답만은 여전히 힘써서 회수하겠다고 하였다.

1952년 5월 25일 일요일 天候 청 음 5월 2일

今日은 일찍 출근하였는데 한용이 면소까지 와서 나를 부르기에 대답하였더니, 아우는 소년 통신하사관에 응시하려던 지출[제출] 書類를 어제 부득이한 형편으로 因하여서 未提出하였으니 今日 인천에 가라고 나에게 부탁하였으나, 나는 사무 진행상 초보인 고로 아우의 요구를 듣지 못하고, 今日까지 마감 기일이나 경비 문제로 말미암아 명일로 미루고 今日은 본가로 귀가하였다가 명일에 출발하라고 부탁하고서 여비 2만 원을 주었다.

그리고 양곡리의 묘판 지도를 한다고 혼자서 출장 나와, 순녀 댁에 가서 晝食을 먹고 화덕을 제조하였다. 今日은 유골이, 양촌면에서 2인 유골이 나왔다.

나는 몇 개의 묘판을 보고서 집에서 遊하는데, 큰댁의 큰형수가 경준이와 함께 다녀가면서 세우[새우]와 잡어류를 갖고 오시던 중 少分量씩 주고 가시고, 夕方경에 계양면의 자임[누나]이 DDT소독약을 갖고 오셨다. 요마적[요즘] 客도 여러분이 來家해 주시는 것 같다.

1952년 5월 29일 목요일 天候 청 음 5월 6일

조반 후 자임과 아우는 큰댁으로 들어가시고 나는 출근하였다. 今日 이력서를 또다시 쓰되 '을 命함'을 '에 任함'이라고 개정하였고, 또 소속장까지 쓰라고 하였다. 그러나 홍석표 기원이 代書하여 주었다.

그리고 마송리로 正條 密植에 對하여 出張하여 晝食까지 먹고 歸家하였다. 귀가 전에 면에 경유하여 전민식 씨를 만나 음력 9일 날 마차로다가 이사짐을 곡촌으로 운반해달라고 하러 갔다가 그냥 왔다. 없어서. 야간에 뵈려고 귀가하여 식사하는데 모친께서는 "아이 참" 하시며 今日 특별한

일이 있었는데 곡촌서부터 방 약속이 어그러졌다고 통지가 왔다고 하였다. 그리는 동시에 그 주인께서도 그리되었던 것을 비로써 알게 되었다고 하였다. 그리되고 보니 양측이 불가하게 되었다 하였다.

석식 후로 가서 자세한 말을 하려고 하였으나 이윽고 순복이 댁 아주머님이 오셔서 도중에서 뵈옵고, 듣자니까 화섭이 외조부께서 오셨다고 하면서 말이나 가보라고 하기에 나는 가서 뵈옵고 정말 11시 반까지 있다가 煙草 1本도 드리지 못하고 왔다.

今日은 곤색 물깜 한 봉을 1,000원에 샀다.

1952년 6월 3일 화요일 天候 우 음 5월 11일

아침부터 농민의 笑顔을 보이게 하옵는 降雨가 왼종일 계속되였다. 그러므로 맥류의 생산고 조사를 출장 못 나가고 있다가 회계원으로부터 봉급을 받았다. 나는 5월 5일 임명인 고로 5월분만을 급여하되 16,740원 중에서 이 대통령 봉안 사진대가 3,000원이고 하여서 오재의 주사 댁 弔喪 시 3,000원과 멸공의 뺏지대 1,000원 하여 7,000円을 제외하고서 9,740원이 差引 殘額이었다. 대통령 사진은 순복이 댁에다 갖다가 끼여두고 퇴근 시에 회계원에게 4月分 公式에 대하여 물어보았더니, 면장님이 먼저 대답하시데, 5월 5일 발령이 늦었끼 때문에 다시 군에 가서 곷여서 지불하게 하마 하셨다.

1952년 6월 13일 금요일 天候 晴後雲 음 5월 21일

늦게 기상하였는데 조반도 게탕을 하시느라 늦어서 급히 출근하니까 아무도 출근하지 않았다. 정 기원, 홍 기원, 오 서기, 나 4인이 수참까지 가서 2개 所나 잡식한 것을 뽑아 놓고서, 수참 이장 댁에 가서 나는 늦도록 앉아 있다가 오후 곁참이 되어 식사까지 하고서 귀가하였다.

귀가하였더니 큰댁의 큰형님이 조카 경준이를 다리고 병원에 나오셔서 금년도의 농자금으로 양곡 금융조합으로부터 30,000원을 대여해 갖고서 심상정 의사에게 전부 1회에 지불하고, 경준이의 약대와 주사대로 今日分 20,000원하고 明日分으로 10,000원하고 하여 선불하고 와 계시면서 두레박 줄을 드리고 계시며, 큰댁의 농사는 어제 비로써, 개울배미 논만을 弱弱[간신히 또는 겨우] 이식하였다 하셨다.

경준이는 5일 전부터 복통이 심하다고 하다가 胜가 아파 우측의 孟子任 걸리는 데가 아프다고 하여 대단히 걱정을 하였다.

1952년 6월 15일 일요일 天候 청 음 5월 23일

조반에는 특히 경준이 때문에 家主인 태호 모친께서 白米 食事를 한 그릇 갖다주시어 경준이는 식사 후 나와 같이 심상정 의사에게 가서 3회째 베니시링[페니시린] 주사와 약을 바르고 잔액이 2만 원이었다. 경준이는 많이 나았다.

나는 이발을 춘수에게 無料로 하고, 금일은 勸農 記念日이기 때문에 지서 주임 김삼주 외 1명, 금융조합에서 1명, 구래, 양곡, 누산, 도사 이장님과 면직원 일동 함께 기념행사로 개성옥 댁의 이앙식을 약 600평 植付[식부:모내기] 하고 晝食 식사하였다.

식사 후 부면장과 농무계 직원 전원과 정조 밀식 지도를 나갔다 왔다.

석식 식사 후 연초 1봉에 500원에 매입하여 왔다. 그런 후 에리[칼라] 해진 와이셔츠를 순복 모친에게 수선하여 달라고 요청하러 갔더니, 큰댁의 麥刈[맥예:보리 베기]로 가시어 아직 귀가 치 않으시기에 나는 돌아왔다.

경준이는 다행이도 원기를 차리고 놀고 있었다. 경준이로 말미암아 크게도 염려가 되었던 것이 안심을 하게 되었다.

春蠶[춘잠:봄에 치는 누에]은 이미 2회째나 잠자기 시작하였다. 우리 집에서는 아직 누에를 양잠하여 본 적이 없기 때문에 나는 비로써 경험과 지식을 얻어보려고 생후 처음이었다.

1952년 6월 16일 월요일 天候 청 음 5월 24일

이일봉 兵士[병사]와 홍대식 친구에게 편지 회답을 하니라고 400원을 대여하여 付送[부송]하였다. 출근하였더니 부면장께서 어제 양릉의 박명훈 씨에게 부탁한 수참 부근의 廳條植[청조식]을 正條植[정조식]으로 改植[개식]하라며 논에 出張[출장] 나가보라고 하시기에, 혼자서 양릉을 거쳐 수참 구역에 갔더니, 이미 完植付[완식부] 하였으나, 횡렬만이 정확히 되고서 종렬은 亂植[난식]으로 되었다.

그러나 미소년들이라 결정적인 결말도 못 하고, 끝끝내 종렬도 정조식으로 하라고 고집을 세워 말하고, 수참으로 가서 리 사무실에 가서 정오 때까지 놀다가, 이장 댁에서 晝食[주식]을 먹고 수참 벌판을 一周 回轉[일주 회전:한 바퀴 돌고서] 하고서 정조 밀식의 성적을 보았더니 참으로 우수하였다. 그런 후에 이세우 리 서기가 하는 말이, 명년에는 나에게 약 1,800평 되는 토지를 분배할 터이니 농사를 하라고 하며 가옥까지 이사하여 오라고 하였다.

나는 찬성을 표시하면서 앞으로의 대책을 세워보았으나 걱정이었다. 그리면서 이 서기 댁에 가서 酒食[주식:술과 밥]을 하고서 귀가하여 왔다.

면장님도 부산으로부터 오시고, 부면장에게 출장 사정 보고를 하였더니 酒食後 中이면서 급히 양릉의 박명훈 씨를 부르라고 하시기에, 왼종일 野原으로 헤메어 백석현으로 다녀온 몸으로 또 양릉에 가서 불쾌한 言辭를 하였으나, 家主인 명훈 씨는 농번기라 없고 부인께서만 그릇된 말씀을 하시며 明朝로 正條植을 하겠다고 하시기에 나는 그대로 돌아왔더니, 부면장은 이미 퇴근하시었다. 귀가하였더니 모친께서는 경준이를 다리고 큰댁에 가셨다고 하시되, 태호 모친이 알려주시며 태호 父는 금일 上京하셨다고 하였다.

나는 찬밥으로 석식을 먹었다. 다만 獨身이 절로 큰댁의 식구가 그리워지는 생각이 났다.

1952년 7월 14일 천후 청 음력 윤달 5월 23일

今日은 제3차째 하곡 상환액 및 收得稅 출하 독려를 하러 반을 3개로 나누어서, 우리는 3반이 되어 오재의 주사, 정강성 기원, 전연석 주사, 홍석표 기원과 함께 5인이 조직되어 수참, 마송, 도사, 흥신 4개 부락이었다.

우선 흥신리 사무소에 가서 1개 부락씩 담당하여 헤어지고, 나는 오 주사와 더불어 里 서기 댁의 신지수 씨 댁에서 晝食을 먹고 귀가하였다. 와서는 난닝구 샤쓰를 세탁하였다.

그리하여 태호 댁의 김을 맨다 하면서 석식 1그릇을 주기에 식사하였다.

약 9시경에 도사리 夜間 常會를 하려고 急速히 가다가 長林의 정 기원 댁에 들렀더니, 정 기원의 말이 束沙[里]는 이장이 담당하고, 道伊串과 道小同은 里 서기인 최 서기 및 금융조합 李 서기가 담당하고, 장림과 백석현은 정 기원이 담당했다고 하였다.

나는 이장 댁을 다녀 도이곶에 가서 동 부락회를 개최하였다. 면에 취직한 이후로 제3회 연설을 하였던 것이다. 특히 저축과 하곡 상환 및 수득세 출하 독려였다.

잠은 도사리 이장 댁에서 잤다.

1952년 7월 15일 화 天候 청후운 음 윤달 5월 24일

今日은 도사리 이장 댁에서 조반을 먹고, 최 서기와 도이곶과 도소동에 가서 하곡 상환 및 수득세 출하 독려를 더 하였으나, 반장이 除草(제초)에 바빠서 순조롭지 못하였다.

畫食은 도소동의 除草家(제초가)에서 먹고 도이곶으로 왔더니, 정 기원도 와 계셨다. 함께 반장을 방문하고 일부분 수집하고서 장림리로, 백석현으로 다녀 귀가하다가, 수리조합에서 목욕을 하다가 힘[헤엄]을 친다고 6米[미: 미터] 되는 거리를 가다가 못 가고 浸(침)할[빠질] 처지인데, 정 씨 아이가 뒤에서 떠밀어 괜찮았다. 앞으로 다시 한번 건너보았다. 역시 뒤에서 띄밀어 주었기 때문에 넘었다. 이후로는 절대로 그리로 海水浴(해수욕)은 금하려고 각오하였다. 아마도 약 10여 년 만에 해수욕을 하여 본 것이다.

면에 돌아왔더니 廳夫(청부) 이현하 씨가 신현근 서기 대리로 숙직의 행사로 석식 식사 교대를 하자고 하기에 사정에 못 이겨, 잠간 집에 다녀 순집이에게 가서 민수가 어제부터 우체국에 재직케 되었으니 대신 구래리 서기로 들어가라고 의논하고서, 면에 가서 이씨가 석식 식사하는 동안 당직을 하다가 영영 자려는 계획이었는데, 물것도 많고 귀찮아서 야밤에 귀가하였다.

오늘 석식은 일부러 먹지 않았다. 모친은 큰 조형 댁에 가서 식사하시고 나는 목욕하다가 더러운 흙탕물을 많이 먹은 것 같아서 굶었다.

1952년 7월 22일 화 天候 청 음 6월 1일

어언간 閏[윤:윤달] 5월도 어제까지로 잠간같이 사라지고서 이미 6월이었다. 하성면 후평리의 이낙구 모친과 함께 조반 후로 작별하였다.

今日은 신현근 서기로부터 비로써 임업에 관한 서류 일절의 사무를 분담하여 맡았다. 미결서류를 면장님에게 전부 결제 맡았다.

夕方에 밭으로 다녀 호박 1개를 취득해왔다. 약 11평가량 되는 밭에다 참외, 외[오이], 호박, 옥수수, 왜콩, 고추, 마령서[감자] 등등의 7종류나 되었다.

석식에는 권씨 댁에서 옥수수를 주시고, 주인댁의 이씨 댁에서 빵을 주고 하여 平和 時의 옛 시절같이 앉아서 식사 후, 순복이 댁에서 本木[본목:무명] 쓰봉을 자봉실 1개밖에 안 사다 드렸는데 2개째 지어주셨다.

지난 6.25 시 1년간 입어 고물이 된 베 와이샤쓰는 금년에까지도 사용케 될 것 같았다.

자근 조형 댁에 말 갔다가 밀개떡과 옥수수를 먹고 놀다가 왔다.

1952년 八月 四日 月曜日 天候 晴 陰曆 六月 十四日

今日부터 날字 日記만은 漢字로 쓰기로 하였다. 今日은 3구 투표구에 가서 1,161매의 투표용지 副統領分만을 접어놓고서, 晝食에는 국수 비빔을 식사 후, 5시경에 강 서기의 자전거 뒤에 승차하여 와서는, 모친께서 나무가리를 헐어 乾木하신 것을 다시 묶어 쌓았다. 그리는 도중에 모친께서 하시는 말씀이 今日 순복이 댁 아주머님께서 하시는 말씀이 me love

man bak 씨 댁에서는 작년부터 미결정이던 혼인 관계에 있어서 me hause
에 갔다 온 상대자 측의 처남 될 분이 갔다 와서는 너무나 過度의 극빈임
을 承知하고서 可하지 않다고 말이 있으며, 가옥이나 건축하여야겠다는
이야기 등을 하였다고 하시었다.

석식 후에 옥수수와 마령서[감자]를 삶아 먹었다. 나는 목욕을 하고서
일기장을 기재하였다.

1952년 八月 五日 火曜日 天候 晴 陰 六月 十五日

今日은 우리 대한민국의 제2차 대통령과 부통령을 국민 된 여러 者들
이 直接 直線 選擧라고 하는 투표를 하게 되었다. 나도 일찍 밥을 먹은 후
1區인 면사무소에 가서 하고 강 서기의 자전거 뒤에 승차하여 3區인 도사
리 이장 댁에 施設한 投票所에 가서 부통령 투표 감시를 하였다. 대략 함
태영 씨에게로 風氣가 돌고 있었다.

오후 5시에 끝이어 6시경에 먼저 歸面하여 歸家하였더니, 모친께서는
蔬菜田[채소밭]을 경작하고 있었다. 나는 호배추배추 종자의 하나 심을 채소
밭 땅만 경작하고 놀았다. 석식에 식사 후 순복이 댁 아주머니에게 갔더
니 저번에 말하였던 가옥을 건설하라고 하시는데 안타까웠다.

1952년 8월 31일 일 天候 우 음 7월 12일

昨夜에는 吳世忠 代理 宿直을 하였다. 나는 限껏 늦게 出勤을 하였다.
이미 다들 出勤을 하시고 兵事係는 民間 留有者들의 漏落者들의 壯丁
身體檢査였다.
午正에 歸家하여 九芝[동네 이름]를 가보고서, 日前의 里長께서 付託

하셨다는데 가서 李炳道(이병도) 氏에게로 가서 房(방)을 修理(수리)하러 갈 兼(겸) 要求(요구)를 하였더니, 바를 窓戶紙(창호지)와 小麥粉(소맥분)밀가루을 갖다주면 발라주겠다고 하였다.

나는 그리하기로 하고서 面(면)으로 돌아오는 길에 순애네서 生後(생후) 비로써 미까라지[미꾸라지]의 죽탐국[추어탕]을 식사하였다. 그런고로 夕食(석식)도 먹지 않았다. 모친은 朴 巡警(박순경) 宅(댁)에서 鷄(계)국을 주어 食事(식사)하시면서 陽谷里(양곡리) 里長(이장) 宅(댁)에서 救護(구호) 粗(조) 수수를 2升(승) 주시어서 받아오셨다고 하시었다.

夜(야)에는 저물토록 全(전), 姜(강), 副面長(부면장), 李 書記(이서기) 등의 직원들이 모여서 遊(유)하다가 作別(작별)하였다.

나는 창호지 2枚(매)[장]에 1,400원 하여 3,000원을 소비하였다. 아직도 밀가루와 大豆(대두)가 있어야 房(방) 修理(수리)에 遺憾(유감)없을 듯하였다.

第十一號(제십일호) 檀紀(단기) 4285년 [서기 1952년]

1952년 9월 7일 일 天候(천후) 운 음 7월 19일

今日(금일)은 면에서 구지[동네 이름] 가옥세 납부 독려차로 출장을 나오게 되었다.

그리고 부득이한 사정으로 인하여 나는 구래리의 구지 부락 이병도 씨 댁 가옥 겻방으로 이사하게 되었다. 날씨는 흐려서 빗방울이 떨어지기 시작하다가 다행이도 그치었다. 이윽고 큰댁의 간데 형님께서도 자전거에다 지게를 갖고 나오셨다. 우선 간데 형은 솥을 갖고 먼저 건너와 솥을 걸었다.

오정이 되어 순복이 댁 작은 조형께서는 牛車(우차)에다가 이사짐을 실어다 운반해 주시고 재차 松枝(송지)나무를 마저 운반해다 積置(적치)[쌓아둠]해 두었다. 그러나 나는 석식도 대접치 못하였다. 담배만 두 각 드리고 牛車(우차) 주인인

전매식 씨에게는 松枝로 5속을 드리고 말았다. 그 밖에 일절 비용이 없었다. 오로지 義理 兄들의 덕택이었다.

왼종일 피곤한 신체에 불구하고 양곡리에 인사차 갔다 늦게 귀가하였다. 모친께서는 今日 이사 중 저고리 新品으로 2개를 잊으셨다[잃어버렸다]고 하였다.

1952년 9월 20일 토 天候 청 음 8월 2일

우리 나무 터미[더미] 위에서 인가의 소아들이 장난으로 대변을 누었다고 하였다. 어제 아침에 그리되었던 것이다.

今日은 모친께서 도민증 사진용으로 2,000원을 지불하고서 면에 나오셔서 찍으셨다.

나는 昌九, 이 서기와 같이 추곡 생산고 등급 조사 및 세금 징수차로 구래리로 출장을 나오던 도중에 야채를 솎았다. 구래리 와서는 창구 서기께서 자기 혼자 용무를 조사하겠으니, 私事에 自由껏 하라고 하여 나는 집에서 휴무하고 있었다.

명일은 창구 서기 대리로 土炭 收穫 監視, 아니 입회인으로 나갈 예정이다.

夕方에 숙직 당번인데, 정강성 기원의 대리 숙직을 하게끔 되었다. 식사 후로 나가서 있다가 하씨 청부가 나왔기에 잠간 집에 다녀오겠다고 하고 자근 조형 댁에 가서 앉아 있다 가옥 매입하려는 이야기를 비로써 하였다.

오랫동안 있다가 숙직을 하러 가니까 강영필 서기가 이미 와서 宿直簿까지 記載하여 놓았다. 그러나 숙직은 내가 하였다.

1952년 9월 21일 일 天候 청 음 8월 3일

조기 기상하여 귀가하였더니, 인가의 이 서기가 벼를 탈곡기로 털고 있기에 나는 이른 아침이라 선선한 기가 있어서 몸을 더웁게 하려고 시작한 것이 약 30속 털 때까지 계속하여 종료하고서 땀난 얼굴을 닦고, 이 서기 댁에서 식사케 오라는 것을 우리 집에서 식사하였다.

그리고 일요일이나 나는 도사리 토탄장에 입회인으로 나가게 되어 순집이네 자전거로 도사리 현장에 갔더니 마송리民들이 열성껏 시작하고 있기에, 里 사무실에 다녀서 일직이 귀가 도중, 태호 댁에서 목재 1본 남았던 것을 마자 조형 댁에다 옮겨놓고, 모친과 더불어 채소밭의 잡초를 뽑았다.

그리고 큰댁의 큰형이 나의 세탁을 갖고 나오셔서 晝食 식사하시고, 나와 더불어 근처의 금년 4월에 燒失[소실:불에 타 없어지고]하고 殘間[잔간:남아 있는] 가옥에 가보았는데 4간이나마 형편없었다. 기둥과 석가래가 전부 그슬렀다.

나는 아침에 탈곡기를 사용하였던 관계인지 비로써 피곤하였다. 온몸이 아프고 대단히 괴로웠다. 함으로 방 안애 누워 휴양을 하였다. 피곤하옵기가 대단하였다.

1952년 10월 3일 금요일 天候 청 음 8월 15일

今日은 秋夕節과 동시에 開天節이었다. 하므로 나도 일즉이 자전거로, 기상하면서 牛肉 1근과 柿枚[시매:감 상자] 1개를 갖고서 조기 출발하여 牛 地點에 오니까 日光이 出하였다.

큰댁에 도착하니까 4촌 형들도 來家치 않고 甥兒들만 와서 있고, 5촌 역시 않이 왔고 6촌 아우들만 왔다. 오래간만에 가니까 建物(건물)도 다 破損(파손) 建物(건물)이 되어 貧困(빈곤)함이 表面(표면)에 顯著(현저)하였다. 祭祀(제사)를 지내고 部落(부락)을 一週(일주)하여 강형 댁에 가서, 자근 조형과 앉아서 좌담을 하다가, 洋製品(양제품) 煙草(연초) 1각을 되리고, 里(리) 사무실에 가서 있다가 집을 경유하여 오후 3시경에 귀가하였다.

나오는 길에 우비를 갖고 나와서 자전거는 還付(환부:돌려주고)하고 면에 와서 앉어 있다가, 五寸(오촌) 댁에 가서 석식 후 귀가하였다. 방에 들어오니까 주인댁에서 오늘 밤 부락인 중에서 연극을 한다고 하며 구경을 가신다 하기에 나는 집을 守護(수호)하고 있었다.

1952년 10월 5일 일 天候(천후) 청 음 8월 17일

朝飯(조반)을 製造(제조)하였다. 주인댁에서 松片(송편)을 주시어서 쪄서 먹었다.

출근하니까 일요일이라 직원 절반만 출근하였다. 나는 홍 기원과 함께 석모리와 마산리의 퇴비 조사를 나가서 반월, 질곳으로, 모산리로 가서 이영재 씨 댁에 가서 晝食(주식) 식사 때 나는 송편만으로 식사하는데, 약 15개 이상가량을 먹고서 지란으로 와서는 堆積場(퇴적장)이 不備(불비)하여 측량치 못하고서, 마산리 사무실로 가서 시간 관계상 사무실에서 적당히 앉어서 결정을 지었다.

귀가 도중에 소림산의 이기현 씨 理容業人(이용업인)에게 이발을 하고서 요금 1,000원을 拂渡(불도)하였다[냈다]. 귀가하니까 저물었다. 나는 조반 때의 찬밥으로 식사하였다.

今日(금일)은 양곡리 사무실에 가서 모친의 사진을 찾아다 구래리로 보냈다. 今夜(금야)에도 家主(가주)인 병도 씨는 酒取(주취) 中(중)이었더니 半夜頃(반야경)에 갑자기 벅석, 으아

거리는 큰소리가 나며 아해들이 울고 야단이다. 나는 요지음 포성 소리에 마음이 注意(주의)되고 있는 차라 '피난이나 나가게 되어서 이리되었나' 차고 조용히 듣고 보니 양위분들의 싸움이 일어나서 부인은 야밤에 좇겨 나가서 의복 문제로 何處(하처)를 行(행)하였는지[어디 갔는지] 없었다. 나는 外地(외지)에서 의복을 주려고 하다가 뵈옵지 못하여 도로 들어와서 잤다.

1952년 10월 8일 수 天候(천후) 청 음 8월 20일

조반에는 주인댁에서 찬밥을 갖다가 쪄 주시면서 더운 식사하고 교환해 주시어서 식사 후로 나는 출근하였다. 홍 기원에게 선풍기대 잔액 15,000원을 완불하고서 나는 재무 사무를 협조하려 하였으나 공연히 오정 무렵을 보내었다.

晝食(주식)은 없고 옥수수 튀긴 것을 하복수 씨하고 떡하고 교환해 식사하였다.

오후에 순복이 댁에 놀러 와서는 그 아주머니께서 작년부터 끌어오던 결혼 관계에 있어서 박씨 댁의 상대자와는 언약이 무효가 되었다는 이야기를 들었다.

나는 實地(실지)에 있어서 아무런 好不心(호부심)도 느끼지 않았다. 단지 貧困(빈곤)의 理由(이유)로 그리되었는데 하물며 意款(의관)도 없었다.

夕方(석방) 무렵에는 일즉이 귀가하여 석식을 제조하여 식사 후, 장 서기의 대리 숙직을 하러 나가서 인천 세무서 직원들과 창구, 희종 서기가 야근을 하고 있기에 나는 순복 댁에 가서 놀다가 5촌 댁에 다녀, 또 순집이 숙직하는 방에 가서 잤다.

가금리의 전번에 말하던 이씨 댁의 결혼 관계를 다시 말해 보았다.

1952년 10월 28일 화 天候 청 후 운 음 9월 10일

今日은 김포를 가서 사업비, 직원용 공무원 식량을 찾으러 가려 하다가, 뻐-스 무승차권이 없어서 못 가고, 면장님과 농지 담임과는 말로 打合^{타합} 會次^{회차}로 郡^군에 가고, 부면장은 오니산리로 김 순경 結婚^{결혼} 關係上^{관계상} 客^객으로 선행하시고, 나는 수참리 강씨를 만나서 석정리 사촌형 가옥을 사라는 통지를 하려고 부탁하고서 기대하였다.

그리고 나는 결혼식 하는데 함께 全 職員^{전 직원}들과 같이 가려 하다가 오라니 가옥을 보러 가서는 곧 귀가하였다. 그러함으로 今日의 1일은 無 效果^{무 효과}였다.

주인댁이 벼를 수확하여서 지까리[짚]를 쌓아드렸다.

모친은 요 띠에다 홍색 염색을 드렸다. 나무도 해오셨다. 오늘 밤은 중요 일기를 기록하였다. 모친과 함께 앉아서 우리의 모-든 환경을 이야기하였다.

秋期^{추기}가 되어서 비로써 큰댁 형님께서 가옥을 사려고 저에게 약 70만 원 건으로 택하라 하기에 그때부터 구하려 하니까, 의지데로 되지 않아서 미결이고, 사촌 댁의 가옥 판매하는 것도 미결, 또한 결혼 관계상에도 미결, 이와 三方面^{삼방면}으로 극히 注目^{주목}되고 있는 바이며, 특히 가옥은 사던지 또는 他所^{타소}로 移動^{이동}을 하여야만 立冬^{입동}을 맞이하여 김장을 할 地境^{지경}이다.

1952년 11월 10일 월요일 天候 청 음 9월 23일

今日에 일즉이 기상하여 조반을 鄭友 宅^{정우 댁}에서 식사하고 鄭友^{정우}의 發出^{발출}을 보고, 순집 댁에 가서 祚^산셈하는 데 사용하는 막대기. 산가지을 전부 일전에 맡겨 두었던 50개를 갖다가 두되, 순복이 댁에 가서 두고, 면을 경유하여 벼 공판장에 출동되였던 수참리 추럭을 승차하고서, 수참리로 면 청사 수리비 收集次로 갔더니 共販日이고, 또 等級別로 할당되었던 것이 불공평하다는 異議가 있어서 다시 새로 할당하겠다고 하였다.

나는 정오경에 軍糧米用의 償還이 수참리에서 240여 가마니나 출하되는 것을 보고서, 추럭으로 다시금 승차하여 양곡리에 와서 降車하여, 直所 共販場에서 구지 이학근 씨를 만나서 요구하던 방을 재차 부탁하였더니, "방이 좁고 생활물품은 많고 하여 곤란하지 않겠느냐"고 하며 "正히 難關이면 오라"고 하였다.

나는 부득이한 사정으로 인하여 難點을 불구하고 그리하기로 하였다. 귀가하여서 房을 一面 掃除하고서 冊을 團束하였다. 鼠쥐는 방에서 한창 핸터져 놓아 우리의 손을 바쁘게 하였다.

방은 옮겨가야 하겠고 修理할 處所는 많은 곳이고 하여, 마음은 공중 높이 떠 있는 것 같았다. 모친은 우리의 김장할 새젓[새우젓]을 갖고 오셨다고 하시며 귀가하여 왔다.

그리하여 모친과 함께 양곡리로 가서 순복이 댁에서 석식 식사를 하고 나는 순집이 댁에 잠간 다녀 큰 조형 댁에 가서 일찍 잤다.

1952년 11월 16일 일요일 天候 운 후 우 음 9월 27일

벌써 陰曆 9월 말일이었다. 숙직실로부터 기상하여 집에 와서 식사하고 출근하여 있다가 면장은 사회계 이 서기와 영인까지 金浦 郡守를 비롯하여 학운리 避難民 收容所에 視察하라 가시고, 나는 市日이 되어 市場에 나가서 誰何[누구]를 만나보려고 나갔더니, 민수는 이미 三次째 "학운리 채씨 댁 신부가 있으니, 22세인데 약혼 매저[맺어]"라는 이야기가 있었

다. 나는 궁합이 맞지 않아 그만이라는 말을 하던 중에 今日은 氣像만을
선택하려 한다는 이야기를 하고 일찍 퇴근하여, 모친과 함께 이학근 씨
댁으로 이사하였다. 좁은 방 1개를 얻어 드렸다.

피차가 부득이한 경우이나 당분간을 목적으로 하고 들었다. 그러나 今
日 또 구래리 지인이 면에 나를 찾아와서 가옥 5간 옛 건물이나마 50만
원이라고 하였다. 나는 후로 미루고 아마도 그 가옥을 사려고 하였다.

어머님과 함께 생활 물품을 오후 5시까지 옮겨놓고 석식 식사를 하였
다. 식사 후 인가의 이 서기가 와서 이야기로 놀다 갔다.

나는 가옥 매매할 돈 500,000원을 누구로부터 대여하거나 또는 동정
을 요구해 보나 하고 그야말로 궁리하던 중 '동제약방 강 선생님에게 요
청하여 볼까? 또는 수참 김희열 씨한테 부탁하여 볼까?' 하며 생각을 하
다가 잤다.

1952년 11월 28일 금요일 天候 청 음 10월 12일

今日은 陽村面 歡迎式을 擧行하게 되었다. 아이젠하워 元首의 來韓이
었다. 수참리서는 뜻밖에 農樂隊를 준비하여 갖고 나와 참도나 잘 놀았다.
식이 끝인 후 누산리로 마송리로 하여 행렬하게 되었으나 어떻게 할 案이
없어 희열 씨 댁에 가서, 희열 씨 부친의 생신일이 今日이라 하나 기회가
없고, 나는 일즉이 들어와서 갈키 자루를 다듬고 있는데, 갈마동 누님이
와서 "운네이[운양리] 21세인 妻 婚處가 있는데 如何[어때?]"를 이미 3, 4
次째 질문하였다. 나는 다만 宮合이 不合當하다 하와 주저하나, 학운리 고
음달의 민수가 이야기하는 것이 틀리면, 其 處로 할 예정이었다.

今日에 무 20본을 묻고서 나는 농악대 노는 자리로 갔더니 이미 해산

이었다. 나는 순녀 댁에 와서 석식을 먹고 모친께서는 구래 이윤준 서기 아우의 결혼일이라 가시어서 석식을 드시고 오셨다 하였다. 今日에 비로써 솥을 걸어놓으셨다.

1952년 12월 2일 화요일 天候 청 음 10월 16일

어젯밤부터 갑자기 치워서 금년에 대하여서는 처음 추위였다. 나는 숙직실로부터 기상하여서 순복이 댁에 경유하여 석유 5합 갖다 두었던 것을 보관하여 두면 좋겠으나 당장 사용할 석유가 없어서 갖고 귀가하였다.

모친께서는 치위에 조반을 하고 계셨다. 식사 후로 나는 오바도 없이 출근하여 UN 잠바는 매도하고 시보리 잠바를 입고 있다가 입영자들의 신분 조사가 있어서 수참리를 나가게 되었다. 도중에 세우를 만나서 출장 용무를 책임지고 해주겠다고 하여 나는 않이 나갔다.

그리고 晝食에 李世雨 書記로부터 買入해주어 食事 後로 나는 순복이 댁에 갔더니 떡을 주시어 먹은 후 순복이 댁 아주머니에게 말씀을 듣자니까, 今般의 婚處는 즉, 興新里人 박정분 씨와는 정 기원의 방해로 인한 관계였다는 말을 화섭이 모친께서 하였다는 이야기를 하여주었다. 나는 짐작으로 생각하고서 귀가하여 靑松 2束을 마자 학근 씨 댁에서 갖고 왔다.

어제밤에 비와 눈이 섞여 내린 관계로 치워[추위] 운신을 못하게 되었다. 今日의 날씨는 C 영하 14도였다 한다.

1952년 12월 7일 일요일 天候 운 후 청 음 10월 21일

今日은 수참리서 출근하였다. 그리하여 면에서 구래리로 출장을 나와 나무를 한 짐 하려고 계획하여 귀가 도중에 모친과 갈마동 자임이 나를 찾아 나오시다가 사진 1매를 요구하기에, 나는 순복이 댁에 가서 과거 박정분 씨 댁에 통혼이 있을 때 사진 받은 것을 도로 반납하여 주고, 사진 각구에 있는 1매의 독사진을 자임에게 드렸다.

나는 귀가하여 갈키를 싸 바르고 晝食 식사 후 나무를 한 짐 하여 왔다. 날씨는 많이 누그러졌다. 순복이 댁에는 今日 은기 댁과 함께 매주를 쑤었다.

1952년 12월 8일 월요일 天候 청 음 10월 22일

요지음에는 麥飯[맥반:보리밥]으로만 식사 중이므로 모친께서는 참으로 괴롭힌다는 말씀을 종종 하시었다. 출근하였다. 麻山 里長께서는 內村에 家屋을 白米 1叺에 買入하라고 하시었다. 나는 후일로 미루었다. 7월분의 公食을 精麥으로만 15되를 찾아다 순복이 댁에다 두었다.

갈마동의 내외종 사촌 자임은 우리 직원들이 今日부터 11일까지 4일간 출장 용무를 띄워갖고서 發行하려 하는데 나를 찾아오셨다.

그리시면서 김포면의 운양리에 오씨 댁의 혼처가 성공될 듯이 어제 나의 사진을 갖고 가더니, 今日은 상대측 사진을 갖다 뵈여 주었다. 그리시면서 음 11월 12일 이후에 禮를 이르자고 하면서 "날태기[날 택일]와 사주를 일시에 작성하여 오라"고 하였다 한다.

나는 모친에게 다녀가라 하면서, 늦기에 수참리에 출장도 못 나가고 母親의 道民證에 指印을 捺印하시라고 타마구를 갖고 오려고 하는데, 민수한태 가서 이일봉이에게 書信 回答을 내고서 귀가하려 하였더니, 민수는 "陽陵의 姜氏 宅 新婦가 19세인 사람이 있다" 하면서, 자기의 丈母에게 가서 자세한 내용을 듣자고 하기에 같이 오라리까지 가서 말을 듣자니까, 양릉의 孤獨한 강씨 댁인데 괜찮다고 하였다. 나는 10일 날 민수 장모와 함께 양릉의 통혼 처를 가보기로 하였다. 귀가하여 모친의 말씀을 듣자니까 운양리로 하자고 하였다.

今日 회계한테 수참리의 잡종금을 150,000원을 지불하였다. 가옥세도 6,000원 강신교 씨 댁 것을 납입하였다.

1952년 12월 9일 화요일 天候 운 음 10월 23일

모친께서는 부평으로 '가락지' 매입하시러 가신다 하기에 나는 一金 10,000원을 드렸다.

나는 직행으로 수참리에 출장 갔다가 救護種 籾[벼] 回收件과 貸與 籾[벼] 回收에 작성 중이기에 추력으로 마송까지 와서 속사 채현묵 씨한테 일전에 쓰봉 매입하겠다는 부탁금을 도로 찾으려 하였으나 나는 뵈옵지 못하고, 이장 댁에서 晝食만 식사하고 돌아왔다.

석정리 큰댁으로 와서 형에게 의논하옵기를 운양리 각시에게 四柱하려 한다는 이야기가 있자 好感으로 打合되고, 석식은 영남 씨 댁에서 식사 후로 밤에 희석 모친은 "음력으로 이달 말일까지 기다려 보라"고 하였다. 나는 양릉의 강규만 씨 댁에도 통혼이 있는데 주저하고 있는 차였다. 今日 아침에는 순애 댁 형에게 선풍기대로 20,000원을 받았다.

1952년 12월 10일 수요일 天候 청 음 10월 24일

큰댁으로부터 公食 糧穀 1개월분 精麥 小斗 3斗를 드리기로 하고, 백미 8되 반을 仲兄의 자전거에다 싣고 나왔다.

귀가 후로는 나무 한 짐을 제작하여 놓고서 8일 날 민수 장모와 함께 약속한 건에 대하여 양릉의 신부 될 인물을 보러 갔다.

참이[마침] 夕方경이라 김치에 석식 식사를 하고서 신부와 맞선을 보았다. 신부 측에서는 허락하면서 가락지나 하고 치마 양단이나 하라고 하였으나, 今日 아침 일직 석정리 큰댁에서 석영 부친에게 이발을 하면서 노재혁 선생한테 잠간 들은 궁합 관계에는 22세는 궁합이 좋고, 19세는 喪^상 당할 惡^악 宮合^{궁합}이라 하였다. 그런고로 내용은 案^안이 규정치 않았다.

간데 형에게 一金^{일 금} 8,000원을 받았고 은기 댁에서 가옥세 68,000원을 받았다.

밤에는 양릉서 돌아왔다. 숙직실에서 잤다.

1952년 12월 11일 목요일 天候 청 음 10월 25일

면 숙직실에서 자고 일어나 기상하였다가 今日 조조 귀가하니까, 모친께서는 작야에 부평으로부터 '가락지 비나귀게' 銀質^{은 질}로 하였다. 50,000원에다 인조 저고리 1감 하고 하여 소비하였다. 출근하였다가 큰형에게 정맥의 공식으로 1개월분 배급 수급한 것을 2되가량 순집이 댁에다 두고서 큰형에게 드렸다.

간데 형에게 자전거를 갖다 놓았던 것도 今日 무시, 1,000원에 매입하여 개선하고서 되려 보냈다. 모친께서도 今日 드러가셨다. 큰댁으로 사주 차비하시라 가셨다.

나는 강세희 댁에 가서 양릉의 혼처와 운양리의 혼처 두 군데가 있는데, 내용은 如何^{여 하}[이러이러]하다는 이야기를 말씀드렸더니 판단키가 분명치 못하셨다.

나는 석식을 순복이 댁에서 식사하고서 우체국 숙직실에서 순집이와 같이 잤다.

1952년 12월 12일 금요일 天候 청 음 10월 26일

局^국의 숙직실에서 자고서 큰 조형 댁에 와서 조반을 식사하고서 출근하였다가, 오후에 15일까지 秋穀 償還 出荷 督勵로 出張을 하게 되었다. 나는 누산리와 구래리의 畜産 委員會 總會에 참석할 委任狀을 받으러 나왔다.

우선 명일에 내외종 사촌 자임에게 운양리의 통혼처를 친견하라 가자고 부탁하러 갓다 와서는, 유현으로 구래리 이장 댁으로 단녀와서, 석식을 늦게야 국수를 삶아 식사하였다.

모친께서는 今日 완오거 부락에서 사주를 써오셨다. 사주라 함은 다름 아니고 (戊辰 三月 二十三日 未時生) 이와 같았다. 그리고 날 택일은 (涓吉 奠雁 12月 12日 丁丑日 納幣 同日 先向)이라고 기재하였다.

1952년 12월 13일 토요일 天候 청 음 10월 27일

今日은 갈마동의 자임 오시기를 기다리고 있다가, 싸리깨비를 뒷산에 가서 사주를 보낼 것이라고 하여 꺾어왔다. 그리하여 갈마동 자임과 더불어 운양리에 통혼처를 가려 한 도중에, 면으로 수참리로 가서 畫食 식사 후 희열 씨한테 자전거를 빌려 타고서, 누산리 가서 자임을 싣고서, 운양리에 약 오후 3시경 되여 도착되었다.

신부 댁에 가서 신부 될 사람을 보고서 간단히 초면을 맞이고서는 장모 될 분과 이야기 도중에 자임께서 경솔하게도 돌연히 사주를 내놓았다. 나는 아직 일즉이 서두르는 것 같아서, 후로 날태기와 함께 보내겠다고 하였더니, 소개인께서 짤라 말하라는 바람에, 그냥 받겠다는 이야기에 못 이겨 넣여주고 나만이 귀가하면서, 만족치 못함을 생각하면서 수참리로 가서, 수참리는 今日 리 사무실을 이동하였다고 하면서 리 사무실로 가서 잤다.

今日은 건설 연초 1각에 2,000원을 주고 매입하여 왔다. 그 연초는 약 혼처로 듸리려 한 연초였다. 상대측의 호주는 오연동이라 하며, 양곡리의 오부성 씨 댁의 큰댁이라고 하였다.

자면서 세우 씨한테 맞당치 않았다는 말을 하였다.

1952년 12월 15일 월요일 天候 청 음 10월 29일

리 사무실에서 회계를 하고 있는데, 면장님께서 오셨다가 가셨다. 수금도 못 하고 김백룡 씨 댁에서 결혼식 거행함을 보고서, 晝食 식사 후 煖爐^{난로} 煙筒^{연통}을 이장님 댁 還甲日^{환갑일}에 쓰시라고 하기 위해 면에 나와서 방침을 세우고서 귀가하여 나무 1짐을 해오니까, 민수가 와서 기다리고 있었다. 양릉의 통혼처에서 "하지 말라든가, 可否^{가부}를 이야기하지 않아 궁금함을 금치 못하겠다"고 하여 왔다 하며, 더불어 가자고 하기에 나는 그대로 따라가서 오라리로 양릉 신부 댁에 가서 국수와 떡까지 식사 후 자고 가라는 것을 그대로 도라왔다. 약 9시경에 家合^{가합} 關係上^{관계상} 可否^{가부}를 定^정치 못하고서 왔다.

1952년 12월 16일 화요일 天候 청 음 10월 30일

今日은 모친의 말씀하에 양릉의 혼처를 포기하고서 운양리로 정해놓고서 나는 출근하여, 마송리에 갔다가 귀가 도중에 오니산리로 다녀 조병우 친구 댁에 들어가 석식까지 식사하면서, 운양리의 혼처 이야기가 되었다.

내용을 듣자니까 과거에 조병우 친구에게 통혼이 있다가 결혼식 5개

일을 앞두고서 사주를 限^한해서 失婚^{실 혼}이 되었다고 하며, 대체적으로 내용을 이야기해 주고서 나에게 可^가하다고 하였다. 나는 가부를 정해놓고서 귀가 도중 민수에게 가서 양릉의 우순명 씨 댁 아랫집이라 하며 現時^{현 시}까지 미결로 있던 강씨 혼처 댁에 가서 궁합 관계상으로 否^부하다 하오니, 그대로 소식을 전해줌을 요구하였더니, 민수는 더불어 가자고 하기에 면목은 없으나, 마지못해 7시경에 양릉에 갔다가, 민수가 신부 母^모 되는 분께 나오심을 요구해 直接^{직 접}으로 "궁합 관계상 否^부하다 하와 결혼을 하지 못하겠다"고 말씀드렸더니, 그저 궁합에 있어서는 可^가하다는데 하면서 섭한 感^감으로 작별을 하게 되었다. 마당에서 작별하여 귀가 도중에 면 숙직실에 가서 신 서기가 매입한 술을 먹고 9시경에 귀가하여 잤다.

그리고 모친께도 양릉으로는 고만두겠다고 하였다는 말씀을 드리고 목표를 세웠다.

1952년 12월 17일 수요일 天候 청 음 11월 1일

今日은 출근 시 도중에 오라리 민수 장모 댁에 잠간 다녀 失婚^{실 혼}을 이야기하려 하였더니, 민수도 와 있고 양릉의 신부 댁 모친도 와 계셨다. 그러나 작야와는 또 변함이 많았다.

신부 측에서는 부득이 결혼 관계에 있어서는 궁합 관계는 여차로 미루고서 하여간에 결혼을 맺으려 한다는 강조 비슷키 하였다. 나는 心思^{심 사}가 새로히 搖動^{요 동}되었다. 동시에 민수 장모는 여하를 막론하고서 그리되겠금 요구를 하였다. 그러면서 가부도 신부 측의 당자와 해결하라고 하였다 한다. 금야는 그리하여 민수와 함께 다시금 오라는 부탁을 이야기하고서 우리는 출근하였다. 한껏 늦었는데 직원들이 없었다.

듣자니까 작일부터 20일까지 추곡 상환 출하 독려를 하니라고 출장이라고 하였다 한다.

나는 귀가하여서 갈마동 자임 오시기만 기다리다가 자전거로 갈마동을 가니까 아직 오시지 않았다. 나는 도로 와서 숙소에서 단지 갈마동 자임만을 기다리고 있는데 夕方경에 오시었다. 오시던 마탁 나는 사주를 질문하면서 如何[어떤 변화] 有無가 없는가를 문의하였더니 別無하다고 하였다. 그러나 나는 假面 비슷이 운양의 사주를 도로 찾아다 주셨으면 하였더니, 그 자임께서는 "나는 못 찾아오겠다"고 하시며, 동시에 칭찬만 하시기에 나는 그대로 마음이 쏠리었다.

그리면서 오후 4시에는 민수 장모님 댁에 가서 다시금 양릉의 강씨 댁에 가자는 것을 나는 금야에는 가지 않겠다고 하였더니 其側에서는, 신부 측에서 부득이 나를 만나보려 한다는 것을 원한다 하기에, 마지못해 양릉에 이미 4회나 가게 되었다. 가서는 방에 들어갔더니 아무런 감각도 없고 未安한 感만을 이야기하고 싶었다. 얼마 안 있어서 민수도 왔다.

나는 궁합을 원인으로 삼고 "나쁘다 하니까 별도리 없다"고 하였다. 그러나 끝까지 민수와 민수 장모는 신부 될 사람과 같이 "궁합은 여하간에 당자끼리만 합의가 되면 결혼을 하지, 모든 것이 다 필요 없다"고 말로나마 성립을 시키려고 하였으나, 나는 일절 불응하면서 "모친께서도 거절하옵는 것을 如何하오[어떻해요]?" 하면서 不함을 표시하였다.

그러나 나는 우리의 의지만은 변함이 없이 애정이오나 별도리 없으니 상호 간에 양해하면서 타처로 정하자 하오나, 신부 될 사람은 來來 一을로 "만약 결혼 관계가 失婚이 되면 생명을 끊어 버리겠다"고 하였다. 나는 일편 염려가 되면서, 그리지 않도록 마음씨를 안정시키느라고 약 반야가 넘도록 단둘이서 협의를 하였으나, 순조롭게 이해치를 못하였다. 그러나 결과에 와서는 모든 하소연을 신부 측에서 하면서 만약에 다시금 궁합을 보아 결렬되면 동생과 형으로 취급하기로 하고 사진이나 교환하고자 한다 하였다. 그것도 허락지 않고서 나는 약 1시경에 돌아왔다. 면 숙직실에서 잤다.

단기 4286년 [서기 1953년] 1월 1일 목요일 天候 청 음 11월 16일

순녀 댁에서 아침 식사 후로 정오 댁에 가서 도랑구를 함 대용으로 사용하려고 대여해 갖고 순복이 댁에 가서 조끼, 응한 숙부 댁에 가서 국수 1관, 이발업에 가서 머리를 그대로 생후 짓고서, 큰형을 시장에서 뵈옵고, 큰형은 牛肉^{우 육} 1근과 新婦^{신 부} 될 者^자 고무신을 13,000원, 기타 몇 가지 매입하려고 하는 사이에, 나만이 화섭이 댁에서 晝食 식사 후로 우체국에 가서, 소품의 거울, 사진 각구를 갖고서 큰형과 작아에 이불 갖다 놓았던 것을 화섭이 댁에서 지고 귀가하였다. 야간에는 자연히 명조 출발할 준비에 반야까지 있다가 명일 생각으로 조침하였다.

금년에 지난 12월을 회고하면서 잤다.

1953년 1월 2일 금요일 天候 청 음 11월 17일

잠이 깨워 깜짝이 놀라면서 기상하여 시간이 늦었다고 재축을 하면서 출발 준비를 하기에 허둥지둥하였다. 시간은 7시 반인데, 飛速한 動作^{비 속 동 작}으로써 간데 형과 영남 씨와 3인이 마송리로 나왔다. 마침내 뻐-스는 도착되었는데, 나의 명주 수건을 매입하려고 차를 보내고 찾으니까 명주는 없었다. 그리하여 왜수건을 아침에 자임께서 10,000원 주신 것 중에서

4,000원에 사서 목에 두르고 경기 여객 뻐-스로 지경까지 가서 降車^{강 차}하여, 妻家 宅^{처 가 댁}에서 誰何^{수 하}[누군가]가 안내차로 와 계시련만 하고서 근처를 보다가 우리끼리 처가댁을 찾아서 들어가 시간관계로 速時間^{속 시 간}에 걸쳐 식을 거행 케 되었는데, 뜻밖에 예전 풍속으로 젖어오던 재구럼지를 심히 맞게 되었 다. 나는 별도리 없이 흠뻑 맞았다.

그리고서 초례상에 올라서 약 10분경이나 지체하다가, 초례를 지내고 서 晝食^{주 식} 식사 후, 오후 2시경에 출발하여 양촌면 침산리 와서 평화 뻐-스 로 갈산리까지 와서 강차하여 보행으로 귀가하는데, 그야말로 에처러웠으 나 힘있게 귀가하여, 항구와 누이를 보내 자전거로 갈산리 가서 혼사 물 품을 싣고 오게끔 부탁하였고, 때마침 양촌면 직원들은 인가의 영식 씨 댁 안방으로 모시고 대접을 재촉하였다.

한참 있다가 나는 직원들에게 가서 인사를 하고, 강철희 씨 문근모 씨 등의 후원으로 무사히 종료되고서, 일몰 후 보내게 되는데 면 의장님 이 범응 씨께서 20,000원하고 또 직원들 일동께서 200,000원의 축하금을 내 놓고서 각 귀가하여 갔다.

야간에는 부인들에게 많은 作亂^{작 난}을 받았고, 初夜^{초 야}에는 別로^별, 異感^{이 감}이 있을 것 같기만 하였다.

1953년 1월 5일 월요일 天候 운 음 11월 20일

今日은 자임께서 20,000원을 더 주시면서 家用^{가 용}에 사용하라고 부탁하 였다.

그리고 나는 큰댁으로부터 백미 3승과 혼사에 대한 일절 필수품을 전 부 간데 형과 매부께서 가오대까지 운반하여 주시고 솥까지 수리해 주시고 가시었다.

우리는 양곡에 나오는 도중에 뜻밖에도 장모 어른을 뵈옵게 되었다. 初度에는 놀랄 만치 염려가 되었건만, 그래도 결과는 그닥지 않았다.

양곡을 통해 숙소에 와서 나는 일직이부터 석식을 제조하여 식사 후로, 면장 댁에 찾아가 약주 1되와 안주 약간하고 갖고서 갔더니 않이 계시기에 그냥 드리고 돌아왔다.

자임께서는 今日 晝食 식사도 없이 오후 2시 반경에 들어가시었다.

금야는 오라간만에 불을 때웠어도 방이 따뜻하였다. 모친과 더불어 처와 함께 3인이 잤다.

1953년 1월 7일 수요일 天候 청 음 11월 22일

작야 갖고 온 판을 짖처[부수어 잘라놓음] 놓고서 식사하였다.

今日은 희종 서기 댁으로 다녀서 김연석, 변영인, 정강성, 강영필 서기 등과 함께 석모리로 출장을 나가, 이장 댁에서 晝食 식사를 한 후, 희종이와 석산으로 가서 리 행정세를 잡종금과 같이 수금키 시작하였으나 완료치 못하고서, 리 사무실로 와서 9시경에 귀가하여 왔다.

날씨는 매우 찬 날이나 외지로 나다니었다.

귀가하니까 모친께서 하시는 말씀이 今日 妻家 便의 丈母分과 유현리 妻姉[처의 언니] 되시는 분이 오셔서 혼사에 부족함을 책하였다 하며, 기분 관계에 있어서 좋지 않았다고 말씀하셨다. 금야는 방 내에서 쥐를 잡았다.

1953년 1월 8일 목요일 天候 청 음 11월 23일

今日은 조반에 모친께서 큰댁에 갔다 오시겠다고 하였다.

나는 일즉이 수참리로 출장 나가는 도중에 진욱 친구 댁에서 '혼처에 대여할까?' 하던 상하 의류를 사용하지 않고 도로 갖다 드렸다.

수참리에 나가서 이장님에게 결혼 이후 비로써 인사 이후, 리 사무실로 가서 잡종금을 개인별로 할당하고서 백석현에 나가 결혼 예를 하라고 하여, 재근, 근택, 세우, 신근, 상문 씨 등들과 나가서 국수 반 관에 약주 1되로 세우 서기가 매입하였다.

후로는 내가 돈육 6,000원치와 약주 반 되를 매입하였는데, 대금은 세우 서기가 지불하였다. 이어서 근택이가 떡국 7그릇을 28,000원에 매입하여 나는 이중으로 식사하였다. 그리고 오후 3시경에 나는 귀가하였다.

양곡리 와서 남준희에게 衣品 장농을 운반해 오려 하였으나, 나는 明朝에 가져오기로 하고서 일몰경에 구지 이범웅 씨에게 가서 축하금으로 20,000원 보내주신 데 대하여 감사하다는 致謝의 말씀을 하고서, 구래리 이장에게 인사하고서 귀가하여, 조동렬 씨와의 인사 관계가 있었고, 나는 석식도 식사치 않고서 앞으로의 생활 염려만을 꿈꾸고 있었다.

모친께서는 큰댁에 들어가시고 안해께서는 석식을 준비해놓고 기다리고 있었다. 나는 식사 후라 한참 있다가 식사하고서, 금야에야 비로써 결혼식을 거행한 지 일주일째 되는 날이었다.

금야에는 안해께서 유뎅[뉴똥;명주실로 잔 옷감 종류] 衣品 치마를 부탁하였던 고로 나는 면 직원으로부터 주신 기증금 200,000원 중에서 요청하옵는 의류를 매입해 주려고 정하였다.

1953년 1월 9일 금요일 天候 운 음 11월 24일

음력으로는 금일이 적기라 하여 양곡으로부터 이재향 씨 댁으로부터 결혼사에 매입해 주신 장농을 가져오기로 각오하며, 조반 식사 후 수참리로 직행 출장을 나갔더니 이미 신현근 서기와 정 기원과 2인이 와 있었다.

한참 있다가 전연석, 변영인이 왔다. 그리하여 나만이 수참리를 담당하기로 하고, 그 밖의 직원들은 이장 댁에서 약주를 식사하고서 도사리로들 갔다. 나는 부락을 한 바퀴 돌고 명일까지 각 잡종금을 전부 완납해 오라고 통지하였다.

그리고서 夕方경에 나는 백석현으로 나와 오후 5시경에 국수 1그릇을 식사하고서 어둡기 시작하여 귀가하여, 양곡리에 와서 이종운이를 만나 옷장을 한 짝씩 지고 돌아왔다.

모친께서는 今日도 않이 오셨다. 今夜도 안해는 식사를 제조해 놓고서 기다리고 있었다. 그러나 나무는 당장 없고 명일에는 아마 나무나 한 짐 해다 놓고서 출장 갈 예정이었다.

결혼 이후 계속적으로 야침이 부족되었다.

1953년 1월 11일 일요일 天候 청 후 운 음 11월 26일

이장 댁에서 조반을 식사하고서 부락 일주를 돌면서 잡종금을 수금하였으나, 반액밖에는 어찌할 도리 없었다.

今日은 하성면으로부터 피난민들의 소개를 받아 수참리로도 6世代나 소개를 받아갖고 나왔다. 장 서기는 피난민들 배치 관계로 수참리로 출장을 나왔다가 들어갔다.

날씨는 今日 거듭 3일째나 春節[춘절:봄날] 기후로 온화하였다.

모친께서는 今日 나무를 3회나 해오셨다고 하셨다.

석식 식사까지 식사하고 어둡기 시작하여 귀가하였는데 캄캄하여져서 집에 도착하였다.

방 안에는 갈마동 자임이 오셨다. 그리시면서 처가댁의 처남의 부인께서 골무와 작은 물건들을 갖고 오셨다 한다. 아울러 결혼 행사의 부족함을 또 비난하였다고 하였다.

1953년 1월 18일 일요일 天候 청 음 12월 4일

今朝 기상하여 이장 댁으로 가서 조반에 김을 싸서 식사하고, 최 반장과 같이 잔금 수금에 노력하여 晝食도 없이 수금하다가, 금반 출장 이후로 1,040,000원을 갖고서 잡종금으로 60만 원하고 군경 수호금비로 100,000원하고 가옥세분으로 140,000원과, 국책대금으로 200,000원하고 합계가 1,040,000원이었다.

오후 4시경에 귀가하려 하다가 백석현에서 乙班 督勵班하고 만나게 되어, 백석현 일부를 완납하고서, 간단히 1회의 약주를 나누어 식사하고서 귀가하니까, 마침으로 식사의 여유도 없고, 찬밥으로 식사하게 되며, 모친께서는 今日 3회나 나무를 제조하여 오시기에 대단 피로하시어 계시는 이외에, 어제 때마침 妻家 宅 丈母分께서 오시어 惡話의 言辭가 많았으며, 일전에 17,000원대의 의류는 색 나쁜 것으로 매입했다는 것과, 사전에 내용을 알리지 않았다는 이야기 등으로 꾸지저 주시었다.

과거를 반성하건데, 하나서부터 10까지 나의 잘못이었다. 자신이 나의 죄를 모친에게 깊이깊이 빌지 않으면 안 되리라는 것을 절실히 느끼며 반성하였다.

매사에 그릇된 점을 다 같이 이해하면 하겠마는 단지 나뿐이겠지? 누구에게 하소연하리오. 頭上머리은 나 몰리 복잡하기만 되어 있고 그야말로 萬事가 괴로울 뿐이었다.

1953년 1월 28일 수요일 天候 청 음 12월 14일

今日은 뜻밖에 면장님이 대구로부터 귀청하시었다. 우리 직원은 징용 대상자 조사차와 농민회 구성에 관하여 나는 수참리인데, 신 서기가 결근이기 때문에 누산리 구역까지 담당하여 갖고서 나가다가, 신 서기 댁에 가서 출장을 알리려고 하다가 晝食까지 먹고서 이야기하다가, 신현근 서기는 비로써 나에게 솔직히 말하노라 하면서, 나에 대하여서 제반 사무를 성의껏 협조하지 않으므로 사무가 능숙치 못하다고 하면서 앞으로는 將來의 技員이니 田作과 商工과 畜産과 林業을 通하여 더불어 하여 보자고 하였다.

그리기 전에 나는 축산을 함께 사무 보자고 하였더니, 그리 말하면서 뜻밖에 오해감을 느끼면서, 나의 의사가 출장 많이 좋아하고서 내무에는 뜨막해하기에 모-든 건을 시키지 않았다고 하였다. 나는 그렇지 않다고 하며 앞으로 성의껏 배워보겠다고 하며 누산리를 향해 나가려고 하였더니, 도중에 계양 누님을 만나서 자세한 말씀을 듣자니까, 매부께서 이번에 6마지기 평의 논을 3,200,000원에 매도하였으니 殘 土地는 1.5마지기밖에 않이 남았으니, 田 若干 坪하고서 생계가 도리 없이 곤란하여졌다고 하였다. 그리며 우선 이번 현금을 50만 원이나 갖고 왔으니 백미나 매입해 두라고 하며 2가마 치라고 하였다.

나는 출장 나갔다가 명일에나 귀가하겠다고 하면서 누산리 사무소를 경유하여, 수참리를 나가서 이장 댁에서 석식을 식사하고서 야간에 농민회 구성에 대하여 개회하려고 하였으나 游會가 되고 말았다. 반야경에 위스키 술과 사과를 사 먹었다. 친구들의 덕택으로 나도 식사하였다.

1953년 1월 31일 토요일 天候 청 음 12월 17일

今日은 일즉이 출근 도중에 순복이 댁 아주머니께 가서 일전에 수수 엿 되로 15승 급수한 식량을 5승만 드릴 터이니 엿이나 고아 잡수시라고 하였다.

今日은 회계에게 100,000원으로 가옥세분으로 납부하였다.

晝食도 없이 있다가 퇴근 시간이 너머서 야근이나 할까 하고 있다 9시경에 돌아왔다. 와서는 전부 보리로만 석식을 먹는데 탄식도 하게 되었다. 식량도 문제이며 생계에 큰 지장이 생길까 참으로 염려였다. 집에서는 세탁을 하시었다고 하시었다.

今夜는 歷記大的으로 大串 公立 國民學校가 7敎室 全 燒失되었다.

1953년 2월 4일 수요일 天候 청 음 12월 21일

今日은 일즉이부터 방과 날씨가 온화하였다.

面 출근 도중에 今日 貴分이의 생일이므로 미역국에 식사하고서, 수수떡도 2되 하여 식사 후 1그릇을 순녀 댁에다 갖다주었다.

나는 令狀 不渡者를 交付하려고 약산으로 가서, 송마리로 다녀가서, 교부하고서 晝食도 없이 夕方 무렵 귀가하였더니, 순복이 순남이가 와서 석식 식사를 하였다.

나는 정근 씨 댁에 가서 석유를 1병 대여해 왔다.

영장은 창구 서기와 대곳면 서기 2인 등이 소집되었다. 양촌면에 66명이 되엿고 대곳면에 50명이였다고 하였다 무친께서는 순복이 대에 가서 떡을 드리고 깍두기와 장아찌를 갖고 수수 3되를 순복이 댁에 주고, 남아지를 갖고 왔다.

나무는 靑松이 되었다. 야간에는 5인이 좁게 잤다.

1953년 2월 11일 수요일 天候 청 음 12월 28일

今日은 소집 장정 입대일이었다. 이창구 서기와 오후 4시 반경에 영광의 작별을 하고서, 퇴근 시 일전에 無煙炭 1가마니 순복이 댁에 갖다 두었던 것을 牛車 便이 있기에 싣고 왔다.

모친께서는 재연이 버선을 갖다주시고 오셨다 한다.

나는 全 부부 댁네 맡겼던 一金 40만 원을 강세희 형님에게 맡기었다. 귀가하니까 今日 처의 자임[언니]께서 처에게 이발하라 함을 모친께서 엄히 말리시었다고 하시었다.

1953년 2월 24일 화요일 天候 운 음 1월 11일

早朝 起床하여 순녀 댁에 가서 洗面을 하고서, 나는 어제 부탁한 大麥 1가마니를 精穀으로 정미해 갖고 왔다. 大斗 2斗가 부족하였다. 집에 와서 되었더니 16되라고 하였다.

늦게야 귀가하여서 조반을 1그릇 끓여서 2그릇으로 분할하여 식사하고서, 나는 순녀 댁에 가서 조반을 재차 식사하고서 작야에 준희가 가바이도火에 데였다고 누어 있음을 보고 출근하였더니 이장, 반장회를 개최하게 되어, 나는 큰댁 큰형님을 뵈옵고서 23,000원의 구화폐를 주시기에 교환하려고 받았다.

형님께서는 자임의 이야기를 하시었다. 나는 음 1월 13일에 식사하시라고 동태 5匹[필:마리]의 가격에 9,000원을 드렸다. 그리고 하성면 회계 권치옥 친구를 만나서 자장면 2그릇에 8,000원 하였다. 직원들은 일찍 퇴근하고 나는 오후 4시 차로 대곶면에 가서 婚姻屆[혼인계]를 내놓으려고 갔다가, 작은 형수분인데 호주가 숙부인 함만술 씨로 되어 있고서, 형수의 부는 동술 씨이고 대벽리 91번지의 함귀분이며, 생년월일은 단기 4265년[서기 1932] 9월 10일이었다.

면을 경유하여서 대벽리로 가서 자근형수에게 가서 석식을 식사 후로 갈마동 누님 댁으로 다녀서 귀가하여 왔다. 함영섭 씨 도장과 김순이 씨의 도장을 보내드렸다. 今日 받아온 정맥 16되를 석식부터 식사키 시작하였다.

1953년 3월 9일 월요일 天候 청 음 1월 24일

今日 조반을 순녀 댁에서 식사 후로, 今日부터는 매주 월요일은 조회를 하게 되어서 비로써 시작하였다. 조회가 끝나고 부면장님과 홍 기원, 신 서기, 전연석, 오 서기, 이희종, 이봉현 서기 등으로 더불어 양릉으로 잡종금 독려로 출장 도중, 작년 陰曆 11월 달에 양릉의 약혼 관계로 있던 강씨 양을 만났으나 彼此[피차]가 不知[부지]인 척하고 지나갔다.

양릉서는 징수하다가 반장 댁에서 晝食 식사 후로 곡촌으로 가서 징수타가 돌아왔다. 집에 와서 석식상을 받고 있자니까 계양 자임이 오셔서 송편 떡을 주시어서 식사하였다.

나는 자임에게 드릴 돈이 430,000원인데, 단지 今朝 박후암 씨한테

400원 대여해 가진 돈뿐인데, 돈을 가지러 오셨다 하길래 나는 "이 지역에서 가옥을 1채 매입해 드리려 하였다"고 하였다. 자임께는 때마침 은기 댁에서 석식 1그릇을 주셨기에 그 밥을 대접하였다. 그리고 평환이 동생인 동환이의 만 1년 돌씨떡, 음 1월 22일, 흰무리떡, 수수떡, 송편 등으로, 큰 그릇으로 1그릇 갖고 오셔서 나는 식사 후 자임의 가옥을 마산리에다 매입해 드리려고 하였다. 자임의 총계 재산은 2,000원이라고 하였다.

나는 今日 아침에는 출근 시간에 박후암 씨에게 부탁한 一金 400원을 대여해 받았는데, 조사해 보니까 410원이었다.

1953년 3월 10일 화요일 天候 운후우 음 1월 25일

今日은 출근 시에 순녀 댁과 순복이 댁에 보내주라는 자임의 부탁으로 떡을 갖다주었다.

자임은 큰댁으로 모친에게 들어가고 나는 고단리로 부면장과 희종, 현근, 세충, 연석 등의 직원들과 출장을 나가 잡종금을 징수하다가, 晝食은 희종 서기 댁에서 식사하였다.

그 후로 1반을 완료하고 오후 4시 반에 마산 이장 댁으로 가서 가옥 관계에 문의하였더니 민씨 댁 가옥, 구옥으로 행랑채 4간과 구옥 안채 6간 반인데 15,000원이라고 하였다.

단지 가옥뿐인데 홍 기원과 매부 댁과 같이 매입을 요청하려 하였다.

그리할 사정으로 귀가 도중 고단리 희종 서기 댁으로 와서 오세충 서기와 더불어 오다가 시장으로 가서, 오늘 아침 석유 1승에 22원에 매입하여 놓은 석유를 갖고 오다가, 순녀 댁에서 석식을 식사하고 왔다.

귀가하니까 어제 비로서 모친께서 제조해 놓은 靑松[청송]을 다 소비하여

燒失하고서, 今日은 용산동의 이춘제 친구 댁에다 모친께서 제조해 놓으신 청송 1속을 머리에 이고 왔다고 하였다.

강우가 계속되었고 나무 부족 관계로 풍로에다 식사를 제조하였다. 무연탄으로 사용키 시작하였다.

1953년 3월 12일 목요일 天候 우후운 음 1월 27일

금조는 부족한 잠을 부득이 께워 갖고서 출근하였다. 출근하든 마탁 고단리 출장을 하게 되어 용무를 수행타가 면장님의 권고로 면장님 댁에서 晝食 식사를 하되 양곡 이장과 양곡리 홍 서기와 현근, 원근, 희종, 연석, 봉현, 영인, 나 九名이서 식사하였다.

그 후로 일기는 불순하온데, 오후 5시까지 독려하다가 나만은 면에 들러서 '영인이에게 정곡이나 요구해 볼까' 하여 登廳하였더니, 부면장님은 "각각 귀가하였는가?" 하고 문의하고, 퇴근 후 오세충 서기는 말하기를 今日 부면장께서는 今日 如何한지 공문을 보시고서 나는 기원이 되게끔 되었다고 하였다는 말을 들었다.

1953년 3월 22일 일요일 天候 晴後雲雨 음 2월 8일

今日은 출근 시에 겨울에 입던 UN 잠바를 날씨가 온화하여 비로써 벗어놓고, 우아기만 입고서 출근하여 출장을 모면하고 내무에 主力타가, 오후 4시 반경에 재봉실을 매입하는데 20원을 지불하였다.

귀가 도중 비가 내리기 시작하였다. 路中에서 끝에 처남을 만나 뵈었다. 모친은 큰댁에 들어가셨다고 하였다. 그리고 처의 친구라는 오라리의 변영태 씨의 처제가 와서 晝食에 국수를 대접하였다고 하였다.

석식이 끝난 후에 뜻밖에 큰댁의 형님이 오셨다. 침소가 적당치 않아서 뒷집의 이정근 씨 댁 좌랑에서 주무시게끔 안내해 드렸다.

1953년 3월 30일 월요일 天候 청 음 2월 16일

今朝는 조기부터 기상하여 처는 떡을 제조하고 있었다. 백미는 유현 자기의 언니 댁에 가서 4두를 대여해 갖고 왔다 하였다.

今日은 어제 밤잠을 못 자고서 있다가, 전민식 씨한테 200원을 대여해서, 처가 친가 간다는데 어제밤 갖다 사용한 금액을 보답하였다. 어제 술 1병에 100원이었다.

今日은 畫食과 석식을 군청 직원들과 함께 식사하였다. 대순 씨 댁에서 식사하였다. 면 직원과 군 직원들과 함께 석식을 식사하게 되었다.

나는 일즉이 귀가하여서 자다가 곤히 잠들고 있다가 돌연히 잠이 깨워지면서 방 안애서 토하게 되자 일어날 수도 없었다. 덜덜 떨리면서 情神을 차릴 수가 없었다. 그러나 弱弱[약약:간신히] 기상하면서 걸래로 씰고서 남아지 시간을 채우며 잤다.

모친도 심히 不平[불평:불편]하셨다. 한번 깨우시지 않고 비로써 최대로 병환이 대단하셨다. 그러나 今日도 나무를 해오셨다고 하였다.

1953년 3월 31일 화요일 天候 청 음 2월 17일

今朝는 기상하려고 하였으나 두통이 심해서 기상을 보류하고 있는데, 모친께서도 기상을 하시지 않고 누워 계셨다. 궁극 병환이 나셔서 그러하신 것 같아서 나는 억지로 참고 기상하여 세면만을 하고서 그냥 조반도 없이 출근하였다. 두통이 심함으로 숙직실로 가서 누어 있다가 畫食도 식사하고서 나는 석식은커녕 모친의 병환으로 조퇴하려던 차인데 마침 누님이 계양으로부터 오셨다.

나는 면장님에게 말씀하고서 牛肉을 1근 매입하려 130원을 대여하여 갖고서, 누님은 매주 3개를 갖고 오셨다. 100원은 회계원에게 대여하였다.

모친의 병환은 비로써 중대하셔서 대소변까지도 보시지 못하였고 실내에서 당하셨다고 하였다. 석식은 어저께의 조반을 끓여서 식사하였다.

三月은 今日이 末日이었다. 세월은 빠르고 인간의 간장은 그야말로 설레고 있는 지경이다.

1953년 5월 1일 금요일 天候 청 음 3월 18일

今日은 조반을 순복이 댁에서 식사하고 수참리로 행하여 일즉이 출장을 하여 황씨 댁에 가서 묘대를 지도하고서, 晝食은 강 요원 宅에서 하고 귀청하다가, 곡촌 근처에서 군청 양 주사를 만나 다시금 양릉까지 갔다가 정 기원의 자전거로 귀가 도중 순녀 댁에 보관하였던 수수비와 쓰봉과 우비를 갖고 왔다.

귀가하였더니 房內에는 갑자기 쓸쓸히도, 病中에 계시던 母親은 큰댁으로 귀가하시고, 妻는 昨夜에 柳峴의 姉 宅에 가서 未 歸家하였다. 나는 석식을 은기 댁에서 식사하고서 座房으로 나왔다. 獨人이 寢하였다[혼자 잤다].

1953년 5월 3일 일요일 天候 청 음 3월 20일

조반을 이장 댁에서 식사 후로 동극 씨와 함께 고령자 조사 후로 홍신리로 다녀오게 되었다. 수참서는 今日도 별도로 350원을 갖고 왔다. 홍신리 사무소 경유하여 미농 괘지에다 함동술 인을 날인 후 등청하여 흥신리 가옥세를 회계에게 넘기고, 조형 댁에 와서 晝食 후 양릉까지 가서 심 주사에게 혼인계에 대하여 문의하고 귀가하여, 출생계와 더불어 혼인계를 작은형 것을 하려고 기재하였다.

처는 어제 귀가하였다고 떡을 내놓았다. 大豆芽[대두아:콩나물]는 석식부터 먹기 시작하였다.

1953년 5월 5일 화요일 天候 청 음 3월 22일

今日은 영인이와 직선으로 수참리로 묘대 지도로 나가게 되었다. 수참리에 가서 마을 부근을 지도하고서 농업 요원 강신문 씨 댁에서 晝食을 먹고 귀면하여, 7일까지 가옥세 독려차로 출장케 되어서 나는 먼저 귀가하였더니, 모친께서도 큰댁으로부터 나오시고 처께서도 약산으로 食草, 달래를 캐러 간다고 하며 가더니 바햐흐로 귀가하여 오고 있었다.

명일은 I am의 출생일이다. 그러므로 모친께서는 숭어를 매입하였다.

1953년 5월 6일 수요일 天候 청 음 3월 23일

今日은 어머님과 妻와 더불어 나의 26회의 出生日을 맞이하였다. 朝飯은 洋米飯[반:밥]에다 미역은 조반 전에 처께서 부락의 상인에게 가서 매입하여, 大豆芽 나물에다 식사하였다.

식후로 陽谷市에 가서 김용문 씨의 자전거로 대곳면에 가서 자근兄의 혼인계와 경만이 출생계를 더불어 屆出하고서, 대벽리 함동술 씨인 사돈 댁에 가서 印을 還付하고서, 수참리로 가옥세 징수로 출장 나가다가, 대곳면의 산림 주사 신성균 씨에게 수참리 논을 매입하라고 소개하려다가 명일로 미루고, 수참리에 가서 이장 댁에 가서 晝食 후, 원유상 씨를 이장 댁에서 뵈옵고서, 지난 4월 27일 날 구두로 언약한 논에 대하여 비로써 今日에 一時 지불로 현금 5,400원 지불하였다.

352평의 가격이었다. 매 평당 16원씩이었다. 현금 지불이었다. 백미 1가마니 가격은 今日 시장에 4,400원이었다. 1승에 88원이고 가마니는 4,350원이었다.

나는 그리고 가옥세 징수에 일주타가 夕方경에 귀가하였다. 와서는 석식 후로 은기 댁의 떡을 5개에 20원을 지불하고서 먹게 되었다. 어머님도 2개 드렸다.

1953년 5월 8일 금요일 天候 청 음 3월 25일

수참 이장 댁에서 기상하여 양곡을 行하여 오려고 하였더니, 강우가 시작되었기에 멈추고 있다가 조반을 식사하고서, 소집의 상황이 궁금하와 급한 보행으로 면에 들어오다가, 홍석표 기사 댁에 다녀서 昨夜의 영장에 대한 사항을 문의하였더니 홍 기사의 말씀은 "김 기원이 소집영장이 나왔지 뭐야?" 하여 나는 그야말로 각오도 있었던 바이고 하와, 보통으로 생각하고 면에 들어왔더니 부면장님이 테이블 앞에 앉아 계시면서 "이번에 소집영장이 나왔지?" 하시었다.

나는 반가운 顏으로 맞이하면서 "네, 그렇습니까?" 하고서 영인이에게 領收를 띄고, 소집영장을 받았다. 아울러서 장 서기에게 도민증과 신분증을 회수하였다.

그리고는 홍 기사와 금전 관계에 있어서 정리하고서, 회계하고도 수참리의 가옥세를 인계하고 기타도 회계하고서 수참리에 가서 里 서기에게도 금전 관계를 정리하고 난 후로, 300원을 대여하고서 희열 씨 댁의 논에 대하여 잔액으로 말미암아 하성리까지 갔다가 와서는 1,600원의 잔액을 명일이나 완불하겠다고 하였다.

나는 자전거로 돌아와서 희열 씨와 세우와 백석현에 와서 국수와 술을 먹었다. 그리고 면에 돌아와서 귀가하였더니 장모님도 오셨고, 이미 영장이 나온 것을 알고 계시기에 나는 [별거] 아니라고 천연스럽게 대답을 하고 일기를 기재하고서, 다만 앞날의 염려만을 하고 있었다.

4인이 착박한 房內에서 잤다.

1953년 5월 11일 월요일 天候 우 음 3월 28일

今日은 석정리 큰댁으로 가려 하였으나 降雨 中이 되어 못 갔다 오게 되었다. 늦게 기상하였으나 기상 전에 인가의 조동렬 舊 區長님이 오시지 않다 찾으시더니, 명일 석식에는 送別會가 있으니 오늘은 他所 行을 延期하라는 通知를 해주시었다.

나는 샛대문 밖의 독이[독]를 치고서[치우고] 한가히 휴식하다가 晝食 경에는 은기 댁의 떡을, 洋米 5合置를 買 식사하였다.

그리고 오후에 양곡에 暫間 나갔다가 우체국으로, 면사무소로 다녀서 범국, 윤재, 정근의 親舊들과 더불어 들어왔다. 其 親知들은 증종[정종] 2升과 조기 1束을 買入하여 갖고 歸家하였다. 결국은 그것이 나의 송별회용 식사였다.

석식을 먹고 어두워가는 순간에 나는 안해와 같이 있을 時에 突然히 남덕이 外地에서 부르더니 나의 송별 위로를 베풀어주기 위하여 농심기의 도구인 꽹가리 및 태징 및 북, 호적 등을 갖고 와서, 놀며 국수 1貫,

술 1병, 牛肉 1斤 半하고 갖고 와서 愉快히 놀아주시고서, 캄캄한 어둔 밤에 귀가하여 가셨다. 이어서 곧 가오대 부락의 조 구장님을 비롯하와 농업 요원인 범국, 범환, 반장, 윤재 씨 등의 유지 및 부락 청년들과 더불어 半夜가 넘도록 1시 반까지 遊하다가 돌아왔다. 유회룡 씨가 燒酒 2사발을 갖고 왔다.

1953년 5월 12일 화요일 天候 운 음 3월 29일

今日 기상은 한없이 늦었다. 태양이 높이 솟아 오전 10시경에 기상하매 조반을 식사하는데, 안해께서는 洋쌀밥은 물렸던 관계로 조곰도 식사치 않고서 수수밥 남은 찬밥을 약간 식사하고 말았다.

나는 부락의 장씨한테 가서 이발을 하고서, 외상이었다. 그리고서 나는 11시가량이나 되어 면에 다녀서, 동제약방의 강형에게 가서 晝食을 먹고 순복이 댁에 가서, 처께서 나와 있기에 사진관에 가서 처와 비로써 初度인 合寫眞을 150원에 1板 차령하였는데, 우선 100원만 주고 50원은 사진을 찾을 때 지불하기로 하였다. 그러나 명일 중으로는 않이 되리라고 업자가 이야기하였다.

그 후로 나는 강세희 씨의 자전거로 석정리의 큰댁에 들어가다가 날씨는 무더웁고 목욕한 지도 오래고 하여, 입대의 일자도 내일이고 하와 산골짜기 샘물에서 목욕을 하였다.

나는 리 사무실로 다녀 강 형님 댁에 가서 자전거를 환부하고서 건너오는데, 부락의 부인들이 모두 다 "소집영장을 받았다니 어이하오?" 하며 下念윗사람이 아랫사람을 염려하여 하는 말을 높여 부르는 말하여 주었다. 그러나 시간 관계로 양곡을 향해서 나는 출발하여 왔다.

면에 도착하자니까 今日도 사업비 직원용 8, 9월분 식량을 못 갖고 왔다고 하기에 걱정을 하였더니, 이은영 주사가 전연석 주사에게 타합한 결과, 우선 공무원 식량 일반직분을 42kg 28승을 代金은 1,140원인데, 支拂치 못하고서 糧穀만을 찾아다 순복이 댁에다 두고서, 면에 가서 시종 서기에게 구호미를 부탁하였더니, 일몰 후이니 명일로 하자고 하는 차에 나는 정근이가 와서 곡촌으로 가서 의대와 더불어 술 1盃나마 더불어 먹자고 하기에 끌려가서, 의대 댁의 겻방보담도 집주인의 內室에 들어가서 遊하다가 귀가 도중에 순복이 댁의 안에 맡겼던 정맥을 지고 왔다. 今日에 비로써 듣자니까 이은영 씨의 말씀과 또는 장교창 서기의 말씀에 의하면 나의 送別會 費用으로 代金은 몇천 원 차출하여 주기로 되었다며, 나와 酒食도 不合하고 하와 그리되었다는 이야기를 하였다.

나는 한편으로 감사하오나 가부를 이야기 못 하였다. 어머님은 今日 나오셨다.

1953년 5월 13일 화요일 天候 청 음 4월 1일

조반에는 어데서인지 한국산 백미 밥을 지어 어머님 모시고 식사하였다. 가옥 전면에는 노보리 旗를 가오대 부락민들이 위안을 주었다. 今日 정오에 거행식을 마치고 夕方에 김포로 가서 자고 내일 아침에 仁川으로 향해 군산까지 갈 예정이었다.

오후 1시경에 부락민들하고 출발하야 수참리 民들과 晝食을 나누었고, 肩듸[어깨띠]를 매고서 壯行式을 마치고서, 정진욱 친구의 모친에게로부터 旅費 100원을 받고 순복 부친으로부터 양키 연초 1각과 여비 200원을 받고 유해룡 씨로부터 건설 1각, 희열 씨로부터도 건설 1각을 주며 수참리에 대하야 염려 말라고 하였다. 모친께서는 빵을 사주셨으나 나는 받지 않았다.

壯行式을 마치고 추럭 위로 乘車하는데, 회계 전연석 주사는 一金 5,000원을 職員 一同 앞으로 증정하야 주었다.

김포읍에 가서 오부성 씨에게 맡기고 출발하려 하였으나, 금액이 오산이였는지 3,860원밖에 않이 되였다. 궁극[결국] 회계원께서 계산이 틀렸다고 하며, 사우리로 가서 유희수 씨 댁에 방을 軒施받아 수참리 장정들과 함께 숙박하였다.

1953년 5월 19일 화요일 天候 청 음 4월 7일

오늘에 비로써 20원치의 빵을 간식으로 먹고, 오후 5시에 X-Ray 광선을 판정하라 군의관에게 가서 심사를 받는데, 탈장으로 因하야, 兼하야 戊種을 받았다. 즉 불합격이었으나 明日은 육군 제1주년 창설 기념일이였고 불합격자 수도 많고 하와 그대로 못 가고 있게 되였다.

1953년 5월 21일 목요일 天候 청후우 음 4월 9일

今日은 그리웁던 山川 故鄕을 바라보고 돌아섰다. 대전에 도착하니까 오전 11시였다.

晝食을 단체로 40원씩 지불하고 먹은 후, 나는 급행열차를 이용하려고 1인당 70원씩 지출하였다. 그리하며 自由世界 잡지 1册을 20원에 매입하고서 오후 1시 50분에 출발하였다.

그리하여 사이다 1병에 35원에 매입하고서 영등포를 거쳐 인천에 8시에 도착하여 해암동 동성여관에 들어가서 1승 5합씩 백미를 내고 석식과 아침을 먹고 숙박까지 포함하였다.

1953년 5월 22일 금요일 天候 비 음 4월 10일

인천 兵事區를 경유하여 경기 뻐-스로 인천으로부터 양곡까지 雨中에 돌아왔다. 間食代가 20원이었다. 今日은 의복이 남루하와 우비를 전윤완 매부 댁에서 준비하고, 晝食 식사까지 먹은 후 면에 가서 인사 후 귀가하니까, 처는 유현에 가 있고 모친만 반가하셨다.

모친에게 100원을 드리면서 술을 매입하여 달라고 하였더니, 客人들이 다 가버리고 석식만을 의근이하고 식사하였다.

1953년 5월 28일 목요일 天候 청 음 4월 16일

조반은 조남태 형 댁에 가서 식사하고서 나는 면사무소에 가서, 장정 신체검사할 준비인 종이, 신상표 작성에 관해서 용지를 7매 더 갖고 뻐-스로 누산리까지 가서, 수참리에 가서, 이세우 서기 댁에 가서, 晝食을 식사하고 夕方 용무를 완결하여 갖고 귀청하여 왔다.

귀가하였더니 모친께서는 나무를 遠山에 가서 制作해 오시고 피곤해 하셨다.

처는 점점 자유가 심해 유현까지 가면서 아무런 통고 없이 모친도 않이 계시는 순간에 가면서 명일에도 않이 오겠다고 하였다 한다. 때마침 큰댁으로부터 자근형수가 오셔서 석식을 제조해 주시었다. 경만이는 금년 4세에 놈이 식사에 욕심이 많았다.

식량은 전량이 정맥이 2승 반가량밖에 않이 남았다고 하였다. 나는 장교창 서기의 부탁으로 친목회를 개최코자 하와, 나는 논문같이도 지어보려 하였으나 편지 내용과 같이 되었다.

1953년 5월 30일 토요일 天候 청 음 4월 18일

今日은 직행으로 출장 가게 되어, 나는 대곶면에 가서 일전에 부탁한 한규 형님의 혼인계와 경만 출생계를 계출하고 今日 완결하고서, 유현리로 가서, 장 서기와 가옥세와 토지수득세를 징수타가 晝食을 장 서기 댁에서 먹고, 유현에 가서 독려하다가, 춘환 동서 댁에 가서 晝食에 처와 빙모 등의 분들은 무릇을 내여 주시기에 식사타가, 同行들과 함께 보조를 취하려고 나는 나왔다가 일즉이 귀가하였다. 모친도 않이 계셨다. 필경 큰댁에 들어가셨을 것이다.

석식을 찬밥을 먹고 범국 농업 요원에게 가서 '우리 농업경제' 책을 4권 갖고 왔다.

혼자 자면서 새삼스러이도 독신생활을 택하여 보았다.

黃金의 지배를 받고 있는 格이 된 나는 無限히 悲觀을 갖게 되었다.

1953년 6월 3일 수요일 天候 雨後晴 음 4월 22일

양곡서 기상하여 우중에 귀가하였다. 모친은 기상 중이시었다.

조반 후에 細雨 降 中에 나는 출근하였다. 정이 나에게 김포 군청에 갔다 오라고 하면서 여비도 없었다. 나는 차비 문제로 안 가고 결국은 이현하 씨가 갔다 오고, 나는 영인이와 함께 중국집 가서 짜장면을 1그릇씩 식사하고 영인이가 25원 내가 35원을 지불하고서, 나는 홍신리와 수참리로 正條 密植 督勵로 출장 용무를 띄우고서 나가려 하였더니, 이현하 씨가 군으로부터 와서, 今日 苗垈 審査를 오겠다 하여서, 大串線 道路邊을 잠간 다녀와서는 정근 씨와 일즉이 귀가하여 왔다.

마령서[감자] 밭을 관리하는데 모친께서는 석식을 일즉이 제조해 놓고서 밭으로 오셨다. 나는 함께 모시고 와서 식사 중에, 돌연히 허락도 없이 유현의 친언니 댁에 5월 28일 날 갔던 처가 문을 열고 笑顔을 표시하나, 나는 처의 행동이 不良하와 笑顔커녕 氣分關係로 도리어 加一曾 원망스러워졌다. 그러나 인사적으로 "왜 그리 오래 있었어?" 다만 이것으로 말았다. 역시 모친께서도 "其 態度는 나를 過 無視하지 않니?" 하시며 꾸중이 나오셨다.

今日도 모친께서는 정맥 잔량을 마자 씰어 약 1승가량밖에 않이 되어 있고 한데, 何處[어디]에서 求得 確保[구해 올 수 있는지]하올지 모르겠다. 瞬間에는 一時 暫間 넓지 못한 意志로서 世上을 怨望할 때가 隨時였다. 또한 반면에 넓은 포부를 생각하면 다만 배워서 후세의 일꾼이 되겠다는 신선한 마음뿐이었다.

식사 후 다시금 밭으로, 산야를 일주하고서 구근 씨 댁의 병효 모친께서 아침에 부탁한 건의 돈을 150원 대여해 주었다.

자기 전에 I am은 다시금 결혼 이후 비로써 Yeve[여보]에게 행동이 그릇됨을 주의시켰다.

1953년 6월 15일 월요일 天候 청 음 5월 5일

今日은 권농기념일이었다. 면장, 지서 주임, 의원, 의장 등등을 비롯하여 각 부락 요원 및 이장님들과 행사를 거행하기 위해 김동선 韓青 團長 宅의 이앙을 약 35명이 가서 1,500여 평을 끝마치고 晝食 식사를 하고서, 오후 4시가량에 종료하고서 나는 면소에 와 있노라니까 소집영장이 변영인과 함께 나왔다고 하였다.

숙직실에 들어가서 한참 자고서 일몰 후 귀가하였더니, 은기 댁의 이앙은 今日분을 종료하였다고 하였다.

1953년 6월 17일 수요일 天候 우 음 5월 7일

今日은 延期願 書類 一切를 完備하였다. 오후 3시경에 우체국에 갔더니 신현근 서기가 찾아와서는 중국집으로 홍석교, 홍기주 3인이 들어가 함께 1杯로 나의 送別酒를 나누어주었다. 나는 보통 日보다 약간 일직 퇴근하여 귀가하였다.

처의 안면을 바라보니 처음으로써 병자 같은 안면을 보게 되었다. 질문한즉 음 2월에 경혈을 그쳤다가 음 3월에 단 1일간 하혈을 하고는 금일까지 止血로 있다고 하였다.

窮極 胎兒가 生하여지는 模樣 같았다.

1953년 6월 18일 목요일 天候 청 음 5월 8일

금일은 국민교 아동들과, 일부는 삼도로 송충 구제차로 심현근 서기와 홍기주 주사가 아동들과 더불어 출발하고, 홍석표 기사는 역시 아동들과 도사리 이석우 씨 댁의 이앙을 봉사하러 가고, 나도 도사리로 이앙을 협조 간다고 나가 수참리로 가서, 이세우 서기와 타합하여 김희열 씨께서 비료 1가마니를 덜어 우선 50근을 352평에다 이세우 서기와 더불어 나가 施肥논밭에 거름 주기하고 돌아왔다.

오기 전에 김광제 씨 댁에 가서 今日이 마침 60세 기념일이라 하와 많은 음식을 준비하여 대접하여 주어 나는 받았다. 그리고 귀가하여 와서 석식에는 精麥粉 식사를 하였다.

비료 시비한 날을 잊지 않기 위해 기재하되 1주일 만에 비료를 주었으며 230속이 들었다.

정진욱 친구로부터 편지 답장이 왔다. 명일은 석정리 큰댁에 잠간 다녀올 계획이었다. 순간에 부락의 이범환 씨 댁 반장이 부르기에 나가 보았더니 윤재 씨 댁으로 들어가서 소주로 간단히 送別酒를 나누었다. 要員이니 범국, 조동열 구장님 등으로 모여서 그리되었다.

1953년 6월 19일 금요일 天候 청 음 5월 9일

今日은 정근 씨의 자전거를 빌려서 큰댁에 들어갔다가 큰댁의 모짜리 논을 이앙하시기에 잠간 협조하고서, 정오경에 면에 귀청하여 유화섭 댁에 가서 晝食을 식사하고서, 일전에 강의록 책대로 화섭이에게 500원 부탁하였던 것을 도로 받았다.

그리고 면에서 송별회가 있다 하와 10시까지 주석을 베풀어서 나는 백석현까지 가서는 전 직원이 취하여 갖고서 장구한 오락 시간도 얻지 못하고서 잤다. 시종, 영인, 장교창, 오세충 서기 등은 의류까지 버렸다. 현근, 원근, 은영, 희종, 연석 주사 등은 무사하였다.

1953년 6월 20일 토요일 天候 우 음 5월 10일

백석현까지 가서 잤는데 아침에 일어나니까 강우가 시작되었다. 그러나 우중에 출발하여 나는 돌아오니까 부평 자임과 형님이 나와 계셨다. 조반 전에 석정리로부터 나오셨다고 한다. 가오대 부락에서 '다쓰기'와 '태극기' 등을 재차 축하하는 뜻으로 만들어갖고 윤재 씨가 왔다.

나는 먼저 양곡에 나와 우중에 자임이 慰問袋^{위문대}위문품을 넣은 주머니, 가방 만 들어 주시느라고 광목 1마를 매입하여 제조하시었으나 나는 갖기가 싫어서 그대로 싫다고 하였고, 부면장님의 권고로 중국집에 가서 짜장면 1器^기 씩 식사하고서 雨中^{우중}에 壯丁^{장정} 入隊^{입대} 擧行式^{거행식}을 운동장에서 못 하고 새로이 건 축한 청사에 들어가 거행식을 하고서, 나는 장정 대표로 답사를 읽고서 뻐-스로 김포읍까지 가서 걸포리에 들어가 숙박 중에 10원으로 호콩을 사 먹고 잤다.

1953년 6월 21일 일요일 天候 청 음 5월 10일

조반 후 7시에 출발하여 수원에 도착되어 부유한 자식들은 다소의 금 전 200만 환씩으로 교제하여 소위 연기된 자라고 호명을 하건만, 우리는 무사히, 나는 회계원 全 主事로부터 2,000환을 여비로 받아 갖고서 오후 5 시 반에 기차로 출발키 시작하여, 화물차라 더러워서 앉을 수가 없어, 가 마니 1개에 30원하고 김밥 4개에 40원을 소비했다.

1953년 6월 22일 월요일 天候 우 음 5월 12일

어젯밤은 汽車間^{기차간}에서 자고 오후 1시에 군산 중앙국민학교인 육군 제1 신병 보충대 5大隊^{대대} 13中隊^{중대} 4小隊^{소대}로 편입되었다.

금전 관계를 회계해보니 면에서 2,000圜^환, 자임이 1,400圜^환, 큰댁에서 250원, 화섭이가 500圜^환, 계가 4,260圜^환이었다. 밤사이에는 降雨^{강우}가 심해서 衛兵^{위병}을 설 때 고향이 더욱 그리웠다.

1953년 6월 23일 화요일 天候 우 음 5월 13일

정오경부터 신체검사키 시작하여 '척수 가리에쓰' 있다는 有故를 이야
기한즉 듣지 않고, 축농증과 耳가 遠耳라고 해도 들어주지 않고 '脫腹허-
니다' '鼠骸脫腹'으로 戊種 不合格 判定을 받았다. 그러나 군의관은 약한
탈장이니깐 무방하다고 하며 간신히 하여주는 것 같았다. 오후 2시였다.
夕方에는 귀향 준비로 백미 1승 반, 돈 50씩을 분배받았다.

1953년 6월 24일 수요일 天候 운 후 청 음 5월 14일

일찍 일어나 오전 5시 반부터 출발키 시작하여 6시 반에 기차로 출발
하여 대전까지 11시 반에 도착되어, 畫食 식사 밥을 40圜, 冊包 60환, 양
말 30환, 과자 10환을 소비하고서 오후 1시 30분에 급행열차로 영등포까
지 6시 반에 도착되어 뻐-스를 대절하여 두 대로 3,000원을 주고 인천까
지 1인당 30원씩 내고 8시 20분에 도착되었다.

인천 평창여관에 들고 보니 석식 식사는 없이 내일 아침 식사뿐만으
로 각자 갖고 온 쌀 1승 5합을 내라고 하였다. 나는 빵 30원치로 식사하
고 잤다.

1953년 6월 25일 목요일 天候 운 후 청 음 5월 15일

금일 조반을 끝내고 병사구에 가서 장정 귀향 불합격증을 하여 갖고
인천시장에 가서 노타이 200환과 쓰봉 300환하고 매입하고서, 대한 뻐-
스로 나는 계양까지 와서 자임 댁으로 100원치의 노트와 연필 등을 매입
하여 갖고 들어가서 畫食을 먹었다. 자임은 넘어져서 몸의 다친 상처가
많았다.

자임 댁에서 오후 5시경에 출발하여 대한 뻐-스로 승차했는데 차장이 여비요구도 하지 않았다. 나는 양곡까지 와서 건설 1각으로 면에 가서 인사하고 귀가하였다. 귀가하여 보니 처는 유현리에 갔다가 은기 댁에서 석식을 먹는 중에 처는 돌아왔다.

큰댁에서는 내가 800환에 매입해 드린 돼지를 飼養(사양)키 시작하였다.

1953년 7월 16일 목요일 天候 청 음 6월 6일

今日(금일)은 '베-노타이[넥타이]'에다 廣木(광목) 쓰봉으로 改服(개복)하고 출근 시, 인가의 남기 부친께서 대맥을 소에 싣고 공판에 출하하려는데 조력을 요청하기에 시행하여서, 나는 시장에서 남기 댁 소에다 어제 배급받은 洋米(양미) 8升(승)과 수수 10升(승)을 稻米(도미) 2斗(두)와 실어 들여보냈다.

그리고 직원회가 끝나자 나는 일전에 원예조합비 받은 3,400환 중 200환만 신 서기가 대여해 달라고 하여서 대여해주고, 今日(금일) 큰댁에 간데 형이 비료 1가마니만 외상이던지 또는 秋期稻(추기도) 비료로나 양방 간에 보증을 세우고서 받아달라고 하시기에, 나는 一金(일금)[돈] 없이 보증을 서고서 비료 1가마니를 고단[리] 신동준 씨 부인에게 외상 매입을 하였다.

그리고 2,000환은 김윤완 씨 댁에 갖다 맡기고 순집이 자전거로 수참출장 도중에 도사동 노씨를 만나 晝食(주식)에 국수를 1기 식사하였다. 그리고 수참리에 나가 겻두리[곁두리]에 최송산 씨 댁에 가서 日暮(일모) 후 귀가하여 왔다.

그리고 돼지는 지난날 음 5월 15일 날 800원짜리로 매입해 놓았다고 하였다. 그러나 우리가 음 5월 29일 매입한 돼지와도 같았다. 1,000원인 돼지인데 비슷했다.

1953년 7월 27일 월요일 天候 운 음 6월 17일

今日은 新聞紙上에서 보도한 바에 의하면 27일 오건 10시에 그 신을 히기로 하였다 한다.

休戰調印이었다.

홍 기사로부터 原紙에다 吳連同 妻男 印과 羅氏 丈母의 印을 鐵筆로 글었다[긁었다]. 그리하여 혼인계를 기재하였다.

1953년 8월 1일 토요일 天候 청 음 6월 22일

今日은 오후 3시까지 등청키로 하였으나 나는 오전 11시까지 면에 도착되었다.

처는 묘대용 종자분이었던 백미 8승을 870환으로 매도하였다.

돌연히 면장께서 도사리 회계에게 가서 今日 준비 건에 있어서 급히 나오라고 하기에, 나는 정오경에 정강성 기사의 자전거로 시장을 거의 다 뚫고 나가다가 곡부의 문순종 씨 댁 앞에서 어느 행인에게 충돌되어 打倒되었다[넘어졌다]. 그리하여 불행히도 부상을 입게 되었다. 의복 한 벌은 버리고, 가슴을 다치고, 손은 삐었다. 우체국에 있는 친구에게 옷을 빌려 입고 순복이네 와서 처에게 옷을 가져오라 해서 갈아입고 친구의 옷을 갖다주었다.

면으로 와서 충돌자와 자세한 말을 하여본즉 傷痍軍人으로써 顯流里의 避難民이었다. 상호 간에 좋도록 하고 말았다.

석식은 순복 댁에서 먹고 귀가하였다. 귀가키 전에 직원들끼리 하곡 수납 독려를 완료하였다고 牛肉에다 燒酒를 나누는데 나는 兩便 다 식사치 못하였다. 右手는 대단히 痛하였다.

1953년 8월 10일 월요일 天候 우후운 음 7월 1일

昨夜 돌연히 강우가 시작되었다. 아침 일찍 인가의 춘상 씨 댁에서 一金 1,000원을 교환하여 갔다. 조반 시에 정맥[보리쌀]이 없는 관계로 소맥분[밀가루]으로 식사하였다.

의복을 다리다가 다리미에 좌측 발을 데었다.

今日도 수참리 출장인데, 나가야 수금 관계로 다만 몇 할도 성립되지 못할 것 같아서 나는 집에서 놀고 있는데, 경준이가 큰댁으로부터 옥수수 약 50여 개를 갖고 와서 소맥분을 빻아 갖고 모친과 형수와 함께 오셔서 소맥분 약 2승가량을 내놓으시고, 형수와 경준이는 귀가하였고 모친께서는 묵어계셨다.

畫食에는 옥수수와 마령서[감자]를 쪄서 먹고 석식에는 국수로 식사하였다.

손목의 부상도 대강 회복되고 하와 약도 今日부터 사용치 않았다. 그러나 자유롭게 오른손을 움직이지는 못하였다. 통증이 남아 있었다.

1953년 8월 19일 수요일 天候 청 음 7월 10일

今日은 이장 반장 회의 석상에서 말한 바와 같이, UN 미국으로부터 구호물자배급을 나누었다. 나는 김명수 씨 댁에 들어가서 국수 1그릇을 먹고 늦게 퇴근하여 식사 후, 양곡 장에 나가 처와 함께 영화를 구경하고서 귀가하여 범환 씨 댁에서 4번째 식사를 하였다.

第十參號 - 十四號

世_세上_상은 險_험하 波濤_{파도} 人_인生_생은 차찬하 船路_{선로}에 當惑_{당혹}하는 片葉舟_{편엽주}

今淑_{금숙} 生_생 陽曆_{양력} 11月 14日 陰曆_{음력} 10月 8日 今淑_{금숙} 百日_{백일} 陰_음 1月 18日

소집월일 [1953년도 군대 징집 날짜] ① 5월 21일 군산

② 6월 22일 군산

③ 9월 23일 수원

④ 11월 27일 군산

1953년 9월 23일 수요일 天候 청 음 8월 16일

출근을 하니까 면장님께서 "소집장이 나왔다지?" 하고 질문하는데 나는 전혀 모르는 일이라고 대답하였다. 알고 보니 今日 12시에 출발이었다. 시간도 없어서 연기원도 내지 않고서 나는 큰댁에도 아뢰지 못하고 집에 와서 晝食을 처와 먹고 양곡에 나가서 응한 씨의 숙모님께 처를 인사시키고 450환을 갖고 5시에 뻐-스에다 몸을 싣고 김포로 향하여 걸포리 가서 잤다.

1953년 9월 24일 목요일 天候 청 음 8월 17일

아침 식사 후 인천으로 출발하여 신체검사를 하였다. 신체검사도 받지 않으려 함을 나는 간곡히 부탁하여 겨우겨우 받게 되자 척추가리앳쓰 제2차이고, 우선 '탈장'으로 인하여 무종 불합격이 되어 同 8시 반에 추력으로 인천을 떠나 김포로 도착하여 누산리까지 1인당 100환씩 지불하고서 대절차에 승차하였다. 귀가하니까 11시였다. 석식을 먹고 피로하여 쉬었다.

1953년 10월 1일 목요일 天候 청 음 8월 24일

아침을 먹고 출근하고 있자니까 서무 이은영 주사께서 직원회가 시작되니까 즉시 집합하라고 하기에, 면장실로 전 직원이 집합하여 면장님으로부터 직원회를 개시하고서 감원 문제를 해결하였다고 하셨다.

양촌면의 감원 문제가 定 6명인데 1인은 감하여 5명이라 하며 상부 지시대로 시행하되, 45세 이상자와 관공서 1년 미만 근로자와 정규직원 중 임시직원 1인과 청부 1인과 결원석 1인으로 5명인데, 심상복 주사와 변한길 서기와 하복수 씨와 오재의 주사의 결석과 나와 함께 5명이었다. 나는 사전에 자발적으로 퇴장치 못하였음이 미안스러웠다.

그러나 의회도 있고 하와 감원 문제를 알게 되자 의장님과 면장님은 안심하고 대기하고 있으면 不日 內로 복직케 될 터이니 잠간만 기다리고 있어 보라고 하였다.

晝食에는 오세충 서기와 둘이 빵집에 가서 20환치를 사 먹었다. 그리고 간데 형님 몫의 立稻 先賣 資金으로 1,300환을 찾아다가 1,100환을 드렸다.

큰형님은 가마솥을 1,200환에 매입하였다.

1953년 10월 16일 금요일 天候 청 음 9월 17일

今日은 간데 형에게 18일 날 벼 베기를 하여주십사 요구하고, 큰댁에서 백미 5승을 갖고 처와 함께 나왔다. 나는 간데 형의 돈 300환을 갖고 석유통을 갖고 나와 1승에 26환씩 주고 11승 5합을 매입하였다.

그리고 면으로 경유하여 나는 동제약방에 다녀오다가 김홍향을 만나 직장을 구해달라고 하였더니 서울 경향 기업 주식회사 內 전무 김대성 인천지부 업무과장 김완향 측의 회사에 취직을 책임지겠다고 하였다. 서울 특별시 종로구 종로2가 17번지였다 주소는.

나는 홍향과 종상에게 짜장면을 1그릇 대접하고 90환을 지불하였다. 그리고 동제약방의 강세희 형님의 말씀은 앞으로는 각처의 병원에 다니면서 부족되는 약을 주문 받아 갖고서 상인을 하여가며 기초를 세우라고 하였다.

임동일 씨에게 서울 신문 분국장을 내가 취급하겠다고 하였더니 2, 3개월만 더 잔고가 있으니 취급하겠다고 하였다.

夕方에 귀가하였더니 大根은 누군가가 大品은 다 뽑아 없앴다. 처에게는 송마리의 석병일 씨 댁에서 저고리감으로 10개를 재봉을 지어 달라고 부탁이 왔다.

1953년 10월 18일 일요일 청 음 9월 9일

아침 일찍 인가 병돈 댁에 가서 낫을 1본 빌려다가 윤재 댁에 가서 갈아놓고 식사하였다. 일즉이부터 수참리로 출발하여 벼 베기를 하러 갔다. 큰댁으로부터 간데 형은 조반도 식사치 않고 나오셔서 더불어 벼베기 시작하였다. 그러나 晝食이 아무리 기다려도 나오지 않았다. 이러구러 완전히 베엇다.

형과 같이 오후 1시 반가량 되어서인데 양곡을 향해 돌아오는 도중에 처께서는 그때야 晝食 그릇을 頭上에 이고 논을 향해 오는 것이었다. 路上 도중에서 나는 식사하고서 도로 논에 가서 일전에 벼 벤 묶음을 뒤집어 건조하였다. 간데 형은 위가 약한 관계로 술 2사발 한 후, 응환 숙부 댁에 가서 晝食 식사 후, 석유 11승 5합을 지고 들어가셨다.

나는 귀가 도중 이앙기에 큰댁에서 소주대 잔고 200환을 홍씨에게 자진 지불하였다.

한편 맥고자 모자를 궁극 면소에다 분실하였으리라 믿었는데 없었다.

수참리 지역의 논 벼 묶음은 352평에 267속이 생산되었다. 예상에는 8가마니 기대하나 그리될지는 모르겠다. 육체는 약간 피곤하였다.

1953년 10월 19일 월요일 天候 청 음 9월 12일

今日은 정오까지 Ihvull上[이불 위]에서 수참리의 잡종금 미납건을 다시 계산하여 보고 오후부터는 은기 댁의 紅稻[홍도] 66속을 탈곡하였다. 처와 더불어 協助[협조]하였으나 벼 깔가리 먼지가 어찌나 많았던지 눈뜨기가 어려웠다. 가마니껏 담아서 2가마니 3두가량이 되었다.

석식 식사는 저물어 은기 댁에서 식사하였다.

1953년 10월 25일 일요일 天候 청 음 9월 18일

今日은 볏짐을 뒤집어 놓으려고 하다가 아직 마르지가 못하였을 것으로 믿고 鷄糞[계분]받기를 갈아 내고서, 27일 날 가마니 짤 짚을 추렸다. 약 30속을 추렸다. 저물었다.

은기 모친은 인가의 가마니를 짜러 갔다 와서 밤에 새끼줄을 꼬았다. 처는 今日 순복이 댁에 팥 2승과 미역 1매를 갖고 나가서 국수 반 관을 갖고 왔다.

昨日은 은기 댁에서 대두를 1승 반이나 받았다 한다. 1승은 정맥으로 반환하기로 하고 반 승은 그냥 주시었다고 하였다. 늦게야 잤다. 왼종일 효과도 나지 않는 사업[일]만 하였다. 가마니는 매우 필요케 되었다. 하지만 뜻대로 織機[가마니 짜기]가 될지 모르겠다.

1953년 10월 28일 수요일 天候 우 음 9월 21일

어제 석식부터 나리는 비는 그치지 않고 오늘까지 왼종일 일 분간의 그침도 없이 나리었다. 오전 중으로 은기 조모님과 처께서는 1枚의 叺織[가마니 짜기]이 끝인 후 계속하여 나는 또 1매의 가마니를 더 짰다. 합계 2枚의 叺를 짜고 오후에는 休時였다.

午正에 단호박과 馬鈴薯[마령서:감자]를 쩌서 1개 식사하였다. 처는 몸빼 하의를 비로써 今日 사용키 시작하였다. 나는 붓드막[부뚜막]을 수리하고서 석식에는 국수를 삶아 은기 할머니도 1그릇도 대접치 못하여 왔다고 今日은 계획적으로 대접하였다. 은기 모친은 가마니 품을 아시라[하시러] 갔다 와서는 약 2시간가량 앉아서 이야기를 나누다가 들어가셨다.

야간 11시는 곽[꽉] 되었는데 비는 끊임없이 나리었다.

1953년 11월 13일 금요일 天候 청 음 10월 7일

今日은 매우 온화하였다.

처는 어제 자기 언니 댁에서 大根葉[무청]을 갖다 김치를 할 예정이었다.

나는 조반 전에 食鹽代로 12斤置 1斤에 6圜 30錢씩 7,560錢을 윤 반장에게 지불하였다.

양곡에 나가다가 신현철 친구를 만나 현필이의 제2국민병 수첩을 정리해 달라고 하였다. 나는 부탁을 받고서 우체국에 가서 김포 우체국에 근무하던 유상종 친구를 만나 현철이와 3인이 중국집 강 서방 댁에 가서 짜장면 1그릇에 40환짜리 3그릇을 현철이가 시키고서 대금은 지불치 않고 서로 나와 헤젓다.

나는 유상종의 장갑을 1켤레 빼섯다. 인사상으로는 되지 않았으나 친구지간이라 염치를 불구하고 억지로 뺏었다. 완전히 합의하여서 軍品^{군 품} 장갑을 받고서 김윤환 매부 댁에 가서 있다가 명일은 왕새우 잡아 오는 전류리까지 갔다 와 달라는 부탁을 맡았다.

석정리 문병철 친구를 만나보려고도 하였지만 시간이 없어서 가지 못하고, 김동환 씨를 찾아가 서울신문 분국을 재차 부탁하고서 나와 전민식 형님을 찾아가 뵙고, 명일 夕方에 나와 같이 수참리 짚을 牛車^{우 차}로 싣고 오려고 약속과 부탁을 하였다. 허락을 받고서 김용문 씨로부터 일전에 외상 대가 남아 있는 외에 100환을 대용하여 파 1관을 매입해 왔다.

전민식 형님께서는 4, 5일간에 서울 자기의 아우한테 가서 농장의 勤務次^{근 무 차}, 順次^{순 차}로 신남순 씨와 전 형과 함께 가자고 하였다.

야간에는 오래도록 앉아서 학과에 노력 중인데 처께서는 앉아서 나의 양말 한 짝을 뜨고 있으면서 "왜 이다지도 등살이 발라[등의 힘살이 뻣뻣하여 굽혔다 폈다 하기가 불편하다, 거북하다]" 하면서 기대고 있으면서 계속 양말을 떴다.

1953년 11월 28일 토요일 음 10월 22일

어젯밤에 김포 여관에서 숙박하는데 晝食, 간식을 하고서, 시종, 원근이가 지출하였다. 今日은 오전 5시에 기상하여 6시에 경찰서로 집합되어 6시 반에 뻐-스로 출발하여 수원의 매산 국민학교로 집결되었다. 오전 11시에 도착하였다.

간단히 외부만의 신검만을 하고 나는 신검에 불합격되었건만 이상스럽게도 영장을 접수하더니 오후 5시 반에 수원을 출발하여 기차로 승차하였다.

1953년 11월 29일 일요일 음 10월 23일

군산 제1신병 보충대 제6183부대 제5대대 3중대로 오후 3시경에 도착되었다.

즉시 ほモとたン[호모토탄]이라는 회충약을 1각씩 주었으나, 나는 고향의 누이에게 주려고 먹지 않고 두었다.

화랑 연초도 10개씩 주었다. 나는 10개를 월곶면 서암리에 주소를 둔 남상철 씨에게 주었다.

1953년 12월 9일 수요일 天候 운후우 음 11월 4일

아침은 사과 3개로 먹은 후 2개는 보관하고 추럭으로 인천까지 우중에 병사구까지 도착하여왔다. 귀향증을 받고서 검단의 이도진 친구가 晝食을 사주어 먹고, 나는 단화를 백미 7합으로 수리하고 대한 뻐-스로 귀가하여 왔다. 시간은 오후 4시 반이었다. 집에서 대단히 기뻐하였다. 지형식이가 여비로 50환 주고, 돈이라고는 1전도 없이 귀가하였다. 왼종일 강우였다.

1953년 12월 14일 월요일 天候 청 음 11월 9일

기상 전에 어제밤 정미한 粳[갱:메벼]과 백미 7승을 은기 댁의 백미와 함께 싣고 전민식 형이 왔다. 7승의 백미에다 3승을 합하여 은기 댁의 10

승 대여 식사한 것을 갚았다.

오후 3시경에 유아의 기저귀를 분실하였는데, 이미 2개째였다고 한다. 나는 대능리 갈마동 정규환이에게로 가보려던 차에 하복수 청부가 우정 찾아와서 장 서기가 잠간 상담할 일이 있으니 나오라고 하기에 즉시 나가 보았더니, 署의^서 搜索係^{수색계} 刑事^{형사}께서 도사리 구호물품 의류 배급 건을 조사한 후 1점이 사고가 되엿다고 하여, 바로 내가 小品^{소품} 우아기 1점 橫取^{횡취} 한 것으로 증거를 세워 나를 잠간 만나자고 하여서 불렀다 하였다. 나는 시장에서 도사리 피난민 반장 채종묵 씨와 형사를 만나 사실을 이야기하였더니 "그대로 보관코 계쇼" 하였다. 나는 반납을 요청하였더니 듣지 않고 "갖고 계쇼" 하는 말뿐이었다. 병사계 오 순경에게 後事[후사:뒷일]를 부탁하고 귀가하여, 대능리 가서 석식 후 정규환이와 대곳의 하점이를 만나러 갔다가 보지 못하고서 나는 정규환이와 서울 신문 기자와 같이 숙박하였다. 타협은 되지 않았다. 규환이를 분국장으로 임할 수 없다고 하였다.

1953년 12월 18일 금요일 음 11월 13일

추곡 수납일 공판일이었다. 나는 세면을 하고 돼지우리를 보니 조 구장 댁의 돼지가 이미 와서 주위를 돌고 있기에 어제의 접부침이 未不^{미불}하여 다시금 접이 되도록 하였으나, 수퇘지가 하지 못하였기 때문에 두 마리를 한 우리에다 넣어 가두고, 양곡에 나가 정미소에다 갖다 둔 볍쌀을 달아 보앗더니 96斤入^{근입} 2가마니를 作石^{작석}하여 놓고 마드리가 80勺^작이었다.

그중에서 은기 댁의 收稅^{수세}까지 합해서 검사入 96斤入 1가마니를 넣고 [내고] 위로 23斤을 넣어 71斤과 37斤의 두 가정의 分[몫]을 다 넣었다.

한편 신씨의 대여금 120환과 민씨의 印代^{인대}로 50환, 합계 180환을 지불하고 30환은 소주 1병 60환을 순집이와 같이 株式^{주식}으로 매입하여 의대 댁에 가서 석식을 먹은 후 귀가 도중 순집이 댁으로 다녀 고사 시루떡을 먹은 후 2조각을 주어서 처에게 갖다주었다.

한편으로 또 장모님께서 어제 장인의 기고라 떡을 갖고 오셔서 처의 靴白^{화백}도 1족 갖다주시고 유현으로 가시었다 한다.

나는 처에게 음력 17일 손님이 오니 제반의 준비를 하라고 하였다. 손님은 다름 아니고 오후 3시경에 민수가 우체국에서 부르기에 나는 마지못해 우체국으로 갔더니 민수께서는 하는 말이 "잠간 있다가 의대 댁으로 석식 먹으러 같이 들어가자"며 "순집이 올 때까지 우체국에서 기다리라"고 하며 자취를 감추었다. 그 순간에 우체국 앞에서 소학교 동창생인 듯한 자가 스쳐 가기에 심심하기도 하던 차라 지나가는 젊은 청년을 불렀다. 어렴풋이 기억이 나서 "대능리 거주하지 않소" 하고 물은즉 "네, 그러나 누구신지?" 하고 몰라보았다. 나는 우리의 후배생인 듯하와 "용래, 홍래와 동급생이 아니오?" 한즉, "그럿시다" 하며 통하였다. 나 역시 "병용, 병환 등의 친구와 동급생이오" 하엿더니 잘 알게 되어 우체국 사무실에 들어가 조용히 담화를 교환타가 결혼 건이 말이 나자 순간에 나도 모르게 누이가 있다는 말이 나와 최병렬이는 "적당히 하여보지?" 하는 말대답에 의하여 "글쎄 적당하면 동의하지" 하고 허락을 하였다. 자기는 24세이며 형이 1명이고, 누나가 둘인데 다들 출가하고 자기가 막내둥이라 그대로 있던 차인데 금년에는 필히 하여야겠다고 하였다. 그리하여 음 17일 날 가오대의 나에게 오면 상대자들의 초면을 인사할 것이라 하여 17일 인사키로 하였다.

1953년 12월 26일 토요일 天候 청 음 11월 21일

조반 전에 기상하여 대곶면의 대능리 배금을로 향하여 작은형수 친가 댁에 가서 조반을 식사하고 작은형수에게 과거지사를 추궁하오며 정의의 길로 인도해 드렸다. 자근형수는 재출가하려고 친부에게 의논하러 오셨던 차인데, 나의 정의인 권고로 말미암아 들으셨다.

나는 양곡의 지대인 가오대 부락으로 모시고 오던 도중에 대능리 육동 부락 전 도로를 오다가 작은형수에게 큰댁으로부터 갖고 오던 수수비를 드리며 먼저 가시라고 하고 나는 최병렬 댁에 잠간 들렀다.

두 번째였으나 비로써 누이의 媤父^{시 부} 되는 분을 뵈옵고, 병렬의 四從^{사 종}이 되는 병학 씨와 두 분을 만나 초면이나마 누이의 결혼 관계에 있어서 결정을 하였다. 먼저 사돈 될 측에서 "사주와 날 택일을 보낼 예정인데 어이 하시겠소" 하고 물음에 대하여 나는 대답하였다. "그리하십시오" 하고 음 12월이나 양력 1월 말순경에나 결혼식을 하자고 하기에 그리하자고 하였다. 그리 결정하고서 나는 귀가하였더니 일전에 다녀간 병렬이는 2번째 와서 편지까지 하여놓고 갔다.

뜻밖에 모친도 오셔서 면화를 트신다고 하여 20환을 드렸더니 35환에 트셨다고 하였다.

작은형수께서는 내가 은기 댁의 건너방을 내달라고 요구하는데 거부하는 것을 보고 도로 큰댁으로 들어가서 죽는지 살던지 견뎌보겠다고 하였다. 아울러 누이도 좋은 말로 타일러서 들도록 하여 같이 들어갔다. 후에 경준이도 모친의 이불을 들고 들어갔다.

나는 지난밤이 나의 야경 담당이라고 하나 직장 관계로 도리 없었다. 夕方 무렵에 금융조합에 나가서 석정리의 현물저축 수집 상황과 인계 상황을 말씀드리고서 귀가하였다. 수집 상황이 합 511斤인데 계산 착오로 501斤으로 보관증을 갖고 왔으나 재검사하여 511斤이 확실하여서 조합에서 511斤으로 수리하였다. 모친은 안방에서 쉬시게 하였다.

1953년 12월 29일 화요일 天候 운 음 11월 24일

今日은 뜻밖에 비로써 대곶면 율생리 籾[인:벼] 공판에 오 서기와 이 서기 셋이 같이 추곡 공판에 나갔다. 나는 2일째나 오바를 입고 순집이 자전거로 대곶에 가서 출생계를 정리 못 하였다 하기에 도장을 주었다. 그리고서 나는 왼종일 비료 구입권을 기재하여 가며 발급하였다. 소변 볼 기회도 없이 바빴다. 買上籾[매상인] 가마니 수가 497가마니나 출하되었다.

밤늦도록 끝마치고 석식 식사까지 하고 자전거로 율생리에서 6시 반경 출발하여 양곡에 나와서 순집이에게 자전거는 돌려주고 조합에 경유하여 순복이 댁에 다녀갔다가 편지만 2장이나 기필하여 드리고서 순녀 댁에 다녀가서 떡을 맛보고 귀가하였더니 暗時[암시:저녁] 8시 반인데 처께서는 내가 오던 마탁 하는 말이 "今日 아침 일찍 약 오전 9시 반경에 대능리서 누이의 사주가 왔다" 하며 보여 주었다.

금반지 약 3돈가량 되는 것 1점과 양단 저고리가 왔다. 날 택일도 함께 왔다. 음 12월 16일이었다. 명일은 양곡의 벼 공판인데 한 서기와 나갈 예정인데 큰댁에 혼사 통지를 속히 하여야겠다. 흑색 장갑을 잃었기 때문에 다른 장갑을 사용하였다.

1953년 12월 31일 목요일 天候 청 음 11월 26일

오부성 서기의 자전거로 벽암리 출장을 나가게 되었다. 내용적으로는 큰댁 일과 겸하였다.

우선 가서 큰댁의 형과 누님과 누이의 혼사에 대하여 물품 구입 건을 분배하여 책임지기로 하였다. 나는 옷장이었고 간데 형은 체경 일체, 자임은 식기 일체와 세면품이었다. 큰댁에서는 잡류 일체와 침구 건이었다.

벽암리 이장을 보러 대곶면까지 가서 군경수호 대상자 의장식이라 하기에 국수를 1그릇 식사하고, 석정리 이장으로부터 비료대 7,000원을 받아 갖고 조합으로 경유하여 늦게 귀가하엿다. 귀가 전 우체국에서 순집이에게 월전에 자전거 손상금으로 800원과 신의 分 400환과 1,200환을 지불하고서, 4,900환에서 1,200환을 제외하고 3,700환 중에서 1,000은 신에게 대여하여 주었다. 12월은 다 사라지고 갑오년의 새해를 맞이하게 되었다.

단기 4287년 [1954년] 1월 1일 금요일 天候 청 음 11월 27일

갑오년의 새해 새 아침 새날이었다. 今日도 나는 조합으로 출근하니까 박교거 이사님께서는 今日은 휴일이오니 몸을 쉬라고 하시기에 나는 여가를 얻어 인천을 갔다 오기로 결심하였다. 집에 와서 경준이가 신문 배달한 보수금 400환과 3,680원 잔액과 합 4,080을 갖고 양곡에 나가 순복이 댁에 가서 晝食 후 200환을 대여해 드리고, 3,860원의 현금과 백미 144斤入 2가마니를 갖고 추럭을 승차하여 김포까지 가서 서에 잠간 들러서 수첩을 찾으러 들어갔다가 수첩을 찾지도 못하고 추럭만 놓쳤다.

김포읍의 김흥룡 씨 댁 추럭인데 염려가 되어 후로 뻐-스를 승차하고, 인천 강인상회로 찾아갔더니, 뻐-스비는 60환이고 추럭은 이미 돌아가고 나는 도리 없이 숙박하게 되었다.

석식 식사가 문제인데 마침 심상석이를 만나 내가 30환치 상석이가

100환치 하여 석식을 식사하고 잠은 인천상회에서 잤다.

今日의 비용은 90환인데 밤에 10환치 편지 용지를 매입하여 최병렬에게 婚事 定日을 통지하고 명일의 혼사 물건 매입에 대하여 곰곰 深深 생각한 끝에 결심하기를 양복 옷장을 매입하기로 결심하였다. 반야가 넘어서 잤다.

1954년 1월 2일 토요일 天候 운 음 11월 28일

일찍 일어나서 싸리재로 가서 이불장 10,500환짜리를 8,450환, 운반 50환을 주고서 작은 짝은 내가 매고 인천상회에다 갖다 놓았다. 자유시장에서도 혼수용 물건들을 구입해 놓고 김포행 추력만을 기다리고 있다가 순간에 오후 3시가 되었다. 이제는 도리 없이 타인에게 위탁하고서 뻐-스로 나갈 예정인데, 뜻밖에 김포서의 스리꼬-트 차가 백미 19가마니를 싣고 와서 가마니는 1가마니당 3,430환에 팔고 귀가 편에 나의 혼사 물건을 싣고 달리었다.

부평읍에 와서 주점에 들어가더니 약 3시간을 지나치게 놀다가 김포 사우리에 도착하니까 9시였으나 또 주점에서 2시간 넉넉히 오락으로 베풀었다.

나는 식사를 무료로 하고서 김포서의 숙직실에서 자고 물건도 그대로 창고에 두었다.

1954년 1월 3일 일요일 天候 청 음 11월 29일

물건은 운륜상회에 맡기고, 작은 물건은 갖고 첫 뻐-스로 35환 뻐-스 비를 내고, 양곡의 화섭 댁에 맡기고 세면한 후 조합으로 나갔다.

도사리 출장이기에 나와서 개똥 댁에서 아침 식사 후 기옥 부친의 자전거로 나가서, 현물저축수집 후 414斤의 保管記를 써서 갖고 귀소하니까, 조합에서 신년을 축복하는 뜻으로 약주 1잔과 도이곶 부락의 오세준 댁에서 석식 식사 후 또 사과와 잡채를 먹고 귀가 도중 체경과 반지그릇[반짇고리]을 갖고 왔다.

1954년 1월 4일 월요일 天候 운 후 청 음 11월 30일

기옥 댁에 가서 오 서기의 자전거로 도이곶 부락의 저축 수집차로 출장을 갔으나 이장님이 오세준 씨밖에 안 계셨다.

'새농민' 책을 2권씩 2인분을 주고, 순복이 댁에다 두고서, 아침만 재차 순복 아버지 생일이라 식사하였다. 이장님 관계로 나는 잠간 큰댁에 다녀오겠다고 하며, 오후에나 수집하자고 하며 석정 큰댁에 들어가서 인천으로부터의 물품 구입 사정을 발표하였더니 형님께서는 크게 꾸중을 하셨다. 생활 정도에 넘치도록 양복장이 무엇이냐고 하며 침구 걱정을 하였다.

나는 아우에게 洋服 衣器관계로 3,000환만 더 協助하라고 하였더니 뜻밖에 학비용 예산액이라고 하였다. 그리며 3,000원을 주기에 받고 자임께서 '주발대접' 2벌 값이라 하며 1,000원을 주기에 받았다. 晝食 후 오후 4시경에 도사리로 향하였다.

마송리 지나서 자전거가 고장이 되었으나 다시 수리하여 승차하여 도이곶 부락에서 저축 수집차로 미납분을 독려타가, 이황연 씨의 甥姪되는 자와 언쟁이 있었다. 원인은 내가 큰 소리로 권고했다 하기에 나는 분위기에 억지로 참아 手 相對까지는 하지 않았다.

어느덧 저물기 시작하는데 오세준 반장 댁에서 석식 식사까지 하고 귀가 도중 대근엽을 3줄 도사곳서 얻어 갖고 왔다.

조합에 가서 복명하고, 오 서기 댁에 가서 가오대 앞 面에 가서 토지를 말하였더니, 계약해 달라고 하였다. 나는 내가 사려고 하던 차인데 그리되었다.

나와서 병은 씨에게 가서 里 서기의 생계유지 정도를 문의하다가, 해결 없이 작별 후 도근 씨에게 가서 김포에 있는 장을 교통편이 있는 데로 운반해 달라고 하였다. 그리고 요강과 대야, 시래기를 갖고 귀가하였다. 今日 출근 도중에 남기께서 논 50여 평에 30,000환이니 매입하라 하더니 왔다 갔다고 하였다.

1954년 1월 10일 일요일 天候 청 음 12월 6일

今日은 출근 도중에 취득세 25斤을 면에 갖다 내고 조남태 형에게 29斤을 대여하였다.

인감 증명원을 제출하고서 백석현과 장림과 속사로 다녀서, 현물저축을 걷어보지도 못하고서 일즉이 귀소하여 사무에 협력타가 늦게야 9시 넘어 귀가하였더니, 뜻밖에도 최병렬이가 자기의 자임과 같이 와서 나를 기다리고 있었다.

할피오다가 순녀 댁에서 중간 참을 하다 왔기 때문에 너무나 늦었다.

병렬이는 상상치도 못하던 질문에 나는 놀라웠다. 허위 조건은 어제 병렬이는 서울로부터 귀가하였으나 今日 비로써 본가에 들어서자 들려오는 말이 불행히도 누이가 미군 세탁소에 다니면서 질병이 걸려서 주사를 맞으러 다니는 중이라고 하여 크게 염려 중에 여기를 찾아왔다 한다. 나도 듣고 심히 분하였으나, 명일은 3인이 대면하러 고양리로 갈 예정이다. 고

양리분께서는 우정 최씨 댁에 가서 알리었다고 한다.

今朝는 衣器 운임으로 金浦 陽谷 間을 150환 주고 인감증명에 30, 합 180환이 비용 되었다.

1954년 1월 11일 월요일 天候 음 12월 7일

今日은 도사리 출장을 나가려고 하였으나, 昨夜의 약속으로 고양리로 가보아야겠다는 심리로 조합에 출근하였다가 도사리로 저축 수집 독려 차로 출장을 나갔다 오겠다 하고서, 신발 수리자의 자전거로 대능리 병렬 씨 댁으로 다녀서 석정리 부락을 들어서자 병렬 외 2인과 만나게 되어서 우리 큰댁으로 들어갔더니, 아우와 형님께서는 좌랑을 바르고 계셨다.

우선 모친에게 병렬 씨께서 초면 인사를 드리고서, 畫食 후로 고양리의 임경모 씨 댁을 방문하여 질문한즉 임씨의 말은 달라졌다. 석정 부락 중 에서 양갈보같이 다니던 여성이 있다는 하우스 보이의, 아이들의 말을 듣 고 자기는 그대로 옮겼을 뿐이라고 하였다.

그러나 약 50세 된 노인이라 마음껏 다리지도[때리지도] 못하였고, 대 능리로 다시 가보라고 하였다. 나는 마송리까지 자전거 바퀴에 바람이 없 어서 끌고 와서 마송리로부터 승차하여 백석현으로 다녀 귀소하였다. 그 러나 도장도 없고 보관증을 189斤을 받아 갖고서 들어왔다. 자전거 주인 은 심히 기다리다가 반가히 만나 뵈었다.

석식 후 대능리 최병렬 씨 댁에 가서 재차 임경모 씨를 꾸짖어 보고서 병렬이를 보아서 참았다. 야간에 국수도 먹은 후 잤다.

1954년 1월 16일 토요일 天候 청 음 12월 12일

조반 전에 米糖代로 500환을 妻에게 주고서 출근하였더니, 제2회 點呼日이고 市日이고 하여, 출장을 금하고서, 어제 큰댁으로부터 320환 주신 돈과 내가 2,200환 갖고 나가서 우육은 사지 못하고 돈육만 2斤에 280환 주고 매입하고, 수참의 원영상 반장님에게 秋期 稻 打作 時에 백미 4승 꾸어 식사한 대금으로 240을 갚고, 누이의 食器 買入하니라고 900이 들고, 化粉代 100이 보탬 되고 하와 계 1,240 비용이 들었다.

점호 차로 가서 제2국 수첩이 없기에 귀향증에다 점호받으려 하였더니, 지서 차석님께서 기다리고 있으라고 하기 때문에 늦게야 박건원 순경으로부터 날인을 받아갖고 조합으로 왔더니, 이미 전 직원은 마산리 민서기 댁을 나만을 除하고 婚事式에 가고 없었다.

순복이 댁에다 편지 1장을 필기해 드리고 귀가하여 들어본즉, 처는 유현 언니 댁에 간 후로 큰형님과 자임 등이 왔다 갔다고 한다.

今日 중으로 큰댁에서는 인두, 가위, 未收品의 婚事用品 件을 完買하였다.

나는 현철이에게 편지를 부치고, 민수와 장난한 것이 후로 탈이 나 아팠다.

현환이와 형님이 아무도 없는 우리 집에 다녀서 그대로 들어가셨으리라 믿는다. 모친께서는 12마의 광목을 전부 가져가셨다 한다. 퇴근 후로 귀가 당시 처가댁의 질녀 2 아이가 와서 더불어 잤다.

1954년 1월 20일 수요일 天候 청 음 12월 16일

今日은 경준이가 조반을 데여 다 식사하고 일찍 출근하였다.

우선 거울과 비누각을 외상으로 순복이 댁에다 갖다 두고서, 순집이 자전거로 홍 서기와 홍신리로 현물저축 수집 독려로 출장 용무를 띄우고서, 비공식으로 나는 큰댁 누이의 혼인식에 들어가려 하는 차에, 최병용 伯氏를 만나서 듣자니까 이미 新郎의 婚行 車 추럭은 홍신리->마송리, 갈산리로 다녀 석정리로 향하여 출발했다고 하였다 한다. 나는 자전거로 직행하나 도로가 질어서 천천히 통행하였다. 큰댁에서는 만반의 준비가 되지 않아 한참 바빴다.

오전 11시경에 신랑이 도착되었다. 큰댁서는 돈육 2斤 갖고 술안주와 피박[폐백]고기를 사용하였다. 소고기도 매입치 못하고 닭고기도 없었다. 떡과 묵, 감주 등의 음식은 제조치 않았다. 김장만 가지고 혼사를 치루었다.

추럭은 맴두리 앞들까지 들어왔다. 오전은 순간에 지나 오후 5시경에 식을 갖추고 종료하고서, 추럭으로 홍신리까지 와서 나려 홍신리 사무실로 갔더니 이미 홍 서기께서 귀가하셨다 하기에, 나도 자전거를 순집이 댁에다 갖다 두고서 순집이 부인에게 일금 1,000환을 대여하였다. 그리고 조합으로 다녀 순복이 댁에 와서 석식을 먹고 귀가하였다.

큰댁의 형님은 後行으로 가시었다. 한용은 추럭으로 우리 집까지 나왔다.

1954년 1월 25일 월요일 天候 청 음 12월 21일

오늘이 처의 생일이었으나 별 표시도 없었다.

今日은 누촌 부락의 현물저축을 완료하였다. 추위는 심하였으나 홍순경 서기와 더불어 324斤을 수집하였다. 畫食은 김순안 반장 댁에서 식사하고 저물기 시작하자 조합으로 돌아오다가 면소 부근에서 철조망에다 운동화와 쓰봉을 찢겼다.

부이사님에게 복명하고서 귀가하였다. 今日 아침에 홍석표 기원에게 미당대로 500환 주었던 것을 도로 찾아 수夜 은기 모친에게 300만 대여하고 대두로 받기로 하였다.

1954년 2월 1일 월요일 天候 운 음 12월 28일

昨夜 강설이었다. 降雪 中에 출근하여 경준이의 봉급 400환을 갖고 나갔다.

대곳면까지 출장 나갔다가 순집이 자전거로 와서 시장에서 은기 조모님 드릴 흰 고무신 1족에 1,100-하고 매루치 50-하고 今淑이 샤쓰 100, 작일부터 신문지상에서 본 국립통신학교에 한용을 입학시킬 각오로 입학원서대로 60환이 소비되었다. 50이 해당금이고 10은 접수대였다.

퇴근 시 저물어서야 시급히 서울특별시 종로구 연지동 1번지 국립통신학교로 내일 아침 부칠 것이다. 부이사의 허락으로 조기 퇴근하였더니 집에서는 自作 흰떡을 3승 제작하였다.

今朝 출근 시에 정미소 인부에게 一金 3,000을 주고서 백미 1가마니를 매입하였다.

야간에는 한용에게 편지를 필기하였다.

1954년 2월 2일 화요일 天候 청 음 12월 29일

今日은 昨夜 금숙이의 샤쓰를 100환에 매입하였던 것을 너무나 작아서 대형하고 교환하고 70환을 더 지불하였다.

홍 서기와 누산리로 다녀 마산리로 가서 100斤의 현물저축을 보관증을 받아 돌아왔다. 와서는 순집이 자전거로 석정리 큰댁을 향하려 하였으나 이미 저물기 시작하였다.

그리하여 명일에나 들어가 볼까 하여 가지 않았다.

1954년 2월 4일 목요일 天候 청 음 1월 1일

제사가 끝난 후 산에도 다녀와서 노인들에게 세배를 다녀와서는, 오후 4시경에 끝으로 응수 댁까지 다녀왔다. 금년에는 엿과 떡을 제조하시어 나에게도 보내주시었다.

1954년 2월 5일 금요일 天候 청 음 1월 2일

今日은 대포, 학운, 구래, 양곡리의 共販日割通知書를 갖고서 출장을 나가게 되었는데, 나는 전부 위탁하고서 귀가하여 인가의 남기 댁에 가서 윷을 놀다가 晝食을 식사 후, 돌연 처가댁에 갈 생각이 나서 자전거로 가서 석식을 식사 후, 야간에는 부락 친우들과 화투를 하다 130원을 다 잃고 큰처남의 돈 100원까지 손해를 보았다.

그리고 12시경에 끝이고서 술을 식사 후 잤다. 엿과 떡을 주시어서 식사 후로 나는 양복에 엿을 붓처서 걱정 중인데 큰처남이 수리하였다.

1954년 2월 6일 토요일 天候 청 음 1월 3일

今日은 양곡으로 출근 시간을 맞춰서 일즉이 출근하였다. 양곡으로 한규철, 홍순경 서기가 나와 같이 저축 독려타가 이장, 반장회로 말미암아 수합치 못하고서 내무에 협조타가 이사님이 始初로 年時 夕食을 내시어 나는 晝食도 공식으로 있다가 떡에 잘 식사하였다.

석식 후 오재의 주사의 돈 200으로 130을 화투로 收支되었다.

1954년 2월 7일 일요일 天候 청 음 1월 4일

昨日 누이가 다녀왔다 今日 간다고 하였다. 처도 今日은 유현의 언니 댁에 가겠다고 하며 야간에는 상호 간에 귀가치 않을 것을 약속하고서 나도 출근하였다.

홍과 같이 홍신리로 다녀 도사리로 가서 백석현의 은기 댁에 가서 晝食 후로 나는 귀가하였다. 도중 순복이 댁에서 토정비결 책을 얻어다 야간에 병옥 댁에서 보고, 윷을 놀다가 야식까지 식사하였고, 30이 수입이 되었다. 반야 12시경에 고독히 자고 처는 아직 귀가하지 않았다.

1954년 2월 9일 화요일 天候 청 음 1월 6일

今日은 한규철 서기와 홍순경이와 같이 양곡리의 北部를 저축 수집차로 독려타가 1,650-을 수집, 현물은 전혀 없었다. 晝食은 순복이 댁에서 식사하고 9시 반에 퇴근하였다.

今夜에 비로써 처와의 화투 놀이가 시작되었다.

1954년 2월 10일 수요일 天候 청 음 1월 7일

今日은 남부를 병완 서기와 같이 현물저축 수집차로 독려타가 전민식형 댁에서 술과 떡을 식사 후 신현근 서기에게 미당을 요구하였더니, 맥당 1가마니에 70-인데 5가마니만 수배받게끔 약속하고, 명일 현금은 지불키로 하였다. 夕方에 今日의 실적계를 보니 2,830-이었다.

6시경에 퇴근하여 졸린 가운데, 비로써 은기 모친과 처와 화투를 가지고 절하기를 하다가 조침하였다. 귀가 시 면으로부터 사용하던 잉크를 갖고 왔다.

제15호 단기 4287년 [서기 1954년]

나도 至極히 遠大한 抱負와 强力한 計劃 가지고 縱橫無盡으로 實力을 發揮하려 하였다.

"世上은 險한 波濤 人生은 참참한 船路에 當惑하는 片葉舟이다.

背景 없는 無力한 人間은 手腕 있고, 입으로 한목 보는 一流 交際家와는 生存競爭에서 敗하여 孤立이 되는 무서운 이 世上!!"

4286년 9월 15일부로 감원명을 10월 1일로 발표-양촌면

4286년 12월 22일부로 양곡금융조합근무 임시직원

1954년 2월 14일 일요일 天候 청 음 1월 11일

홍신리 불당 부락 오재의 씨 댁에서 조기 기상을 하고서 조반을 식사하고, 이범순 서기와 오재의 서기와 같이 출근하였다. 今日은 이사님께서 고단리 곡촌 부락으로 저축 독려를 나가라고 하다가, 오부성 서기께서 양곡 시내의 현물저축을 나가자고 하기에 홍순경 서기와 3인이 같이 독려하다가, 洪淳敬 씨와 같이 우리 집으로 와서 晝食 後 홍은 잠간 낮잠을 자는 사이에, 뒴[거름, 두엄]을 뒤집어 쌓고 잿간 우리를 마당 앞에다 신축하고, 석식까지 식사 후 일몰이 되어 양곡으로 나가 창현 씨로부터 200, 文舜景 씨에게 300을 받았다. 그리하여 조합으로 들어갔다가 7시경에 귀가 당시 어제 일기장 작성한 책을 갖고 왔다.

야간에는 흰떡을 화로에다 구워 먹었다.

명일은 큰댁에 들어가 음 13일의 어머님 생신을 맞이할 예정이다.

1954년 2월 15일 월요일 天候 운 음 1월 12일

今日은 교단 곡촌으로 현물저축 수집차로 洪淳敬 서기와 같이 출장 갔^{홍순경}다가, 里稅 徵收次이기 때문에 우리는 돌아와서 조합에 갔다가, 석정리에 간다고 하였더니, 저축수집 출장을 다녀오라고 하기에 겸하여 나와, 순집이 댁에서 처와 같이 晝食을 먹고 우육 2斤代 320-을 순복이 부친에게 맡기고 매입해 달라고 부탁하고, 처와 같이 석정리의 큰댁으로 들어갔다.

석식을 먹은 후 남규 반장 댁에 가서 소 매입한 대금을 독촉하고 이장댁에 다녀 문근모 선생님 댁에 가서 김 선생과 3인이 반야가 넘어 2시까지 성냥개비를 담배 대리로 하고 놀다가 귀가하였다. 큰댁에서는 今日이 음 1월 13일로 인정하여 모친의 생신일을 지냈다고 하였다.

1954년 2월 19일 금요일 천후 청 음 1월 16일

早朝 出勤하니까 학운리로 昨年度 農事資金과 肥料 收代를 벼로 수집하라 갔다 오라고 하여 나갔다가, 유 里 서기와 함께 삭시 부락 먼저 가서 반장에게 재차 부탁하고, 소주와 국수를 대접받고서 夕方경에 귀가하니까, 순복이도 명일이 금숙이의 百日인 줄 생각하고 大品의 미역 1장과 타라기 버선 1족을 갖고 오고, 큰댁으로부터 모친께서도 돼지고기 음식을 갖고 오셔 계셨다. 나는 조합으로 나가보니 전 직원은 이미 대명리로 신역리 서기 댁의 결혼식 축하식으로 가고 없었다. 나는 순녀 댁으로 다녀 면장 댁 정미소로 가서 엿 사 먹기 경쟁 화투를 하는 구경을 하다가 엿을 나도 식사케 되어 식후 순녀네 가서 야침을 하고서 하루 일과를 마쳤다.

1954년 2월 20일 토요일 천후 청 후 운 음 1월 17일

순녀 댁에서 조반 후 출근하였다가 학운리로 나가게 되어 직행, 고음달 부락의 리 사무소로 경유하여, 유 서기와 더불어 삼도로 가서 반장을 만나 晝食을 再 식사 후, 양력으로 今月 內로는 농자금 및 비료 수금을 끝내기로 합의하고, 다시금 삭시로 다녀서, 학현으로 다녀, 귀가 도중 유현 근처에서 삼도의 최윤근 씨로부터 비료대로 1,818환 수금한 돈을 유 서기에게 1,500환을 대여해 주고서 내가 320환을 지참하고 있었다.

귀가하였더니 뜻밖에 今淑의 백일이라, 백미 3승, 수수 2승으로 축하떡을 제조키 시작하고 있었다. 경준이는 나머지 책을 전부 今日 찾아갔다고 하였다.

간밤 꿈은 실로 우리 돼지가 17匹의 仔豚을 생산하였다. 께우고 보기 유감스러웠다.

1954년 2월 21일 일요일 天候 청 음 1월 18일

今淑의 백일이다. 인가의 노부인들에게 조반을 대접하였다.

양곡리의 곡촌으로 농사자금 및 비료 대금 회수 독려차로 출장 가서, 한의섭 씨 댁에 가서 晝食 식사 후 연초[담배] 따먹기 화토로 20환 손해 보았다.

직장에 가서 봉급 6,200환을 수금 받았다. 일전의 외상대로 100, 쌀값으로 300환 소비하였다. 8시 반경에 퇴근하여 귀가 도중 잠간 정미소에 중간 참[잠시 쉬다] 하다가 오는데, 도중의 야간통행이 무서워졌다.

1954년 3월 12일 금요일 天候 청 음 2월 8일

今日도 어제 석식 무렵같이 변함없는 태풍이 불고 있는 아침이다.

민병선 씨의 자전거로 출근 도중 의기를 만나 자전거 뒤에다 싣고 언덕 비탈기의 가오대 뒷산 도로를 달리는 순간, 불의에도 자전거가 stop이 되면서 의기의 발이 뒤편의 바퀴 속으로 끼어져서 자전거도 파괴되고 바퀴도 몰리고 하여서, 설상가상으로 사람도 부상 입고, 자전거 파괴는 물론 바퀴까지 움직이지 않게 되어서 강제로 끌고, 때에 따라서는 어깨에다 매고 하여 가서, 20환에 수리하여 주인에게 무사한 것같이 주고서, 의기는 은기가 업어갖고 귀가시키고 순녀 댁에 가서 쌀 1가마니를 공판장에 출하하여 놓고 홍순경 씨에게 부탁하고서 부이사님과 김성종 씨와 오만식 씨 3인과 같이 20만 환씩 현금을 갖고 월곶으로 나갔더니, 바람에 안고 가느라고 오정이 되어서 晝食 식후에 공판을 시작하였다.

일즉이 마치고 돌아와서는 즉시로 귀가 도중 40환에 사과 2개, 30환에 옥도정기, 30환에 과자를 사서 갖고 왔더니 불행 중 다행히도 의기는 놀고 있었다. 어찌나 기쁘던지! 카라멜과 사과, 과자를 주고서 약을 발라 주었다. 은기 모친은 웃는 얼굴로 맞이해 주시며 괜찮다고 하여 주었다. 우선 다행으로 생각하고 안심하였다.

1954년 3월 16일 화요일 天候 청 음 2월 12일

今日은 홍신리, 도사리로 延滯貸付回收 督勵 次로 나갔다가, 도사리로 다녀 晝食도 굶고 백석현으로 나가서, 박의석 씨에게 가서 수참 논을 10,000환에 매도하겠으니 소개하라고 부탁하고서 돌아왔다. 와서는 순집이 댁에 들어가서 오전 중에 '처녀퍼더기' 자주색으로 1장에다 1,700환을 주고서 매입해 놓은 처녀퍼더기를 갖고 화섭이 댁에다 갖다 옮겨 두었다. 퍼더기 원가는 2,000환인데 매도가격으로 1,700환을 지불하였다. 그 퍼더기는 今淑 兒의, 初度兒[첫째 아이]의 用이다. 現 籾 1가마니의 가격이 1,610환인데 籾 1가마니보다도 高價였다.

晝食은 빵 1개에 10환을 주고 사 먹었다. 정미소에 나가니까 일전에 벼 1가마니와 또 대맥 1가마니 정미한 것을 병오 씨 댁에다 운반해 두었다고 하기에, 귀가 후로 즉시 처와 더불어 병오 씨 댁에 가서 미당 반 가마니와 정맥 1가마니-12되, 백미 25되를 지고 왔다.

1954년 3월 19일 금요일 天候 청 음 2월 15일

今日은 쇄암, 석정리 연체 대부 회수 독려차로 나가게 되자, 구래리의 도민증 검열이 있기에 나는 모친에 도민증과 처의 도민증과 나의 것을 내가 전부 검인을 맞았다.

부성 씨 자전거로 집에 다녀왔더니 모친께서도 이미 나오시고, 처는 명일에 친가에 가겠다고 하였다. 나는 빈[편] 10환치를 매입하였다.

母親은 누이의 道民證이 未檢이기에 갖고 나오셨다 한다. 나는 석정리로 다녀서 쇄암리로 갔다가 共販 日割 및 延滯 貸付의 독려 후 석정리 큰댁에 와서 석식 식사하였다.

쇄암리 갔다 오기 전에는 뽀뿌라 나무를 마을 뒤로 꽂아 놓아 식목을 하였다.

석식 후로 문근모, 문병영 씨와 놀다가 10시경에 이장 댁으로 가서 저축내역표를 기재 후 里 사무소에서 잤다.

1954년 3월 20일 토요일 天候 바람, 맑음 음 2월 16일

今日은 반장과 현물저축 수집 중인데, 유호식 서기가 와서 더불어 독려하고, 이장 댁에 가서 晝食을 식사 후로, 나는 쇄암리 가서 저축 개인별 내역표를 갖고 왔다가 장갑을 두고 왔기에 2회째나 갔다 와서, 맴도리 반장에게 와 석정리 반장 댁에게 부탁하고서, 김남지 씨에게서 저축 31斤과 용모 씨께서 17斤과, 합계 48斤의 보관증을 갖고 나오기 전에, 영모 씨에게서 떡과 술 1잔을 음주한 후 귀소하였다.

누이의 도민증을 검인하려다가 주소 위반 관계로 검인받지 못하고, 조합에 다녀서 6시경에 귀가 도중 舊 松板 1장을 갖고, 기옥이 댁에 다녀 松扁 餅[떡] 식사 후 귀가하니까, 모친이 今日같이 風勢가 사나운 날 나무를 제작하여 오셨다.

처는 今日로 친가에 갔다 오려고 다닐라 갔다.

은기 조모님께서는 처에게 여비로 200환을 대여해다 주었다고 하였다.

1954년 4월 16일 금요일 天候 청 음 3월 14일

유 서기와는 금융 관계를 완전 인계하였다.

매루꾸롱을 배부하고서 나는 晝食을 이장 댁에서 식사하고 있다가, 퇴근 도중 강세희 형 댁에 가서 昨日의 잔고인 50-을 완비하고서 귀가하였더니, 처의 언니께서 쑥개피떡과 송편을 갖고 오셨다. 그리하시어서 석식까지 더불어 식사하고서 자돈도 보시고 귀가하였다.

1954년 4월 18일 일요일 天候 청 태풍 음 3월 16일

일찍 출근하니까 오전 7시였다. 도로에 가서 가로수 심기가 끝난 것을 보고 박만석 씨 댁에서 일전에 맡겨두었던 백미 2두를 갖다가 김동선 씨 댁에다 지불하고, 피난민에게 구호물자 배급을 분배하여 주었다. 이장과 유 서기 3인이 협조하였다. 식염도 2근씩 분배하였다.

나도 2類의 衣服을 교환하다가 妻에게 주려고 女 內衣 2개와 요-도찡크[빨간 소독약] 1병을 처의 손에 바르라고 주었다.

今日 晝食은 신현근 서기와 더불어 비로써 중국집에 가서 우동 2그릇 식사하고, 대금 80-을 내가 지불하였다. 夕方 무렵에는 하복통이 심하였다.

1954년 4월 22일 목요일 天候 청 음 3월 20일

양곡리 소집 장정의 태극기와 가-사, 노보리 旗[기:깃발] 등을 왼종일 만들고, 늦게야 순복이 댁에서 편지를 써주고 귀가하였더니, 오전 중에 백미 1가마니를, 半品만, 半量만 우선 보낸 쌀을 처께서는 집으로 운반하여 왔다고 하였다. 今日의 里 經費額은 내가 입찰한 것만 해도 끈대 25-, 붓대 30-이었다.

1954년 4월 25일 일요일 天候 청 음 3월 23일

今日은 아침 일찍 인가의 이씨 댁에서 牛乳粉을 3合경 갖다가 仔豚에게 주려던 것을 母豚이 먹었다.

今日이 나의 생일이다. 대두아국[콩나물국]에다 김 등에 식사 후 출근하여 문병철에게 편지를 부쳤다. 晝食은 민수에게서 빵 2개 식사 후, 나는 각 軍 부상 가족을 방문하면서 식구 조사 후로, 늦게 자유당 공문을 분실하고, 퇴근 도중에는 대곳행 도로변에서 補植用인 棒을 幾 本[몇 개]뽑아 왔다.

이장 댁에서 1,600-을 대여하여 壯丁費_{장정비}로 1,360- 주고, 240-은 在_재
軍人手帖 交付代_{군인수첩 교부대}로 남겼다.

1954년 5월 2일 일요일 天候 晴雲雨_{천후 청운우} 음 3월 30일

今日은 일요일인데도 불구하고 리 사무소에 출근하여 등록 카드 작성
한 것을 면에 제출하고서, 신현근 서기에게 우유 약 1되가량 분배하여 갖
고서, 금융조합에 가서 봉투 3매를 얻어 돌아오려 하는데, 오재의 서기와
오부성 서기께서는 특히나 나를 現金 金融組合 雇傭人_{현금 금융조합 고용인}으로 就職_{취직}하기를
勸_권하였다. 나는 體面_{체면}을 보아 거절하였더니 오부성 씨께서는 약 1個年_{개년}[1
년] 未滿_{미만}이라고 생각하며 고생하라고 하였다. 나는 당시는 허락하고서 리
사무실에 와서 우유 2봉을 더 구해서 3봉을 갖고 4시 반경에 퇴근하였다.

1954년 5월 3일 월요일 天候 청운우 음 4월 1일

今日은 대단히 자돈들이 우유를 식사하였다. 출근하여서 이학현 씨와
가옥세 독려타가 晝食 식사 후 비로써 우유를 1곱부 끓어 식사하여 보
았다.

오정경에 나는 강세희 선생에게 가서 "前途_{전도}를 위해서 金融組合_{금융조합} 소사로
취직함이 如하리까?_여" 하고서 질의 겸 의논을 하여보았더니, 나의 소질이
여하하냐? 난관이 여하냐?는 뜻으로써 과히 "可_가하다고 생각지 않겠다"고
하셨다. 전에는 장교창 서기에게 문의한 바인데도 역시 장도 그리 찬성치
않았다. 나도 결정하기가 어려웠다. 강세희 선생님께서는 일전에 國卒生_{국졸생}
時教員接待費_{시교원접대비}를 징수하였다고 하여 보수금을 200-주시었다. 나는 받았
다. 이장은 昨日부터 인천, 영등포를 출타하고 있었다.

晝食도 공식으로 5시 40분경에 퇴근 도중, 순녀 모친이 부르는 대접으로 갔더니 술을 드시는 중의 태도로 한창 醉中 事件을 보여주고 있었다. 나는 合意치 않아 그대로 귀가하였다.

1954년 5월 4일 화요일 天候 청 음 4월 2일

왼종일 자유당 서류제출 건에 눈코 뜰 새 없이 바빠하였다. 밤늦게까지 좌담회가 있어서 준비하여 주고 귀가하였다. 今日부터는 자돈들이 돈사 내외를 다니기 시작하였다 한다.

요마전[요즈음] 妻께서는 薪炭用을 準備하니라고 매우 수고스러워 보였다.

1954년 5월 6일 天候 청 음 4월 4일

今日은 제3차 국회의원 민의원 입후보자들 4인, 정 선생과 변용문 씨와 최종호 씨와 임성구 씨께서 정견 발표를 하였다.

晝食을 화섭 씨 댁에서 식사하고, 이장의 자전거로 수참리에 갔다 오겠다고 하며, 내용은 아침에 처에게 400-주고, 2,000-지참한 돈을 갖고 석정리 큰댁에 갔다가 노영만 씨 댁의 자돈을 1필 더 매입해 오려고 한 것을, 자돈이 없어서, 강철희 형님 댁에 가서 돈사 수리 중에 있다가, 前導의 職을 의논하여 보았으나, 姜兄은 深心히 생각해 가시며, 경제적으로는 금융조합 이사께서 요구하는 小使로 취직함도 가하다고 하였다. 現 里 書記로 근무함도 可하나 결국은 면 직원으로 취직할 노선밖에 없지 않은가 하였다.

그리다가 큰댁의 양곡용 정맥을 2가마니만 양촌에서 대여하여 드리마

고 여쭤어 드리고, 굴깍지를 우정 1상자 싣고, 들기름도 사이다병으로 1
병 주시어서 갖고 왔다.

귀가하였다가 즉시로 양곡리에 나갔다가 퇴근하여 왔다.

1954년 5월 11일 화요일 天候 청 음 4월 10일

今日은 조반 전에 유현서 誰何[어떤]의 부인께서 來到하더니, 동서인
처형께서 명일의 유아의 돌맞이에 [里] 小兒의 병환으로 돐이를 차리지
않았다고 통지하여 주었다.

나는 출근하여 이발을 하고서, 50-을 지불하고, 유남규와 더불어 빵을
40치 간식하고서, 오후에 이장에게 거듭 3차째 요청하여 리 세를 1가마니
부탁한 것이, 36되가 전민식 반장님께서 입회인으로 되어 36되를 우차로
싣고 들여보냈다.

백미대는 참으로 급등이었다. 현 시가는 당 3,700-이었다. 3, 4일 전에
도 2,650-이였던 것이 순간에 변화가 되었다.

今日까지 리 세 징수 상황은 내가 熱務 以來로[직장에서 열심히 일한
이후로] 현물이 백미 74승, 현금이 1,480-수납되었다.

나는 요지음 안전한 직장을 가다듬니라고 心中에 虛用心이 많아졌다.

今日 또 우체국에서 技員 集配席으로 취직하라고 하기에 또 생각이 두
어졌다. 面의 軍授保職員에도 소개가 있고, 또한 금융조합의 臨時 小使
席도 소개가 있으나, 결국은 正職員으로 內信하여 보겠다는 부이사님의
確言확언도 있고 하는 바이니 方往하지 않고는 안 될 시기다.

퇴근하였더니 처께서는 유현의 처형 댁에 돐맞이인 주발을 제공하였다.

밤에는 은기 모친께서 대여하여 갔던 一金 240-을 회수하시기에, 나는

다시금 매주대로 100-을 지불하였다.

1954년 5월 16일 일요일 天候 청 음 4월 14일

今日은 출근 시에 昨日 김주현 반장의 자전거로 차황산 씨 댁의 자돈 1 필에 3,500圜에 사 가지고 온 대가로, 우리가 지난 4월 11일 오후 7시 반 가량 되어서 순산한 자돈 9필 중 3필을 싣고서 나가, 양곡 윤봉춘 씨 댁의 돈사에다 넣어두었다가, 수참리의 원영상 반장에게 논 경작 보수로 제일 큰 자돈을 주고, 1필은 원 반장의 아우에게 2,400환에 매도하고서, 1필은 돼지 장수에게 의뢰하여서 2,650환을 받았는데, 100-을 상인에게 식사대 로 지급하고서, 계 4,950-을 찾았다.

큰댁으로부터 모친께서는 총올치를 소매하러 오시었기에, 나는 120-을 드리고, 이장 댁에서 20일 이후는 사직하겠다고 하였다. 퇴근하기 전 내가 근무 도중에 리 세 징수 상황을 계산하여 본 결과 다음과 같았다. 백 미 74승, 현금이 1,480-.

퇴근하였더니 유현의 동서 춘환이는 자돈 2필을 4,000원에다 정하고 가져가셨다. 今日 5필은 35일 만에 모돈으로부터 분리하여졌다.

또한 나의 직장 관계로 강철희 형과 今日도 타합이 있었는데, 결국 양 곡 조합의 소사로 임시채용이 될 처지였다.

"深覺히 가다듬어서 決定하쇼"하는 朴敎臣 이사의 말과도 같이 勝負 를 결정하는 樣과도 같았다.

第十六號 檀紀 4287년 [서기 1954년]

至極히 遠大한 抱負와 强力한 計劃을 가지고 縱橫無盡으로 實力을

發揮하자.

世上은 險한 波濤, 人生은 찰찰한 船路에 當惑하는 片葉舟이다.

背景 없는 無力한 人間은 手腕 있고 입으로 한몫 보는 一流 交際家와
는 生存競爭에 敗하여 孤立이 되는 무서운 이 世上을 突進하자.

단기 4287년 [서기 1954년] 5월 20일 목요일 天候 청 음 4월 18일

날씨는 대단히 온화하였다. 今日이 우리 대한민국이 수립된 이후 제3
차에 걸치는 5.20 민의원 선거일이였다. 하므로 나도 제1 투표구 종사원
이기 때문에 아침 일찍 오전 6시 20분에 출근하여 조반은 이장과 종업원
들 식사하는 처소에 가서 식사하고, 선거사무에 종사타가 晝食을 식사하
면서, 면장님에게 양곡 1리 서기를 면하겠다고 여쭈었더니 "의향껏 해야
지" 하는 대답이 있었다.

오후에는 四樓地인 2區 投票區 事務所에 가서 나도 한 표를 던지고 돌
아와서, 늦도록 종사하고 석식까지 식사하였고, 명일부터는 서기직을 면
하려고 예측하였으나, 완전한 인계 사무가 구비되지 못해 하루를 더 나오
려고 하였더니, 이장 역시 "명일 일즉이 좀 나와달라"는 부탁을 하였다.
귀가하면서 今日의 투표가 극히 주목되고 있었다.

입후보자는 자유당 변용문, 무소속 정씨, 최종호, 임성구 등의 4인인데,
궁극 변씨하고 정씨 兩人 사이에 당선되리라고 예측되어졌다.

1954년 5월 24일 월요일 天候 청 운 음 4월 22일

기상이 대체적으로 늦어졌다. 평환이는 큰댁으로 들어가고, 나는 오후
에 양곡에 나가서 차 반장 댁으로 다녀 부성 씨 댁에 갔다가 조합에 가서

명일부터 본 보합에 출근켔다고 아룁더니, 이사와 부이사님께서 합의하여 면에 가서 문의하여 보고된다고 하더니, 즉시로 부이사님께서 부면장님에게 갔다 오더니 면에서는 극히 후원하라고 하나, 이장께서는 몇일 더 있자고 하니 금월 말일까지나 리 사무를 협조타가 완전히 인계하고서 화합히 해결케 하라고 하시었다.

나는 부면장님을 만나 비로써 소사로 취직하겠다고 하니까 곧 부이사께서도 상호 간에 타협케 되어 나는 적극 후원하라고 하였으니 생활 유지상 괜찮으니 그리하라고 하였다.

夕方에 부성 씨 자전거로 전민식 형 댁에서 비료 유안을 약 3승가량 갖고 귀가하였다. 도착 즉시로 나는 처와 더불어 작물 옥수수와 외, 호박, 배추 등에다 물에 타서 비료를 시비하였다. 저물어 가는 차에 나는 바삐 양곡시에서 이은영 선생을 뵈옵고서 평환이를 보결로나 전학생으로나 양단간으로 입학을 원청하였더니, 전학으로나 하더라도 3,000-이 필요하다고 하였다.

나의 계획은 경준이와 같이 평환이를 내가 공부시킬 예정이었다.

자돈은 今夜 또 母豚 곁에서 재우게 되었다. 은기 댁에는 병아리를 까기 시작하였다.

1954년 6월 11일 금요일 天候 운 음 5월 11일

今日은 대단히 바삐하였다. 양지를 5매에 50-치를 외상으로 매입하였다. 그리하여 등사하려는데 장교창 서무가 명일은 면 직원 전원이 강화로 노리[놀이]를 간다 하며, 나에게도 미안이 있고 [같이 가자고] 권하였다.

그리는 중 부면장님은 나에게 군경 구호 관계 서기로 의향이 있으면 들어오라고 말씀하셨다. 나는 기왕에 용원으로 취직하였기 때문에 그리 못 하겠다고 비었다.

귀가 시는 DDT를 所內^{소내}에 뿌리고 퇴근 도중 남준희를 만나서 그대로 석식 식사하고 귀가하였다. 명일은 면 직원들과 전등사로 유람을 가겠다고 의복 준비를 요청하였다.

1954년 6월 12일 토요일 天候 운 음 5월 12일

강화의 전등사로 면 직원 일동과 유람을 가게 되었다.

이사에게 聽許^{청허}를 받아 現 任職員^{현 임직원}과 辭職^{사직}한 職員^{직원}들과 더불어 뻐-스로 대명리까지 도착하여, 우선 포구의 한 구역 벽에서 사진을 직었다. 그리고 渡江^{도강}하여 갑곶에 가서 下陸^{하륙}하였다.

나는 양곡서 맥고자 60-, 양말 90-, 난닝샤스 180-, 운동화 180-, 계 510-을 소비하고서, 후로는 일체 다 면에서 부담하였다. 강화읍에 가서 晝食^{주식}이 끝난 후 방직 회사에 가서 구경을 하고서 나는 시장을 일행들과 같이 보고, 남영우 주사의 안내로 군청 車를 이용하여 전등사까지 실려가서 우선 제일이 차령[촬영]이었다. 10여 차에 걸쳐 위치를 이동하면서 거듭 사진을 촬영하고서 석식을 들었다. 반주를 겸해서 밤 12시까지 노래를 부르면서 놀았다. 傳燈客人^{전 등 객 인}들에게 미안하였다. 시간을 너무 끌어서였다. 강화서는 기생 2인과 서장까지 나와주셨다.

1954년 6월 18일 금요일 天候 청운 음 5월 18일

今日은 평환이를 양곡중학교에다 입학시키려고 직접 데리고 가서 昨日의 시험 여하에 의하여 1학년에다 입학시키는데 3,000-을 지불하고,

경제적으로 해결하여 주시오 하고 이은영 선생에게 소개를 받아 부탁하고 왔더니, 후로 아동에게, 평환 본인에게 자세한 내역을 이야기하면서, 입학금이 2,000- 4개월분 사친 회비가 2,000-, 학원 건축비가 1,000-이라 하며 합계금이 5,000-이라 하여, 우선 2,000-을 더 갖고 와서 통학토록 하자고 하기에 3,000-도 도로 받고, 후일에 5,000-을 일시 지불하기로 하고 돌아왔다.

퇴근 시에는 적색, 양색을 20-치 매입하였다.

1954년 6월 21일 월요일 天候 운 음 5월 21일

今日은 평환이에게 5,000-을 주었다. 今日부터 통학하기 위해서 입학금으로 나의 6월분 봉급 8,356-받은 중에서 우선 5,000-을 선불하였다.

그 후 유남규 서기와 더불어 晝食을 식사 후 식비 100-을 지불하고, 솥을 50-에 1자루 매입하고 평환이에게 와이셔츠 1개를 300-을 주고 매입하여 주었다.

弟 漢龍은 서울로부터 다시금 姉夫와 같이 나에게 찾아왔다. 학교는 아직 결정치 못하고 우선 취직 장소를 구하려 한다는 말이었다. 한편 벌어가면서 자부와 같이 공부하려고 하는 중이라기에 취직 장소는 자부께서 구해 보는 차라고 한다.

나는 豚舍로 말미암아 연구를 거듭했으나 木材를 사자니 과외 가격이고 母豚을 팔자니 仔味[재미]가 없었다.

1954년 6월 29일 화요일 天候 우 음 5월 29일

今日은 陰曆 5월 말일이므로 이사하려는 예정인데 昨夜부터 강우가 계속되어 그치지 않고 왼종일 長雨같이도 나리고 이 비로 말미암아 계획에 어그러지게도 이사를 하지 못하고서, 나는 김포 本所로 범돈 서기와 같이 가서 자금을 갖고 와서는, 우중에 비로써 장작을 빡에[부수어] 불을 대고 부이사님과 더불어 안방에서 같이 야침하려는 도중 처께서 뜻밖에 찾아 나왔다.

화로와 야강[요강]을 갖고 나와 야간에는 마루를 닦아냈다. 그리고서 안방이 뜨듯하기에 나는 피로하여 우선 따뜻한 방에서 잤다.

석식은 전 반장 댁에서 침구도 빌리고 또한 국수도 식사하였다.

1954년 7월 1일 목요일 天候 운 후 우 음 6월 2일

제일 첫째로 거리가 가까워 놓은 근무처를 생각코 안심이 되었다. 평환이도 같이 식사 후로 各職에 着하였다. 조조부터 사택 수리 중인 인부들은 우물을 청소키 시작하더니, 오후부터는 내가 들고[거처하는] 있는 부이사 사택에도 와서 우물 청소가 끝난 후, 부이사님은 별도로 사재를 인부들에게 藥酒나 한 잔씩 飮食하라고 하면서 支拂하셨다.

나는 우선 정원 비[빗자루] 1본, 방비 1본에다 100-을 지불하고서 매입하고, 晝食은 전민식 반장 댁에서 식사하였다.

처께서는 用額으로 500-을 주었더니 나의 내복 하품 350-, 놋 주걱 100- 저[수저] 등으로 전부 매입하고 말았다고 한다. 今日로 가옥의 주변으로 독이를 깊숙이 처 주었다. 今日부터는 金融出納을 私事로써 본격적으로 하여 보려 한다.

나는 오후 3시경에 동창인 한광섭 씨하고 짜장면을 식사한 고로 석식은 식사하지 않았다.

1954년 7월 7일 수요일 天候 우 음 6월 8일

비로써 금숙이에게 사탕가루에다 과자를 먹여주었다. 석식 식사 때였다. 궁극 처께서는 임신 중인 모습이 보여졌다. 월경도 음 4월에 최종기일로 하고 나서는 여지껏 전혀 없었다 하오니 틀림없는 일이었다.

1954년 7월 10일 토요일 天候 청 음 6월 11일

복통으로 생후의 3회째 고통을 느끼었다. 食積으로 인한 복통이었다. 출근 직후부터 시작된 복통은 급작히도 도보를 옮길 수가 없이 아팠다. 나는 매우 고통 중에 부이사님의 보호로 말미암아 주사 1회와 소화제 약 3포에 150-을 부이사님께서 대리로 지불하시었다.

오재의 주사와 부이사님은 나에게 전심을 기울이시어 간호하여 주신 덕분으로 오후 6시에 약간 기상하여 퇴근하였다. 퇴근 무렵에 진 부이사님께서는 beskat[비스켓트] 1봉을 매수해 주시었다. 오부성 씨 홀자서 숙직을 하시었다.

1954년 8월 19일 목요일 天候 청 음 7월 21일

今日은 매우 졸림이 옴을 무릅쓰고 기상하니까 뜻밖에, 그야말로 상상 외인 채소밭을 한 일항[이랑] 부치라고 하며, 변영산 씨 댁 밭을 2이랑 경작하는데 한 이랑만 나에게 양도해 주는 전민식 형께서 일직이 찾아와 나에게 알리우고 가시기에, 처와 같이 즉시 밭에 나가 전 형 댁과 같이 합동 노동을 하였다.

조반은 영근이 돌에 가서 식사하였다. 晝食 석식을 겸하였다. 간식비가 95- 소비되었다.

1954년 9월 1일 수요일 天候 우후운 음 8월 5일

출근 시간 무렵에 지원희가 있었다. 要件은 火災防止, 職場 死守, 責任 完忠 등으로 간단히 8월 28일 자 인천에서 責任者 遊會라 할까 座談會를 맞히고 도라오신 박 이사님께서 開會하였다. 회합이 끝난 후 곧 座務係員 으로부터 부드러운 손수건을 각 직원에게 1매씩 배부하면서 박 이사님의 인천으로부터의 기념품이라 하며 매입하여 주시는 물품이라 하였다. 나 도 1장을 받았다.

市日이 되어 금숙이의 춘추복 상하에 400-을 지불코 백미 2승에 180- 을 지불하였다. 계 580을 소비하였다. 夕方 무렵에 은기 댁 조모님은 강우 에 막혀 못 가시고 숙박하였다.

1954년 9월 6일 天候 우운 음 8월 10일

음 8월 추석의 막 장이다. 今日은 이미 3, 4일째 전기가 오지 않아 나는 오후 퇴근 시간 무렵에 전기 기원인 허성열 씨에게 전기를 보도록 부탁하 러 가는 도중, 우체국 앞에서 크게 싸움이 바햐흐로 말려서 진정되고 있 는 광경이었다. 하나 나는 자전거로 통행하다가 눈결에 보자니까 큰형이 었다.

우선 상대하였던 당자에게 조용히 궁금함을 문의한 뒤 별 조건 없이 주취 중에 그리되었다가 가벼웁게 싸웠다 하기에 인사가 끝난 뒤, 나는 솔직한 내용을 이야기하였다. 그리하니까 바로 형이 되는 줄 아는 상대자 이종화 피난민은 언덕이 아니면 겨드락이란 격으로, 상의 2개가 찢겼으니 손해 배상을 물라고 책을 한다. 덩다라 하씨라는 분은 초원지리분인데 말 리다가 자기도 난닝 샤쓰를 찌겨쓰니 그리하면 자기도 1개 매입해달라고 하기에, 나는 시민 대상이 무참하야 외상으로 3개의 상의에 750-에 매입해 주었다. 今日은 상상외에 이상스러히 사고[일이]가 그리되었다.

1954년 10월 27일 수요일 天候 청 음 10월 1일

今日부터는 과거와 비교하여 加一曾 沈默을 지키고, 飛速한 태도를 취하며, 중한 책임제를 능히 돌파할 것을 명심 각오하였다. 今夜부터는 숙직 직원은 출장을 금할 것을 박 이사님께서 부언하시었다.

昨日 농산품종 벼를 도정하려다가 못 하고 반장 댁에서 연초 배급에 협력타가 늦어서 그대로 집에서 잤기 때문에 부이사님 홈자 숙직을 하시었다. 그리하여 박 이사님께서 상황을 아시고 주의의 말씀도 계셨다.

昨日부터 도정하려는 벼는 今日에 기다리던 나머지 처께서 자발적으로 도정하였었는데, 벼 2가마니가 白米 46升이 된 중에서, 2升 備工 주고 44升 가지고 今日 조반부터 식사키 시작한 것이었다. 매지미[매조미:왕겨만 벗기고 속벼는 벗기지 않은 쌀] 겨가 2가마니나 되었다.

1954년 11월 1일 월요일 天候 청 음 10월 5일

今日은 오는 陰曆 8일 유아의 돌맞이용으로 기옥 댁에서 900-편의 식기가 왔고, 前面[앞쪽]의 민식 반장 댁에서 밥쌀을 보태라고 백미 5승을 보태주셨다.

나는 시장에서 牛骨인 다리뼈 1개에 300-, 매루치 1승에 180-, 오징어 포 100-, 합계 580-인데, 처는 미역 1매 450-에 매수하였다.

1954년 11월 3일 수요일 天候 청 음 10월 8일

관사라 할까, 금융조합 사택 중에두 부이사님 댁의 건너방에 거주하고 있으면서도 자그마한 장녀의 첫돌 날이었다. 그러기 때문에 차리는 것 없이 잠이 가족 일동에게 부족한 채 조조부터 송편, 인절미, 憲無理[백설기], 수수팥떡 등으로 제작하여 식사로 인가의 부인들만을 주로 대접하느라고 모셨다.

인근인 戶主 되시는 남자 어른들도 몇몇 분 모시고 보니 전민식 반장 댁에서 백미로 5승을, 조남태 씨 댁에서 상하 양복에 모자까지를, 조남위 씨 댁에서 내의(샤쓰)를, 부이사님 댁에서 식기 일절로 각각 제공해주셨다 할까? 기증하여 주시었고, 현금으로 3,090-이 들어왔다. 상상외였다. 우선 오후 4시경인데 금숙이의 돌맞이 기념으로 독사진을 1개 300-에 촬영하였고, 돌을 잡히니까 먼저 책을 만지드라구?

夕方 숙직실 문을 새로이 제작하여 수선하여 사용했고 덧문도 제조했다.

1954년 11월 17일 수요일 天候 청 음 10월 22일

今日도 여전히 부이사님 외 직원들이 출장하여 나는 조반을 식사하러 왔다. 그 순간에 기옥 댁으로 서울에 거주하고 있는 처남 '연환' 형이 오시어 나를 찾았다. 나는 식사 후 가 뵈었는데 다름 아니라 나의 애로를 돌보시고 서울의 마포구청 병사과에 취직시켜 주신다고 문의차로 오시었다고 하였다. 나는 얼핏 허락을 못 하고 있는 차, 부성 씨가 그편이 향학에 도움이 된다고 하였다. 그리하여 나도 대답하고서 우선 이력서 2통을 송부하였고, 午時에 작별하였다.

허성열 씨께서 지서와의 호응선을 연결하고서 부이사 댁의 건너방에 도 전구를 作製하였다.

유아는 今日부터 身痛이 났다. 나는 昨日 비로써 사무실 내에 난로를 놓았기 때문에 손은 갑자기 터지고 일기는 냉하고 형편이 막막하던 차, 今日의 惡件.

1954년 11월 23일 화요일 天候 청 음 10월 28일

조조 고씨 마포구 호적 병무 이사장 댁에 처남과 같이 찾아 방문하였 다. 고 과장 댁에서는 우선 나를 호적계 임시직원으로 채용하여 후에 정 식직원이나 다른 곳으로 전직시키겠다고 하였다. 그리면서 今日부터 구 청으로 출근하여 서무나 계장에게 인사하고서 사무를 보았다. 사무는 예 전 일본어로 기재한 호적을 현 한국어로 移記하는 것이었다.

왼종일 기재하다가 晝食 시간에 서무와 같이 晝食을 나누다가 비로써 자세한 내용을 이야기하며 실정을 듣고 나니 대단히 마음에 만족치가 못 하였다. 일급 150-씩 월 4,500-이라고 하였다. 그 외로는 식량조차 없고 후에 희망뿐이었다.

서무가 하는 말이 나에게 직접, "농부만 못하니 그대로 내려가라"고 하 기에 나는 가부를 定치 못하고 있다가, 퇴근하려는 무렵에 고 과장에게 명일에는 집에 다녀오겠다고 하니까, 25일에나 갔다 오라고 하시었다. 그 리하여 그대로 퇴근하였다.

야간에는 '처남과 같이 고 과장 댁으로 의논차 가리다' 하고 왔는데, 처 남은 "明朝에나 가겠다"고 하며 안 가고, 내가 불만족한 감을 이야기한즉 약간 성을 내시고 계셨다. 그러나 내가 그대로 복무하겠다고 하였다.

1954년 11월 25일 목요일 天候 청 음 11월 1일

今日은 직행 귀가하려다가 다시 생각하고, 구청에 잠간 다녀서 오겠다는 것을 12시까지 근무타가 계장에게 말씀하니까, 명일에나 가라고 하기에 나는 다시 고 과장에게 말씀드려서 27일 조조 귀청하겠다고 하였고, 오후 1시경에 퇴청하여 조일 윤윤주식회사에 와서 처남을 만나 뵈옵고 晝食을 사주시어 먹고 작별을 하여 왔다. 서울역에서 영등포에 와 오후 4시 차로 하향하였다. 120-에 왔다.

우선 부성 씨 댁에 가서, 조합에 통지 보담 계출도 않고 갔기 때문에 궁금함을 질문하였더니, 무사하나 왜 오래 있었느냐고 하기에 실정을 이야기하였다.

'자본도 없이 어이하면 좋을까' 하다가 '가겠다'고 하고 야간에 부이사님에게 숙직실에 가서 실정을 말씀드리고서 "27일 조조에 가겠다"고 하니까 부이사님께서는 그리하라고 하였다. 나는 집에 와서 잤다. 석식은 전민식 반장 댁에서 하고 연초[담배]를 나누었다.

1954년 11월 26일 금요일 天候 청 음 11월 2일

출근 키 전부터 사무소 청소를 하고서 시간이 되니까 어찌 바삐하든지 今日의 목적이 주목되고 있었다. 나는 우선 대곶면에 가서 200-을 지불코 초본과 신원 증명원을 하여갖고 대명리에 가서 양복 조끼를 찾아 입고, 큰댁으로 다녀, 병옥이한테 찾아가서 방을 같이 사용하여 볼까 하니까, 이미 만원 식구인 고로 부득이하였다.

그대로 큰댁을 다녀 나와서 비로써 여러 직원에게 말씀하고 "명조에는 가겠다"고 하고, 야간에 강세희 형님에게 가서 "명일은 갑자스러이 서울로 가겠다"고 하니까 永永히 別導 해주시는 형님의 말씀은 찬동치 않으시고, "그대로 본 조합직원으로 있는 것이 전도에 광명이 있을 것이며, 세상 형편에 맞추어야 한다"는 구체적인 말씀을 하여 주셨다.

그리하여 다시 결심하고 명일의 서울행을 중지하고 말았다. 그리고 보니 今日 왼종일 서울에 가려고 모든 준비에 맞추어 바빠한 것이 시간에 변함이 있고 말았다.

숙직실에 가서 다시금 "명일에 가지 않겠다"고 하였다.

1954년 11월 30일 화요일 天候 우 음 11월 6일

今日은 조조부터 강우가 시작되었다. 왼종일 나리었다. 명일 큰댁에 소를 매입해 드리려고 통장에서 18,000-을 찾았다. 今日은 평환이 경준이가 나왔다. 강우로 인해 못 나가고 말았다.

11월도 다 가고 今日이 말일인데 누이는 남아를 순산하였다고 하였다.

우시장에 나가 보니까 70,000-이나 가져야 최저가격 소를 사게 된다고 하였다.

1954년 12월 9일 목요일 天候 풍청 음 11월 15일

매우 치웠다. 평환이와 경준이가 식사를 제조하여 식사 후, 처께서는 오전 10시경에 도착하였다. 언제나 사랑스러운 안혜[아내]께서는 뜻밖에 엿을 고아 갖고 왔다.

평환이와 경준이는 배추를 40여 포기 부이사 댁 것을 묻었다.

야간에 미 공보처에서 영화를 한다고 하여 추운 외지에서 구경하고, 나는 집에 와서 잤다.

처께서는 서울의 처남이 구청 과장에게 부탁하여 구청 서기 취직케 된 것을 내가 싫어서 반대하고 왔건만 도리어 과장께서 미안하다고 한다는 말을 나에게도 표해왔다.

1954년 12월 25일 토요일 天候 청 음 12월 1일

아침에 최송산 씨께서 수참리로 잠간 이세우 서기가 왔다 가라는 말을 하여 오후 3시에 자전거로 가서, 돌연히 논 352평을 12,000-에 매도하였다. 1,000-은 이 서기에게 보수로 지불하였다. 현금 11,000-을 갖고 왔다.

단기 4288년 [서기 1955년]

-한 번 더 읽어보자

◎ 只今이 일할 때다. 只今만이 싸울 때다.

◎ 只今만이 立身할 때다. 오늘에 이루지 못하고 내일에 무엇을 할 수 있을 것인가? (독일 토마스 아케피스)

◎ 浪費한 時間은 던져버린 너의 人生의 一部分이다. (미와 나메카)

◎ 來日이 있다고 자랑 말라. 엇떠한 날이 올지 너이가 모르기 때문이다.

◎ 憤怒는 無謀로써 始作되고 後悔로써 끝난다.

◎ 理性의 自由는 우리의 眞實한 生命

"日記는 나의 貴重한 生活의 記錄"

1955년 4월 15일 금요일 天候 우 음 3월 22일

昨夜부터 나리는 비는 계속되고 있었다. 평환이는 강우로 말미암아 식사 제조를 못 하고 통학에 늦지 않으려고 우리로 식사하러 왔다.

이윽고 明朝는 나의 생일이라 안해께서 몇 가지의 떡을 만들어 두었다. 왼종일 長期雨같이 나리며 시작되었다. 今夜는 숙직실에 불이 내서[내 놔서] 냉방에서 잤다.

1955년 4월 16일 토요일 天候 우 음 3월 23일

지난 14일경부터 降雨 시작한 비는 今日까지 계속되고 있다.

조조 아직 꿈속에서 변소간을 찾는 순간에 외부에서 나의 이름을 부르는 고성이 들이자 나는 곤한 잠 속에서 깨여 나와 보니까, 상무이사님께서 지부에 가신다고 여비를 구하신다는 용무였다. 진 이사님이나 서무 오 서기에게 가서 이야기해보라고 하기에, 나와서 진 이사님에게로, 오부성 씨에게로 가서 전하고 20,000을 부이사께 드리고, 부이사께서도 후에 김포로 가시었다가 정오에 귀청하셨다.

오후 1시에 사무를 끝이고 숙직실에 들어가서 직원들이 오락을 하다가, 빈대떡과 술 1승을 매식하겠다고 하여 나는 사러 가는 도중, 원균 학생을 만났다. 원균은 今日 막 도착 중이라 하며 오후 4시경인데 나의 고등강의록을 1, 2호를 600-에, 학생증을 80-, 입학금을 100-, 합계 180-을 지불코 매입하였다 하며 주었다. 한편 반가워 국수 1그릇을 대접하였다.

今日부터는 더욱 시간을 아끼어야 하겠다는 결심이 강해졌다. 늦도록 원균과 좌담타가 늦게 귀가하였다. 지난 4일 자로 상무이사 이규민 이사님에게 一金 1,000-을 드리면서 철균 편에 고등과 강의록을 부탁한 점을 뒤풀이하면서였다.

今日 식사 시에 밥상 위에서 금숙이가 앞으로 넘어졌다. 뒤쪽으로 넘어지려는 것을 내가 붙잡아 두려는 무렵에 앞으로 倒折[넘어짐] 하였다.

1955년 4월 28일 목요일 天候 청 음 윤 3월 6일

요즘은 제법 3세가 되어오는 금숙이가 보행키 시작하였다. 나는 그 보행하는 모습이 매우 신기하게 보이고 있었다. 나는 매우 기뻐하며 유아를 맞이하여 주는 것이었다.

1955년 5월 20일 금요일 天候 청 음 윤 3월 28일

昨夜 강우 중인데 어느 집의 자돈이 방황하면서 곡성을 내고 다니던 기억이 나 기상 즉시 돈사를 보았던 결과 별 이상이 없게 나타났다. 외지의 자돈이었던 것이다.

조합에 가서 보았더니 한창 곤히 자는 중이었으나, 알고 보니까 오전 5시까지 유회가 계속되었다 한다. 흐리고 있던 하늘은 今朝로 변천되어 맑고 청청한 하늘을 보여주고 있었다.

일전에 나무 매입하니라고 300- 대여받은 金[돈]과 대두 매입해달라고 부탁이었던 金 300- 중 2승은 200-에 매입하여 주어서 100-남은 金[돈]과 계 400-을 부이사님께 드렸다. 병은 씨 댁에서 이 이사님 댁의 통인 인분 운반용을 200-에 매입하였다. 그리하여 제조해 놓았다.

부이사님에게 오후 4시경인데 돌연히 영등포 세무소 직원 2인이 원천과세 불입 상황을 재조사 나왔다 퇴소하였다. 상무이사님께서는 김포경찰서에 낙성식 장에 갔다 오셨고, 부이사님은 今日 夕方 한약을 접수시겠다고 동제약방에 가서 감기약을 지어오라고 하기에 2첩에 250-에 지어와서 생 3뿌리씩 넣었다. 생강대는 20-이었다. 계 270-이었다.

금숙이는 콧등을 다치고 보채었으며, 안해[아내]는 명일에 친가에 조카가 병환 중이며, 동시 국민학교 운동회이옵기에 갔다 오겠다고 하나 금숙, 현숙 두 유아가 문제였다. 자임 댁에다 갖다 맡긴다고 하였던 것이다.

나는 조합의 사무실 남쪽 외부로 고[코]스모스를 나란히 심었다.

夕식사 후로 전 반장 댁에서 명일의 조종구 씨 혼사에 큰 상 떡을 하여 가기 위해 제조하온 인절미떡을 몇 개 갖고 오시었다.

안혜께서는 仔豚舍^{자돈사}를 新築^{신축}하고, 나는 강인기 씨 댁에서 돼지 죽그릇을 1개 대여해 왔다. 하오나 영구적인 보관품이 될 것으로 생각되었다.

와이샤쓰를 改服^{개복}하였다[갈아입었다]. 부이사님의 한약을 다려서 숙직 실로 가져갔다.

1955년 5월 23일 월요일 天候 청 음 4월 1일

今日은 숙직용 나무를 9속 매입하였다. 조반을 먹으러 왔더니 조카 현환이가 와서 평환이의 학비 관계로 왔는데 대여해 달라고 하기에, 나는 향학에 불타오르는 열로 3,500-을 주어 보내고 조반을 식사하는데, 室人^{실인}께서는 어그러지는 학비를 댄다고 하며 불쾌감을 이야기하였다. 하나 나는 다각도로 이해하며 그대로 출근하였다.

요지음은 낮이 길어져서 한가하기도 하고, 해가 높아서 퇴근을 하게 된다. 퇴근 후로 나는 웃통을 벗고 세면하고서 7시부터 강의록으로 자습타가 당번자가 왔기에 석식을 식사하고 갔더니, 부이사께서도 주무신다 하기에 나는 계획하였던 공부를 못 하고 집에 와서 대문을 잠그지 말라고 부탁하고 평환에게 갔더니, 평환이는 학교에 간다고 가서 않이 오고 자임만 계시는데, 요즈음 병환 끝이 되어 기력을 차릴 수 없다고 하와 놀고 있다고 한다.

앞으로의 味口之策^{미구지책}이 염려였다.

나는 안혜께 好感을 못 사고, 주위의 친족들에게도 전부 加하여 同氣間 사이에도 사방이 難處에 이르는 지경이었다. 돌아와 대문을 두드리니까 누구도 대답이 없이 걸려 있는 채로 무소식이었다. 도리 없이 뒤 창문을 열고 안혜를 깨워 대문을 개방 받았으나 기분이 좋아지지 않은 채로 일기장을 폈다. 왼종일 기분이 나지 않았다.

晝食을 먹으러 왔을 때도 처의 언니께서 유아와 더불어 갓난 아해들이 쌍둥이같이 울고 있고 처는 장모님, 언니 등의 손님들과 근처의 사진관으로 가서 촬영하러 갔다 하와 아무러나 자신이 꺼내 먹으려 하는 무렵에 안혜가 뛰어와 끄네 주기는 하였으나, 第一[제일:첫째로는] 아해들의 哭聲[울음소리]에 부이사님 뵈 올 낯이 부끄러웠고 兼言的이었다[겸연쩍었다].

1955년 5월 30일 월요일 天候 청 음 4월 9일

요지음은 나 자신이 태만하였다. 청사 외부에 잡초조차 뽑지 못하옵고 오직 습득에 바빴다. 조조에 국어 2호까지 대체적으로 완결되었다. 부이사님은 일즉이 인천으로부터 오셨다.

대명리 이씨로부터 이 이사님, 부이사님에게 민어를 각 1마리씩 보내주었기에 부이사님 댁은 晝食에 끓여서 우리도 식사하였다. 사무실에서는 뜻밖에 웅어 상인이 왔기에 조합에서도 3두룹을 사서 직원들끼리 회를 치고 지져서 식사하였다. 그릇은 전부 이사 댁의 것으로 사용하고 후로 전부 설그지를 내가 담당하였다. 그리하여 왼종일 앉어 있지를 못하고 왔다 갔다 잔심부름에 바빴다.

석식을 먼저 식사하러 왔더니 안혜께서는 아해들과 왼종일 시달리어지처서인지 화가 나서 탄식을 하고 있기에 나는 웃으며 말았다.

자임에게 一^{일 금}金 3,000-을 드렸다. 古物衣^{고 물 의} 商人用^{상 인 용}이였다.

웅어를 한 두루미 부이사 댁에서 주시었다.

1955년 6월 1일 수요일 天候 청 음 4월 11일

市日^{시 일}이다. 장모님께서는 일전에 1,200-을 서울 처남 댁으로 부송한 돈으로 나의 장화와 안혜의 옥색 신을 가져오셨다. 오정에는 큰댁의 큰 조카와 대능의 누이, 누님, 아우, 장모님과 처의 언니 등의 객이 오셨다. 안혜께서는 양지기 100-에 2개, 빵 50-치를 소비하였다 한다.

아우는 수원으로 지난 27日附^{일 부}로 一週日間^{일 주 일 간} 講習^{강 습} 갔다가 오는 길이었다. 누이와 아우는 석식 식사 후 평환이에게 갔다. 자임은 今日^{금 일} 비로써 古衣^{고 의}를 받아다 小賣^{소 매}키 시작하였다.

1955년 6월 6일 월요일 天候 청 음 4월 16일

市日^{시 일}이다. 오전 중으로 누이와 장모님께서는 각각 나에게 一金^{일 금} 15,000-씩을 邊^변으로 얻어달라고 부탁 차 나왔다 한다. 유호식 씨는 토끼를 손으로 꼭 쥐어서 죽였다고 하였다.

나는 병완 씨를 시장으로 찾아 나갔다가 돌연히 누이가 뜻밖에도 상이용사 회원께서 업으로 삼고, 金品取遊^{금 품 취 유}를 하는 癭樂場^{오 락 장}에 立場^{입 장}하여 있기에 즉각적으로 注意^{주 의}를 주고 나무랬다. 그 환경을 본 상이용사 놈 2인이 나를 순간에 담뱃불을 안면에다 갖다 대서 2곳이나 데였다. 하나 무경우인 놈들과 상대가 되지 않아 억울하게도 그대로 돌아왔다. 얼마 안 있어 순경이 나와서 금지시켰다.

나는 이일봉 씨에게 편지를 부송하고서 집에 들어오니까 아우에게

500-치의 정맥을 7승가량 주고서 4승은 380-에 매도하여 백미 4승에 760-에 매입하였다. 나는 누님으로부터 1,000-을 받았다. 왼종일 기분이 나지 않았다.

1955년 7월 3일 일요일 天候 우

큰댁에 다녀오려고 한 계획이 다 틀리고 말았다. 강우로 인함이다. 일직 당번 남궁 씨는 잊었는지 출근치 않았다. 우중에는 이사님이 김포에 가시고, 재의 씨가 계속하여 일직까지 하고 퇴근하였다. 나는 막대기 1본을 갖다가 부수어 때워 목욕을 아내와 같이 우중에 금숙이와 같이 하였다. 身體 洗 後 마령서[감자] 찐 대접을 놓고 마루에서 안마당에 퍼붓는 비줄기를 바라보며 가족과 같이 談話를 交換하는 것도 一時의 樂이 아니라 할 수 없었다.

석식 후로는 이병은 씨 부인께서 一金 5,000-을 이자 500-을 가하여 5,500-을 갖고 왔다.

1955년 7월 5일 화요일 天候 청 음 5월 16일

지난 30일부로 받은 영장의 소집일이 되어 왔으나, 나는 출근하여 서류 문서를 전부 정리하고서 공중으로 떠 있는 듯한 마음으로 집에 와 있다가, 畵食을 하러 가자는 부성 씨의 말씀도 거부하고 있다가 가족과 畵食을 나누었고 조합에 있자니까, 오순경이 와서 잡담 끝에 이사님의 질문에 의하여 우리의 소집 장정은 직접 군산까지 가서 신체검사를 한다고 하기에 나는 또 염려를 하며, 직원 일동들도 3,000-의 거액을 거두어 주시며 조합에서도 3,000-, 병선 씨께서도 7,000-을 준비하여 주었으나, 表

言의 언어도 없이 안녕히 계시라고만 인사하고, 지서로 와서 집합을 준비
중 나는 비로서 면장, 부면장에게 인사하고 우리 조합직원들도 전부 지서
앞까지 환송을 나와 주었고 이사님까지도 오셨다.

출발 직전에 나는 주임장에게 간단한 훈화를 듣고, 춘환 동서에게 一金
500-을 여비로 받고, 오후 5시경에 경기로 다가 출발하였다. 하오나 김포
의 화신 여관에다 숙박을 시키었다. 나는 잠간 틈을 타서 김포 조합에 들
르기 전에 범식이하고 술 1잔씩 하고 280-을 지불하고서 조합의 參事 및
專務理事에게 다녀와서 석식 식사하고 시가지에 나가자니까 운양리의
郡 兵事係와 같이 미끵을 2개 사 먹고 120-을 지불하였고, 출발키 전 양
곡에서 금숙이 고무신 1족에 150-, 부채 2개에 40-, 합하여 590-을 소비
하였다.

1955년 7월 6일 수요일 天候 청 음 5월 17일

금일 오전 6시 출발하려던 계획이 병사 주임의 출근 시간이 늦어 8시
경에 인항 뻐-스로 부평서국민학교까지 왔다. 이 학교에서 신체검사를 행
할 것이라고 하였다. 그리하여 곧 13명의 장정은 의복을 벗고 검사장으로
들어갔다. 외과에서만 해당 요건을 제안하여 척수와 탈장을 진술하였으
나 經한 脫腸은 注射 一만 맞으면 된다고 하였다.

그러나 합격, 불합격을 말하지 않고 미결로 미루어 놓았다. 우리는 심
히 궁금히 여기고 말았다. 오전 중으로 검사는 끝났으나 김포의 누락 장
정들 미검사 관계로 나는 대기 중 유현리의 李氏 壯丁과 사이다를 마시러
갔다가 葛馬洞의 蛻姪 女兒를 만났었다. 2병을 먹고 나서도 一金 100-만
지불하였다. 조카딸은 여급으로 있는 것 같다.

추럭으로 가게 된다고 이 순경이 통고 후로 유현[리] 김씨의 말이 우리 양촌면 장정 3인이 1인당 1,000-씩 내어 이병권 순경에게 주고 군산까지 가지 않도록 노력해 달라고 하기에 나는 응하지 않고 있다가, 김포에 와서 비로써 의섭이와 같이 500-씩 내어 1,000-을 이 순경에게 주고 술 1잔씩 나누는데 400-이 들고 의섭이가 200-을 내고 하와 600-치를 음주하고서, 나와 韓은 道民證^{도민증}을 찾아 갖고 終^종 뻐-스로 양곡을 [향]하였으나, 和信 旅館^{화신 여관}으로부터 兵士主任^{병사주임}의 말은, 明日 仁川에까지 가서 합격, 불합격을 선출할 터이니 그리 알고 今夜 1일간만 더 숙박하라고 하였다. 그리 말한 것에다 우리는 이 순경에게 不이 되었다는 소식을 듣고서 비밀적으로 귀가하여 왔으나, 지서에는 미리 통고하지 말라고 부탁이 있어 알리지 못한 채 석식 식사 후 잤다. 큰댁에서는 今日 자돈 1필을 마저 갖고 가셨다 하였다.

1955년 7월 8일 금요일 天候 청 음 5월 19일

今日은 오전 10시경에 상무이사님에게 금반 소집영장을 받고 나서 너무나 수고를 아끼시지 않고 나에게 베풀어주신 관계로 나는 감사하여 160-짜리 양말 1족과 美 煙草 2각에 360-, 계 520-치를 매상하였다. 사모님에게 드렸더니 받지 않으면서 부득이 받으시더니 후로 이사님에게 책을 들었다 하시기에 나는 직접 이사님에게 금반에 너무나 하념을 끼쳐드려 연초 1각을 드렸다 하니까 은근히 "그것참 무슨 짓이야, 돈이 어디서 나서 그리하느냐"고 엄격히 말리는 표정으로 말씀하시었다. 나는 그대로 외부로 나와 딴 일을 보았다.

1955년 7월 12일 화요일 天候 우 음 5월 23일

조조부터 시작된 강우는 끊임없이 나리고 있었다. 3個日[3일]째 계속 나리고 있었다.

우리는 광목을 삶아서 팔아, 일광에다 바래 갖고서는 담가둔 채 강우가 시작되여 3일째 물속에 넣어 두었다.

퇴근 후로 부이사님의 부탁으로 초원지리에 가서 수탉을 大品으로 1羽 700-에다 매입하여 왔다. 숙직은 김성중 씨인데 강우로 인해 한 서기도 동침케 되어 나는 11시 싸이렝 소리 후 귀가하여 왔다. 금숙이는 連 3日째 母 離乳 갔다.

집에 자러 오는 무렵에 강우로 말미암아 김성중 씨의 우산을 쓰고 오려고 문의한즉, 성중 씨는 "내일 아침 일찍 귀가하여야겠는데" 하고 대답이 없기에 나는 강우량도 소량이오니 그대로 가겠다고 오니까, "명일 일즉이 좀 나와 달라"고 하였다. 나는 대답은 하였으나 비겁히 생각은 하였으나 책임제라 별도리가 없었다.

안혜는 어제 자임 댁에 간 금숙이에게 빵을 持參하여 갖고 갔더니, 어제부터 頭部에 열이 있고 잘 놀지도 않았다 한다.

1955년 7월 17일 일요일 天候 청후우 음 5월 28일

今日은 2,000-을 전민식에게 대여해주고 조합 자전거를 김명수 씨에게 빌려주고서 원종일 日直하다가 숨宅의 다다미를 乾光하여 깔고 나니까 降雨가 始作되었다.

황윤성 씨로부터 一金 1,000-, 昨日 대여받은 돈을 반환하고 전기완 씨 댁에 가서 일전에 외상으로 매입한 난닝샤쓰代 230-을 반환하고, 晝食

식사경에 오렌지 쥬-스를 1병에 70-을 주고 매입하여 안혜와 같이 식사
하였다.

안혜께서는 금숙이를 왼종일 보지 못한 채 지낸 날은 今日이 비로써였
다고 하였다.

석식 식사 후 평화 양복점에다 一金 10,000-을 양복대로 선불하였다.
구랫빠 기지였다. 20,000-에 하여주마는 것을 18,000-에 감세하여 달라
고 부탁하였다. '어이 될지?' 모르겠다.

1955년 7월 22일 금요일 天候 청 음 6월 4일

今日은 상무이사님 댁 사모님이 가시고 부이사 댁 사모님이 오시었다.
일전에 신청한 간선 맥당이 도착하여 나는 3가마니를 매입하였다. 본래는
2가마니인데 1가마니는 미당 1가마니를 부성 씨와 교환하였다. 야간에는
계모임에 갔다 왔다. 今日의 계모임은 流會였다.

부성 씨와 같이 숙직하다가 생각이 나서 홍기세 계장 댁에 갔더니 이
윽고 면에서 동회[의]가 있다 하와 전원이 동회[의]에 참석하고 곗돈은
계장 부인께서 수금하고 있었다. 돈만 불입하고 와서 숙직실에서 부성 씨
가 "앞으로 女給仕 1인을 더 두어야겠는데 誰何[누구]가 적당한지?" 하
는 말의 답변에 나는 "금반 급사 채용 건에 있어서 나의 동작이 태만하다
는 비난 끝에 결정되는 것이 아닌가?" 하고 물었더니 그렇지 않다고 하며
"직원이 많으니까" 하고 태연히 대답하였다.

나는 昨日부터 給仕 採用 또는 不採用件의 可否의 回章이 나타나서부
터 그야말로 고난이 발생하게 되었고 한편 도로 면직원으로 복직할 의사
가 한층 높이 솟아났다. 그러던 것이 今夜로 약간 안정이 되었으나 신경

이 복잡하여졌다.

퇴근 후 병선 씨 댁에 가서 병아리 2羽를 갖다 부이사님 댁에 드렸다.

1955년 8월 12일 금요일 天候 청 음 6월 25일

今日은 전부 출장 가고 병완 씨와 이사님만 남았다. 인천으로부터 5寸 당숙모께서 오시어서 畫食을 나누었다. 현주소는 인천시 송림 2동 13반 189번지 김순돌이었다.

今日은 8.15 광복절 기념 축하금으로 8,815-을 받았다. 우선 조남덕 형 에게 가서 4,000-에 소맥 1가마니를 매입하였다.

今夜는 '왕중의 왕'의 영화를 관람하고서 곡촌 교회 전도사로부터 今 般 분리된 이유를 설명하고서, 시장교회는 대한예수교장로회를 돌연히 대한기독교회로 개칭하였다 한다.

1955년 8월 16일 天候 청 음 6월 29일

아침 기상은 일즉이 하였으나 학과의 연구는 할 틈이 없었다. 식사하고 오니까 안혜께서는 공연히 신경질을 하등의 조건 없이 부리고 있었다. 나 는 복수로 畫食 먹으러 와서 자임 계시는데 성을 내여 보았다.

1955년 8월 28일 일요일 天候 운우 음 7월 11일

오후부터 흐리더니 오후 6시경부터 희망의 강우가 시작되었다. 今日은 金浦農商에서 劇을 조직하여 (원술랑)을 정오에 1회, 야간에 1회씩 한다 는데 초대권을 1매 얻어다 안혜에게 주었다. 어른은 100-, 소인은 50-이 였다 한다.

나는 괴로운 몸으로 상무이사 댁의 채소에다 비료를 주다가 今日은 캄캄히 흐리고 있기에 나도 와서 全 반장 댁에서 유안비료이름 1승을 요청하여 갖고 4양지기를 퍼다가 주면서 강우를 만났었다. 최초로는 물에다 타서 주다가 비가 나리기에 마른 유안을 홀홀 뿌리고 후로 3빠께스의 물을 追水(추수)하였다.

8시경에 나는 원술랑 극의 초대권을 1매 갖다가 안혜에게 주고 구경을 보냈다. 집에서 잤다.

1955년 9월 24일 토요일 天候 음 8월 9일

조조 솔방울을 180-에 1가마니 매입하였다. 토요일 날씨는 말가케[말갛게] 개였다.

정오경에 일즉이 마감하고 퇴근하였다.

오후로는 상무이사님은 김장밭을 매고 계시고, 나는 所 內에서 冊을 독서타가 오후 5시경에 나도 협조타가 순규께서 뜻밖에도 현숙이를 안고서 조합까지 왔기에, 나는 사무실까지 데려가서 보아주려고 하는데, 과자도 15-치를 사다 주고 보아주는데, 얼마 놀지 않고 잠튀정으로 울기에 나는 외지[마당]에서 안고 있다가, 경준이가 이윽고 학교로부터 나오기에 다리고 가라고 주어 보냈다.

야간에는 오만식 서기가 아이들을 다리고 와서 자기에 나는 집에 와서 자는데, 안혜께서 일기장을 洋面街紙(양면가지)로 매여다 주었다.

부이사님은 인천에 가시고, 부탁은 배차[배추]에 인분 거름을 주라는 부탁이 있었다.

1955년 9월 29일 목 天候 청 음 8월 14일

조반을 일찍 식사하였다. 豚飼料를 주려고 왔더니 이미 순이께서 조반을 차려주었다.

昨日은 직원들은 출장 여비를 假出場 여비로 계산하여 支給하고서 나는 各自들로부터 據出하여 800-을 받고 夕方경에 봉급을 받아 합계 10,000-을 묶어두고, 각 점포에 외상대를 전부 갚고 부이사님의 밥으로 식사하고서, 각 직원들로부터 부이사님에게 사과 1상자를 1,700-에 매입해 주시고, 부이사님이 明朝에 가신다 하기에 나는 뜻밖으로 오후 4시경에 부이사님의 허락으로 큰형 아이의 고무신 1족에 250-, 경천이 연필 1본에 20-식 2본을 40-에, 또 아주머니의 수건 1개에 100-을 주고 400-을 소비하였고, 자전거로 큰댁을 향해 들어갔는데 도중 유씨 댁에서 송편을 미리 먹고 들어갔다. 큰댁에 갔더니 송편을 만들고 계시었다.

고향이라고 쓸쓸하기 짝이 없었다. 친우라고는 병철이뿐이었다.

1955년 9월 30일 금요일 天候 청 음 8월 15일

추석절이었다. 금일은 인숙, 경천이가 불쌍하였다. 제사를 지내고 나는 병철이에게 가서 담화를 하다가 와서는 또 근모 모친상에 가보려고 하였으나, 객인이 많아서 그대로 돌아왔다.

오후 2시경에 나는 안혜와 함께 큰댁을 떠나오는데 고추 1관 정도, 참깨를 모친께서 5합, 형수께서 5합 계 1승을 갖고 백미 3승을 갖고 나왔다.

금숙이는 내가 업고 자전거를 승차하였는데, 초원지리 부근에까지 와서 밤 한 송이를 따는데 경복이가 쫓아와서 아기를 바다[받아] 업고 왔다. 땀이 흐르고 있었다.

야간에는 남궁 씨께서 나와 자기에, 나는 와서 잤다.

작야 중간에는 인근의 김명수 씨 댁의 양계장에서 닭을 5마리나 잊저[잃어] 버렸다고 한다.

1955년 10월 2일 일요일 天候 청 음 8월 17일

今日은 사무실을 공구리하였다. 나는 병만 씨가 日直이옵기에 돈사를 현환이와 같이 수축하였다. 전 반장 댁에서 영을 2마람 갖다 이었고, 昨日 석가래감 3본을 주고 밤나무 말장 6개하고 교환하여 온 유기조 씨 댁의 막대기와, 평환이가 昨日 갖고 나온 松棒 8本을 합해서 완전히 수리하였다. 정오경에 끝맞이고 조합으로 가서 교대하였다.

나는 洋灰 消費한 量을 調査하였는데 18包 消費하였다. 상무이사님은 뜻밖에도 오후 4시 반경에 귀가하시었다. 그리하여 순규 씨께서 나왔으나 석식은 제조치 않고 정명원 씨 댁에 가서 식사하였다. 범환 씨께서 나왔기에 나는 또 집에 단녀갔다. 큰형님은 양천에 가서 명년에 부릴 牛를 도지대가를 주고 빌려쓰는 牛로 갖고 오셨다. 자임은 우리 배추밭까지 매주시었다고 하였다. 인가의 전 반장님 댁의 장녀 순례는 통혼 중이라 상대편의 남자가 선을 보고 갔다.

1955년 10월 3일 월요일 天候 청 음 8월 18일

일직 당번이 오기 전에 이사님 댁에서 순규와 더불어 조반을 식사하고, 당번 오만식 씨가 왔기에 나는 단녀서 금숙이를 다리고 조합에 가서 놀다가 晝 식사는 병완 씨 백미로 순규가 지어서 금숙이와 같이 중국집 왜된장에다 비벼주었다. 금숙이는 口味[맛]있게 잘 먹었다.

오후에는 유안을 채소에다 현환이와 영덕이를 다리고 시비하였고, 안혜께서는 하절에 4,000-에 1가마니 매입해 둔 소맥을 빠아두었던 것을 잔량으로 국수를 눌리었는데, 약 4관 정도라 하며 삯을 160-인데 200-을 지불하였다 한다. 또한 고추도 초가을에 3관 반 남겨둔 것을 빠았는데 가루는 2승 5합이라고 한다. 상상외로 소량이었다. 관당 1승은 산출된다는 것을 들은 것과는 판이 다랐다. 석식은 국수를 비벼서 식사하였다.

1955년 10월 6일 목요일 天候 운 음 8월 21일

외상 대금을 갚으려고 1,200-을 갖고 나갔다. 市日이 되고 내무도 분주, 다사한 중 우체국에 잠간 들렀더니 순집이께서 등기 우편물이 도착하였으니 도장을 지참하여 찾아가라고 하기에, 나는 正言[정언:참말]이 않이라고 하며 나에게는 등기 우편물이 올 때가 없다고 고지듣지를 않았더니, 곳 책을 보여주며 왜 거짓말을 하겠느냐고 하였다.

보안즉[본즉] 똘똘 말은 중앙통신고등학교서 보내준 강의록이였다. 나는 "야~아 이상하다, 冊代도 송금치 못하였는데 冊이 오다니, 너무나 책을 보내지 않아서 그리된 것인가 보다"고 의심하며, 곳 印[도장]을 갖고 가서 찾아보니 5號 冊 겉장에다 '賞[상]' 字 印을 찍었다.

去般[거반:지난번] 상 타기 문제 해답을 거듭 2차를 거쳐서 답안을 송부한 결과, 第一 처음은 추첨에 들지 못하고, 2次째는 추첨에 들어 10명 중 맨 처음으로 나의 이름이 기록되었다. 나는 우체국장과 같이 개봉하여 보고 매우 기뻐하였다.

왼종일 바뼀다. 퇴근 후로는 소모품이 도착하였다. 夕方에는 오늘 아침 일찍 김명수 씨 댁 돼지가 나와 부이사님 댁의 배추를 15포기 정도 뜨더 먹은 찌꺼기로 국을 끄려 식사하였다.

1955년 10월 7일 금요일 天候 우후운 음 8월 22일

양곡국민학교 운동대회였다. 아침부터 치웠다. 조합직원들도 각 기관 리레[릴레이]에 나가 3등이 되었다. 나는 昨夜 도착한 사무용품을 정리하다가 사모님께서는 사과를 주시면서 어제 아침에 호박이 없어진 것 갓다고 하였던 고로 오해를 가졌나 하고 미안한 감을 말씀하시었다.

왼종일 풍세가 나쁜데다 치웠다. 夕 식사를 하러 오니까 은기 조모님과 妻 질녀가 운동 구경을 하고, 못 가고 숙박하러 와 있었다.

1955년 10월 12일 수요일 天候 청운 음 8월 27일

양곡중학교 운동회였다. 큰댁에서는 전 가족이 운동장에 나왔다. 우리 집에서는 晝 식사를 담당하였다. 빵도 찌고. 사과는 부이사 댁에서 7개나 주시었기에 운동장으로 갖고 갔다.

나는 5시 50분에 자전거로 큰댁을 향해서 달리기 시작하였다. 야간에 부친의 제사였다. 나는 큰형님과 형수에게 집까지 비여놓고 운동 구경을 하였다고 책하였다. 그리다가 큰형수와 언쟁이 있었다. 어느 사이에 금숙이 고무신 한 짝을 분실하였다 한다.

1955년 10월 14일 금요일 天候 우운 음 8월 29일

今日은 날씨가 쓸쓸하였다. 이사님은 김포에 가신다고 하더니 마송리에 가서서 늦도록 하시는 일 없이 계셨다. 왼종일 바쁜 일 없이 앉아 있었다.

석식을 늦게 식사하러 와서는 突然히 嬰兒들 우는 소리에 화가 나서 안

혜께 큰소리로 責을 하였다. 달래지 않고 惡話로 유아들을 울리우고 있다
고 하였다.

1955년 10월 22일 토요일 天候 청 음 9월 7일

今日은 조합사무소 지붕을 수리키 시작하였다.

나는 유기조씨 3남 상현 씨의 청첩장을 등사하여 주었다.

조조 6시 발차로 서울에 여행을 간 경준, 경복이께서 도라왔다. 여비는
각 200-씩 400-을 주었었다. 나는 남궁 씨와 숙직인데 금숙이를 다리고
가서 숙직하였다. 금숙이는 울지도 않고 잘 자고 있는 순간에 나는 9번째
의 곗돈 6,000-을 납부하고 사과를 4개나 독식하였다.

조조 순복이 댁에서는 뜨물 1빠께스와 밀기울을 약 3두가량 갖고
왔다.

1955년 10월 30일 일요일 天候 청 음 9월 15일

今日은 치웠다. 황 씨는 昨夜에 방에서 잤다. 금고를 도당으로 덮었고,
인부들에게 약주 1승에 300-, 쓰루매 3필에 90-을 주고 사다 주었다.

나는 초원지리 가서 토역 인부하는 이씨를 부르러 갔다가 명일 온다고
하기에 그대로 도라왔다. 畫食과 석식은 기옥이 댁에서 식사하였다. 야간
에는 안혜와 더불어 무료 관람 영화를 보았다. 나는 금숙이를 다리고 가
서 숙직실에서 자다가 영화가 끝난 후에 다리고 왔다. 나는 참으로 감기
가 들까 봐 염려가 많았다.

今日 씨러기[쓰레기] 버리는 통을 2개 만들어서 1개는 이사 댁, 1개는
우리가 갖고 왔는데 깡[깡통]은 중국 강씨 댁에서 가져다 만들었다. 오늘

부터는 날씨가 찼다.

昨日 솥을 걸고 난 후에 밤에 불을 때다가 중방이 탔다.

1955년 11월 1일 화요일 天候 청 음 9월 16일

10월 달이 다 가고 11월 1일을 맞이하면서 첫 감상이 아침 기상 전에 이불 속에서 느끼어졌다. 昨夜의 夢想 그데로 안혜에게 이야기하였다. 夢話는 '꿈에 두 밤째나 계속 도박을 하여 금전을 빼기었다. 그리다가는 노상에서 부인들이 겨루기를 전부 케여 이고 가는 중 자임도 계셨다. 나는 그 싱싱한 푸른색 겨루기를 머리 위에 이고 가는 자임의 것을 받아 갖고 가려고 자전거를 얻다가 잠이 깨웠다' 이와 같은 꿈을 나는 小越히 생각하였다.

매일같이 일즉이 나갔다가 조반을 식사하러 오려고 하는 도중, 경복이께서 "한용이 짐을 지고 오니 자전거로 받으러 가라"는 통지를 하였다. 나는 식사 후 상임 이사님 댁 들깨를 사라 나가겠다고 알리우고 시장에 나와서 자전거를 빌리려고 왔다 갔다 하니까, 어느덧 아우는 백미를 10승 지고 도착하였다. 그 백미를 매수할까 말까 하다가 쌀가게에다 1,700-에 매도하였다.

그린 후 그 빈 자루에다 매주용 대두를 매입하려고 승당 130-식 하는 대두를 김포산이 아니기에 나는 촌락산을 기다리고 있다가 이윽고 대곳 노선 방향에서 나이는 약 26, 7세가량 된 부인이 양방으로 보여지게 말아 올린 까만 머리에다 村테를 하고 대두 6승을 갖고 나왔다는 부인에게 허겁지겁 급하게도 그 대두를 매입하게 되었는데, 빨리 사겠다고 재촉을 하니까 그 여인은 그럼 돈 먼저 내라고 하기에 나는 10승 매입하겠다는 말

끝에 10승 대금을 오산으로 230-식 쳐서 2,000하고 30-만은 6에다 곱하여 2,180-을 지불하였다. 그리고는 더 사려고 있다가 남궁 씨 댁 아주머니께서 본월분 급료를 찾겠다고 남궁 씨의 분을 부탁하기에 나는 이 대두를 집에다 갖다 두고 조합으로 가서 민병선 씨에게 "대두 1승당 230-"이라고 하니까 "130-이겠지 230-은" 하고 재질문을 받은 순간에 나는 "앗" 하고 계산 착오가 생각되자 즉시 그 여인을 순회하며 시장을 몇 번씩 돌면서 다녀보았는데 결코 못 발견하였다.

그리다가 오전 10시에 그리 당한 사건을 오후 1시까지, 夕方경까지 마음에 두고 기분이 좋지 못한 중에다 안해께서는 요즈음 재봉[틀] 이야기가 낫던 끝으로 벗적[버쩍] 등이 달아 今日 중으로 가서 갖고 오겠다고 가서까지 보고 왔다고 하였다.

나는 오후에 평화 양복점 주인과 직공의 소개로 그 재봉을 면밀히 보아 달라고 하였더니 강 씨는 그 자리에서 결단을 맺으려고 하였다. 내가 가서 "機 額이요?[그 가격은 얼마요?]" 하고 물으니 '발틀, 중고 매표 22455번 機'를 강 씨는 최저로 30,000-까지 나려 깎았다. 그러나 나는 또 변명을 붙이되 집에 가서 가족적 타합이 있어야겠다고 밀우고 말았다. 한갓 강 씨에게 미안할 따름이었다.

나는 고무신 1족에 350-을 주고, 사진 각구는 범수용으로 혼례 축하로 200-에 사다 놓았다.

밤에는 병만, 부성, 진원, 박하진, 이병석 등등과 같이 100,000-짜리 계를 10인이 조직하였다. 순번은 다음과 같았다.

1, 김진원 13,700- 2, 박하진 13,300- 3, 신현철 12,500- 4, 강 씨 11,500- 5, 오 씨 10,500- 6, 오부성 9,500- 7, 이병석 8,500- 8, 오재의

7,500-9, 김병만 7,000-10, 김한필 6,000-

1955년 11월 20일 일요일 天候 운 음 10월 7일

나는 곤히 잠들고 있는 새벽 5시에 부성 씨께서는 이미 숙직실에 와서 깨워 주었다. 나는 놀라운 듯이 깨워서 세면을 하고 5시 40분경에 전윤완 씨 댁 뻐-스로 부성 씨와 같이 출발하여 서울에 도착하니까 7시 40분이 었다.

부성 씨와 같이 나려서 작별하여 오후 1시에 運輸株式會社 倉庫에서 만나기로 하고 각각 용건의 方行을 향하였다.

처남들은 아직 회사에 미 출근이었고, 처남 댁도 모르고 하와 제일 먼저 중앙통신고등학교에 찾아갔더니 아직도 6호 강의록이 나오지 않았다고 하였다. 나는 되도라 와서 노점에서 우동을 1그릇에 50-을 주고 식사한 후 회사에 갔더니 다행히도 두 분의 처남이 다 계셨다. 그러나 바쁜 듯하기에 나 혼자서 박람회 구경을 가서 입장료 80-, 안내도 50-을 지불하고 간단히 구경을 하였다. 그리 많지 않은 동물도 다 보지 못하고 12시에 뻐-스로 20-에 서울역까지 와서 회사의 처남과 부성 씨를 만나 晝食을 나누었고, 나는 한인식 친구를 만나서 다시 다방에 들어갔다가 나와서는 처남과 수도 극장에 갔다가 처남이 400-을 지불하여 주어 구경을 하고 나니까 6시였다. (印度의 海賊)이었는데 美國式이었다.

끝인 후 처남 댁으로 오다가 770-치의 선물을 사가지고 가서 석식 후 좌담을 맞이고 잤다. 처남께서는 나로 인하여 2,400-이 소비되었다. 가옥의 구조는 4칸인데 550,000-에 매입하였다고 하였다. 短靴를 신던 靴 주고 2,000-을 더 엇었다.

1955년 11월 21일 월요일 天候 우 음 10월 8일

금숙이 생일이다. 나는 서울에서 조반을 끝이고 남대문 시장으로 처남과 같이 나가 잠바 3,400-, 상 내의 300-, 하 내의 1,000-, 보자기 140-각띄[각띠=허리띠] 580-을 주었다. 그리하여 70-치의 과자로 사서 갖고 190-에 양곡까지 왔다.

午正 12시 10분인데 도착하니까 오리굴 누이, 자임, 조동렬 씨 댁 부인 등등이 좌석에 있고 수수떡을 식사 중이었다. 나는 합계 9,780-을 낭비하였다.

晝食 식사 후 조합에 나갔더니 비로써 난로를 피우고 계셨다.

금년에 맞추어 입은 구래바 곤색 양복 윗태에는 만년필로부터 잉크 물이 묻어서 퍼래지고 있었다. 부이사님은 석식 식사 후로 금반 직원 감원 대상자 중 용원도 포함되었다고 하였다.

1955년 11월 23일 수요일 天候 청 음 10월 10일

조조 자돈 1필을 1,200에 매도하였다.

조조 김종길 씨께서 부이사님 사택을 수리하러 왔다. 나는 조반을 식사하고 있자니까 순규께서는 나를 부르라 왔다. 왜냐 하고 물으니까 직원회에 참석하라는 것이었다. 궁금하와 나는 뛰어가 봤더니 이미 시작되었다. 이사님의 말씀은 이번 糧穀 移管으로 인하여 조합직원이 감원됨에 따라 해당 조항은 만 2년 미만의 근무자는 무조건이라 하고 6년 이하의 근무자로써 사고자, 사무 미달자였으며 출납원, 용원 전부라고 하시며 나도 방으로 부르시더니 해당되오니 어이 하느냐고 큰 걱정을 하셨다. 나는 괜찮다고 過重히 下念하시지 말라고 인사하고 나왔다. 부이사님과 이사님은 말씀하시기를 남궁 씨와 오재의 씨께서는 郡으로 이직하고, 오만식 씨와 유호식 씨께서는 근무연수 미달자로 감원되고 나와 임시직이 황 씨와 순규도 해당이었다.

나는 김종길 씨께서 粉灰[분회:수산화칼슘] 개는 궤짝을 만드니라고 송판을 4장에 400-을 주고서 매입하여 왔다. 나는 우리 집에 있던 선반 2장과 교환하여 사용하였다.

晝 식사는 민병선 씨와 같이 강인기 씨 댁에서 내가 시켜 2그릇에 백알酒 1곱부를 一金 250-에 사 먹었다. 요는 민병선 씨를 존경하는 가운데 대여해 준 一金 50,000도 속히 회수하여 달라는 의미에서이다.

오전 중으로 감원대상자에 포함된 줄을 이미 알고 있으면서 나는 어제 무사하게도 곗돈 받은 一金 100,000을 조동렬 씨 부인에게 일할 이자로 주면서 상무이사 댁 돈이라고 하면서 주었으나, 무朝 이두준 씨께서 一金 20,000만 차용하여 달라는 것을 나는 절대적으로 거부하였다.

1955년 11월 27일 일요일 天候 청운 음 10월 14일

今般 11시부터 糧穀 事務가 政府 直營制로 移管됨에 따라 金融組合 職員의 3분의 1이 減員되었으므로 본 조합에서는 남궁기, 오재의, 오만식, 유호식 용원이 감원되었기에 今日 정오부터 송별회가 시작되어 준비는 오부성 씨 댁에서 하여 장소는 부이사 사택이었다. 저물어질 무렵까지 계속하는 중 부이사님의 송별 인사가 있은 다음 남궁 씨께서 답사가 있었고, 나도 용원의 직으로 있을 당시 할 바를 다하지 못하와 부끄러웠다는 격으로 인사하였다.

今日부터는 완전히 자돈을 별도로 재웠다.

간밤에 금숙이께서는 食積이 돌연히 되어 심히 虛弱이 되었다. 그러나 온종일 외부에서 놀고 있었다. 부이사님은 今日도 나에게 별 계획이 없으 며는 월 9,000-가량으로 생각하고 있으니 급사로 이어 있어 보라고 하였 다. 나는 가부를 대답치 않았다.

안혜께서는 차라리 변혁시키는 것을 원하고 있었다.

1955년 12월 11일 일요일 天候 청 음 10월 28일

조조 나무를 2짐에 600-에 매입하였다. 市日이나 사무는 휴무였다. 나 는 자임의 세-타와 안혜의 세-타를 사려고 一金 10,000-을 갖고서 나가 보았다가, 오니산리의 이장 김봉록 씨께서 부이사 댁의 백미라 하며 3가 마니를 싣고 왔는데 1가마니를 요청하여 8,500-에 현금으로 매입하였다.

오후 4시경에는 얻으려던 기회를 타서 시장에서 우연히 만나게 된 이 범웅 회장님에게 나의 선후책을 결정하여 달라고 앙청하였더니, 면장님 께서는 그대로 있으라고 하며, 면은 3,000-밖에 아니 되는데 그저 9,000- 정도이면 괜찮으니 그대로 있다가 결원이 있으면 그리하자고 부탁하였 다. 나는 백양 담배 1각을 드리고 기회를 기대코 있겠다고 하였다.

夕方경에 매부는 현환이와 같이 나무 3속을 갖고 왔다.

나는 범웅 씨에게 서신을 쓰려다가 중지하였다. 夜寢은 집에서 하였다.

1955년 12월 19일 월요일 天候 청 음 11월 6일

조반 식사 도중 부이사님의 부탁으로 동어 한 사발과 부삽 1개를 사다 드렸다.

今日은 일행이의 돌날이 되어 모친과 자임, 안혜께서 아직도 [누이네서] 숙박 중이시고 나는 순이께서 식사를 하여주었다.

1955년 12월 25일 天候 청 음 11월 12일

결혼 이후 동부인하여, 안해께서는 순이가 금숙이를 누산까지 업어다 주어 그 지점부터 뻐-스로, 나는 부이사님의 자전거에다 약주 1승과 골무떡 5승 한 것까지 싣고 가서, 강차 후부터 더불어 이윽고 질녀 2인식이나 마중을 오고 하와 가볍게 들어갔다. 도착 시간은 오후 2시였다. 얼마 후 夕方 서울의 연환 처남도 오시고 하와 야간에 지사[제사]를 보고 피차의 복잡한 담화를 교환하다가 寢하였다[잤다].

1955년 12월 28일 수요일 天候 운설 음 11월 15일

정오경에 나는 晝 식사차로 왔더니 안해께서는 장모님과 같이 귀가하여 왔다. 큰형은 今日 조반을 식사하시고 귀향하시었다. 夕 식사 시 나는 인근으로 이사 온 한 서기 댁에 갖다주려고 성냥 1통에 40-을 주고 사과 1개 20-을 주고 매입하여 오니까, 어제 순이께서는 인천에 가고 부이사님 홀자 계시는데도 夕 식사를 1그릇 지어 듸리지 않아 나의 식사 그릇을 갖다 듸리고 나는 남은 것을 식사하고 숙직실로 가 버렸다.

나의 안해는 나의 意圖와는 다른 意思였기에 나만이 항상 부이사님에게 未安스러웠을 뿐이다.

1955년 12월 31일 토요일 天候 청 음 11월 18일

조조 나무를 12속에 1,800-을 지불하였다. 今日은 대단히 치웠다. 난로를 비로써 2개를 피우고 있었다. 시장에서는 금년 막장마지막 시장을 보고 있고, 큰형은 신을 교환하시라 오고 누이도 왔다 가고 뜻밖에 경천이도 나왔는데, 가장[아마] 방학 중이 되어 놀러 온 것이, 맨발로 왔다.

직원들은 연말 위로금으로 1개월분 봉급식을 더 받으나, 나는 해당되지 않고 있으며, 한광섭이를 기다린 듯이 만나게 되어 빵을 100-치 사 먹고 晝食을 때웠다.

직원들은 연말이 되어 오후 8시까지 월말 보고에 열중하다가 夕 식사 겸 정덕유 씨 댁에 가서 酒飮을 하고 들왔다. 늦게야 나도 황원진 씨께서 숙직실에서 자기에 왔으나, 안혜께서는 오전 중부터 두통으로 누어 있은 채 석식도 식사치 않고 굶은 채 식체인지 토하였다고 한다. 나는 사과를 45-에다 3개를 매입해 왔다.

今日로 4288년도[서기 1955년]도 coopay[굿바이] 가 되었다.

丙申年 第十九號 notebook[공책] Kimhanpil
緘口不言 필요치 않은 말은 삼가겠다

단기 4289 [서기 1956년] 1월 1일 일요일 天候 청 음 11월 19일

끊임없이 회전되는 세월은 어언 나의 연령을 29세에 달하게 되어주었다. 일생을 통털어 보건데 지금이 가장 중요한 시기이며 처지였으나, 아직 아무런 진도 없이 무의미스럽게 작년도를 보내었다.

1월 1일 절이라 휴일임에도 불구하고 월말 보고 땜에 전 직원이 출근하였다. 민병선 씨께서는 단기 4287년 12월 23일부로 대여하여 갖던 돈을 원리합계 110,000-인데 90,000-만 우선 자기 돈으로 입찬 해주고 20,000-은 今月[이달] 21일경에 완불하겠다고 하기에 나는 미안을 무릅쓰고 받았다.

부이사님께서는 인천에 가시고 나는 야가에 3일째의 곗돈 6,000-을 지불하였다. 오후에 병선 씨한테 빵을 150-치를 매입하여 대접하였다. 야간에는 자임께서 평환이께서 갖다준 돈이라고하며 20,000-을 가져오시고, 오전 중에는 조동렬 씨 댁 부인에게 一金 70,000-을 대여하였다.

1956년 1월 4일 수요일 天候 청 음 11월 22일

今日은 날씨가 매우 온화하였다. 전 반장 댁에서 이사 댁의 사용할 영을 1마람에 270-을 주고 매입하였다. 부이사님은 인천으로부터 통근하시고, 며칠간은 계속할 것이라고 하였다.

나는 현철이로부터 대여해주었던 5,000-을 받았다. 그리고 진완 씨 부인에게 40,000-을 명일까지만 한해서 대여하였다. 그리고 지난 11월 30일 자로 母豚 種付시킨 代로 1,000-을 병운이에게 지불하였다.

금숙이의 복통약과 안혜의 두통약을 150-에 매입하고 사과 100-치를 사서 먹었다. 금숙이는 간밤에 설사하고 토하고 하였기에 약을 주었더니 잘 먹었다.

1956년 2월 8일 수요일 天候 설 음 12월 27일

早朝 常務理事 宅의 백미를 機械間으로 갖다주었다. 우리는 자임과 두부를 하시었는데 부이사 댁과 이사 댁과 자임 댁에 각 1모식 디리고 이사 댁에 대하여서는 대리떡을 주어 갖고 왔다.

안혜께서는 昨日 방을 바르고 今日 두부 촛물로 기름에다 섞어서 칠하였다.

부이사 댁은 今日 정오경에 백미 2가마니를 보냈다. 인천으로 500- 운임에 송부시켰다. 나도 조력 후 晝食에 두부를 식사 후 나는 이사 댁의 떡을 또 식사하고 목욕간의 물을 퍼부었다. 왼종일 나린 눈은 곳 많이 쌓여 있고 백교신 이사는 잠간 다녀갔다. 써-꺼스단은 今夜 막을 허물고 있었다.

1956년 2월 12일 일요일 天候 청 음 1월 1일

舊 正月 1일이다. 나는 부이사님 자전거로 태양이 떠오르자 나도 출발하였다. 석정리를 다 가도록 손이 실렸다. 금년 정월 空手[공수:빈손]로써 큰댁에 들어갔다. 제사를 지내고 큰형과 한용, 경준, 나 4인이 산의 墳墓에 다녀서 문근모 선생 댁 喪廳에 다녀 병규 댁으로, 강세희 형 댁으로 다녀 夕方에 도라왔다.

今日 今朝 큰댁에 들어가던 도중 강세희 선생께서는 나의 질문인 職轉遷에 대하여 계속 용원으로 있음이 앞으로 임시직으로 취직함보다 도리어 효과적이오니 변치 말고 있으라는 말씀이고, 문현노 씨께서도 동의로써 금융의 용원으로 있으라는 부탁이 있었는데, 夕 식사 후로 숙직실에 가서 오부성 씨께서는 천방지축으로 방향을 가다듬어 보면서 협동조합이 완성되면 곡량 비료 업무가 도로 이관되며, 협동은 면[사무]소가 모체로 되어 조직될 것이니 면 임시직원으로 있다가 이직함이 좋지 않을까 한다고 말하며, 傭員으로 있은들 農銀과 信用組合이 완성된다 하여도 현인원에서 감원이 될 터이니 희망은 박약하다고 하는 점으로 보아서는 나의 의지도 찬성이었다.

그러나 그보다 먼저 勞心焦思로 苦悶함은 垈地 구함인데, 우선 조합 터를 빌리라고 하와 가옥을 건축하려는 것이다. 이 문제를 해결하고서 성립이 된 후에야 직에 대한 문제도 의논할 것으로 정하였다. 평환이는 今日 조합 자전거로 대능리를 가서 늦도록 도라오지 않고 있었다. 자임도 말 오셨다가 주무시고 계셨다.

1956년 3월 14일 수요일 天候 청 음 2월 3일

今日은 명일의 현숙 돌에 준비물을 매입하였다. 내역은 계란 5개에 100- 약주 2승에 500- 미역 2매에 500- 북어 4개에 200- 동태 4마리에 200- 두부 2모에 120- 백양 1갑 100- 탑 60- 풍년초 30- 매루치 200- 오징어포 100- 김 150- 가맹 3마 450- 떡쌀 8승 수수쌀 6승 빠아왔다. 현금 계 3,660-이 소비되었다. 남례 댁 아주머니와 기옥 댁 아주머니 그리고 자임께서 많이 협조하여 주시었다.

야간에는 순녀 댁에 가서 조두원 씨 댁에 가옥을 매입하려고 흥정타가 賣主는 60,000- 買主는 40,000-을 요청하다가 헤어졌다.

1956년 3월 15일 목요일 天候 청 음 2월 4일

今日은 현숙이의 돌이었다.

오전 3시경부터 손님으로 오신 자임과 안혜께서 떡을 찌고 음식을 준비하셨다. 6시부터 나는 조합에 나가 난로를 피우고 청소하고서 상무이사 이규빈, 부이사 진원학, 서무 오부성, 면 의원 겸 대행업자 김명수 4인을 고기 없는 조반으로 대접하였다. 그런 후로 상무이사 댁의 사모님께서는 1,000-을 내놓으시고 가셨기에 나는 미안스러워 복수로 "오셨다 가신 축하"라고 하고서 1,000-을 보내드렸다. 오후에 순녀 댁 남태, 남순, 관식 씨 댁 운전수하고 3인을 또 대접하였다. 약주 200-치랑 현환 고무신 230-을 소비하였다.

오후 5시부터 또 강우가 계속되었다.

자임께서 매입해 주신 돌맞이 주발에는 今日의 축하금이 3,350-이 들어 있고 순복이 댁에서 양말과 상하 달린 샤쓰를 매입하여 왔고, 기옥이 댁에서 상하 달린 샤쓰를 매입하여 왔다.

주발 대접 수저에 1,500-이라고 하였다.

1956년 4월 29일 일요일 天候 청 음 3월 19일

오전 10시경에 자돈을 3匹[필:마리] 급사 사택 돈사로 이동식혔다. 오후 1시경에 나는 상무이사에게 "여쭈기 어려운 말씀을~"하고 대지에다 방이나 좀 짓도록 달라 하니까 "글쎄 거기다 어이 질려고 하나?" "안 되" 하는 듯이 頭部[두부:머리]를 흔들고 방으로 드러가시었다.

나는 失心으로 晝 식사 시 안혜와 같이 대지를 허락지 않아 대단히 염려 중이라고 하였다. 그리고 3시 반경에 조합에 가니까 사모님은 돈사 앞에 마늘밭을 매시면서 나를 보시고 "어서 터를 닥고 집이나 지어 놓으라"고 하시고 기분이 나뻐 하시었다. 夕方까지 사모님은 당장 터를 닦으라고 하시었으나, 나는 오는 일요일은 必히 터를 닦아 보겠다고 하였다.

석식에는 계획하지도 않고 있다가 돌연히 강영규, 심종원, 이사님의 3인이 마짱하시는데도 비로서 석식 식사를 제공하였다. 오후 9시 반에 도라오니까 부이사님은 인천에 가시고 방에는 전 반장 댁 客人이 4인식이나 와서 주무셨다.

漢龍은 今日 봉성리 藥水 飮水코 도라오다가 夜寢[밤에 자다]을 하였다.

1956년 5월 5일 토요일 天候 청 음 3월 25일

今日은 상무이사님이 김포에 갔다가 오후 4시경 도래오시면서 건무이 사님에게 한 번 더 대지에 대하여 상의해 보니까 今般은 全的으로 斷切히 말하면서, 만약 그것을 허락케 되면 사표를 쓰게 될 뿐만 아니라 나도 동 시에 사표케 되오니 정히 의사가 있으면 道 支部에다 승인 신청서를 내어 인가가 나온 후에 건축케 하라고 하오니 그것 참 어이하나? 하고 나에게 실정을 말씀하시었기에 나는 부이사님과 상무이사님에게 "그러면은 곧 서류를 준비하시어 道에 지출하여 주심이 如何?[여하:어떤가요?]" 하였 던바 이사님은 "아, 이 사람아 그 서류를 누가 갖고 가서 鼻[비:코]를 때여 본단 말인가?" 하시었다.

나는 크게 낙망하고서 夕 식사 후로 다시 사택의 사모님에게 찾아 들 어가 새로운 案을 생각해 내었다. 그것은 정히 부결이라면 도로로 半 間 씩 나가게 하고, 조합 구역 내로 半 間식하여 2간만 橫으로 짓고, 후면은 하고방[하꼬방]으로 짓겠습니다 하고서 결사적으로 앙청하시자고 약속 하고 있다가 외지에서 이윽고 들어오신 이사님에게 그대로 내가 먼저 "부 이사님의 의견은 하고방이라도 지었으면 하시고 괜찮을 것같이 하시던데 요" 하고 말한 후 곧이어서 사모님이 "어서 그[만]하고 방이나 좀 주셔요" 하고 요청하니까 이사님 말씀이 "그것은 지었다가도 곧 헐 수 있는 문제 이니 그리하지" 하고 승낙을 하신 뒤로 거듭, [계속 말하길] "그리고 집에 가서 타협해보니까 하고房[하꼬방:판잣집이나 가게]보다 정식집으로 2간 만을 도로로 반을 차지하고서 지어보겠으니 그리해주십시오" 하고 또 원 청하자니까 "글세 도로 편으로 나가게 됨을 말하지 않을까?" 하시며 "그 러며는 지어보도록 하여 봐" 하시는 말씀에 사모님께서 저에게 "그럼 2간을 건축하고 또 하고방을 짓는단 말인가?" 하고 질문하시기에 나는 "네, 2 간은 점포로 사용하고" 이어서 "하고방은 방과 부엌을 하려고 하는 것이 지요" 하니까 이사님도 잠잠히 계셨다. 나는 속으로 기뻐서 "그럼 안녕히 주무십시오" 하고 나왔다.

그리고 부성 씨에게 그리 알리우고 김포 전무이사님에게 같이 명일 찾아가서 재요청하다가 끝끝내 거부하시며는 방이라도 지어보자고 하며 달라고 해야겠다는 심정으로 약속하였다. 이사님도 "한번 그래 보아도 괜찮아" 하시기에 나는 계획하였다.

1956년 5월 9일 수요일 天候 청 음 3월 29일

조조 기상하여 시계를 보니 4시 20분이었다. 나는 자전거로 서병길이에게 찾아가서 타합하여 학동 박 목수를 찾아가다가 능동 병렬이에게 먼저 가보았더니, 역시 박 목수에게 부탁하였다고 말하며 매부도 소개하였다. 나는 박 목수 선생에게 가서 목공 기구를 자전거에 싣고 도라와 시간을 보니까 6시였다. 今日부터 박 목수와 서병길 목수께서 치목을 시작하였다.

서씨와 아우는 끌구멍만을 다 뚫고, 박 목수는 단 말라만 놓았으나 제일 중요한 전면 도리 1본을 짧게 짤라져서 수정키로 하였다. 1방은 8척 반이고 1방은 8척으로 하였다.

평환 댁 자임은 今日 마침 민영춘 씨 댁 방으로 이사해 오시고 우리는 치목 시작일이옵기에 의미 깊은 날이었다.

나는 손씨로부터 계산서와 잔액금 3,000-을 받았다. 우선 탑 연초 3각에 180-치를 매입하여 대접하였다. 부이사님은 도마도[토마토] 나무를 매입하시었다. 本當 10-식 주시고.

사무소 내에는 범환이와 병만 씨께서 남았고, 나는 왔다 갔다 하다가 夕方 전 이사 댁 거름을 퍼붓고 오려고 하는 瞬間에 병만 씨께서 暫間 所內에 있어 달라고 하며 병만 씨를 다리고 酒店으로 가기 때문에 나는 10시 반이나 되여 夕 식사차로 왔다.

1956년 5월 11일 금요일 天候 청 4월 2일

사모님은 양촌면의 농자대출일이옵기에 바쁜데도 불구하시고 나를 불러 속이 상해 죽겠노라고 이야기하였다. "왜요?" 하고 반문하니까 "글세, 상무이사님께서 언제 집을 2간 지어 놓으라고 하였느냐?"고 하시며 껑충 뛰시니 어이하냐고 落心, 나도 同心이었다.

퇴근 직후 부이사님을 통해 다시 문의한바 역시 나까지 숙직실로 불러 놓고 거절을 하며 이왕에 그리하니 하고방이나 2간 지어 놓으라고 하시었다. 나는 밭이랑만을 사용하여 치목해 놓은 4간이나 지어 놓겠다고 다시 요청하니까 끝끝내 정식 가옥은 거절하고 하고방도 하도 졸으기에 승낙한 것이지 그나마도 상부로부터 말성이나 되지 않을는지 하시며 걱정을 하시었다.

나는 夕方에 서병길이에게 가서 하고방이나마 명일 건축하여 달라고 요청하니까 하고방이라고는 지어보지 않았으나 間당 10,000-식은 소비될 것이라고 하였다.

나는 심명섭, 이병준 목수에게도 가서 의논하였더니 역시 하고방이나마 비용이 많이 드러간다고 하기에, 야간에는 이사님에게 다시 사정을 여쭈어 원칙 가옥으로 건설할까 하여 사택으로 드러갔더니 원균도 今日 와

서 앉아 있고 한데, 이사님은 夕 食床[식상:밥상]이 나자 직후로 외지로
나가시어 숙직실에 가시어 강영규 씨와 한택봉 씨하고 밤을 밝히시면서
마짱을 하시었다.

나는 사모님에게로만 졸으다가 명조에 다시 이사님에게 앙청하려고
숙직실에서 잤다.

한규철 씨께서 明日 直이고 今夜 宿直은 김병만 씨였다.

1956년 5월 13일 일요일 天候 청 음 4월 3일

조조 기상하자니까 이규빈 차장, 강영규, 한택봉 씨 3인이 계속 마짱을
하시고 계셨다. 나는 이사님이 변소에 나오시는 순간에 거듭 정식으로 2
간을 지어보겠다고 하였다. 나는 부득이한 경위를 말씀 여쭈었다. 이 차장
님은 주저하시는 뜻을 보이고 끝끝내 '하고방'이라고 말씀하시었다. 나는
우선 집에 와서 한용을 깨워 대능리의 박씨 老 木手와 매부 병렬이를 불
러오라고 하였다. 그리고서 이사님에게 애로의 말씀을 여쭈었더니 생활
집으로는 되지 않으니 타소에다 정해보라고 하시기에 타소에는 구해 보
았으나 없고, 명일 夕方경에는 김명수 씨께서 "이병돈에게 가서 前 수리
조합 지대인 몇 평을 100,000-만 내고 사도록 해주까?"하기에 나는 "현
금이 있어야죠 하고 말았습니다" 하고 여쭈었더니 이사님께서는 생기가
나시는 듯이 "그럼 그것 잘 되었으니 추진시켜 보라"고 하시었다. 나는
"글쎄 돈이 없으니까 희망이 안 됩니다" 하고 낙심하였더니 얼마 보태서
그것을 사도록 하라고 하시기에 "다소의 현금도 없습니다" 하고 再答하
니까 "그럼 어려운 일이기는 하나 조합에서 대부를 100,000-만 하여 줄
터이니 친족 5인의 인장을 준비하라"고 하시었다.

나는 감사하여서 사모님으로부터 임시 10,000-만을 대여받아 갖고 계약금으로 사용코자는 심리로 김명수 씨께로 달려와서 어제 夕方 말씀한 대지를 매입하여 보겠다고 하였더니 今日은 딴 방향으로[다른 말 하며] 되지 않을 것이라고 하였다.

나는 도라오는데 이사님도 또 김명수를 직[접] 면담하시려고 오시는 길이시기에 나는 안내하여 되리고 강세희 선생님을 통해 이병은 씨에게 대지를 100,000-까지도 매입하겠으니 그리하여 소개해 주십시오 하였다. 약 1시간 후에 또 가보니까 안 팔겠다고 하시는데, 뻐-스 정류소로 사용 켔다고 하였다 한다.

이사님은 김명수 씨에게 打合해 보시고 또 그 대지는 매도치 않을 것이라는 것을 아시고 하여 우리의 일반적인 계획이 어긋났다.

나는 다시 박 목수 노인을 혹 이병은 씨 댁에서 허락하면 며칠 후에 짓겠노라고 하는 생각으로 도라가시라고 하여놓고, 다시 今日 중으로 하고 방을 지어놓겠다 하며 도로 자전거로 가시는 것을 쫓아가서 불러다가 서병길 씨하고 2인을 청해 하고방을 뜻하지 않고 준비치 않았던 새 설계로 꾸미시었다. 시간은 오전 11시나 되었을 것 같았는데 그때부터 닥치는 데로 연구도 못 하고 치목을 시작하여 오후 8시에 끝이 났다.

다행히도 조남태 형 댁 형제분과 아우, 매부, 나, 목수 2인이 급히 진행식혀 지붕까지 두르고 중깃벽 사이에 윗가지를 대고 엮기 위해 듬성듬성 세우는 가는 기둥까지 되렸다. 석가래가 37본, 영이 15마람, 못이 3척 반, 담배가 130-치 들고 부엌에서는 자임, 안해, 장모님, 처형이 오시어 협력하였다.

하여간 재미있게 끝마치고 박 노인 목수에게 夕 식사 후 섭하시기는 하나 우선은 그대로 도라가시라고 하였더니, 남태 형께서 3일 치로 치고

3,000-을 드렸기 때문에 괜찮았다.

나는 3,000-도 많다 싶어 한 것이, 박 노인께서는 일당이 적으니 더 생각해 내라고 하였다. 그 이유는 서씨께서 말을 하니까 그러하다고 하였다. 나는 서씨와는 무관한 터이니 염려 마시라고 하였다. 병렬이는 명일 자돈 1필을 갖고 들어가라고 하며 재웠다.

1956년 5월 14일 월요일 天候 청 음 4월 5일

昨日은 노동이 심하여서 피로한 기상을 하여 현환이와 한용을 깨워서 조반 전에 중깃을 완전히 드려놓으라고 하였더니, 병렬이와 함께 와서 하방에 쌓을 돌맹이까지 운반하였다. 전민식 씨 댁의 아우께서는 영 10마람을 貸付해갔다.

병렬이는 자돈 1필을 가마니에 넣어 갔다. 나는 기침하는 자돈에게 오이루 마이싱 주사를 놓고 나도 口邊이 헐었기에 생후 비로서 pincrign[페니시린]을 맞았다. 그리고 심상정 醫에게 수공비로 탑 1각을 드렸다.

사모님은 정오경에 박교신 이사와 이 이사님이 晝食을 같이 하시는 것을 모르고 "하고방 관계로 기분이 나빠서 식사하시지 않은 줄 알았다" 하며 더욱이나 이사님이 인천서 오시더니 인천 專務가 今般에 撩印을 잘못하였다는 구실로 辭表를 내라고 하시었다는 말씀을 듣고 큰 念慮를 하는 중이라고 하였다.

퇴근 후 감자밭을 1이랑 맸다. 사모님이 홀자서 매시니라고 수고하시기에 도와드렸다. 야간에 부이사님은 明日이라도 빨리 建築 途中에 있는 家屋을 급히 完築하라고 하시었다.

1956년 5월 15일 화요일 天候 청 음 4월 6일

今日은 제3대 대통령과 부통령 선거일이옵기에 공휴일로 정해졌다

나는 조조 기상이 늦어진 줄 알고 외지에 나왔더니 이미 아우와 현환이가 와서 昨日 남은 일인 외 얼기를 하고 있기에, 나도 부지런히 남은 일을 마저 하고 나니까 남태 형이 와서는 어서 흙을 이겨 놓으라고 하기에 흙손 얻으러 온다고 와서 음식을 하고 김병의 씨 댁과 병남 씨 댁의 흙손을 얻어다 전민식 씨와 같이 남태 씨는 정오경까지 초벽벽 따위에 종이나 흙을 애벌로 바름. 또는 그렇게 바른 벽을 다 바르고 畫食을 대접하였다.

순복 아버지도 오셔서 협력하시고 나는 아우와 현환이를 다리고 조수하였다. 畫 식사 시 이병운 씨께서 오시더니 가키목 20척짜리로 2본만 본당 500-식 주마고 하며 팔라고 하더니 결국 4본을 매입하여 갔다. 나는 오후 3시경에 투표를 하고 아우와 현환이를 식혀서 가키목 7본하고 송판 4매하고를 조합창고에다 갖다 넣었다.

1956년 5월 30일 수요일 天候 청 음 4월 21일

早起하여 병완 씨 자건거로 대곳의 큰형 댁에 들어가서 김흥섭, 김흥실, 김한복, 김한규 등 4인의 印을 갖고 면에 가서 호적계에게 인감을 부탁하였더니, 본인이 아니면 불가능하다고 하였다. 그러므로 유일섭 형에게 의뢰하여 무난히 증명하였다. 보답으로 畫食을 3그릇에 450-을 소비하였다. 證明費(증명비)로는 債券(채권)이 400- 手數料(수수료)가 120- 계 520-에다 식대까지 970-이 사용되었다. 그 후로 일섭 형이 장상진 씨에게 대지를 조르겠다 하와 소개하라고 하니까 가서 문의한즉 평당 가격만을 묻고 앞으로 나가겠다고 하드라 한다. 도라오니까 오후 1시 반이였다.

1956년 6월 3일 일요일 天候 청 음 4월 25일

今日은 日直 병선 씨께서 나왔기에 조반 전에 병선 씨 보고 今日 박대희 씨 댁의 대지를 계약하겠으니 대부에 협력하여 달라고 하였더니 "垈[대:대지]만 사시면 하마"고 하시었다. 나는 급히 조반을 식사 후 강세희 형에게 가서 타합하려고 가는 도중, 사무소를 먼저 들러 보았더니 병선 씨는 김병만 씨가 명수 씨 前向에 있으니 놀러 오라고 하여 달라기에, 나는 속으로만 '이미 이 이사님과 심종원 씨는 강영규 씨와 같이 마짱을 하시고 계시는데 어디서 놀라고 하나?' 하면서 명수 씨 댁 근처로 오니까 병만 씨는 없기에 명수 댁의 木材 키는 데서 병만 씨를 찾다가 명수 씨가 먼저 "집을 짓지 않아?" 하고 묻기에 나는 딱한 사정을 말씀드리고 "시장의 박대희 씨 댁 뒤편으로는 평당 가격이 어이 되나요?" 하고 묻고서 500-이면 하였더니 800-을 이야기하더라고 하였다.

그러니까 "이 사람아 그것은 고가가 되어 안 되네. 하오니 저 건너 변민수 씨 댁 옆에나 지어보게" 하면서 민수 보고 타합해서 지라고 하였다. 병만이 아버지하고 같이들 그리하시었다. 나는 즉시 그 토지에 갔다 와서는 그리하여 달라고 하고서 강세희 씨 댁에 가서 "대희 씨 댁의 터를 잘되도록 하여 주십시오" 하고 부탁하고서 박씨에게 가서 500-을 이야기하였더니 거절을 하기에 강세희 씨 댁으로 같이 모시고 가서 외모적 형식으로 매매계약을 하였다.

그리고서는 석식 후에 이사님에게 "계약을 하였습니다" 하였더니 이사님은 "나는 먼저 말한 데로 점포 아니면 대부를 못 하겠다"고 하였다. 그리시기에 나는 "그러면 나도 해약하겠다"고 하였다. 나도 너무 비싸서 해약하겠다고 말하였다.

그리고 생각하니 今日은 모-든 일이 水泡化(수포화)되었다. 6월 3일도 헛꿈으로 지나갔다.

1956년 6월 10일 일요일 天候 청 음 5월 2일

昨夜(작야) 宿直(숙직)은 김성중 씨인데 家庭(가정) 事情(사정)(명일 상경 준비차)로 자기 집에 가서 자고, 나 홈자 숙직하게 되어 나이롱 노-타이를 구경하고서 일직이 잤으나 아침에는 파리도 윙윙 스치고 하여 7시에 기상하여 우선 豚(사) 사료용 뜨물을 중국집에서 딸고 있는데, 응한씨 숙부께서 찾아오시어 "昨夜(작야) 한대산이와 같이 441의 1번지 대지를 25,000-에 계약하자고 하였는데 어떠하냐?"하고 묻기에 "그럼 계약해 주십시오"하고 도장과 계약금으로 10,000-을 드렸더니 9시경에 이미 계약을 귀결하여 갖고 오셨다. 나는 응한 씨에게 백양 1갑을 드렸다. 나는 면사무소에 가서 재무계 직원에게 열람해보니까 장기성 씨 댁의 집터와 현 매입한 한대산 씨의 집터가 모다 연결되었고 지번은 441의 1번이며 73평이다.

今日은 철균께서 도라갔다. 오후 夕方(석방)경에 응한 씨를 만나 숙직실로 모시고 조조 계약서 작성한 것에 평수와 지번이 기재되어 있지 않아 다시 명백히 작성하였다. 그리고 전윤완 씨 댁에 갔더니 한대산이와 그의 부인이 있었는데 3,000-만 더 받아달라고 하였다. 나는 허위로 도리어 해약하자고 하였다. 그리고 응한 씨에게 가서 더 수고를 끼쳤다. 내가 대금을 지불하겠으니 돌맹이로 주추나 지대를 쌓아 달라고 부탁하였다.

1956년 6월 15일 금요일 天候 청 음 5월 7일

今日은 조반 전에 이규빈 차장님에게 "今日 대부를 해주시는데

80,000-만 하여 주십시오"라고 앙청하였더니 "직원들은 단 10,000-도 대부치 않겠다"고 하면서 "자네만 그리할 수 없어" 하시며 "지금은 남의 사정 보다가 큰일 나기가 쉬운 때야" 하시더니 "앞서는 40,000- 이야기 하더니" 하기에 나는 그럼 50,000-을 부탁하였더니 한참을 주저하시다가 "그리하라"고 하시었다. 퇴근 후로 범돈 씨에게 대부하여 주었으면 좋겠다는 이야기를 하였다.

응한 씨께서 오전 중 오셨기에 나는 오후에 구래리 산에 가서 大石 지대 쌓을 돌을 찾아봤더니 없었다. 사모님은 서울에 가시었다.

1956년 6월 16일 토요일 天候 운 5월 8일

昨夜 숙직하고 기상한 병선 씨에게 "今日 중으로 대부해 주십시오" 하였더니 왼걸, "25,000-에 대지를 사고서 50,000-식 대부하는가" 하고 물었다. 나는 2間만 가건축하여 보겠다고 하였다. 병선 씨는 田植 次로 일즉이 들어가고, 범돈 씨께서 수속을 밟아 오전 10시경에 47,570-을 받았다. 그리하여 35,000-은 병원 씨에게 주고, 10,000-은 예금에 넣었다. 2,570-은 현금으로 받았다. 우선 100-은 昨日 찾아온 야끼마시 4枚 限 名銜判 半切用 寫眞代를 주고, 오후에 병운 씨에게 대여하여 쓴 3분 송판 1평을 갚았다.

퇴근 후로 최사옥 씨 댁에 가서 명일 계양산으로 큰 돌을 실으러 가자고 하였더니, 군하리로 가자고 하였다. 나는 "하자"고 대답하였고, 안혜게 10-을 주었고, 금숙이 고무신을 130-에 매입하였다. 석식 후로 전기완 씨에게 500-을 갚고 60-치의 고급 과자를 매입하여 갖고 와서 금숙이에게 주려고 하였더니, 식사도 하지 않은 채 자고 있었다.

<ruby>松板<rt>송 판</rt></ruby> 5<ruby>坪<rt>평</rt></ruby>에는 3,250-에 매입하였다 하는데 나는 3,100-밖에 않이 주었다.

1956년 7월 2일 월요일 天候 청 음 5월 24일

今日은 9시부터 목재 도착함을 기다리다가 10시경에 민관식 씨 추럭이 싣고 왔다. 기둥이 3本 9x35x35 중방이 9x25x30 10本 도리 5本 9x30x30 전면 도리 1本 9x30x40 합계 19本에 127材=8,890을 지불했다. 나는 10,000-을 卽 支拂했다.

昨日 순집이와 주만 씨에게 대여받은 돈을 반환치 못한 채 공연히 대곳면까지 추럭을 승차하고 갔다 와서 조합 부근에다, 점포 장소에다 하차하고, 이석형 씨 댁 자전거로 수리조합에 가서 공구리 깨진 것을 4개 소장님에게 부탁하여 한 장소에다 모아두고, 가현리에 가서 이낙향 씨를 뵈옵고 석가래를 부탁하였더니 사용하겠다고 하며 매도치 않겠다고 하여, 나는 송엽을 보러 간다고 가는 도중 이선향 씨를 초면이나마 석가래 매도하실 것을 문의하였더니 있다고 대답하여 짧은 석가래 약 5척 8본까지 49본에 본당 70-식하고 40本代[값]만 지불키로 하고, 계약금으로 1500-을 선불하고 잔액은 명일 현품을 갖다주고 받아가라고 하고서, 석정 큰댁에 가다가 이진희 씨께서 말씀하신 송엽을 보고서 석정 부락에 가니까 유아들께서 놀라웁께도 "경천이가 죽었어요" 하며 나에게 통지하자 나는 자세히 문의하였더니 今日 오전 10시경 급사하였다고 한다.

나는 갈 기분이 나지 않으나 마지못해 형 댁에 갔더니 큰형과 중형, 어머니가 계시고 실로 경천이는 방에 사망되어 있었다. 나는 서슴치 않고 들어가 사체를 불상히 보다가 생후 비로서 손으로 만지며 의복을 입혀 주고 큰형과 같이 염하였다. 형님은 속이 뒤집힌다고 하시며 소주 5합을 220-에 매음하시고 사체를 만지시었다. 자세히 듣자니까 지난 6월 30일부터 먹지를 않고 있다가 어제 7월 1일 하루 앓고 今日 오전 10시경 사망하였다 한다. 원인도 모르겠고 식체로 인함인지? 과거 살망아 비암[살모사 뱀]에 물린 독인지 모르고 있었다.

나와 같이 한용, 형, 4형제가 호랑 골짝이로 사체를 갖다 묻고서 홍섭 씨에게 부탁하여 명일부터 목재를 하여 왔으니 건축해 달라고 하여 우선 내가 목수 기구만을 싣고 어둘 무렵에 출발하였다.

양곡을 향해 혼자서 달리기는 하나 조카의 사체를 묻은 후라 무서운 가운데 땀도 죽 흐르고 초원지리 뒷산에 와서 땀이 식어갔다. 양곡에 도착하니까 10시 반이었다.

이미 임씨 댁 용섭께서 용원으로 겸용되어 부성 씨께서 숙직 중이다. 나는 준희에게 갔다가 와서 일기장을 폈다. 자전거는 즉시 갖다주었다.

1956년 7월 5일 목요일 天候 우운 음 5월 27일

一生의 잊지 못할 代射인 上梁式을 오후 7時 半頃 酉時에 擧行하였다. 아침 같아서는 기상까지 일즉이 않고 강우에 마음이 사로잡혀 있었다가 조반이 끝나자 홍섭 목수께서 평고대 감이나 준비하자고 하시며 톱으로 전부 켜 놓고는, 晝食을 마친 후로 날씨가 개일 듯하며 강우가 중지되었다. 나는 목수 형과 주추만 늘어 놓은 데로 가서 날씨를 보며 덮어 놓았던 곡초 더미를 주춧돌 위로부터 비켜 놓았다. 그리고 순간은 햇볕이 났다.

목수 형은 곧 일을 시작하여야겠다고 하며 목수 연장을 갖고 가시어 기둥을 세우기 시작하였다. 처음에는 현환이와 목수, 나까지 3인이서 시

작하였다. 자연적으로 인가의 김동선 現 面 自由黨 村長님이 오시었고,
昨日 서울에 가시었던 김응한 陳外7寸 堂叔님이 오시고, 전민식 반장님이
오시고 최병렬 작은 매부가 왔고 하여 뜻밖에 일이 속진되어 오후 5시경
에는 구 면장 부회장님이 오시어 동선 씨를 불러가시고, 우리끼리 강세희
형을 모셔다가 상량식 보에다 祝書를 代筆 받고서 세웠다.

　상량식에 사용된 비용은 손씨 댁에서 북어 1개 40-, 사고지 1매 40-,
실 한태 10-, 과자 1근 130-, 소주 4합에 160-, 계 380-이 소비되었다.

　석식 후로는 오라리에 가서 변경봉 씨로부터 곡초를 속당 20-식 주고
매입하였다. 석식에는 응한 씨, 목수, 병렬 3인을 待接하였으나 藥酒 1升
도 없이 麥飮[보리밥]을 待接하였다.

1956년 7월 23일 월요일 天候 우운 음 6월 16일

　今日은 낚시대 2本에 160-을 지불코 매입하여 도시락을 싸갖고 김명
수 의원과 응한 숙부와 대능리의 어호동 방죽으로 낚시질을 가게 되었다.
오전 8시에 출발하여 나는 비로써 양곡 거주 이래 처음이었다. 더위에 가
기만도 땀이 죽 흘렀다. 목적지에 도착하니까 이미 오시어 낚으는 자가 4
인, 후로 영삼, 박 의사 등이 왔다.

　나는 약 1시간 만에 다행히도 뱀장어 1마리가 나끄어지더니 후로는 전
전 잡히지가 않았다. 때라 따라 비가 퍼부었으나 우리 일행 3인은 그대로
다 맞었다. 우중에 몸이 치워졌으나 晝食이 끝난 후로는 몸이 확 풀리고
나섰다. 계속 나는 못 잡고 그대로 도라왔다. 양곡에 도착하니까 夕 식사
경이 되었다. 응한 숙부는 가물치 단 1마리였으나 나에게 주시었다. 나는
키우다가 사용켔다고 하며 감사히 받았다.

1956년 7월 30일 월요일 天候 청 음 6월 23일

曆記에 一件인 商業을 시작하였다. 早朝 6시 반 뻐-스로 서울역에 가서 降車하여 우선 남대문 시장에 가서 果 物價를 조사하고서 41,000환 소지한 금액 중 1,300환에 하의 쓰봉을 1개 매입하고, 처남을 방문코서 동대문 시장으로 찾아가 처남의 협조와 같이 청과인 사과 1짝에 4관입(140개) 1상자에 1,300-하고, 자두 1짝(5관입 600개)에 2,600-하고 수박 30-개에 개당 80식 2,400-하고 금막가 참외 120개에 개당 25식 3,050-에 매입하여, 상자값이 개당 100-식 하여 500-이였다.

그리하여 정류소까지 운반이 100-이고, 뻐-스에서의 운임이 있을 것이오나 나는 다시 시장에 홀자 가서 사이다 2짝에 5,000-하고 오렌지 쥬스 한 짝에 2,250-하고 오.뻬.씨 신하고 1짝에 2,132-하고, 대가고 650-하고 坐[좌]저울 1개에 6,300-을 지불하고 간식이 100-치였다. 뻐-스 운임은 8덩어리에 1,000-을 요구하는 것을 700-을 지불하였으나 수박이 1개 없고, 사이다가 1개 깨지고, 1병을 무료로 소비시켰으나 수박이 外로 5개 상처가 되었다.

나의 여비가 왕복이 420-하고 빙수代가 100-이 되었다.

오후 6시 뻐-스로 도착되었으나 물건을 정돈 즉시로 수박이 2통, 참외가 2개 매도되었다. 결국은 개시 인사인지로 김기완 씨와 이병석 씨하고 수박, 사모님이 참외 2개를 갈아 주시었다 갈아주다: 상인의 물건을 이익을 붙여 주고 사다. 매입한 물건의 총액은 28,280환이고 비용은 620환이였다. 합계 28,900-이 되었다.

잔액은 11,100- 되어야 할 터인데 현 잔액은 42,000-이 되었다. 물품 구입 중 몇십 환 정도만이 할인이 있을 뿐이었는데 궁극 다른 주머니돈이

혼합된 것 같았다.

1956년 9월 16일 일요일 天候 음 8월 12일

今日은 추석절을 앞둔 대목市였다. 우리도 비로서 빈지 두 짝 사이로 길을 비로서 내고 노상에다 양말, 과일을 펴 놓았으나 양말은 잘 나가고 과일은 않이 나갔다. 그러나 의류 등도 포함하여 약 1만 3,000-치 정도로 매상이 되었다. 나는 거물대리의 토역 노인에게 1,500-을 지불하고 4,050-이 남았다. 작은처남에게도 2,200-을 지불코, 2,900- 잔액은 21일 계금에 납입키로 하였다. 한 다음 안혜께도 2,000-을 精麥 買食키[보리쌀 사 먹게]로 주었다.

1956년 10월 5일 금요일 天候 청 음 8월 30일

조조 석정의 큰댁에 가서 一金 10,000-을 당분간 대여받았다. 今日이 석정교 운동일인데 나는 조반 후 도라 나와서 매부와 현환이와 아우를 다리고 유현의 대근[무]밭에 갔더니, 형 춘환이는 방을 뜨더 고치면서 앞으로 10일 후에나 무를 뽑아서 매상하라고 하오나, 나는 급전에 못 이겨 급히 본금이라도 찾으려고 약 10시경부터 무를 뽑았다. 도중에 자임도 오셨다. 병철이도 찾아왔다 하기에 나는 자전거로 양곡까지 왔다가 晝食도 식사하고 병철이와 같이 무밭을 보러 가서 오후 3시경에 상철 댁에서 晝食을 밭으로 내다 주기에 응한 씨, 매부, 아우, 현환, 자임이 식사하였다.

오후부터는 춘환 동서의 양위분과 인부 1인, 3인이 와서 무를 束[속:묶음]으로 5본식 또는 4본식 묶고, 큰 무는 1본식 하여 990본하고 束數[속수:묶음 수] 485속, 작은 묶음 40속, 배추 본당 25식 30본을 황윤성 씨 추력에다 싣고 양곡에 갖다 놓고 잤다.

나는 나오기 전 석식까지 식사하고 웅한 씨하고 춘환 인부 1인의 3인
작업이 끝난 후 약주를 음주하시는데 얼마인지 몰랐다.

1956년 11월 7일 수요일 天候 청 음 10월 5일

아우께서는 출정하는 일이옵기에 나는 빈손으로 배웅을 하게 되어, 가
오대 조동렬 씨 댁에 가서 貸付 條를 독려타가 가정을 매도하여여만 된다
고 하다가 晝食까지 식사하고, 오후 2시경에 양곡으로 나와 대곳으로부터
입대 장정 싣고 나오는 추럭을 기다리다가 자전거 안장을 500-에 개선시
켜 달라고 서씨 댁 고물상에 갔다 오자니까 그 순간에 추럭은 통과하였다
하여 대단히 섭하였다.

夕 식사 후로 점포 문을 열었다. 왼종일 세무서 관리들이 영업세 조사
관계로 나는 강영문 씨 댁 아주머니의 코치로 폐문타가 늦게 열고 있으니
까 자임과 아우께서 인항 뻐-스로 왔다. 듣고 보니까 명 조조 6시 차로 김
포까지 가겠다고 하였다. 그러나 여비는 더 못 하고 손목시계만 띄여 놓
고 갔다.

1956년 11월 20일 일요일 天候 청 음 10월 18일

今日은 조 조반 후 누산리로 보행하여 13호 뻐-스로 가서 돈암동 형님
댁에 가서 안부하고 공장 민병규 씨 댁으로 가서 메리야쓰 大人用 7,000-
치하고, 남대문으로 가서 20,000-치 양말을 갖고, 회사 뫼하고 비료를 추
럭 가마니당 3,050-식인데 150,000-만 선불하고 소매해보라는 말을 듯
고 막차로 왔다.

점포에는 현숙이를 업고 금숙, 동환이를 다리고 안혜는 기다리고 있었다. 오니까 평환이도 있었다. 밤중이 깊어 12시 반이나 되어 곤히 잠든 나를 안혜는 깨워주기에 나는 놀라는 듯이 기상하였다.

돌연히 해산의 준비를 하여놓고서 나를 깨워주었으나, 나는 경험도 부족되고 산후의 대책 준비도 없이 산후를 기다리고 있었다.

1956년 11월 21일 월요일 天候 청 음 10월 19일

오전 1시 20분에 비로서 고통을 받아가며 기대하던 순산이 난산으로 2 다리부터 나오면서 좌측 다리 하나만 보여지고 우측 다리와 머리가 남은 채로 머리 부분에서 약 10분경 중지하고 나오지 않았다. 나는 서슴지 않고 영아를 받으려 바짝 들어앉으면서 "아... 아이가 각구[거꾸]로 나오네" 하면서 산모에게 알려주면서 우선 하부를 더듬어 보니까 자지가 만져지기에 "아.. 그런데 남아야" 하고서 반가이 서둘면서 "어서 힘을 써서 영아를 구출하세"라고 "밑이 빠질까?" 두려워하며 두 손으로 肛部를 받이고 데룽데룽 매달려 있는 아이를 구출하기 위해 응원하였다. 그러나 그저께 19일 날 물동이를 머리 위에 인 채 넘어진 후로 항상 아래배가 아프고, 어제부터는 음부에서 능지렁이와 붉은 피가 출혈된 이래 계속 걱정 중이던 차라 대단히 위험한 처지에 놓여 있다가, 순간에 頭部와 더불어 胎까지 나왔기에, 우리들은 이상히 여기며 "왜 태가 함께 나오나" 하고 주저도 하며, 산아도 원기가 없이 울지도 못하고 있기에 안혜께서는 "산아를 각구로 들라" 하기에 나는 왜 하고 반문하면서 그대로 각구로 들어보니까 그때야 픽픽데며 꿈틀거렸다.

나는 胎줄을 짜르고 나가서 방에다 불을 뜨거웁게 때였다. 밤중이오나 강영문 씨 댁에 가서 150-짜리 미역을 1장 외상으로 갖다가 밥을 지었다. 방 내에서는 제법 아이가 울었다. 밥을 산모에게 대접하고서는 끓는 물이 있기에 나는 대야에다가 물을 떠다 놓고 비누에다 씻기워서 햇데 아래로 뉘어놓고 다들 한잠씩 잤다.

그리고 일즉이 기상하여 물을 약 5, 6회 운반해 왔고, 나무루 650-에 2 짐을 사러 간 사이에, 박대희 씨께서는 지난 4월 9일 자로 대부해 간 원금 10,000-을 이자 8,000은 말도 없이 원금만 10,000-을 今日 지불하겠으니 찾아가라 하기에 나는 원성을 높이우고 거절하며 원리금을 함께 해와야 한다고 주장하고서, 나무만 사다 놓고 유현에 가서 장모님을 오시라고 하고서 돌아왔다. 귀가 도중 순녀 댁에서 매지미 왕겨 1가마니를 다마 갖고 와서 쏟아 놓으려고 하는 차, 방에서 "아니 여보 영아가 울지 않어요" 하고, 안혜가 의심스러이 말하기에 나는 보통으로 생각하고, 몸도 털지 못하고 들어가서 産兒를 뒤흔들어 보았다. 그러나 호흡은 하지 않고 이미 사체로 뒤흔든들 아무 소용이 없었다.

매우 궁금하였으나 한편 섭섭하기 짝이 없고 별 탓이 다 출현되었다. 그러나 죽은 것을 한참 보다가 그대로 두고 나는 부엌에서 밥을 먹고 늦게 물건을 팔라 가서도 晝食도 없이 왼종일 팔았다. 왜 물건조차 잘 팔리지가 않았다. 안행의 기송이 아버지가 나왔기에 비로서 병규 혼사 부탁을 하였다.

일몰과 같이 점포를 닫고, 집에 와서는 석식도 前에 장모님과 같이 국민학교 後山 西向으로 갖다가 胎도 함께 묻고 나니까 어두어졌다.

그런 후로 나는 박대희 씨 댁에 가서 원리금 합해서 18,300- 받을 조에서 미당 1가마니대로 1,000-, 半 日 품값으로 500- 또는 800-은 감하고서 16,000-만 계산하되 원금 10,000-만 찾고, 이자 6,000-은 음 11월 5일 안으로 갖고 오겠다 하여 그대로 허락을 하고 10,000-만 받고, 병원 씨 계금 5,050- 찾고, 외상대 1,380- 받고 또 240- 받고 총계로 16,630환이 收合되고 2,400-은 빚[빚]을 갚았다.

그리고 계금 4,600을 빼고 하여 7,000-이 지출되고, 16,630-이 수입되고 차액 9,630- 수입된 격인데, 현금이 19,000-이 되니까 매상금이 9,370-으로 계산되었다.

계금을 지출하고 오니까 간데 형이 와서 있었다. 듣자니까 이미 소식을 듣고 사체를 처치하라 오셨다고 하였다. 평환이가 알리워 되렸던 것이다. 석식을 나누고 곤히 야침을 하였다.

꿈같은 하로를 보내고 침구를 덮었다. 석정리의 명식 엄마는 울기 전에 삼을 갈라놓았다 하여 잘못이라 하였다.

1956년 11월 22일 화요일 天候 운청 음 10월 20일

준비치 않고 있다가 조반 후에 점포에 가서 물건을 쌓아놓고 형에게 양말 1켤레 되리고 사모님에게서 신형 세-타 15장을 갖고 김포시에 가서 비용 170-을 제외하고 원가 이자 합해서 4,800-치 팔았다. 나는 3시경에 보따리를 싸서 뻐-스 정류소에 나와서야 빵 40-치로 晝食을 먹고, 왕복 120-의 비용이 났다. 류산리서는 4시에 도보로 와서는 석식을 먹자니까 종한 형께서 오셨다 갔다고 하였다.

나는 今日 김포시에서 김정희 산파의 말에 의하면 난산으로 인해 울지 않고 있는 산아는 각구로[거꾸로] 들고서 뒤 등을 툭툭 치며 냉수를 좍- 낀지면 "으아" 하고, 호흡을 통하며 울음이 나온 연후에야 胎줄을 짤라놓

아여 한다는 충고를 들었다고 하였다.

오늘에 와서는 더욱이 후애 나고 탓이 많아졌다. 왜 비누물에다 씻기었던가? 왜 잘 보호치 않고 두었던가? 하고 매우 恨이 되었다.

1956년 12월 8일 토요일 天候 청 음 11월 7일

今日은 나무가 없어서 조개탄 남은 것을 풍로에다 불을 피워서 밥을 짓고서 방이 치워서 금숙이와 같이 화로를 찾았다. 그리니까 안헤께서 식염을 불에다 넣어 조개탄 풍로를 방으로 들여다 주어 우리 유아들은 나와 같이 불을 쪼이고 있다가 조반상을 받게 되어서 나는 식사를 다 하였다.

현숙이는 식사 중에 돌연히 복통이 生하였든지 울며 보채기에 복부를 손으로 씰어 주었더니 그때야 잠을 자며 가만히 있더니 금숙이께서 곳이어 울어 보채기에 나는 內容도 모르고 볼기를 때려주었다가 더욱이 아랫배를 만지고 깡둥질을 치며 밥상을 치면서 울기에 비로서 복통인 줄 알았다. 그리하여 왼 가족이 食積[식적:체함]인 줄 알고 금숙이도 배를 씰어 주었더니 구석에서 그대로 정신없이 잦다. 그리하여 나는 외부에 나간 사이에 방 내에서 현숙이의 울음소리에 놀라서 뛰여 들어갔더니 현숙이는 吐[토]하는데 조반을 전부 토하였다. 그 순간에 나도 돌연히 頭部가 어질고 兩便 耳가 멍-하고 뉘침[위침=침]이 흐르기 시작하였다.

외부로 나가서 몸을 벽에 기대이고 순간 온몸에 식은땀이 쭉 솟아났다. 안헤께서는 김치국을 먹어야 낫는다고 하며 배추김치 말국[맑은 국물]을 주기에 부엌에서 식사하고는 정신이 원정신으로 나타났다. 내가 어질고 뉘침이 나므로 불내[화로불]에 어질어진 것을 알았다.

그리하여 누어 있으면서 걱정 중이었다. 안헤께서는 "의사를 불러와야

지?" 하는 것을 나는 "좀 기다려 보면서 불러 와라" 하고 누워 있다가 오전 10시경에 비로서 금숙이께서 눈을 크게 뜨더니 생생히 기상하여 놀더니 얼마 있다가 현숙이께서 무사히 깨워 놀았다.

나는 12시경에 현환이의 비누 달라는 부탁에 의하여 가서 80-짜리 1장 주고 사모님에게 가서 가오대의 논을 보시라 가자고 하면서 같이 세-타만 입은 채 조동렬 씨 댁의 1,300평이라는 논을 보고 은기 댁의 방에 가서 앉아 있다가 계란만 8개에 200-을 주고 내가 입찬하여 사모님께서 사셨다.

나는 도라오다가 병운 씨에게 외상대 600-을 갚고 백미 3승에 1100-을 주었다.

현환이는 今朝 큰댁에서 인절미 떡을 6개 갖다주어 평환이가 갖고와 一金 1,000-을 旅費한다고 갖고 가더니 今日 중으로 현환이는 또 큰댁으로 드러갔다고 하였다.

重要 記事 檀紀 4289년[서기 1956년] "複雜히 보낸 甲申年의 回顧"

저물어진 檀紀 4289년도 명일까지만을 남기고 가치 없이 사라저 갖다.

앞날의 희망을 내다보면서 기회만을 엿보던 吾人[오인:나]은 만족한 기회를 얻지 못한 채 병신년을 노쳐 버림이 가슴 깊이 쓰리고 통탄하였다. 귀중한 세월를 놓치고서 도리켜 생각해 보건데 참으로 갑신년은 다사다난하였다.

나의 처음으로 去年[거년:지난해] 88년[4288년] 11월 22日 자로 100,000-계를 끝번으로 타서 동월 23일 자로 조동렬 씨 댁에다 월 1할 이자로 대부한 채,

금년 1월 1일 자로 70,000-을 추가로 역시 월 1할 이자로 대부하였고,

2월 9일은 만 2년 飼養(사양)한 母豚(모돈)을 계속 種豚(종돈)으로 하려고 雄豚(웅돈) 79斤 되는 것을 큰댁으로부터 분가 받아 갖고 나온 것인데 9,000-에 팔았다. 그러나 잡비로 사용하였다.

나는 진원학 부이사님의 코-취로 '금융조합 대지에다 가옥을 건축할까' 하는 생각으로 상무이사 이규빈에게 정초의 선물이라는 명목으로 뽀뿌링 와이셔츠를 2,600-에 매입하여 디렸다.

날字(자)는 2월 13일인데 2월 11일은 이범응 면장님에게 돈육 2斤 양말 반 타 등의 1,530-치를 선물로 디렸다. 2월 15일은 비로서 어려운 금융조합 대지 일부 공지에다 가옥을 건축하게끔 하여달라고 앙청하였다. 그러나 가부를 단언하시지 않았다. 2월 18일에는 진원학 부이사님과 의논하시고 3월 달에 해결하라고 하시었다.

3월 6일은 甥(생:조카) 경준이께서 인천 사범학교에 입시하였다가 불합격이 되었음에도 불구하고 합격인 줄 알았다. 3월 15일(음 2월 4일)은 현숙이의 첫돐임으로 이사, 부이사, 김명수 씨, 오부성 씨 등등의 어른들에게 조반을 대접하였다. 3월 27일 날은 두래실을 1,700-에 매입하였다.

그리고 19일부터는 큰매부에게 부탁하여 속당 20-식 지불코 매입한 곡초로 이영을 엮었다. 3월 22일은 자돈 3필을 분만하였다. 3월 25일은 가현리에 가서 석가래 150본에 9,000-에 매입코, 30일은 수용소 목재를 30,000-에 양회 5포에 5,000- 곡초 200속에 2,400-식 지불코 신고 와서 下陸(하륙)하고는 3월 3일은 多額(다액)의 損害(손해)(짓고땡이)로 16,000-을 보았다가 4일 날 6,000-만을 회복하였을 뿐.

4월 4일은 석가래가 부족이 되어 26본에 1,900- 도리감 15본에

5,100- 청송 4속에 200-을 지불코 운임 2,000-에 싣고 오다가 양곡지서 김순경으로 청송이라는 조건으로 取索^{취색}을 당한 일도 생생한 채, 6일은 덮쳐서 지대_{집터}를 거절당하게 되었다. 고난에 사로잡혀 있다가, 7일은 계획하고 있던 스프링[셔츠 종류의 옷]을 18,000-에 지어다 드렸다. 계속히 무리가 되다 싶히 대지를 요청하다가 희망성을 보고서.

母豚을 5월 1일 날 약 200斤 될 뜻한 것을 우리 돈으로 16,500-에다 팔아, 5월 8일에 (석가래 제외) 4간 치 목재를 27,000-에 백회까지 4포를 포함하여 매입해 왔다. 5월 9일부터는 서병길, 박 목수 2인이 시작하되 전민식 씨 댁 마당에서 시작 治木을 하였다. 그러나 결국 5월 11일은 진 이사, 오부성 씨를 집합시키고 가건물을 허락해 주시기에 만족치 못하고 그래도 원건물로 요청하다가 이사님께서 一金 100,000-까지 대부를 하여 줄 테니 타소에다 원건물로 지어보라고 하시기에 도리 없이 5월 13일(음 4월 3일) 건축하는데, 12일 오후에 전민식, 조남태, 남제 3인이 대지를 整地[정지:땅바닥을 반반하게 고름]하고, 13일은 목수 서와 박이 오정 11시경부터 시작하여 일직이 끝이었다.

6월 10일은 441의 1번지의 面有地 약 43평이오나 부족이 되었다. 그것을 25,000-에다 韓大山이로부터 권리금으로 응한 숙부께서 [중개하여] 사 주시었다. 그리고 6월 16일은 去[거:지난] 5월부터 농은으로 변경된 명칭으로 50,000-을 대부받았다. 그것으로는 남의 빚을 갚고서 6월 20일은 추력으로 운반한 大石으로 지대를 쌓다^{쌓았다}. 6월 25일은 지루하고 가슴 깊이 쓰라림을 당하고 있던 용원을 면직하였다.

6월 26일은 가건물에 대한 각서에 보증인은 김응한 씨로 하고 '何時[하시:언제]던지 貴 組合에서 사용켔다고 할 時는 반환켔다'고 하는 각서를 제출하였다.

7월 1일은 2간 치 목재를 10,000-에다 매입하여 왔다. 7월 2일(음 5월 24일)은 석정리의 김흥섭 씨를 모시러 갔다가 놀라움고 歎息^{탄식}하게도 甥^생조카 경천께서 오전 10시경에 死亡^{사망}하였다. 7월 5일은 흥섭 씨 목수로 하여금 상량을 하였다. 그리면서 7월 30일은 한편으로 상업을 시작하였다.

9월 4일은 이사하여 소주로 인근의 어른들을 대접하고, 6일은 농은 직원들을 대접하였다. 아우는 나의 부탁으로 각 시장으로 상인이 되어 다녀 보더니 11월 7일 출정케 되었다. 나는 김포하고 양곡장만을 보다가, 11월 21일 오전 1시 20분에 남아를 난산으로 다행히 성공은 하였는데 오전 6시경에 사망하였다. 음력으로는 10월 19일이었다.

12월 19일은 부용이의 松枝[송지:소나무 가지]를 185속을 속당 55-식 치고 엽나무 8속을 外로 얻고 하여 10,000-만 지불키로 하고 운임 2,000- 일당 500- 계 12,500-에 한 추력 매입하였다. 웅돈을 96斤에 18,300에 매도하였다. 1斤당 195-식 하였다 한다. 半 個年을 무직으로 생활하자니까 식량과 연료가 매우 부족이 되었다. 생활에 궁한 나머지 또한 100,000-계를 조직하여 볼까 하고 사모님과 조를 구성하자니까 한규철 씨께서 1번으로 타갗겠다고 하였다. 나는 2번으로 양보하고서 50,000-한 달 동안만 입찬 받았다. 시작일은 12월 21일이었다.

계의 역사를 총괄해 보면 4288년도 11월 22일 자 끝번으로 100,000-을, 제2회로 4289년도 7월 26일 자로 끝번 100,000-을, 제3회로 8월 1일 자는 7번으로 100,000-을, 10월 21일 자로 30,000-을 8번으로, 11월 13일 자로 50,000-을 10번째로 각각 무사히 순조롭게 받아 탔다. 합계 380,000-이오나 신축하는 가옥으로 소비되었다고 보아야 할 것이다.

지나간 병신년을 깨끗이 회고하면서 순서 있게 적어보겠다는 작문이 일기로 전환되었음을 느끼면서 明年 일기장을 준비하여 보겠다.

每 年度 末이면 자그마한 家庭이나마 總決算을 簿記하여 본다.

第二十號 단기 4290년 [서기 1957년]

1957년 1월 1일 화요일 天候 청 음 12월 1일

정유년을 맞이한 단기 4290년 1월 1일을 맞이한 今日은 애태우며 지나간 과거지사가 자연히 에달퍼지고 구슬었다. 하로를 무사히 지냈다.

서울 兄을 배웅하고서 부용이께서 보내준 떡을 화로에다 구어 먹우려고 하는 중에 용섭이께서 찾아와 "사모님께서 왔다 가라"고 한다기에 갖더니 陽曆 過歲[과세:설을 쉼]를 하셨다 하며 떡국을 1그릇 주시기에 畫食으로 식사하였다.

왼종일을 허비하다가 나는 석정리의 동철이 모친이 나왔다 가시기에 큰댁 솜 틀어놓은 것을 인편으로 부송하였다. 夕 식사를 찬밥 남은 것을 식사하려 하였는데 운양리의 처조카 두 아이께서 왔다 하여 세롭게 지었다 하였다.

나는 석식 후로 사모님 댁에 가서 토정비결을 보고서 사무실에 가서 난로 위에다 되인 물을 이용하여 목욕을 하였다. 그리고 사모님과 나는 대순 씨 댁의 논 2,000평을 半分하여 사자고 하였다. 나는 今朝 인가의 중국인 손씨께서 가옥을 보라 왔기에 잠간 방 내까지 않치었다 보내고 큰매부는 今日 인천으로 가서 부상 입은 다리를 치료받는다고 갔다가 왔다 한다.

오후 夕 식사를 지을 무렵에 아내는 인가의 병천 씨 댁에 가서 곡초 2속을 얻어다 놓고 큰 김치독을 싸매달라고 하기에 그대로 몇일째 녹은 김

칫독을 싸매놓았다.

1957년 2월 3일 일요일 天候 우청 음 1월 4일

昨夜부터 나리는 강설은 계속 나리고 오전 6시에 하차하여 뻐-스로 60-에 훈련소까지 8시에 면회 신청을 하여서 10시 반에 상면케 되자 강설도 끝이었다.

나는 수참 주현이와 아우를 다리고 식당에 가서 떡국 1그릇에 200-식 주고서 3그릇에 600-을 주고 나까지 조반 겸 식사하였다. 그리면서 비스켓들도 같이 식사하였다. 그리고 3인이 카-멜 사진기로 4매에 20-에다 차령하였다.

그리고 아우는 보자기와 실장갑 비누각 비누 등을 보내주어 나는 오후 1시 반에 대전으로 280-에 와서 150-에 석식 식사 후 12시 반 급행을 기다리던 중 다방으로 가서 난로를 쪼이다가 우연히 어느 군인과 교제가 되여서 홍차도 1곱부식 나누고 열차까지 군인차를 승차케 해주마고 하여 주었다. 우리는 약간의 의심을 표시하니까 선득 자기의 소속을 알리고 다음과 같이 성명도 알리웠다.

〈육군교육총본부 헌병 참모부 행정과 김천수〉라고 하며 또한 조건부로 아우를 21일 후에 헌병학교에 입교식힌 후에는 一金 10,000-을 사례금으로 주도록 언약하였다.

얼마 기다리고 있다가 나는 병남이와 같이 11시 40분 군인 열차를 타고 영등포까지 와서 김천수 군인과 작별하자 局員(국원)으로부터 取索(취색)을 당하게 되자 引率(인솔) 中途(중도)에 병남이와 공모하고 같이 도망하여 버렸다. 나는 그 중에도 도중에 영등포서 직할서에서 또 오전 5시임에도 취색을 당하였고 무사히 뻐-스 정류소까지 왔다가 7시 차로 귀가 도중 수참리의 채주현 댁에 가서 안부 전하고 세우 댁에 弔慰(조위)도 표시하고 12시에 本家(본가)에 도착하였다. 즉시 晝寢(주침)을 하였다.

어느 때인지 아내가 깨워주기에 기상하자니까 오후 5시인데 어느덧 부용이와 부산이도 와 있다가 석식에 만두로 같이 나누었다.

훈련소까지 갔다 온 사이에 諸(제) 費用(비용)은 다음과 같다. 열차 운임과 급행권까지 3,000-이고 뻐-스 요금이 660-이며 식대 900-이고 아우에게 현금으로 6,000-을 지출하였고 열차 내에서 茶代(다대:차값) 30- 사진대 100- 현 잔금이 1,660-이 있고 총계로 소비액이 12,320-이 될 뻔하다가 1,660-이 남았다. 그리하기 때문에 10,660-만 남았다. 아우께서는 군 작업모를 2점, 보자기 1장, 비누 2개, 수저 1개, 장갑 1짝 등을 환부하기에 갖고 왔다.

1957년 3월 3일 일요일 天候(천후) 우 음 2월 2일

今日(금일)이 현숙이의 두 돌 날인 줄 오해하고서 나는 바보 흉내를 하였었다. 實態(실태)인 卽(즉) 나는 조기 후 곳 아무 말 없이 외출하여 농은의 차장님 댁에 가서 금 조반을 대접하겠아오니 부듸 오시옵기 원하겠다고 부탁하고 조남태 씨에게 가서도 역시 조반을 나누자고 하며 기회에 정미소를 담보하고서 대부를 요청해 보자고 하기에 겸하였던 것이다. 그리 청하고서 도라와 아내에게 "순녀 아버지와 차장님을 오시라고 청하였는데" 하였더니 돌연히 놀래우는 대답으로 그런데 "저이가 미쳤다"고 왜치면서 "어찌하려고 아무 준비 없이 의논 없이 그런 무모한 짓을 하였는 것이야"고 쌍[큰] 성화였다. 그리는 순간 이미 차장님은 오셨다. 그러나 없는 찬으로 대접케 될 수밖에 없는 사정이다. 지어 논 정맥 혼합밥에다 다시 찬을 준비하여 김과 계란을 놓고 약주 5합에 150- 음식집의 장기성 씨 댁에 가서 국을 식혔더니 설농탕으로 듣고서 국밥을 1그릇 갖어왔다. 그리기에 나는 도로 반환하여 국으로 갖다가 대접 중 남태 씨가 오셨다.

나는 인사 소개를 하고서 후로 조형에게는 식사를 제공하였다. 음식도 없는 것을 기탄없이 대접하고 아내는 매우 얼골이 붉어졌다고 소안으로 대하였다.

진정 나는 아내에게 톡톡한 책을 듣게끔 되었다. 부슬부슬 봄비는 왼종일 나리고 있었다.

1957년 3월 5일 화요일 天候 청 음 2월 4일

今日은 조조부터 현숙이의 두돐맞이 준비를 하고서 나는 이규빈 차장님과 오부성 씨를 초대하였더니 차장님께서는 오심을 거절하시기에 나는 나의 생일이라 하고 모셨다. 차장님께서는 과자를 약 1근 매입해 오셨다. 다음으로 기옥 조모님만을 모시고 조반을 대접하였다. 추가로 인가의 김병천 씨의 부인께서도 오셨다.

날씨는 쌀쌀한데 우리는 9시 반에 식사가 끝났다. 얼마 있다가 처형께서도 단녀가시고 큰형님도 단녀서 부평에 가신다고 하시며 큰댁 논(개울 배미 논) 405평도 평당 350-식 받고 매도하셨다고 하였다.

1957년 3월 7일 목요일 天候 운 음 2월 6일

무 起床하라 께우는 부탁에 졸림을 참고 기상하니까 이미 오전 6시가 너멋다. 昨夜까지도 서울에 더불어 상경하자는 권에 거부하던 아내는 아침으로 변해 자기도 출발하겠다기에 나는 시간 여유 있는 데로 동행하려다가 먼저 경기 여객 126호에다 손가방을 놓고 5분 전 출발시간을 두고서 집에 와서 아내에게 준비 관계를 독촉하고서 곳 뻐-스에 가니까 뜻밖에도 차는 출발하였다. 나는 뛰어서 지서 전까지 도착하니까 바햐흐로 모른 채하는 뻐-스는 그대로 출발하였다. 나는 누산리까지 뛰어가서 대동 뻐-스로 경기 여객 126호를 따라가려고 급하오나 그 뻐-스는 못 따라갔다. 결국 종로5가에 가서 그 해당 뻐-스를 발견하였으나 아무도 모른다는 것이며 단 조수가 하는 말이 양곡서 승차한 육군 2등 중사인데 용산서 하차하였다는 것이다. 이렇게 되고 보니 닭 쫓던 개가 지붕만 쳐다보게 된 격이 되었다.

손가방 안에는 計[계:모두] 장갑, 일기장 등의 소지품이 들어 있고 시가로 보면 4,000-치밖에는 않이 되나 기분이 나빴다. 그러나 나의 과실이니까 자신을 원망할 뿐이고 서울역으로 와서 처남을 방문하여 대법정에 연춘이라고 찾아가 연문 처남의 판결 공판에 찾아갔더니 큰처남과 기환이 모친, 부식이네 처남 내외 기타의 사돈들도 다수 참석한 가운데 오전 10시부터 제4호실 법정에서 개정되였는데 外囚[외수:다른 죄수]에 대하여서만 판결하고 晝食 시간으로 맞이하고 오후 3시부터 계속하겠다는 것을 4시가 넘어서야 판사가 입정하더니 남아 있던 3인의 미결수는 다들 무죄로 결국 처남도 3년 유예집행으로 무죄로 석방의 판결이 되었다.

관계 방청객들은 나뿐이 아니라 내외분과 누구나 다 긴 한숨이 나왔을 것이다. 오전 중으로 상철 댁의 내외분과 아내께서도 왔다가 때마침 기쁜 소식이 되었다.

기환 댁으로 집합이 되어 석식 식사 전 목욕을 하고서 식사 후 서대문

형무소까지 마중을 갈 준비차인데 돌연히 7시 20분인데 기환 댁 처남은 귀가하였다. [회]사원들과 같이 증중[정종]을 나누고서 나는 아내와 상철이 모친과 같이 연환 댁으로 가서 잤다.

1957년 6월 6일 목요일 天候 운 음 5월 5일

본격적인 단계에 이르는 아이스크림店을 시작하였다. 昨日 시험으로 제조하여 500-치 매상 후 今日은 인천서 660-에 갖고 온 18관 人造氷이 부족되여 김포에 가서 天然氷을 800-에 선금 2,000- 지불로 갖다가 만들어서 쥬스 100- 사이다 100- 시날콜 130-의 330-까지 합계가 2,720-치나 매상이 되고 외상으로 OB맥주 3승이 매상되였다.

조반 후 강세희 선생으로부터 氷의 간판을 써주시고 가시고 현철이로부터 10,000-에 대한 이자 1,100-까지 11,100-을 갖고 오고 5월 1일 자 10,000-만 그저 남았다.

아우 한용은 2회째 移秧期 休假를 왔으나 큰댁은 그저 初耕도 하지 못하고 있었음.

금숙이 靴[화:신발]를 120- 미역을 100- 간데 형에게 400-을 듸리고 나는 철공장에 가서 크림삽을 1개에 400-에 제조해왔다. 신문대도 1,800-을 받고 곡초대를 3,250-을 지불하였다.

今日 소비액은 6,350-이 있고 外로 母鷄[모계:어미 닭]와 병아리 6羽에 1,800-에 팔아 백미 3승을 1,200-에 매입하였다.

第二十一號

總蹶起하여 뜻한 바 이루자,

細密한 日記는 나의 過去之事生活

게으리하지 말자. 誠意 있게 記錄하자

1957년 8월 18일 일요일 天候 운청 음 7월 22일

今日은 경복이에게 점포를 맡기고 나는 모친의 병환 증세를 뵈오러 갔다가 큰댁에 500-을 드리고서 대곳의 종생으로 다녀왔으나 외상대로는 一金도 수금치 못하고 대능리의 앞바다 방면에서 속담의 말대로 용 올라가는 것을 보았다.

귀가하자니까 경복이는 腫氣가 盛해서 부자유스럽게 몸차림을 하고 母親님도 독감에 힘겨워하시고 아우 한용도 그러한 병석에 다 누어 있었다.

1957년 9월 6일 금요일 天候 청 음 8월 3일

어제 夕方 날씨가 흐렸기에 今日 장이 원만치 못하리라 걱정 중 今日의 날씨가 多幸千萬으로 맑게 청천한 날씨였다.

아내는 어느덧 조 기상하여 아이스크림 제조용 풀을 쑤어놓고 나를 께워주는 것이었다. 나는 조카 경복이와 같이 7시 반부터 크림을 제조해서 9시 반까지 완료하여 경복이께서 노점으로 갖고 나가 2,500-치에 일즉이 다 팔고 피복에서 1,200- 내가 빙수에서 약 5,000- 외상대와 신문대 등으로 총 수입금이 10,700-인데 나는 어름 잔고가 5,000- 신문대 미납금이 3,400-이고 전기요금이 1,700여 환이 그대로 남아 있었다.

큰댁 형님께서는 一金 200-을 주시면서 祭物[제물:제사에 쓰이는 음

식]에 협력해 사용하라고 하며 주시고 가셨다. 나는 300-을 합하여 500-
치의 제물을 해놓았다.

그리고 昨日도 신지수 씨께서 오셔서 말씀하시더니 今日도 김천순 씨
와 더불어 빙수를 나누고서 나에게 하시는 말씀이 今般 敎育區^{교육구} 職員^{직원}들 중
징수계에 缺員^{결원}이 1席^석 있을 듯하오니 親高位層^{친고위층} 이 있으며는 부탁하여 보
라는 것이었다.

나는 분가 신고를 今日 이봉현 씨에게 하고 면장님께서 오셔서 계심을
알게 되었다. 昨日까지도 병원에 입원 중이라 하시며 나는 매우 안타깝게
여기고 있던 중 한결 안심이 되었다.

夕 식사를 끝이고 일즉이 면장님 댁에 가 뵈옵고 구직을 앙청하려다가
늦어져서 명조로 밀우오고 이병준 씨 댁 점포에서 30-짜리 사과를 5개에
150- 지불코 매입해다 놓고 명조의 면장님 댁의 방문 시 갖고 갈 용이었다.

경복이의 해군복 기지로 지은 쓰봉을 800-에 동춘이로부터 매입해 왔
는데 경복이께서 마음에 들지 않는다고 하여 교환을 요망하는 것을 나는
그데로 방치해 두었다.

또한 현숙의 뽀뿌린 간난복도 850-에 매입하였다고 하였다. 추석절
의 풍경을 맞이하노라니까 비용이 많이 들지 않을 수 없으나 나는 부득이
諸般飮食^{제반음식}을 制止^{제지}케 하였으나 단 고구마를 관당 200-에 매입하였다고 하
였다. 한용은 夕方 큰댁으로 출발하였다.

1957년 9월 13일 금요일 天候 청 음 8월 20일

今日은 지서에서 오라는 부탁이 있기에 갔더니 차 순경이 "동아일보
지국이냐? 분국이냐?"와 또는 "총무와 기자가 수하^{누구}이냐?"등을 묻기

에 아직은 분국이므로 단 분국장으로 있는 本人밖에 없다고 하였더니 잠간 본서에서 조사 보고하라는 통지가 있기에 질문한 것이라고 하며 고만이었다.

나는 채소밭에 가던 도중 서차만 씨 댁의 부인에게 자임과 언쟁을 하였다는 이유보다 당시 나의 성명을 부르며 오라고 하며 채소를 뽑아 놓겠다고 하였다는 원인을 말하라고 하였더니 자임의 物品인 줄 알았고 또 姓名 呼名함은 失策이라고 하였다.

昨夜는 잡은 범인을 10시경 도망 당하였다고[놓쳤다고] 하였다.

1957년 9월 15일 일요일 天候 청 음 8월 22일

今日은 점포에 물품이 없어서 인천으로 내가 가서 사과 홍옥 134개입 1상자에 900- 215입 1상자에 1,000- 月毛豆 150에 1,000- 계 2,900- 旅費가 270-이 消費되었다.

나는 조반은 충남이 댁에 와서 윤성 씨의 생신일이라 하여 식사를 하였다.

인천에 갓다 와서는 아내와 함께 정원에서 昨夜의 침구에서 내리다가 거울이 떨어질 뻔하여 瞬間的으로 놀라운 일이 있은 다음 妊娠 中인 幼兒께서 腹內에서 不遊中이라고 念慮가 심하였다. 나는 현숙이를 다리고 채소밭에서 속음을 하였다. 이미 大根을 幼兒들이 뽑아 먹기 시작하였다.

1957년 10월 22일 화요일 天候 음 8월 29일

今日은 군청 회의실에서 면직원 자격고시가 있기에 나는 누산리까지 가서 뻐-스로 시험 장소에 가서 첫 시간이 '민주주의 행정과 공무원의 道

를 논하라'는 제목으로 1시간이 있고 다음으로 역사인데 '화랑도에 대하여 아는 자를 써라' 또는 '삼국시대가 있는데 도읍과 나라를 세운 사람 이름을 써라'였다. 또한 관계 있는 것끼리 선을 그으라 하였는데 전부가 誤書^{오 서}되고 수학과 헌법은 잘 되었다.

4시에 끝이고서 나는 교육감 선생 댁으로 가서 촉탁 직원 결석 자리를 앙청한바 교육감은 "명년에나 될지 또는 채용이 된다 할지라도 이력서 순서가 있으니까?" 하고 말하였다. 김성환 씨한테 다시 취직 부탁을 하고 귀가하였다. 매상이 600-이라 하였다.

1957년 10월 25일 목요일 天候 청 음 9월 3일

今日은 아내에게 빵室^실을 맡기고 큰댁에 가서 米麥糖^{미 맥 당} 1부데와 팥 5승을 갖고 나왔다. 매우 힘이 들어 언덕 밭침에는 땀이 철철 났으며 그나마도 도중에 팥이 새 나왔기에 바로 쓰러 담아왔다. 간신히 도라와서는 초원지 리 근수 댁에 갖다가 도라오니까 금숙이 동무들이 간난애기를 떨어뜨렸다고 하였다. 그리고 뜰 안까지 안고 나가 있었다고 하였다. 매우 위험스러웠다마는 천행이도 무사한 것 같았다.

1957년 11월 25일 월요일 天候 청 음 10월 4일

昨夜의 꿈이 이상하게도 현숙이께서 물에 빠져 까물어친 것을 나는 물을 빼주고 살려 놓았다는 이야기를 하고서 아침에 빵집에 나가 구몽탄을 피우고 있노라니까 뜻밖에도 이규빈 차장님의 말씀이 "자네 임시직원 봉급이 월 2만 원밖에 않 되는데 의향이 있겠나?" 하고 질문하시기에 나는 대답하기를 "여하간 집에서 놀고 있는 격에다 비하겠습니까?" 하고 단

15,000-이라도 취직하겠다고 하였더니 "그럼 바쁘니 今日부터 출근하라" 하시기에 조반 후 출근하였더니 차장님께서 "여러 직원들께서 앉은 채 들으시오" 하고 "우선 임시직원으로 한필이를 채용하오니 바쁜 데로 써 주시오" 하고 소개하였는데 나는 인사의 말도 못 한 채 경례도 못 하고 흐지부지하였다. 그리하여 今日부터 3개월간 출근케 되었다.

아내는 210-치의 매상을 보고 더욱 지루하다는 이야기를 하였다.

오후 퇴근 후 오니산리의 김봉현 씨를 찾아가서 나는 곡초를 부탁하며 선금 8,000-을 불입하였다. 야간에는 차장님 댁 온돌방을 뜯어 고치는데 물을 끓이게 되어 그 물로 목욕을 하였다.

1957년 12월 7일 토요일 天候 청 음 10월 16일

昨日 모친의 병환이 위독하시다는 말씀을 듣고 아내께서 4시간에 걸쳐 갔다 왔는데 몸 전신이 황색으로 변해서 황단병이 되어 소화불량이 생기고 흉부가 붓고 하시다는 이야기다.

소고기 반 근과 배, 사과 등으로 500-이 소비되었다.

1957년 12월 8일 일요일 天候 청 음 10월 17일

今日은 내가 황단 주사약 800-치를 사갖고 가서 윤 선생에게 부탁을 하여 놓아 드리리라고 자임에게 드렸다. 야간에는 나도 들어가 뵈었더니 정신이 상실되시어 분간도 못 하실 정도였다. 나는 뜻밖으로 임종을 할 것만 같았다. 누이와 매부 병렬이, 자임, 형님이 오늘 중으로 집결되어 사태를 보고 있는 중이다.

나도 모친의 옆에서 한잠도 이루지 못하고 從[종:계속] 마음을 쏘리고

[줄이고] 있었다.

1957년 12월 21일 토요일 天候 청 음 11월 1일

큰형님과 간데 형님과 큰매부와 같이 큰형수, 자임, 최 양인 질녀 등등 7인이 같이 집합하여 오전 8시 정각에 어머님을 이별하게 되어 상을 당하였다. 자식들이 많이 모이고 또한 일기도 좋은 날씨이고 하여 死人의 큰 幸福이었다.

그러나 석정리의 공판인 今日도 부락민들이 바빠서 별로 오시는 분이 않 계셨다.

오후에 홍섭 씨와 병기 씨께서 외상으로 황윤성 씨 댁에 가서 25,720-치의 喪品을 매입해 와서 야간을 새우며 수의를 다 꼬매 놓았다.

부고는 문근모 선생이 인쇄하여 100여 매를 보내고서 나머지는 용지가 모자라서 고만두었다. 그러나 3일장으로 하려다가 2일장으로 부득이하고 말았다.

한용은 오후 2시에 도착되였다. 아침에 경준이 편에 나는 전보를 치라고 부탁하고 인천까지 다녀오라고 하였다.

1957년 12월 24일 화요일 天候 청 음 11월 4일

今日은 三虞祭를 지내고 병렬이는 귀가하였다.

今日 중으로 양곡으로 나가려다 못 나가고서 야간에 진자리사람이 갓 죽은 자리 걷는 구경도 하였다. 나는 경준이하고 喪廳[상청:죽은 사람의 신주 등을 모시는 곳]을 잘 바르고 또한 대감 귀신 꿀멸을 갖다 없앴다.

단기 4291년[서기 1958년] 2월 18일 화요일 天候 청 음 12월 30일

아침을 끝내고 경복이와 아내는 어린이들 금숙 현숙 명숙 3인의 어린 애들을 다리고 큰댁으로 가고 나는 오후 4시경 직무가 끝나자 실내 청소를 하고 사진 각구도 변모하고 저녁경 정돈을 하는데 아우 한용은 5시경 도착해 왔다. 아우와 함께 잤다.

1958년 2월 19일 수요일 天候 청 음 1월 1일

조 기상하여 돈사료를 주고서 速[속:빠른]한 보행으로 큰댁에 도착하자니까 나는 늦어서~ 하며 간 것이 오전 8시였다. 우리의 4형제와 조카들과 같이 墳墓[분묘:산소]에 다녀서는 나는 오후에 금숙이를 다리고 집에 나왔더니 왼종일 돼지가 나와 헤메였다 하며 누군가가 많은 사료를 주었다. 앉아 있자니까 곳이어 아내와 경복이가 어린애들을 다리고 쫓아 나왔다.

1958년 4월 9일 수요일 天候 청 음 2월 23일

紙代[지대:신문지값] 관계로 징수차 다녀보다가 말았다. 금일 오후 2시 10분 버스로 아내께서는 장모님과 더불어 서울의 경무대 정원의 진달래와 개나리 꽃구경을 갔다. 송편을 해갖고 경만의 협조로 무임승차권을 갖고 출발 후 나는 금숙 현숙이를 다리고 뜰 안에서 화단을 만들고 시라기를 부실러서 가루를 만들고 있는데 심형택 씨께서 신문을 찾으러 왔기에 나는 내듸리고 잠간 신문을 보고 있자니까 신지수 씨와 한상정 씨께서 찾아와 돌연히 가옥을 매매 계약코자 문의하라 왔다기에 나는 30만 환을 요청하였더니 소개자인 신지수 씨께서 25만 환을 정하고서 더 보지를 않았다.

결국은 250,000환에 뜻밖에도 나 홀로 가족적 타합도 없이 계약을 하고서 잔금은 양력 금월 내일로 정하고 계약금으로 25,000- 받은 중에서 우선 5,000-을 구문으로 지불하였다. 오후 6시경에 계약을 하고서 저녁을 신이 주었다.

1958년 4월 15일 화요일 天候 청 음 2월 27일

금일은 곡촌 한광섭 큰형 경준 나 목수 4인이 끌구멍을 다 뚫고서 기둥을 세웠다.

금일이 바로 신임 소장님에게 이규빈 소장은 사무를 인계하였다. 나의 2간 건물도 김포 지점장께서 못맛당이 말씀하셨다.

금일까지 소비된 額[액:돈]은 둥근 나무 24본을 김동귀 씨로부터 13,000-에 매입하고 석가래를 부산이로부터 30본에 2,400-을 주고 곡초 250속에 6,250- 가키목이 14본에 4,950- 매기 한사리 300- 계 26,900-이였다. 앞으로 인건비와 문대와 토역이 남았다.

금일은 서울 구경차로 갔던 아내께서 5일 만에 단녀왔다.

第二十二號 단기 4291년 [서기 1958년]

5월 1일 목요일 天候 청 음 3월 13일

양곡시장 內 419번지에다 2간을 주택으로 신축하는데 지난 4월 12일부터 준비 중인 건물의 목공일은 금일 6일 만에 끝이었다.

상량식은 4월 15일에 바로 이규빈 소장께서 양구지점으로 전근케 됨으로 사무인계일이었다.

1958년 5월 2일 금요일 天候 청 음 3월 14일

조반상이 끝나자 돌연 가옥 매주 유씨께서 이사짐을 싣고 왔다. 우리는 하등의 대책도 없이 당황케 되었다. 나는 집을 4月 30日 字로 내놓기로 하였지만 일기 불순한 관계로 건축이 부진한 상태에 있었고 하와 처음에는 불안하게 연기를 하자 커니 못 하겠다 커니 옥신각신하다가 3일만 더 머물러 있기로 정하고서 내가 양보하고 기왕에 싣고 온 이사짐은 한데 적재해 두었고 유씨께서도 인근의 최씨 댁에 가서 3일 숙박하기로 하였다.

1958년 8월 9일 토 天候 청 음 6월 24일

8시 50분 버스로 상경하였다. 연환의 회사에 가서 작일 자근처남에게 듣던 이야기를 질문하자 북아현동 시장의 노점인 약 3평 건물에다 권리금만이 150,000-이고 셋방이 일금 100,000-이 필요하고 외로 진열 물품대가 필요하였다. 약 3, 40만 환이 있어야만 되겠다. 그러나 점심을 나눈 후 현장이 궁금하였다.

나 혼자서 현장을 보고 와서는 기곤[기권]하겠다고 말하고 서울역 이태호 형에게 가서 담화를 시작하다가 인천행 열차로 형의 대접으로 무료로 부평까지 와서 시장에서 깡맥주와 꽈배기를 사갖고 진영이 댁으로 가서 잤다. 야간에는 모기 때문에 늦도록 고생이 되었다.

1958년 8월 12일 화 음 6월 27일

금일은 돌연히 추력으로 큰댁에 들어갔다. 용무도 별로 없었으나 다녀온 지가 궁금하여 갔는데 양계가 시작되어 합계 20수였다.

나는 족보를 비로서 검토해 보았으나 아버지 代인 典書公派 子孫 27代

까지는 姓名을 그대로 하고 우리 대인 28대부터 성명을 갈았다. 돌림자로 되어 있었다.

추럭편으로 나오니라고 저물어서야 나왔다. 나는 빈 추럭이기 때문에 감자 1두 정도와 또는 송엽 2속을 싣고 나왔다. 아우 한용은 온양까지 갔다가 친구를 못 만난 채 유구면까지 가는 막차는 이미 출발하고 하와 그데로 열차로 올라왔다 한다.

1958년 9월 7일 일요일 天候 청 음 7월 24일

금일은 좀 더 많이 母豚의 식사가 늘었다. 오전 중으로 강세희 씨 댁에 가서 Bidamin[비타민] 1각에 300- 마이상[마이신] 2병에 400-에다 사서 우선 비타민 5병을 한데다 주고 마이싱을 거듭 주는데 주사기가 부러졌다. 나는 즉시 국산품용을 400-에다 사서 갖다주고 오후에 나머지 약을 거듭 다 놓았다.

금일 중으로 1,100- 소비되었다. 금일까지 총 소비된 돼지 약대가 4,000-이다.

금일은 매우 안심이 되었으나 오후에 돈사에서 나와 이 사람 저 사람 등등으로 모여 이야기하는 차, 정수 어머니의 말씀이 무심코 하시는 것이었으나 나에게는 뼈저려 사모치게 들려왔다. 하시는 말씀은 "에유 부모에게 저렇게 공을 듸려서 공경한다면 효자이지" 하며 못마땅하다는 뜻을 표현함인지? 지나치게 돼지를 보호하여 주었다는 것인지? 알 수 없으나 여하튼 간에 도라가신 어머님에 생각하여 본즉 너무나 불효자로 대하였다는 불만감이 용서슴쳤다.

사실 모친의 병환에 그다지도 윈종일 근 1개월이 가까워 오도록 지키

고 있으며 주사 약대만도 4,000-여 환이 넘도록 사용함은 부모와 가축과
의 대차로 차별하였던 것이다.

1958년 9월 27일 일 天候 청 우 음 8월 16일

금일은 경복이와 식구들이 총 귀가 도중 자전거를 빌려 타고 마중을
가서 초원지리로부터 현숙이를 태워갖고 나왔다.

큰댁에서 수수 햇대두 등등으로 명숙이의 돌 차림용 곡식을 다 갖고
나왔다.

1958년 9월 28일 월요일 天候 청 음 8월 17일

금일은 명일의 명숙이의 돌 준비를 하였다. 저녁 후 큰처남의 댁에서
어린이 의복감과 89년도[단기 4289]에 차용하였던 차용금 10,000-을 반
환하여 갖고 오셨다. 나는 찬장을 고쳤다.

1958년 9월 29일 화요일 天候 청 음 8월 18일

금일은 작년 閏[윤:윤달] 8월 18일 명숙이가 출생하였는데 금년에는
금일이 돌이 되어 부성 씨 댁에서 1,000- 상철 씨 댁에서 800- 그 외에서
750- 계 2,550-이 돌 돈으로 입금되었다. 고기도 없고 하와 타인 대접치
도 않고 오직 용섭, 현철뿐만이었다.

1958년 10월 7일

금일은 최종학 씨 자전거를 빌려 타고 김포시장에 가려고 하였으나 차
대가 부러져서 도로 갖다주고 협동조합 車[자전거]를 의섭이로부터 빌려

갖고 아직 매입치 않았다고 이야기 도중 뜻밖에도 고추를 팔러 나온 부노리 거주자로부터 자전거를 사시렵니까? 하고 묻기에 얼마인지? 하였더니 25,000-을 부르기에 나는 무조건 거절하였다. 그랬더니 김포의 정창희 씨께서는 17,000환에다 절가를 하였기에 나는 승낙하고 현금으로 샀다. 그리고 6,140-치 팔았다.

그리하여 오후에 일즉이 짐을 꾸리고 정 형하고 식사나 같이 하려고 계획하고 있는데 정형께서 전방의 자전거점에 갖고 가서 시가를 평해보았으나 농담으로 싸게 산 것이니, 훔쳐다 판 것이니 하고 말이 났다가 나는 어서 가자 하였더니 뒤에서 예예[얘 얘] 하고 누가 부르는지 분간 못하게 반말로 나를 부르더니 시비조로 나왔다. 나는 요건은 고사하고 허턴거리, 반말로 시비하였는가를 반항하자 욕설까지 서로 하게 되어 김포시장에 사람들이 만원으로 모였다. 양측 편으로 각각 말리기에 나는 그대로 달려왔다.

1958년 12월 31일 수요일 天候 청 음 11월 21일

양곡의 막장으로 장이 제법 섰다. 우리는 10,130-치가 매상이 되고 신문대를 비교적 많이 징수하였다.

4291년(戊戌年)도 다사다난한 일감을 남겨둔 채 사라지게 되었다.

재주도 없어서 그러하거니와 지나온 이해를 회고해보면 참으로 슬프고 앞으고[아프고] 즐거웠고 고생스러웠다. 금년 4월 15일 날 현 주택 419번지에다 2간을 상량식하고 5월 4일 주택으로 이사를 하였다.

第二十參號 단기 4292년[서기 1959년]

覺惡 "節約하여 農土購入"

1959년 1월 30일 금 天候 청 음 12월 22일

금일은 대곳시에 가서 12,000-치를 팔고 수색대 해병대원에 미제 양말 약 30여 켤레를 압수당하였다가 나는 억지로 갖다 감추고 안 뺏기였으나 군인은 나를 싣고 대명리 방면으로 무조건 싣고 가다가 나의 애원으로 자기네들 올 때까지 기다리고 있으라고 하며 내려 놓아주기에 나는 동작 빠르게 양곡으로 향해 왔으나 와서도 명일 서울에 가려고 심상호 씨 댁으로 일금 30,000-을 대여 받으러 갔던 차 뜻밖에도 심상호 씨 댁에서 양말 뺏던 군인을 만나게 되어 나는 악수를 청하고 대단히 미안하다는 말을 하고 백양 3각을 450-에 사주었다. 그리고 화목하게 되었다.

나는 안심하고 다음 날부터 시장에 나가게 되었다. 요는 양말을 갖다주마고 하고 내가 갖다 감춘 보람으로 덕을 보았다.

1959년 2월 21일 토요일 天候 청 음 1월 14일

양곡시장은 진창물 땅에서 음력 정월 이후 비로서 섯고 나도 비로서 시장에 나와 물건을 팔았다. 뜻 외로 11,600-치 팔았다. 600-치는 양말을 받았다.

원체 질어서 일즉이 상인들이 解散하였는데 나는 아내에게 15일 母親의 喪亡이나 보고 오라고 하여 [아내는] 오후 5시 반에 돌연히 석장리의 큰댁에 향하여 명숙이를 업고 출발하였다. 보내고도 나는 염려가 되었으나 금숙이와 현숙이를 다리고 집을 보았다.

오후에 잠깐 동안 농은 숙직실에 가서 오락을 하려다가 못 갔다.

1959년 6월 7일 일요일 天候 운 음 5월 2일

금일은 조조 식후로 나까지 7명이 논에 나가 오후에는 경준이와 현환 계 9명이 하오 6시경까지 무사히 완료하고 전민식 씨께서도 쓰레[농기 구]로 쓸려주시어 점심의 소죽은 우리가 주었다.

큰 자임께서도 왼종일 제3회씩 나갓다 오시고 밤에는 곤해서 단잠을 잤다.

어제가 망종인데 나는 큰댁이나 혹은 부산이 편에 의지해서 무료로 심 어볼까 하다가 금일까지 늦어서야 이앙을 하게 되었다. 묘판도 아직 어리 고 하와 남의 묘보다 뒤떨어졌다.

나의 생활은 아직 기반이 굳어지지 못하여 두뇌가 복잡한 중 왼종일의 노동이 매우 바빴다. 나는 모쪼록 생산이 많이 나도록 힘썼다. 나는 요소 1 포와 유안 1포를 시비로 주었다.

1959년 9월 25일 금

금일은 대곳 가서 1,400-치를 팔고 오니까 뜻밖에도 아우께서 지난 22 일 자로 제대하였으나 파주로 다녀오는 도중이라 하여 금일에야 도착하 였다 하며 무사히 군무를 마치고 귀가하였다.

1959년 10월 1일 목 天候 우청 음 8월 29일

강화로 전근하신 이규빈 지점장 댁 사모님께서 작일 오시어 912평의 논을 지상물 포함하여 평당 400원씩 매도하겠다고 하시며 나에게 권하시기에 오부성 씨의 입회하에 구두 계약코서 계약금 20만 원이 준비되고 하여 신현철께 5만 원을 대여해 받고 하여 총대금은 364,800원이오나 204,800원이 준비되어 사모님을 따라 강화 농은 지점 사택으로 가서 이규빈 지점장님에게 지불코서 잔액 16만 원은 후일 완불키로 했다. 지점장님은 양곡 민병선 씨에게 친서로 나에게 대부해주도록 부탁도 하여 보냈다. 나는 하로를 숙박하였다.

1959년 11월 5일 음 10월 5일

오전 2시 30분경인데 기대에 어긋나기는 하였지만 4 여아 銀淑이를 임신 310일 만에 순산하였다.

第二十四號 庚子年 단기 4293년 [서기 1960년]

1월 1일 금요일 天候 청 음 12월 3일

누님께서는 가슴아리 속병이 일어나 매우 고통 중이오나 남의 셋방으로부터 금일 5만 원에 구입한 가옥으로 이사하시고 나는 양말만으로 3,300원치를 매상하고 6.25 당시 같이 피난 갔다 오신 이낙구 모친께서 다녀가셨다. 점심을 성의껏 대접하였다.

지난 己亥年[기해년:단기 4292년, 서기 1959년]으로부터 인계받은 재산은 다음과 같다.

母豚 2필 현 시가 4만 원 정도, 논 912평 시가 36만 원 정도, 백미 7가마니 벼 3가마니 85,000원, 현금 2만 원, 상품 15만 원 정도이고 대여조로 조동춘 5만 원, 이금수 2만 원, 한광섭 1만 원, 오갑봉 14,000원임으로 家屋을 除外하고 총 75만 원 정도인데 반해 借務가 조의대께서 5만 원,

전윤완 6만 원 농은에 3만 원 신일사 박제동 씨께 8,600-원 계 22만 원의 채무 공제하면 家財는 53만 원 정도였다.

(본 24호 日記帳은 元帳[원장:원래 일기장]을 물에 적시어 그것을 연탄불에 말리다가 소실되었기에 대충만, 중요 부분만 임시 기록했다가 1975년 6월 5일 재생, 기록했다.)

第二十五號 단기 4294년 [서기 1961년]

1일 1일 天候 운

서울의 공덕동 처남 댁에서 조반을 하고 서울, 동아, 각 신문사에 방문하려 하였으나 신정 공휴일임으로 용무를 못 보고 평화시장에 가서 양말을 매입하려다가 역시 문이 닫혀 방산시장에서 자근처남분의 12,000치의 물품을 매입했다.

누산리까지 와서는 뜻 외로 아우를 만나 동행하여 귀가하였는데 아우께서는 나의 중절모를 3,000에 방한화를 900원에 사갖고 왔다. 경준이도 나왔다 할 것 같으면 평환이와 같이 사진이라도 촬영해 볼 생각인데 평환이는 그대로 돌아가고 나는 보지 못하였다.

작일 조선일보사에 가서 양곡지국을 신설 계약하는데 보증금으로 6만 원을 납부하였는데 금일 조간이 아직 도착하지 않아 매우 불안하였다. 김포 지국분으로도 나는 7만 원을 납부하고 왔다. 그러므로 금일부터는 양곡 지국이 설치.

1961년 1월 8일 일요일 운

수차에 걸쳐 말이 있었던 민주당 양촌면 당부간판을 심정섭 씨로부터 띄여가고 나는 왼종일 去年度[거년도:작년] 서류를 정리해놓았다.

그리고 한용이 보내준 본 일기장을 새롭게 듸려다 들쳐보고 곳 pen을 들어 반년간이나 아니 거의 1년간이나 중단했던 나의 일기를 다시금 계속하였다.

아우의 혜택으로 내가 소학교 3학년 시절부터 그 험악한 6.25동란 또는 1.4후퇴 당시를 막론코 줄기차게 이어오던 일기를 작년 3월경부터 사정상 부득이한 사정, 요는 매일같이 행상을 하며 한편으로 3종의 신문지국을 하면서 농사를 겸한 탓으로 불가능하게 되었던 일기를 다시금 결심하였다.

1961년 2월 27일 월요일 청

지난 24일 자 여행한 아내께서 일행이 집으로부터 돌아왔다. 나는 돈사의 띰을 치고 아침에 안락관에 갖다 놓은 뜨물로 겻참을 주고 집에 와서 발을 씻고 또한 경복이는 1구를 배달 갔다 오고 경준이는 귀가하고 영자도 귀가하였다. 삼낙 어머님에게 사과대라고 100을 지출하였다. 야간에는 은숙이에게 사과 50치를 또 달래기 위해 사다 주었다.

안해께서는 전 계금 잔액 14,500을 찾아왔다.

1961년 3월 20일 월 청 음 2월 4일

현숙이의 7세 생일인데 자근처남께서는 조조 출발하고 장모님과 상철 모친 동환 자임 등과 더불어 조반을 나누고 점심 식사 시 수수팟떡도 제조하였고 나는 피곤한 몸이였으나 삼도의 조경행 씨 댁 과수원 관리인인 김학수 씨에게 찾아갔다가 신문지 관당 550식이라는 말을 알리고 계약도 없이 최영술 씨 댁에 가서 결혼 음식을 식사 후 김종식 씨 댁에 가서 정 잔액 600을 받고 금일부터 조선일보를 세롭게 신청 받고 선금 400을 받았다. 귀가 도중 한건충한테 1,200 대능리 농협에서 동아구독신청을 받고 200 선금을 받아 누이 댁에 400치 멱[미역]과 과자를 갖고 갖다 와서는 이범일 선생의 灰代(회대) 200을 받았다. 논에다 灰(회)를 出荷(출하)하였다[재를 뿌렸다].

1961년 3월 23일 목 청

매부하고 매부 댁에서 받아 모으신 재를 더불어 논에 운반하고 나는 마늘밭에 덮었던 두엄을 끌어 말리며 일부 자전거로 실어냈다.

금숙이는 금일 성적표와 함께 제1학년의 1개년간의 개근상과 뜻밖에도 기쁨에 찬 우등상을 받아왔다.

1961년 4월 3일 월 청

창대께서 2,400환을 구독료로 갖고 왔는데 대단히 일즉이 나왔다. 작일 부친의 다녀가는 도중 조조 나왔다는 것이다. 나는 현숙이의 입학일이 되어 나는 부형의 한 사람으로 가서 훈시를 듣고 오후 1시가 지나서 입학식이 끝이었는데 현숙이는 제1학년 2반으로 편성되어 김진성 선생님의 단님을 결정되고 졸업식 반원 아동이 190명 정도였는데 신입생이 284명이라 하며 책상이 부족되여 교실에서 책상 없이 배워야겠다는 것이다.

조선 28번이 2월분으로 600 입금되고 나는 명상옥 씨의 점심을 또 식사하였다.

1961년 4월 4일 화 우

작일부터 강우가 시작되더니 왼종일 계속히 강우가 있고 이범일 29번이 3월분 미납금 400을 받고 민병징 선생으로부터 350환짜리 兒말[아이 양말] 1족을 판매하였다.

강우 속에 현숙이는 경복이가 학교까지 업어다 주고 나는 돈사에 비가 드려처서 가마니로 가려주고 점심용 사료를 주었다.

아동들의 졸름[조름]에 미당에서 추려낸 싸래기로 저녁에 싸레기를 빠서 날떡국을 식사하였다. 후로는 흰무리떡을 식사하였다. 경복이는 雨靴[우화]를 사기 위해 200을 달라고 하여 주었다.

심한 비로 창대는 못 왔다.

1961년 4월 14일 금 청

모짜리를 갈고 나는 됨[거름]을 펴놓았다.

동아신문사에 전화로 20부 부족함을 또 걸었다. 팔거리서 외상대 1,000이 입금되고 오산리서 구독 신청한 300이 입금되었다. 금일 비로서 현숙이는 학교로부터 오더니 부모 양친에게 각각 "학교에 다녀왔습니다" 하고 인사를 하였다. 금일은 오산리 신입 구독자로부터 300 신상근 선생 댁에서 1,000을 받았다.

1961년 5월 9일 화 운

금일은 양곡국민학교 소풍날인데 2, 3학년은 가현산으로, 1, 4학년은 용화사로 5, 6학년은 문수산으로 각각 갔다 왔다. 집에서는 금숙이를 자임에게 맡기고 현숙이를 다리고 운양리로 갔다 왔고 나는 煙突[연돌:굴뚝]을 정태산 씨께서 보내준 양회로 쌓 바르고서 양말도 2,250치 팔고 신문대도 5,500 받았고 간데 형에게 작야 보내준 자전거를 금일 기다리고 있는데 아직 안 갖고 오시고 나는 돈사료통을 수선하였다.

1961년 5월 16일 화 청

아침부터 방송을 통해 심상치 않은 불안감을 갖고 수군거리는 서울 시내에서 군사혁명 위원회를 조직하고 장도영 중장께서 행정 입법 사법계를 장악했다는 소식 및 석간신문으로 잘 알았다.

1961년 7월 3일 월 우

부엌 뒤의 지대를 장마 준비로 다시 쌓았고 449의 5번지 소재 156평의 밭을 450번지 소재 신천녀 씨로부터 분배 받은 후 현재 내가 경작하고 있다는 것을 통지 신고하러 갔더니 김광연 이장은 이미 6월 29일 자로 일괄 사표 내라고 하여 제반 공문을 받지 않고 있다 하오니 그데로 미결로 두고서 귀가하였다.

1961년 12월 27일 수

취워서 김포시장을 고만두고 집에서 전화를 방으로 이동시키고 지난 11월 19일 오전 6시에 분만한 載先이의 출생신고를 계출하였다. 대서비가 200환이었다.

나는 금일 곗돈으로 10만 환을 또 받았다. 오후 9시경에 서울신문 보급 부장 댁에 가서 이야기할 것을 전화로 부탁하여 아우의 직장을 독촉하였다.

1962년 5월 31일

논에 물을 대고 귀가하니까 김진선이께서 찾아와 농은 박 소장께서 부른다기에 궁금하여 급히 찾아 사무실에 갔더니 의자에 앉아 졸다가 깜짝 깨워 사택으로 가자면서 일어나 들어가서는 건축 내용을 묻고서는 허락보다 양해를 할 터이니 2층 지붕을 속히 완료하라는 것이다.

3간 집을 지난 3월 28일 헌 지[헐은 지] 65일 만에 재건케 되었으나 매우 다행스러웠다.

운이 좋아서 65일간 강우도 없어 다행이었다. 오후 1시부터 가지붕을 헐고 아내와 함께 노력하면서 김병삼 목수와 전병윤에게 막걸리 반 되를 대접하였다.

1962년 6월 12일

우리 2층 건물이 2개월 15일 만에 완축을 보았다. 실지 공사한 날은 36일 만에 완축한 셈이다. 화폐개혁이 10 대 1로 환을 원으로 하여 우리 공사비가 9만 9천 원.

전병윤은 2층을 보증금 13,000에 월 500, 수예점은 2,000 보증금에 월 400이고 미장원은 3,000 보증금에 월 500을 계약코 세를 결정했다.

1962년 11월 8일 음 10월 12일

載先의 첫돌이었다. 초대를 생략하고 자진 오신 분들이 600원 축하금을 갖고 오시었다.

1962년 11월 25일 음 10월 29일

11월 2일 인천의 만석동 정정자 양에게 사주를 보낸 후 아우 한용은 인천 크라운 예식장에서 오전 10시 30분 정정자 양과 여러 일가족 친지들을 모시고 전 인천 지방법원장였던 김정열 일류 변호사를 주례로 모시고 성대히 결혼식을 올리었다.

1962년 12월 31일

2층 집을 짓니라고 마음적으로 고생이 많았다. 그러나 은행지대가 되어 불안하기만 하였다. 금일 현재로 재산목록이 다음과 같았다.

田 156평/畓 654평/家屋 8평 정도 洋屋 2층/백미 2가마니/벼 4가마니/仔豚 2필 등으로 殘財가 311,814원이다.

(본 제26호는 심적으로 일기를 자세히 기록할 여지가 없었다. 중요 부분만을 1975년 6월 7일 재기록함.)

第二十七號 癸酉年 1963년도

今年의 覺惡=1, 통화 절약

　　　　　2, 시외신문 구독료 징수 완결

1963년 1월 1일 화 설운 음 12월 6일

국가에서도 주요한 새해를 맞이하였지만 나의 가정도 할 일이 많고 새 희망과 계획을 달성하는 데 바쁜 새 아침을 맞이했다. 올겨울로는 가장 많은 눈이 나리고 끝이었다[그쳤다].

新正을 過歲[과세:설을 쇰]하는 부락민들은 없었다. 날씨는 이제부터 겨울 기분이 나는데 신문 부수는 대곳분국분을 정지시켜 동아일보가 155부이고 조선일보가 80부 서울신문이 20부로 계 255부가 본사에서 배달되어 왔다.

아내는 감기로 왼종일 누어 있는 중 농협의 서상현 상무 댁에서 만둣국을 한 남비 갖다주시어 잘 먹었다. 구독자 조사를 해놓고 우리 재산을 금일 현재로 다음과 같이 조사해 보았다.

양옥 건물 약 25,0000/ 밭 604평 60,000/ 논 156평 20,000/ 돼지 2마리 900/ 한광섭 대여액 1,000/ 이근수 2,000/ 고리채 1,405/ 신문대 미납 25,085/ 백미 2가마니 4,000/ 벼 4가마니 4,000 합계 368,885

負債: 김흥섭 20,000/ 신현철 17,000/ 박재동 9,000/ 신문사 債務 11,071, 合計 57,071

1963년 1월 7일 월 청 음 12월 12일

우체국 숙직실에서 자고 일어나 집에 와서 국수나 삶아 먹을까 하였더니 국수가 없어서 밥을 지었다. 혼자서 조용히 일기장과 월력을 펴보니 어느덧 36세라는 중년의 인생이 되었다. 애들에게 시달려 그런 것도 생각해보지 못하다 조용한 시간이 마련되니까 이것저것 인생 회고가 나와 반성을 하니 이루어 놓은 것 없고 참으로 허정 세월이었다.

오후가 되더니 대능리의 누이께서 달려와 가옥과 토지 일체를 130,000원에 매도하게 되면 양곡에다 代土와 家屋을 移買가진 땅을 팔아서 다른 땅을 삼할 수 있겠느냐?는 質問이었다. 잠시 후 좌동에 갔던 가족과 일행이 13명이나 몰려왔기에 나는 또 우체국 숙직실에 가서 잤다.

1963년 11월 3일

조조 6시부터 결혼식에 가기 위한 준비를 했다. 가족이 다 같이 8시 50분 버스로 출발하여 인천의 오기옥 결혼식에 갔다. 나는 접수를 보다가 깡패들한태 접대하다 남은 선물(쟁반) 및 봉투를 뺏겼는데 다행히도 빈 봉투였다. 돈은 전부 안 호주머니로 넣은 후였다.

1963년 11월 16일 토요일 청 음 10월 1일

피곤히 잠들고 있는데 새벽 4시경 아내의 산기로 인하여 아내의 깨움으로 일어나 보니 이미 아내는 복통으로 매우 불편을 느끼고 나는 잠결에 일어나 매우 당황하였다. 드디어 2남째로 남아를 순산하였다. 매우 산모와 출산아는 건강하였다. 아기의 머리도 까맣게 돋아 있었고 나는 매우 분주히 활동 중에 양곡 시장일이라 객들도 많았다.

1963년 11월 21일 목 청 음 10월 6일

생후 일주일째 되는 신생아가 새벽 1시부터 울어 보채기 때문에 병원으로 전화를 하려 했으나 이윽고 고장으로 불통이 되어 양곡 지서에 가서 박 의사 앞으로 연락했더니 더 밝으면 보자기에 억지로 참고 기다려 6시경에 진단을 했더니 뜻밖에도 초생아 파상풍이라는 무서운 병이라는 것이다. 탯줄을 자를 때 가위 같은 데서 쇠독이 들어 사는 율이 2할밖에 안 된다는 것이다. 답답히 있을 수 없어 박 의사는 포기하라지만 침도 마쳐 보고 바늘로 손가락을 따주기도 하고 밥도 해서 버리고 하여 보았으나 매사가 허사였다.

방 한구석으로 몰아 놓고는 혹시나 하고 살아나길 바랐지만 병세는 악

화되었다.

1963년 11월 22

오전 9시 15분 아내께서 밥상을 가질러 부엌에 나간 사이에 어린 생명은 숨을 거두었다. 산모는 매우 슬퍼하면서 의사의 말만 듣고 어찌 큰 병원에 한번 안 가보고 죽기를 바라고 있는 것이냐? 항의도 햇지만 나는 100프로 의사의 말만 믿고 인천이나 서울로 가보아야 사체만 처리하기 곤란하다는 생각으로 앉아서 운명하기를 기다릴 수밖에 없었다.

천주교에 나가는 덕택으로 공소 회장 한 마리아 회장 심상정 의사인 공소회장 조두원 부인 김진성 선생 부인 등이 오시어 세탁해 바래둔 광목으로 수의 옷을 만들어 입히고 꽃다발을 붙인 고깔을 씌워 박쓰에 넣어 매형께서 자전거로 싣고 정오경 공동묘지에다 장례하고 1시 10분 귀가했다. 남아를 순산하여 5일간을 기쁨으로 지내다 2일간을 슬픔으로 지냈다.

도리켜 생각하니 나의 무지였다. 내가 서울로 자조 왕래하는 고로 버스 종사자들이 와서 차 수리를 하기 위해 가위를 마구 얻어 나르면서 무디어 놓았던 가위로 나는 태를 자르는데 들지 않아 매우 싱개이[싱갱이: 애를 써서 이룸] 하면서 일기적거리며 태를 짤랐기 때문에 충분히 신생아 파상풍에 위험이 뒤따랐다.

그러나 사전에 알았으면 가위를 탄불에다 소독을 잘하여 자를 것을 지금 와서 후회한들 무슨 소용이 있겠는가 싶었다.

1963년 12월 1일 일 청 음 10월 16일

금일부터 지국 운영이 심규섭 앞으로 인계되었다. 마음이 홀가분했다.

한결 시원했다. 몇 해를 두고 대[값] 수금에 걱정으로 살다가 이제는 자유의 몸이 된 기분이다.

1963년 12. 6. 금 운 음 10월 21일

손진섭 씨와 위이스키 한 잔식 나누고 저녁 식사 후 인가의 심상택 씨댁에 국정교과서 취급 관계를 문의하러 갔다가 좌담하는 도중 황윤성 씨께서 전화 연락이 왔는데 장모님께서 고혈압으로 둘[뜰] 안에서 소변을 보시다가 그 자리에 쓰러져 아내께서 당황하는 통에 황윤성 씨께서 달려와 전화 연락이 있었기에 바로 병원에 다녀 반신불구가 되어 밤 9시 반에 경기 0194의 버스 편에 김정신(당 42세) 운전사에 의해 오영길 댁 조모님과 같이 처가댁으로 대절하여 모셔다 드리고 차를 돌리다가 악쓰루샤 후도가 부러져서 다행히도 스메야가 있어 갈아끼고 운전사 고생이 많아 가격 외로 600원을 더 지불했다.

금일 마침 권영환으로부터 박재동에게 지불하라고 2,300원 중 우선 1,000을 나에게 주기에 받아 놓았다. 운전수에게 소주 2홉들이 1병을 마루에서 수고했다고 대접하였다.

1963년 12. 8.

오전 10시 버스로 장모님의 별세하였다는 소식을 듣고 가서는 상주들이 곡을 하고 있는 것을 나는 야간에 염을 하고 나서 조문하려고 태연히 조문을 하지 않고 외부에서 이럭저럭 하다가 밤에도 조문을 못 하였다. 후로 알고 보니 처음 내가 갔을 적에 나의 인사를 바라고 상주들이 곡을 했다는 것이다.

1963년 12. 30. 월 청운 음 11월 15일

6촌 아우 정춘은 직장에 출근하면서 계수에게 부산 시내 안내를 부탁하면서 장녀 경화 8세, 2녀 경남 장남 무성이를 소개하면서 계수는 당 29세 전명수라 하였다. 계수의 안내로 범일시장 국제시장 영도다리 등을 구경하고 카메라 촬영도 하였다.

第28號 1964년 甲辰年 (대곶국민하교 제3학년 이후, 6.25 이후 28號)

1964년 1월 1일 수 운청 음 11월 17일

신정이고 陰曆으로는 나의 결혼 11주년 기념일인데 나는 아우 한용과 같이 울산을 거쳐 경주 불국사까지 가서 구경을 했다. 아우는 곱부[컵] 50원 신라사화[역사책]책 40원 등을 구입했다. 카메라 사진대 전차비 10원 등등으로 454원이 소비되었다.

밤 11시 30분경 부산 정춘 아우 댁으로 다시 돌아가 저녁 식사와 숙박을 했다.

1964년 2월 29일 토요일 天候 운 음 1월 17일

새 일기장은 이연수 댁 상품을 도매로 지난가을에 서울서 구입해다 드릴 당시 1권을 이익을 본 것으로 사용키 시작했다.

금일은 셋째 딸 명숙이의 입학을 위해 예비 소집일이므로 입학 당시 소비액 350원을 납부하고 명숙의 호명만을 기다리고 있는데 11시가 지나서 호명을 하게 되어 금숙이께서 다리고 강당으로 들어갔다. 나는 그데로 귀가하였는데 경준이는 인천 건설국으로 금일 자 발령을 믿고 있던 차 뜻대로 되지 않아 오는 3일로 서울로 다시 발령을 믿고 기다리는 중이며 아내는 요지음 너무나 남의 줄 돈의 졸림이 되던지 8년째 되는 소금대 1가마니 30근대를 내종 4촌 매부 댁으로 받으러 가고 나는 하성지국 심영섭이에게 잔 2,000원을 결정지으라 갖다가 점심만 하고 5일까지 결정하겠다는 언약을 받고 귀가하였더니 오후 5시인데 금일까지의 지불해야 할 재산세 526원이고 척사대회에 기부한 돈 100원이고 그 외로 임시 대여받은 채무도 잔 1,000원이 넘었었다.

지난 26일 자로 매입한 닭 1마리는 3일째 알을 산란 중이였다.

저녁 식사 시 오부현이께서 와 같이 나누고 2층의 사진기사에게 150원과 지난 장날 26일 자로 닭 2마리 산 값으로 대여받은 돈 100원으로 원기 아버지에게 1월분 구독료 100원을 금일 함께 합해서 반환하여야겠는데 하성서 한 푼도 못 받고 왔기에 심명택에게 가서 500원을 대여받았다. 그리하여 우선 250원만 갚았다.

자기 전에 나는 방에서 명숙이와 은숙이를 다리고 발을 씻기고 나도 씻었다. 우연히 4녀는 꿈나라로 가고 나도 방송을 듣다가 9시 반경 라디오를 끄고 이불 1장으로 5인 가족이 고요한 밤으로 들어갔다.

1964년 4월 14일 화 天候 운 우 음 3월 3일

수참의 부락에 갔다가 못 받은 紙代[지대:신문지값] 관계로 12시까지 장영호 씨를 기다리다가 귀가하였다. 집에서 명일 공구리 하려고 한강 모래를 1포대 병호에게 얻어오고 일부 뜰 안 바닥을 골라 놓았고 작야 지서장께서 보내준 써-꺼스단 초대권 1장으로 은숙, 명숙, 현숙을 다리고 아내는 2번째로 써-꺼스 구경을 갔다. 경준이에게 소집영장을 보내였다.

1964년 5월 25일 월요일 天候 청 음 4월 14일

금일은 침울한 채 묘판에 다녀와 밭에 나가 굼벌래를 잡고 귀가하였다.

안해는 장모님의 보름 상망을 모처럼 보러 가겠다고 백미로 흰무리를 쪄서 갖고 오후 2시 30분 뻐-스로 친가에 다녀온다고 출발하는데 재선이와 은숙이를 다리고 갔다.

김장호 양곡 지서장은 이웃돕기 운동 전개의 件^전 공문을 참고로 보낸다면서 사전에 전화로 돈을 내라는 것은 아니다 하며 공문을 나에게도 보내왔는데 기간을 6월 10일까지로 되어 있다.

농협에서는 금일부터 울타리 할 용으로 4인치 보루고[벽돌 종류]를 찍기 시작하였다.

나는 한용에게 문안 엽서를 보내고 방 안에서 미래의 공상에 잠겨 설계도 세워보고 한탄도 해 보았으나 이렇다 할 안이 나서지 않았다. 막상 이 건물을 이전케 할 경우 될 수 있는 한 소규모로 건축할 생각이였다. 만약 매각할 경우에는 시가에 구애받지 않고 해야겠다는 마음도 먹고 여하간 잡념이 많아 요지음 같아서는 어떠한 병이라도 얻을 것 같았다.

1964년 6월 20일 토요일 天候 청 음 5월 11일

쓰레기로 불을 때여 조반을 하고 2층의 낭간을 맞아 뜯어내리고 숫무와 배추씨를 나무로부터 받았다. 기옥이 조모님과 천주교 회장님도 다녀가시고 나는 3시부터 3시 반까지 낮잠을 자고서 또한 금숙 현숙 명숙이를 오후 4시에 학교서 하학하기에 바로 백양 1갑 18원 연필 5원에 1본 과자 5원치를 사서 현금 30원을 주어 석정리 큰댁에 엄마 마중을 보냈다.

금일 오후부터 병아리 2마리를 가두기 시작하였다. 이웃집에 너무 가서 더럽히기 때문이었다. 저녁 식사를 할까 하다가 나 혼자분을 불을 때서 지어놓고 퍼서 식사할려고 할 무렵 전화가 왔다. 조금 전에는 전병윤께서 사진관 보증금을 뽑아달라고 할 독촉였으나 지금은 어데서 왔을까하고 궁금히 여기면서 받아보니 33번 동제약방에서 강세희 씨께서 철희 씨께서 오셨으니 나려오라는 전화다. 나는 식사 전에 8시가 넘어서인데 동제약방에 가서 철희 씨를 만났다.

철희 씨는 정오경에 온다는 것이 자금이 마련되지 않아서 이제 왔으면서도 역시 현금은 25,000원밖에 되지 않았으니 어이하냐?고 하시기에 나는 "그 전액을 다 준비하셔야지요. 사용처가 급한데요" 하였으나 잔금이 오는 7월 2일 날이나 된다는 것이다. 그러나 그 기간이라도 될 수 있는 한 속히 잔금을 지불해 줄 것을 약속하고 계약을 하자기에 나는 응했다.

철희 씨께서 불러주는 데로 나는 대서만 하였다. 입회인은 강세희 씨께서 하시고 신행이도 왔다 갔다 하였다. 내용은 〈419-1의 소재 기와 양옥 15간을 23만 원에 약정하고서 계약금으로 금일 6월 20일 자로 석정리 435평 논의 가격을 평당 350원식 쳐서 152,250원하고 현금 25,000원까지 합한 금액 177,250원을 정히 영수하고 잔액은 오는 7월 2일까지 한하되 완불 당시 가옥도 명도하겠다〉고 하였다. 이날의 토지 평수가 정확하다면 잔액은 52,750원이였다. 발설한 지 1개월 2일 만에 매매계약이 성립되었다.

시간은 10시경인데 저녁도 먹기 전인데 나는 載雨 집을 5만 원에 사려는 것이다.

11시경이나 되여 귀가 도중 우선 전병윤에게 8,000원만 지불하고 계산해 보니까 2월부터 5월분까지의 세 밀린 것이 4,000원이고 4월분 전기

세 立替分이 238원 電氣稅 盜電 걸린 交際費가 220원 등등 합계가 4,458
원이고 내가 줄 것은 보증금 13,000원 또한 대여분이 200원 신문대 차액
인 한의섭 130원 김동견 100 임병철 100 합해서 13,530원이고 보니 서로
공제하면 1,072원인데 2원은 버리고 1,070원만 더 지급하면 개끗이 계산
키로 됩니다 하고 합의를 보고 2층 마루간 유리는 끼어주기로 하였다.

시간을 보니까 자정 12시가 되어 나는 일기장을 펴고 금일의 기장을
하였다. 금야는 밤 3시까지 공상에 잠을 못 이루고 고민하였다.

1964년 6월 27일 토요일 天候 청 음 5월 18일

마송 紙物行商 이봉춘께서 舊 新聞 7貫을 외상으로 갖고 가고 前 殘額
500까지 1,130원이 잔액이다. 송마리 권영백 씨께서는 작일 4마력 원동
기 중고를 8,500원에 현품을 갖고 가서 금일 잔액 3,500원을 완불해 주
었다.

나는 명일 이사할 시간집[세간 짐]을 정돈하였다. 그러나 아내께서는
이재우내 집으로 이사할 것을 거부하기 때문에 나는 금일 조조까지도 마
음에 태도를 정하지 못하고 김영길 순경 댁에 찾아가서 이재우 씨 댁으로
가시겠는가 여쭈어 보았더니 부인께서 "자미[재미]가 없어요[싫어요]"
하며 박세준 씨 댁으로 가겠다기에 나의 심중으로 교환 이사를 희망하였
으나 표현을 못 한 채 도리 없이 잡념을 버리고 종전 계획데로 결심을 하
였다.

오후에는 인천의 아우 한용과 통진 중학 경록, 서울의 경복 등등으로
찾아왔다. 명일 조력에 이바지할 의사였다. 경준이와 석정리의 큰형수께
서도 오신다고 하였다. 경복이는 자전거로 석정리의 본가에 다녀 명일 나

오겠다고 하며 출발하였다.

이곳의 이 집에서는 1956年 5月 13日 上梁式을 한 지 9個年 1個月 8日 만에 채 10년을 살지 못한 채 가정 사정상 슬픔을 않고[안고] 금일을 최종일로 정하고 밤을 보내게 되었다.

항상 농협 대지인 고로 심적 불안과 고민이 젖어 오던 차 이윽고 그 고민을 일소키 위한 방법의 하나가 되었다.

가옥 대가로는 석정리의 435평의 지상물을 낀 농토를 평당 350원 치고 나머지는 현금으로 77,750원을 받기로 한 중에서 잔액은 불과 750원 밖에 남지 않았다.

본 일기장 제28호도 금일로 끝을 맺고 다음 날부터는 29호로 移記[이기:옮겨 적음]키로 하였다. 제28호 끝

1964년 6월 27일 419-1번지에서도 끝 번째 살던 날 일기장도 끝장입니다.

1964년 7월 3일 금요일 天候 우 음 5월 24일

금일부터 갠다는 하늘은 그데로 강우가 계속되고서 자임께서도 조반을 식사하였다. 오후 1시 반경 신행이께서 자기 부친께서 면회 요청을 하신다기에 곳 찾아가 뵈였더니 나에게 하시는 말씀이 당신은 중간 입장에서 조정하는 의사인데 23만 원에 결정한 가옥 대금을 30,000원 감해서 20만 원으로 결정코 전화기도 4,090원이 가설 비용이 소요되오니 대금을 없이 껴서 달라고 하기에 서슴지 않고 대답하였다. 결국은 전화기까지 34,090원이나 계약한 금액 중에서 감액을 허락하는 편이다. 현금으로 받자며는 123,000원을 더 받아야만 되는 셈이다.

後面 시궁창을 大路 사이로 돌리고 응한 씨 댁을 다녀오다가 고양이를 路上에서 求해 박천화 댁에 주고 왔다.

1964년 7월 11일 토요일 天候 운우 음 6월 3일

부용의 처께서 부현이 앞으로 일금 500원만 송금해달라고 송금료 40원까지 540원을 받아두고 나는 토요일이 되어 우송치 못하고 강철희 씨와 정오경에 최종 결정을 보려고 의논하였으나 철희 씨는 끝까지 그 건물을 타인에게 매도할 때까지 잔액을 보유하자고 5차로 고집하고 나는 나대로 총 20만 원 선으로 해서 잔금을 당장 지불해 줄 것을 요구하고 있어 타합이 되지 않고 있는 중 강세희 씨께서 중간 역할을 하시되 23만 원 선을 놓고 賣主 나는 ½을 손해 보고 買主 강철희 씨는 3분의 2를 손해 보도록 하시기에 내가 먼저 허락하고 철희 씨께서도 내가 하자고 하는 바라 동의하시면서 전화는 그대로 끼어 달라고 하시기에 나는 1,700원만 전화대로 쳐서 23만 원의 ½의 가격을 153,333전인데 4합 5입으로 153,300원 만으로 계산을 하였으나 강형은 3,300 우스리를 없애자고 하기에 나는 거절하고서 전화대까지 추가액을 78,000 요청하고 오후 2시 현재 우선 강형님은 서울의 자금주를 면회하라 출발하시었다.

김흥섭 씨께서는 이자만이락도 요구하시다가 우선 500원이라고 달라고 하시기에 나는 그나마도 못 듸리고 말았다. 나는 곡초를 집 뒤로 옮겨 심고 돈사 지붕을 영으로 이였다. 오후에 상호 댁에 가서 식체에다 소주 1곱부를 마시고 해소식혔다.

금일은 석정리의 성안이 모친 또는 은기 조모님 재우 8촌 형수 김흥섭 씨 등등이 내방하시었다. 부현이 형수는 감자도 1두 갖고 왔다.

육고간에서는 100원치의 신문을 갖고 가고 나는 이럭저럭하고 말았다. 금일 현재 이봉춘에게 1,130이 잔금이고 필준이가 1,050원이 잔액이다.

1964년 7월 13일 월요일 天候 운 음 6월 5일

금일은 조반 후 논에 나가 논두렁 풀을 베고 밭두렁까지 정오까지 풀을 베었다. 점심 식사 후 찬밥으로 한광섭이와 같이 나누고 부현의 송금용 500원 중에서 300원으로 아침에 김진원 댁의 맥당 1가마니대를 지불하고서 송금을 금일도 못 하고서 김포서에서 '會가 있다 하던 것이 연기되었다' 하는 통지를 해주었다기에 나는 그렇지 않아도 명일 잔금 정리하는 날임으로 가지 않으려던 차였다. 오후 2시가 되어도 별 소식이 없기에 김응한 씨 댁에 갔더니 이윽고 임야 600평짜리를 매도 준비하는 중이었다. 얼마 안 있다 귀가하였더니 바로 강신도께서 찾아와서 자기 부친이 서울서 이제야 왔다는 것이다. 그리면서 오라는 부탁이기에 쓰봉과 노-타이를 주서 입고 나는 곳 따라갔더니 서울서 오는 차라고 하면서 일금 76,300원과 하루 품값을 150원에 처서 76,450원을 주시기에 하나하나 세어서 받고 전화는 무료로 선사하였다.

요는 양옥 15간 건물을 일금 23만 원에 매도하였으나 2, 3년 내로 헐린다는 뉴-스로 ½ 값만 처서 153,300원만 받고 해결하고 말았다.

시간은 정각 오후 7시인데 강세희 씨 신도 신행 철희 나까지 5명인데 전화대가 4,090원인데 1,700원만 처서 달라고 하였는데도 불응하여 도리없이 무료로 전화를 주고 저녁 식사는 전민식 씨 댁에 가 2회로 더 먹고 재우 가옥을 6만 원에 사라는 것을 포기하였다.

1964년 7월 22일 수요일 天候 운 음 6월 14일

날씨는 대단히 시원하였다. 작야 정리하던 파지를 아내에게 정돈하라고 부탁하고 신순집이에게 나갔다가 우기작 씨 댁 노인의 대접으로 유씨 댁 3벌 김매는 점심밥을 얻어먹고서 정오 싸이랭 소리를 듣고 귀가 도중 심상영 씨에게 토지계약서를 대서해 줄 것을 사전에 부탁하고 오면서 이병석 씨 댁을 거쳐서 391-3번지의 밭을 김웅한 씨께서도 100평 정도를 산다 하오니 나하고 3인이 각 100평식 매입하자고 병석 씨에게 말한즉 명석 씨는 350원식 평당 못 받을까? 하고 반문하기에 나는 평당 300원식 하자고 하여 합의를 본 후 김웅한 씨 댁에 갔더니 오재인 씨하고 두 분이 계시면서 임야를 금일 홍석표 씨에게 500평에 20,000원에 매도했다는 말씀을 하시였다.

나는 병석 씨께서 田을 100평씩도 各賣하오니 하시자고 김웅한 씨에게 여쭈었더니 오재인 씨께서는 분할 등기는 복잡하오나 田 구경이나 할까 하고 웅한 씨와 함께 田까지 나가는 것을 나는 그곳까지 가면 타인들도 널리 알게 되오니 이곳에서 내다보시라고 하고 값을 여쭈어 보았더니 "300원에 평당 안 준다고 하냐?"고 하시기에 나는 얼마 후에 병석 씨에게 가서 평당 230원씩 받고 지상물을 꺼서 稻畓[도답:논]을 팔아 밭을 매수할까 하오니 100평에는 300원이지만 391-3번지에 밭 527평을 다 사겠아오니 평당 230원식 하자고 하였더니 꼭 평당 250원식은 주어야 하오니 깍지 말라기에 하나도 안 깍고 상대방 측의 요구만 들을 수 없으니 최후에 제안이니 평당 245원에 가격을 결정짓자고 하자 그럼 병운이에게 가서 상의해서 하자고 하며 곳 가서 불러다 지상물을 께여서[끼워서] 하자고 합의는 보았으나 570평이라기에 토지증명을 보자고 요구하여 병운 씨께서 오라리의 변한혁 씨에게 가서 증서를 갖다 보았더니 문서상에는 양촌면 구래리 450번지 변길선 씨의 소유로 391-1번지에 564평으로 되어 있어 첫째 애로가 동일한 자가 토지증서에는 변길선 씨, 호적에는 한혁 씨로 되었다. 심상영 씨에게 자세한 것을 문의키로 하고 전화로 병석 씨 댁까지 불렀으나 당시 술을 마신 중이라 동작이 느렸다.

나는 틈을 타서 퇴근 후지만 6시가 너머서인데 면소에 가서 이석우와 김 서기의 협조로 양곡리의 391-1번지 지적도와 소표로 지번과 평수를 조사하여 보았더니 도면도 있고 평수도 527평으로 되어 있고 지적도도 391-3으로 되어 있었다.

나는 우선 지적도를 복사하고 면대장을 그대로 기재하였다. 391번지의 3에 있는 527평을 외우고 와서 그대로 평수와 지번을 고쳐서 심상영 사법대서에게 계약서를 부탁하여 오후 8시에 드디어 계약이 성립되었다. 평당 500원식 된다는 설도 있으나 나는 평당 245원식 하여 129,115원인데 15원은 매주가 손보고 총 129,100원에 결정하여 잔액은 8월 10일까지 하고 계약금 3만 원 지불하고 내입금으로 1,000원도 지불하였다. 그리고 대서비로 300원을 심상영 씨에게 지불하고 빼갈 두 독구리에 짜장 4그릇에 만두 1그릇에 참외 50원치 계 700원이 소비되였는데 내가 600원 지불하고 병운 씨가 100원을 지불하고 해산하였다.

지난 13일 가옥 대금으로 149,210원을 완납받아 갖고 9일 만에 129,100원치의 밭을 매수했다. 한껏 걱정을 덜었다. 지난 16일 자 839평의 김응한 씨의 논을 금년 추수 빼고 평당 190원식 계약하였다가 18일 아침 김응한 씨의 요구로 해약을 하여 이와 같이 되었다.

1964년 7월 23일 목요일 天候 우청 음 6월 15일

작야부터 나리는 강우는 아침에야 멈추었다. 나는 자고로 비로써 방에서 정오까지 누어 자다가 옥수수와 감자를 쪄서 먹고 오후 3시경에 이병운 씨에게 가서 8만 원의 내입금이 준비되었으니 받으라고 한즉 자기 형을 갖다 드리라기에 바로 이병운 씨에게 일금 80,000원을 지불하고 이병석 씨의 영수증을 받아다 놓고 돈사의 주변에서 풀을 베어 주었더니 변만식 부친께서 병운이에게 찾아와 자기의 인감을 내니라고 면소로 가신 후 나는 잠간 병운이에게 갔더니 부인께서 부르기에 불리한 말 같아서 귀가하면서 발이 더러워 다시 오겠다면서 왔더니 부용이께서 봄에 백미 1승에 90원씩 할 적에 10승 갖다 식량하고 지금 정맥 55원식 하는 것을 15승 갖다주어 받았고 가격을 따지면 900원대로 백미를 치고 정맥은 825원이 되었다.

아내는 아동들하고 작야 계약한 밭에 나갔다 오고 정능호는 말을 와서 있는 次 병운 씨 장녀께서 찾아와 자기 집에서 오시라고 한다기에 바로 갔더니 이범순 씨 부인도 있고 병운 씨도 있는 자리에서 병운 씨 부인께서는 나에게 "밭을 해약해 주시오 나는 못 팔아요" 하는 말이다. 나는 "모-든 것을 이해하시오" 하고 나왔다. 오후 7시경에 이병석 씨께서 창문밖으로 나를 부르더니 "萬若 解約을 要求할 時는 절대로 不應하라"고 하며 "內入金까지 받은 후 解約은 있을 수 없다는 이야기다" 하고 권하였다. 그 부인은 신경증이 있는 자이오니 탄치 말라고 하였다. 시간을 오후 7시경인데 대단히 분개한 어조로 말했다.

1964년 7월 25일 토요일 天候 청 음 6월 17일

載先이와 같이 이발을 하려고 가는 도중 병운 씨를 만났으나 미소로 대해주기에 나는 같이 반가히 대하고 30원에 2인 이발을 하고 귀가하였다.

초등학교는 방학이 시작되어 경록이와 같이 오후 4시에 큰댁을 명숙 현숙 금숙은 드러갔다.

성적은 금숙이만 중이고 현숙 명숙은 다 상이었다.

장마에 걱정하던 의류와 이불을 널고 있는데 병운 씨는 5시 반경 역시 빈손으로 와서 해약을 청구하여 정명으로 반대해 보냈다. 순집이께서 대여했던 일금 3,000원을 갖고 왔다.

병운 씨의 말에 의하면 작야 형제간이 모여 자기 처를 납득시켜 이해가 되었는데 금일 다시 변심이 되어 자기의 처께서 해약 안을 내걸고 있으니 어이하냐고 하였다.

1964년 8월 4일 화요일 天候 우 음 6월 27일

금일은 이윽고 소낙비가 1줄기 만족하게 나렸다. 나는 김응곤에게 의탁하여 우시장 앞 밭에다 아리랑 왕관 배추 5勺[작:홉의 10분의 일]과 중국 청피 무우 2勺 정도를 파종하고 협력해 준 전영덕 아버지에게는 조반과 파랑새 1각을 접대하고 말았다. 흙감이 알맞어 약 1시간 반 정도밖에 시간이 안 걸리고 오다가 도중에 광천 여관집에다 왕관 배추 5작과 왜무 5작을 250원에 팔았다. 외상으로였다.

밭도 씻지 않고 병운 씨로부터 계약한 밭에 김을 매기 전 병운의 말을 다시 듣고자 하여 잠간 다녀가기를 권하였으나 오지 않기에 밭을 씻고 그대로 점심 식사를 끝인 후 나이롱 베개(튀침) 1개에 40원에 사서 비고 낮잠을 잘까 하는 무렵 고광원 어머님께서 찾아오시더니 뒤를 이어 김광연 (이장)과 김응한 씨를 모시고 이야기할 기회를 가졌다. 이야기가 나오고 보니 병운이와의 밭 때문에 병은이께서 실정을 이야기하면서 인근에서 사이좋도록 해결하도록 제3자께서 권고하여 주는 것이 옳을 듯하여 왔다는 말이면서 법적까지 발전치 말고 서로가 양보하여 和決[화결:평화롭게 결정]함이 어떠하냐?고 하기에 나의 사정을 이야기하였다.

그리고 나는 기회라는 뜻으로 이장과 김응한 씨를 병운 씨 댁으로 보내면서 될 수 있는 데로 善으로 해결이 요구되니 힘껏 중간 역할을 하면 수박이락도 대접하겠다고 말하면서 오후 3시 배웅을 하고 집에서 회답만 기다리는 때인데 3시 40분경 영석 댁 아주머니께서 "아저씨께서 代書房으로 오란다"기에 궁금해서 나는 오재인 행정 대서소로 갔더니 김광연 전민기 김응한 등 3인이 있다가 오재인 씨도 면소에서 돌아오시고 하여 계 4인과 같이 병운이와의 경과 이야기를 들었다.

들자니까 병운 씨를 명수 씨 댁 사람 뒤로 불러 3만 원의 배상을 지불하고 해약할 것이냐, 또는 그데로 매도할 것인가? 양단간에 취함이 어떠하냐?고 문의한즉 병운이는 아무 이야기 않고 있으니 어이하냐고 하며 중도금까지 받은 줄 모르고 이야기했다 한다.

그러나 오재인 씨만이 해약을 굳이 해야 될 것 같이 이야기하면서 법적까지 가서야 어이 얼굴을 들고 다니겠는가? 하며 나에게 불리한 말만 하기에 "왜 시장의 웃어른들은 다 같이 나보고 경오[경우]상 잘못이 없다는데 오 주사만 그른 것같이 이야기합니까? 하였다.

나는 저녁 식사 후 이장님께서 다시 한번 더 가서 권해 달라고 부탁하고 귀가해 오다가 김진원 씨 댁에 다녀 이야기를 잠간 듣자니까 12시경 병운이께서 1,000원치의 술, 수박을 사면서 전범진 김광연 김응한 오재인 이병은 등을 초대하고 대접한 바 있다는데 "미해결이면 공연히 돈 1,000원만 버린 편이게?" 하고 알려주었다.

나는 집에 와서 곳 일금 80,000원을 숙자만 있는 병운 씨 댁 마루에 다 갖다 드리고 나오자니까 숙자께서 지서 앞까지 쫓아오면서 길에다 놓고 가는 것을 이효수께서 집어다 병운 씨 댁에다 준 것을 숙자께서 또 갖다 우리 집에다 놓고 갔다고 하였다. 나는 지서, 면을 거쳐 박 의사 댁까지 가서 있다가 귀가하였다.

1964년 8월 6일 목요일 天候 우 음 6월 29일

석정의 큰형님께서 애들 3인을 다리고 참외 및 빵을 갖고 오시고 운선, 운혜도 오고 일행 국행 의행 부식이 등이 와 있고 나는 전세찬 씨에게 가서 일금 100원을 꾸고 난닝구 2개에 외상으로 90원에 갖고 오다가 지서에 단녀 지서장께서 요새 무엇을 하고 있느냐고 묻기에 나는 병운이와의 해약한 서류를 보이며 "현재 해약 통고를 하며 내입금 8만 원을 작일 부재중 방에다 갖다 놓고 갔으니 어이합니까?" 하고 문의한즉 "왜 고민하쇼? 어서 밭을 가라요" 하고 격려하였다.

오후 1시 반인데 곳 귀가하여 점심에는 10명의 꼬마들하고 식사를 마치고 일금 8만 원을 병운이에게 갖고 가서 앞으로 토지 이전 등기 수속을 속히 해오고 잔금 19,100원을 찾아가시오 하고서 사랑방에다 돈을 놓고 왔다.

얼마 후에 또 어린애를 식혀 갖고 오더니 다음에는 부인이 갖고 왔다. 나는 나들이 온 운선, 운혜, 부식, 영길, 일행, 국행, 의행, 금숙, 현숙, 명숙 등등으로 아내까지 11명이 교대로 8만 원 뭉치를 수없이 갖어가면 또 갖어오고 하는 것을 오후 1시 반부터 6시까지 끝 번으로는 아애들까지 밭을 매라 나가 없기에 내가 갔더니 때마침 양구 양까지 서울서 나들이로 와 있는 차인데 사랑방에다 놓고 온 것이 종결이 되고 말았다. 자임 이하 온 가족이 밭을 매고 있는 도중 병운 씨 처도 나와서 언쟁을 하면서 김을 매 다 귀가했다.

저녁 식사 후로 병운 씨 장남이 나를 자기 부친께서 오란다기에 멈추 었더니 거듭 3회씩 부르러 오기에 8시 반경 찾아갔더니 병운의 제안이 나 에게 100평만 하고 자기가 427평을 하자기에 나는 반대적으로 병운이에 게 100평만 주겠다고 하였다. 그것이 거듭 주장되자 병석이께서 오고 유 상춘이도 앉아 있고 하는 도중 결국은 병석이 案데로 병운이에게 200평을 내가 평당 245원식 받고 팔아서 나누어 경작하자는 데 나도 동의하였다.

그리하여 일시 지불로 200평을 총 49,000원에 매도하고 나는 지난 7 월 22일 자로 계약한 잔금 99,100원을 정식 영수받고 계약 당시에 527평 이 결국은 327평으로 가격은 129,100원 중에서 80,115원으로 되었다. 계 약 이래 16일 만에 완결을 보았는데 8만 1백15원에 527평 중 327평에 전 양곡리 391-3번지 소재 토지를 매수했다. 완결을 보고 밤 12시 싸이렝과 동시에 귀가했다.

1964년 8월 7일 금요일 天候 청우 음 6월 30일

금일 조기 즉시 작야 해결한 밭에 나갔더니 이미 김옥석 씨께서 갈고 있었다. 오이 넝쿨까지 걷어치우면서 김장 갈 준비를 하면서 임시 병운 씨 댁에 김장밭을 1일항 주고 남쪽으로 200평을 재여서 분할하되 콩밭으 로 금년에 한해서는 대지를 주겠다고 하기에 그리하기로 하고 왼종일 영길이를 다리고 아내와 같이 8시가 되도록 아리랑 왕관 배추 1합 왜무 반합 중국 청피 무우 1합 등으로 차종하고 시금치도 가을용으로 우리 생활 이래 비로써 파종하였다.

파도 심고 재호와 부식이도 정오까지는 협조를 하고 일행이 운선이 등도 다 같이 심부름을 하고 있었다. 김장도 오늘의 파종이 나의 일생 비로써 많이 경작하는 것이다.

금일은 立秋[입추]이면서도 왼종일 시원한 날씨였다. 夜間[야간]에는 妻姪[처질] 甥姪[생질] 등으로 5名[명]의 어린이들이 방에서 자기 때문에 나는 마루에서 잤다.

금년으로부터 7년 전 5월 4일 자 내가 건축한 가옥을 유형근에게 매도 이래 항상 가사에 염려타가 금일부터 심중이 회복되고 마음이 평안하였다.

신현철이께서는 자기의 아우께서 昨夜[작야] 구래리에 백미를 훔치다 들켜 경찰의 조사를 받고 있는 고로 나에게 전화로 부탁을 하려다가 내가 밭에 가 있기 때문에 不話[불화, 통화 못함].

1964년 8월 26일 수 天候[천후] 청 음 7월 19일

조조 김흥섭 씨와 김영기 씨 댁 광에 쌓은 목재를 다 내놓고 다시 보았다. 나는 갖고 간 一金[일금] 9,500원을 영기 씨에 지불하고 7시 20분에 잔금을 준비하라 동검리서 출발하여 집에 10시에 도착하여 조반 후 일금 3만 원을 준비해갖고 이재호와 같이 오후 5시까지 김영기 씨 댁에서 기다릴 생각으로 급히 찾아가 잔금을 지불하고 나는 재호와 같이 박종구 씨의 사공에 의해 김용구 씨(당 30세)께서 2간보까지 지게로 다 배에다 실어주어 7시에 출발하여 7시 40분경에 바다 가운데서 밤을 세웠다.

물참[만조 때] 때문에 저녁도 배에서 얻어먹고 천막을 덮고 잤다.

1964년 8월 27일 목요일 청 음 7월 20일

금일 4시부터 배에서 일어나 대명리 行發[행발:출발]을 하여 나는 6시에 포구에 着[착:도착]하여 하수조합원들의 협조로 1시간에 다 풀어 갖고 병운 씨 댁 추럭을 기다리다가 드디어 8시경 직전에 추럭이 와서 권영철 씨의 60 생일 조반을 얻어먹고 700원의 상하륙비 지불코 9시에 귀가하였다. 오후 6시까지 집 안에다, 재호 씨 안마당에다 쌓아 놓았다.

총비용을 계산해보면 재호의 여비 60원 김흥섭 씨 여비 30원 나의 여비 80원 목재대 37,000원 배선가 1,500원 배에 실어준 삯 1,100원 대명서 풀고 추럭까지 실어준 삯 700 추럭 운비 850 지난 18日 字 갖다 온 여비 40원 집에 드리려다 쌓은 품삯 250 접대비 260 김흥섭 씨 일당 300 합계 42,170원이 소비되었으나 아직도 부족된 재목이 많았다.

도리 48/ 중방 52/ 9척 보 16/ 18척 보 7/ 기둥 21/ 4척 반 석가래 110/ 6척 석가래 100

함석 170매[장]

1964년 10월 5일 월요일 天候 청 음 8월 30일

초등학교의 소풍 가는 날이였다. 1, 4, 5학년으로 각자에게 아리랑 담배 1갑식을 사서 보내 단임선생님께 선물키로 했다 한다. 명숙이는 대곶 수안산 현숙이는 강화의 전등사 금숙이는 인천의 자유공원 등등으로 다녀오고 나는 밭에 나가 들깨와 검정콩 1이랑을 뽑아 놓았고 수수깡도 5속을 비여왔다.

곡촌 정진욱 씨 모친께서는 수수깡을 또 한 짐만 가져가라고 와서 이야기했다 한다.

1964년 10월 24일 토요일 天候 청 음 9월 19일 (금일은 유엔데이)

금일 아침은 2도 6분의 쌀쌀한 날씨였다. 김진원 씨 댁에다 백미 1가마니를 대여하고 5가마니는 독에다 부어두고 정돈하였다.

오후에 임해동 里 서기의 말을 듣고 김광연 이장에게 가서 1961년 3월 10일 자로 양곡리 319번지의 畓[답:논] 604평을 박광진 씨로부터 취득 이래 등기를 내지 않고 있던 것을 금일은 등기 수속이 나오기 위해 1958년 3월 2일 자로 취득한 것으로 신고하였다.

아침 날씨에 물이 얼었다.

1964년 11월 11일 수요일 天候 우청우 음 10월 8일

나는 강세희 형을 만나 신도 댁에서 저녁 식사까지 함께 하면서 기적이라 할까? 또는 다행이라 할까 뜻밖에 기쁜 소식을 들었다. 골자는 나로부터 전화까지 끼여 150,000원에 지난 5월 22일 자로 매매한 가옥 1건물을 곳 헐어야 된다는 소식을 듣고 염려하던 차였는데 이제는 평당 5,000원식 주고 건평수를 매매하라고 當[당:해당] 농협에서 찾아와 청한다고 하였다. 한결 안심이 되었다.

1964년 11월 14일 토요일 天候 청 음 10월 11일

경준이 결혼일임으로 4시에 조 기상하여 나는 돼지죽을 끓여다 주고 어린애들 식사 지어주고 6시 35분 버스로 누산리까지 가서 택시로 갈산리까지 무료로 가서 나려 석정리서 나온 一行들과 함께 강화 예식장으로 향했다.

채단 관계로 신부 댁 근처까지 갔다가 집만 바라보고 양주 장손 형과 되돌아 예식장인 곳[장소]으로 가서 9시 반부터 주례인 강화군 교육장을 모시고 가족 대표로 김순칠(7촌) 재당숙께서 인사가 있고 후행으로 장손 형의 수고로 9시 45분에 종료되어 신부 측의 차림을 정오 12시까지 우리 신랑 측 내객들이 약 30여 명이 가서 식사하고서 일반인 우리 친족들이 23명의 크럽[단체]이 먼저 300원에 여비로 귀가하고 신랑 친우들만이 남아 있다가 곧 무사히 귀가하였다.

양곡 우체국 직원들이 시계를 선사해주고 간단히 1잔씩 하고 도라가시었고 한용과 경복이들이 옹정리 고아원 청년들과 싸움이 있다가 화해했다.

택시를 담당한 평환이는 곧 그 차로 귀가하고 김기철이께서 떡 두 동구리를 갖고 400원을 갖고 큰상떡을 갖고 강화에 갔다.

사당 차례와 피박[폐백]을 다 끝이고 종족친회를 조직하고 음 11월 15일까지 나에게 회비를 보내주기로 하고 합의를 보았으나 만약 위약 시는 명년 음 1월 15일까지 기한부 납입을 결정하고 배정액은 김순돌 씨께서 1,000원 김정춘께서 700 김순칠 2,000 김기남 200 김한식 1,000 김한필 1,000 김한용 100 김한복 100 김문근 200 김장손 300 김장우 500 김장근 500 김장남 100 김장길 100 김한근 100 김한선 1,000 계 7,900을 1회분으로 하였다.

1964년 11월 30일 월요일 天候 청 음 10월 26일

날씨가 갑자기 영하로 급강하여 취위에 이기춘이와 같이 오전 8시부터 변종기 씨께서 경작하는 밭 흙을 큰매부 외 5인의 유급 인부와 토지 주인인 종기 댁에서 1인의 협조가 있고 하여 7인이 싣고 운전수로 이기춘 조수로 김창운 차 주인 오달영 씨 등 나까지 11인이 명년 봄에 지을 집터로

30평 목적하고 매우기 시작하였다. 추력당 250원식 결정하고 하였는데 9시부터 10시까지 조반을 식사하러 갔다 오고 20시 10분부터 4시까지 악쓰루샤후도가 부러져서 수리하고 오후 6시경까지 20추력을 하고 말았는데 신연균 씨께서는 명일 3인의 찬조를 할 터이니 대가로 2간보 1본을 요구하기에 나는 거절하니까 1인의 협조도 못 하겠다기에 이기창 씨의 진 저울 밭을 명일부터는 파오기로 하고 기창 씨께서는 인부 1인과 현금 400원을 받기로 합의가 되었다.

1964년 12월 2일 수요일 天候 청 음 10월 29일

조반 후 심상정 씨께서 부르기에 찾아가는 도중 병운 씨께서 만나자기에 자기 집 앞에 가서 듣자니가 경계선이 지나치게 흙이 풀어졌으며 흙을 메운다는 말을 사전에 하지 않고 왜 경계를 分明히 따지지 않고 일을 하느냐고 욕을 하며 먼저 주먹질을 하고 頭部를 때리기에 맞상대로 귓쌈을 갈기면서 나도 발로 차버렸다. 순간에 상철이께서 말리기에 고만두었다. 나는 참았던 말을 일시에 욕으로 대하며 "너의가 왜 경계를 분명치 않게 하였느냐고?" 대답하였다. 나는 뜻밖에 先手로 안면을 맞어 부분적으로 맞은 자리가 붓고 왼종일 통증이 있었다.

나는 곳 공소의 지붕용 스랫드를 박일동 씨 외 2명과 같이 우차로 운반하였다.

오후에 豚舍 주위에다 곡초 묶음을 둘러 防寒 해 놓았다. 나는 바께스 덮을 松板 2장을 짤라진 화목감으로 갖고 왔다.

1965년 1월 15일 금요일 天候 운후설 음 12월 13일

금일은 오전 10시 바부터 김포 본당 황 신부님께서 양곡 신축공소에 비로써 오셔서 미사를 드리고 오후 4시에 나는 5남매를 다리고 다 같이 영세를 받았다. 1편서부터 3편까지의 찰거를 금일 받고 금일 중으로 신축 공소에서 57명의 영세자와 같이 황 신부로부터 세례를 받았다.

1963년 4월 26일 심상정 씨의 권고로 천주교에 입교한 지 1년 9개월 만에 소원이던 영세를 받고 오후 6시 반에 미사가 끝났다. 저녁 식사를 병돈 씨와 같이 합동으로 심상정 박일동 한 마리아 회장단을 모시고 동까쓰 50원짜리를 1그릇씩 대접하고 회장님들의 노고에 보답했다.

1965년 2월 23일 화 天候 청운 음 1월 22일

김포 본당에서 松木(송목) 21本(본)을 갖고 왔기에 假植(가식)하고 대동 서-꺼스단 대표로 박씨로부터 찾아와 우리의 391-3번지 밭을 사용하겠다고 요청하며 일주일간 대지료 사용료로 2,000원에다 계약하고 금일 1,000원만 우선 받고 오는 28일부터 시작한다는 것이다.

금일 국민학교는 성적표를 내주었는데 우리 세 아이는 하나도 우등을 못 했다.

금일은 3우의 닭 중 1우만 산란하였다.

第31號 西紀 1965年 4月 23日 以降

1965년 4월 23일 금요일 天候 우청 음 3월 22일

작년도 7월 22일 자(1964년) 양곡리 391-3번지 밭을 평당 245원식 327평을 80,115원에 매수한 대지에다 동년(1964년) 8월 27일 강화군 동검초등학교 14간 치를 운반까지 42,700원에 매입해온 목재로 14間 건물을 治木한 지 11일째 되는 날이고 함석으로 지붕을 덮기 시작한 지 3일째 되는 날이었다.

작야부터 나리는 가랑비는 계속되고 있다가 오전 11시경부터 멈추고 개인 날씨가 되었다.

오후에 391의 3번지 밭을 김병두 씨께 부탁하여 갈아놓고 조남태 씨 형과 같이 감자를 큰형수와 경만 동환이를 다리고 심어 놓고 도마도 심을 일량[이랑] 10고랑을 갈아놓고서 오후 늦게 목수들도 귀가하시었다. 8시경이 되어 인천의 아우 양위께서 명일의 나의 생일맞이 겸 집 짓는 조력차 겸 나려왔다.

1965년 5월 17일 월요일 天候 청 음 4월 17일

작야 2시까지 안방 도배를 하고 곤한 잠을 깨워보니 뜻밖에도 돈사에 목수 연장인 끌이 있기에 건너방을 보니 연장이 없어져서 6시 20분경 지서에 가서 신고하고서 경길이와 같이 조반 후 고촌 지서로 가보았더니 김병태(당 31세)라는 놈이 작야 훔쳐 도망가다가 이배석 순경에게 검거되여 무사히 찾아왔다. 나는 부엌의 부뚜막을 양회로 바르고 아내는 안방의 뻥기와 리스 칠을 하였다. 자돈 6필을 이명룡에게 11,000에 매도하였다.

1965년 5월 20일 목요일 天候 우 음 4월 20일

완전히 이사하고 아우와 같이 닭장을 지었다. 바람도 태풍이 불고 일기는 불순하온데 자근처남의 댁도 오시고 인천의 아우 내외, 석정의 두 형수, 큰매부 등 경만이께서 손쉽게 이사를 완료하고 밤에는 인근의 주민들과 같이 시루떡을 쪄놓고 소주를 대접하는데 바뺐다.

양력으로 나의 생일이고 이사하는 기념이 되고 하였다.

母豚만 남기고 닭도 다 옮겨왔다. 오전 중에는 벼락비가 한때 왔다.

작년 6월 28일 가옥을 15만 원에 팔고 이재호 댁으로 월 300원식으로 있다가 왔다.

1965년 7월 20일 화요일 天候 청 음 6월 22일

작야부터 강우가 계속되고 석병일 모친은 早朝 6時 半 發 뻐-스로 인천으로 가시고 금숙이는 조반이 늦어 굶고 등교하였다. 금숙 현숙에게 각 20원씩 주어 삼각형 자 및 분도기 등 代[대:값]로 지불했다.

오후 6시경에 지난 10일 이앙식 협조차 큰댁에 들어간 아내는 載先이를 업고 은숙이를 걸리고 강우를 뚫고 귀가했다.

1965년 8월 17일 화요일 天候 우 음 7월 21일

조조 박성원 의사에게 어제 조석연의 짐차 자전거에 치여 부상당한 載先이를 진료 식혔더니 2차에 걸쳐 엑스레이를 찍었다. 12시경에 일금 100원을 주선해갖고 가서 사진을 보았더니 뜻밖에도 우측 무릎 아래로 골절이 되어 금이 보이였다. 공구리를 하라는 것을 나는 가격 먼저 물었더니 1,300원이라기에 100원만을 지불했더니 함께 달라기에 도로 갖고 와서 점심을 먹고 載先 오른쪽 다리를 오후 2시쯤 되어 하고 나는 2간 보와 도리 남은 제목을 마루용으로 깔았다. 큰댁의 질부와 경록이께서 왔고 국행이께서 작일 찾아오고 약산의 유순이도 왔다 갔다. 경준이께서 쇄암리 당숙의 부탁한 1,500원을 사용했다.

1965년 11월 4일 목 天候 운우 음 10월 12일

載先이의 5회 생일을 맞이하니라고 엄마는 작야 늦도록 금일 조조까지 수수팥떡과 흰무리떡을 하여 인가의 戶 世代를 다 나누어 듸리고 나는 조반 후 문관식 이장 댁에서 100원을 꾸어 여비로 마련하여 갖고 11시경에 떡 일부분을 가방에 넣어 갖고 비행장까지 무임승차로 가서 시내버스 5원으로 신촌에서 하차하여 600원을 수금하고 오후 4시경에 기환 댁으로 가서 떡을 내놓고 저녁 식사를 하였다.

1966년 1월 22일 토요일 天候 청 음 1월 1일

7시 반에 우육 1근과 양초 2본을 갖고 步行으로 큰댁에 갔다가 한구와 당숙께서도 오시고, 부모님의 제사를 듸리고 성묘인 상수굴, 생골, 8거리, 공동묘지로 안산미로 다녀와서 마을 노인들을 찾아 세배를 듸리고 경복이께서 찦차를 갖고 권한일 운전병과 함께 왔던 현숙, 명숙 등과 같이 왔던 차로 은숙이를 다리고 오후 6시에 귀가하였다.

경복이께서는 8시에 부대로 귀대하였다. 귀가 직전 載先이에게 세배돈으로 100원을 주고 한용에게 가죽장갑도 주고 갔다. 저녁에 부석이와 상철도 와 있다가 각각 침소로 가고 나는 큰매부 댁에 갔다가 한용과 같이 큰댁 형님에게 위로하자는 논의를 하였다.

1966년 2월 8일 화요일 天候 운 음 1월 18일

日辰은 戊戌인데 옆에 있던 아내가 새벽 3시부터 가벼운 복통이 있다면서 解産 準備를 하는 것이다. 시간은 3시 30분이었다. 나는 우선 마음부터 침착히 갖고 방 내에 난로에다 불을 피우기 위해 연탄을 갖다 피우고

탯줄 자르려고 가위와 실 또는 가위를 소독키 위해 촛불을 준비해서 촛불에다 가위를 소독하려는 심산이었다.

오전 3시 50분에 드디어 순간적으로 여아를 분만하였고 10분 후에 태를 맞아 해산하였다.

전 가족은 기대하던 의외로 여아가 되어 다 같이 섭이 생각하며 다시 잠을 잤다. 나는 온돌방에다 따뜻이 불을 때우고 산모에 식사를 7시에 제공하였다.

그야말로 말띠 여자는 팔자가 나쁘다는데 하필이면 여아를 분만하였으니 하면서 산모께서는 대단히 기분을 잡치고 있었다. 나 역시 지난달부터 해산만을 조력하려고 집을 이탈치 않으려고 될 수 있는 한 여행을 금하고 있던 차였는데 순산은 하였으나 만족치 못함을 스스로 마음을 풀고 이해하고 앞으로 2, 3일만 식사에 조력할 각오였다.

오후에 대수는 지난 1월분 집세로 800원을 주기에 받고 전기세 반반하자는 것이다. 나는 계량기를 갖다 사용하라고 하였다. 치웠던 날씨는 금일부터 영상의 온도가 되어 매우 폭은한 날씨였다. 작야 해산 관계로 피웠던 난로는 금일부터 피우지 않았다.

1966년 2월 14일 월요일 天候 청 음 1월 24일

금일은 금숙이 이모께서 昨朝[작조:어제 아침]부터 제조하시었다.

은숙이의 입학통지서를 받아다 호적봉소인을 받으러 보냈더니 국민저축을 100원 내라고 하여 금숙이를 그데로 보내왔기에 계출을 못 하고 능호와 같이 장기를 두었다가 김천일 댁 재목점에서 유솜에서 나왔다는 객이 천순 소장에게 서류를 제시하라고 하다가 그대로 간 것을 보고 귀가하였다. 자돈은 아침에 냉수 끓인 물에 죽을 주어서인지 설사가 있고 나는 시라기를 삶아 주기도 하였다.

1966년 2월 27일 일요일 天候 청 음 2월 8일

양곡선명여자공민학교에 금숙이를 입학시키려고 원서를 지출[제출]하였다. 구비서류는 호적초본 및 졸업증명서 입학원서 등인데 사진만을 첨부하여 입학원서만을 지출하고 왔다.

큰처남댁 작은처남댁 두 아주머니께서 좌동 오부용네 돌이 명일이라는 어린이 축하 돌에 가신다고 다녀가시고 상철이께서는 엄마 만나려고 왔다면서 나하고 아가시 나무잎을 돼지 사료로 주기 위해 빻다. 대수는 아침에 나를 찾더니 자기의 이발[도구 등]을 3만 원에 나보고 사라는 것이다. 나는 거절하고 말았다.

1966년 4월 18일 월요일 天候 청 음 3월 28일

골房의 門을 1個處 더 만들고 있는데 남태 씨도 협조하시고 석가래도 골목으로 移置하고 整頓 중인데 석정리의 노칠석이께서 간데 형인 한복 둘째 형께서 병환이 위독하다는 말에 나는 집에 일도 바쁘거니와 큰댁 형님과 형수께서도 금일 서울로부터 퇴원한다고 하는 날이고 어른들이 부재중임을 염려하면서 석정리로 가서 큰댁에 가서 저녁 식사 후 간데 형에게 갔더니 순돌 5촌 당숙과 큰형께서 간호하고는 계시오나 이미 정신을 잃고 생명만 유지하고 있었다.

경준의 말에 의하면 작야부터 약을 사오라고 말하고는 그 후로 일절 말을 못 했다고 하였다.

숨을 내쉬기만 하고 있는 형은 눈도 흰자뿐으로 입에서는 출혈 중이고 하여 기분에 두렵기만 하기에 방 내 청소 및 또는 군불만 때고 밤을 세웠다.

계란도 8개를 삶아 3인이 소주 1승을 갖다 놓고 큰형 혼자 다식하시며 환자 앞에 지켜 앉아 있고 나는 부엌에서 불을 때우고 있는데 공연히 두려움만이 자아내고 있기에 집 안에 여러 곳에다 불을 켜놓고 있었다.

1966년 4월 19일 天候 청 음 3월 29일

새벽 4시 10분 드디어 간데 형은 別世하였다. 큰형은 痛哭에 술도 만취하시다가 늦게야 주무시기에 나는 당숙과 상의하여 장례 준비를 하였다. 종문 아버지를 불러 寸[친척]을 불으고[부르고] 필수 아버지와 병학 아버지를 모시고 석정리 山林契 山에다 墓를 쓰자고 要請하여 多幸히도 成立이 되었다. 장석태 댁 산과의 경계선인 석정리산 67번지 '호랑골산'에다 丑坐未向으로 墓地를 선정하였다.

나는 부고도 다 못 하고 祖江 4촌 매부 변응선 씨와 강화 하점면 창후리 7촌인 김순칠 씨에게만 各各 義務契員이 訃告를 갖고 가고 나는 병진이와 양곡으로 나와 석회 4포에 200원, 6분 관용 송판 1평에 970원 중 470원만 지불하고 잔액 700원이 되고 심상호에게 가서 광목 반 통 마포 1필 창호지 1권 등등으로 2,140원 중 잔액 2,000원만 남기고 소에 싣고 병진이에게 점심 식사를 대접해 보내고 나는 인천의 김정열 씨 댁으로 다녀 적십자 병원에 갈까 하다가 경준이께서 오면서 한용도 병렬이도 온다고 하기에 함께 석정리로 갔다.

다남리의 사촌과 쇄암리의 5촌과 우리의 동기뿐만이 모이고 동리분들로 왁작거리고 있었다. 제일 많이 우는 누이가 없었다.

1966년 6월 13일 월요일 天候 청 음 4월 25일

6시에 起床하여 飼料를 1회 주고 부천군 桂陽土組 通水式하는데 추럭으로 가서 박정희 대통령의 실물을 비로써 보고 뜻 외로 느꼈다. 상상외로 얼굴빛이 까맣고 또한 체격이 자그마한 분이였다. 10시 반부터 시작된 통수식은 잠간 끝이고 나는 다남리로 다녀 12시 반에 공항까지 10원으로 와서 재길네를 다녀 신당동의 김현백 씨 댁을 방문한즉 부재중인 고로 20원치 도마도를 사갖고 경순이를 방문한즉 그 집을 정씨에게 5일 전에 팔고 이사했다는 것이다.

나는 10원치의 떡으로 점심을 하고 넷째 처남 연환 댁에 가서 저녁을 하고 숙박했다.

1966년 6월 27일 월요일 天候 청 음 5월 9일

금일은 면서기께서 나와 우리 집을 앞으로 道路 앞으로 더 이상 짓지 못한다는 나의 도장을 받아갔다. 현 우리 집 건평이 82平方地라고 적어가면서 지난 6월 20일 자부터 자기 소유지라도 도로변은 마음대로 사용치 못하게 되었다고 하였다.

1966년 8월 15일 월요일 天候 청 음 6월 29일

제21회 광복절이다. 현숙이와 재선 그리고 부훈이를 다리고 덕수궁까지 다녀 연문 처남 댁으로 와서 묵었다.

1966년 9월 4일 일요일 天候 우 음 7월 19일

작야 12시경에 어린애기 우는 소리에 잠이 깨워진 아내께서 전등불을 켜놓고 듣자니까 뒤 밭에서 낄낄거리는 소리에 신경을 쓴 나머지 참외 따가는 것을 확인코 나를 깨워 주기에 나는 "참외 다 따간다"는 말에 곧 뛰어나가 추방하였으나 못 붓잡고 사람의 형체 및 음성만을 시인하고 지서로 전화를 걸어 이영근 순경을 앞에 세우고 국민학교 앞까지 가서 횟파람 소리로 신호 대답을 하다 약 5미터 거리를 앞에 두고 경찰이 추격하다 못 잡고 귀가하였으나 날참외만을 따다 놓고 먹다 우리에게 발견된 놈들이었다.

오전 중에 남쪽 일항을 반 정도 참외 덩굴을 걷우고 무를 파종하고 오후부터는 강우로 인하여 쉬고 雲陽里 婦人으로부터 海軍 將校 쓰봉을 400원에 折價하여 참외대 80원을 제외코 현금 320원을 지불하였다. 晝食까지 待接하여 其 女人을 보냈다.

1966년 9월 18일 토요일 天候 청 음 8월 4일

자갈 부역을 가기 때문에 아내께서 현숙 금숙이를 다리고 작일 2승의 유안을 물에 타서 배추에 시비하였다. 비료 2승대로 100원을 리 서기인 김천길에게 지불하고 오후 늦게 작업을 마치고 90원치의 待接으로 소주를 한 잔씩 하였다. 작일까지 삶아 놓은 구절초를 금일 저녁부터 고아보려고 연탄을 피웠다.

1966년 9월 21일 수요일 天候 운 음 8월 7일

작야는 기침이 심하지 않으면서 목구멍이 통증이 있어 고생이 되다 잠이 들 무렵 12시경 인가의 조남태께서 부르시기에 의복을 입고 궁금히 여기면서 나가 보았더니 자기 모친의 기고였다고 제사밥을 식사하자는 것이다. 나는 소고기로 끓인 국으로 목구멍을 뜨겁게 지지면서 햅쌀 밥을 식사하였다. 금년으로 처음 햅곡을 식사하고는 좀 감기가 낳은 것 같았다.

1966년 10월 23일 일요일 天候 청 음 9월 10일

금일은 나의 일생 동안 처음 기계 탈곡으로 품을 팔아보려고 삭씨인 최윤행 씨 댁의 탈곡을 오전 7시부터 시작한 것이 발동기 고장으로 9시 반까지 지체가 되다가 최문구 씨의 의견으로 기계는 돌아갔으나 풍구기에 벼집이 젖어서 뒷목이 되지 않아 왼종일 3,517근밖에 탈곡을 못 하였다. 저녁을 7시에 식사하고 일행들이 박석영 기관사 송주현 씨 조남태 씨 김병옥 이장길 등과 함께 귀가하였다. 야간에는 식채로 인해 가스명수, 가루약, 소화제 등으로 밤을 세웠다.

집에서 고구마 1가마니를 20관 入 500원에 삿다. 보리쌀도 5승 대두도 2승 등을 사왔다.

1966년 11월 29일 화요일 天候 청 음 10월 18일

하성 시장인데 4인은 학교에 3인은 큰댁에 각 나가고 집이 비기에 나는 집에서 매주도 매달고 시라기도 엮고 집 안을 치우고 저녁경 전 가족이 집합이 되었다. 인천의 제수에게 참께도 1승을 240원에 사 드리고 막차로 가시게끔 하였다.

1966년 12월 10일 토요일 天候 설청 음 10월 29일

7시에 조반을 식사하고 계란 41줄을 갖고 9시에 뻐-스로 가서 공항서 13줄을 음식점에다 1,300원에 팔고 시내버스로 서울까지 가서 노점상인에게 맡기고 조선일보사에 다녀 다시 열차로 인천 김금연이에게 28줄에

2,800원에 팔았는데 서울서인지 2개를 누군가 빼먹고 1개는 깨지고 하여 3개 값을 제외하고 찾았다. 아우 댁에 가서 점심 식사 하고 연통 중고품을 갖고 누이 댁을 다녀 중고품 풍구를 갖고 시내버스를 탔다.

만원이 되어 비비는 틈에 뒷주머니 돈이 의심스러워 자주 만져보았으나 한 청년이 잠시 후 나리는데 어느 부인께서 쓰리꾼이라는 것이다. 그리다가 검단에 와서 주머니를 보니 이미 단추가 벗겨지고 공항서 1,000원 받은 계란대가 도난당해져 있었다. 불쾌한 심정이 용솟음쳤다. 분한 마음을 금할 길 없었다.

여비는 97원이 들고 득은 610원인데 도난을 1000원 맞었으니 시외뻐스만 이용하였거늘 그런 변은 모면할 것을 후회가 가득 차 있었다. 집에 와서 일절 탄로도 내지 말아야겠다고 결심하였다.

1966년 12월 31일 토요일 天候 설운 음 11월 20일

금년 1월부터 12월까지는 내내 실수를 실패로 연이었기 때문에 막달인 말일이 시원했다. 지내온 1년은 참으로 불안한 심정뿐이었다. 참외 심어서 실패했고 돈사에 손해했고 개를 2필씩 분실했고 현금을 8,000원 분실했고 닭으로 인해 싸웠고 취직에 실패 등등으로 재산이 많이 줄었다.

1967년 1월 30일 월요일 天候 청 음 12월 20일

날씨는 개고 영하 9도로 추워졌다. 그러나 뻐-스로 시장에 나가 계란 7줄 반에 613원 대두 1승에 105원치를 사갖고 오후 3시 50분에 귀가 고구마로 점심 식사를 하였다.

일행이도 대능리서 귀가했다. 명일이 금숙 엄마의 36회 생일이기에 미역 1장 100원 쇠고기 반 근 100원치를 사왔다.

1967년 2월 9일 목요일 天候 운 음 1월 1일

금일은 구정이다. 음 1월 1일 아침인데 載先이와 인숙을 다리고 경만 양복 1벌에 700원을 주고 사갖고 대곳까지 아침 8시 버스로 가서 큰댁을 보행으로 載先이께서 만 6세가 되는 날인데 쌀쌀한 빙판인데 미끄럼이 심한 설상을 1번도 넘어지지 않고 걸어갔다.

9시가 넘었는데 당숙과 같이 차례를 지내고 나는 山所 省墓를 하고 部落 高齡者 및 故緣[연고가 있는]을 다녀 載先이를 두고 나왔다. 경만의 양복은 큰형님께서 사주었기 때문에 나는 잠바로 교환해 주려고 갖고 나왔다.

구정인데 가족들이 집합되어 있지 않아 쓸쓸한 기분이었다.

현재로 남과의 거래조 중 부채는 없었다.

1967년 2월 26일 일요일 天候 청 음 1월 18일

새벽 3시부터 5女의 돐 차리기에 바쁜 아내는 왼종일 피곤하게 대접에도 바뻤다.

1,835원으로 차렸는데 내의 1벌 윗틔 1벌 양말 2족 고무신 1족 식기 1벌 등으로 약 1,500원치의 물품이 기부 들어왔고 현금으로 2,030원이 들어오고 5男妹가 다 들어왔다.

이웃 남자분들은 6인을 초대하고 나머지는 전부 부인들이었다.

닭 팔아서 1,030원을 남기고 32우의 닭을 팔았고 나머지는 9우가 남았다.

인천의 누이에게 일금 5,000원을 대여해 주었다.

1967년 4월 9일 일요일 天候 운청 음 2월 30일

載先이는 엄마와 같이 오숙이하고 닭을 잡고 빵과 떡을 마련해 갖고 백미도 1가마니를 싣고 정오경에 인천의 三寸 生日에 갔다. 나는 1,500원을 비용으로 주고, 2,200원짜리 금성 51 라듸오를 사 왔다. 나는 8거리로 대명리까지 갔다 왔다. 길이 질어서 자전거가 굴으지 않아 땀을 빼고 귀가하였으나 사지는 못하고 와서 오후 5시가 넘어 점심을 식사할 겸 식사를 하였고 금일 예전에 사용했던 전기용 3필짜리를 300원에 쳐서 주고 신형 '금성 51' 건전지용을 2,500원 치고 웃돈 2,200원을 지불코 심재덕이에게 구입해 온 것을 사용해 보았으나 잡음이 많이 나고 주로 동양 방송과 기독교 방송만이 잘 나고 싸는 듣지 못할 정도로 되어 있기에 저녁 식사 후 9시경 라듸오사에 찾아갔으나 심은 부재중이기에 그데로 항의도 못 하고 귀가했다.

선관위원으로 印을 하였다.

1967년 8월 2일 수요일 天候 청 음 6월 26일

1,645원을 수입하고 仲雛 47羽 중 18羽를 갖고 귀가했다. 현숙이는 큰 엄마와 큰댁으로 가고 몇일 전에 금숙 은숙이는 인천으로 가고 4인이 여행, 4인이 남았다.

작야에는 간첩이 대곳에서 발견되었다는 마이크 소리가 밤 3시경부터 계속 방송되고 있었는데 아직 체포치 못하고 있다 한다. 큰형수는 모시 노-타이를 1장 주시고 가셨다고 하시었다.

작년 11월에 분만했다는 매리 犬(견)이 발정이 시작된 것을 발견했다.

1967년 12월 31일 일요일 天候(천후) 운 음 12월 1일

금숙이와 載先(재선)이를 다리고 기상하자니 밤사이에 가랑눈이 약간 나리 였다가 정오경 또다시 한때 나리었다. 조반의 찬으로 꽁치 2匹(필)에 20원으로 사다가 난로에다 굽었더니 연기만 방 안에 가득 차고 뜻대로 굽어지지 않았다. 載先(재선)이께서 잘 먹지를 않아 점심때는 쩌서 주어 보았다.

10시나 되어 닭장을 싣고 닥아서는 장을 나가 2필에 160원을 남기고 달걀 5줄에 25원을 남기고 팔았다.

백미도 升當(승당) 75원식 9升(승)을 삿다. 廣昌羅思店(광창라사점) 황의경 씨에게 日曆(일력)을 부탁하여 1권 받아갖고 늦게 귀가 저녁 식사를 끝이고 대두를 난로에다 볶아서 載先(재선)이에게 산수에 도움되게 주었으나 충치로 이가 아프다고 잘 먹지를 않았다.

금월의 총 매상 수는 176우이고 수입이 13,040원 비용이 1,143원이 되어 비용을 제외하면 11,897원이였다. 내가 지출한 가용액이 7,935원에 아내께서 5,200원을 지출한 것까지 13,100원이 되었다. 계산을 해보면 금월의 수입은 금월로 다 소모되는 액이엿다.

정미년도 본 일기장과 함께 끝을 맺게 되었고 지내온 발자춰를 더듬어 보면 비교적으로 사고 없이 당일 벌어 당일 소모한 셈이였다. 금년 총수입은 174,188원 중에서 비용을 제외코 보면 실수입액이 155,444원으로 거액이 되었다.

지나간 3년 동안도 취직에 노력치 말고 사업을 선택치 말고 닥치는 데로 행상이락도 애당초 시작을 하였더라면 家財(가재)는 발전되였을 것이 확실하였을 것이다. 뿐만 아니라 매일같이 육체적 활동을 하니깐 소화도 잘되어 몸도 건강한 편이었다.

第35號 1968년 1월 1일 天候 운 음 12월 2일

甲申年(갑신년)의 새날이건만 新正 氣分(신정기분)이 나지 않았다. 현숙 은숙이는 인천의 자근댁에 가 있다가 은숙이만이 저녁 막차로 귀가하여 양말은 삼촌이, 운동화는 작은고모께서 사주었다고 하면서 가랜다도 1권을 받아와서는 저녁도 먹고 싶지 않다고 굶고 자며 명숙이는 엄마와 아기를 다리고 지난 30일 큰댁에 가서는 아직 나오지 않고 있고 나는 조반 후 대곳의 권영덕씨 댁에 찾아가 종돈용으로 약 110근 정도를 구입하려다가 주인이 부재중이기에 비용만 30원 내고 보행으로 종생을 거쳐 도소동으로 다녀 가오대까지 와서 李 里長(이 이장)에게 백색 난다라스 種豚(종돈) 약 150근 정도를 사려다가 대금이 부족되어 후일로 미루고 은기 댁에서 점심 식사 후 귀가 후 본 일기장을 230원으로 남부상회에서 구입하고 서울상회에서 去來 條(거래조)를 결산하였다.

1968년 1월 11일 운

무 朝飯(조반)을 석정리의 봉오 모친과 함께 식사하고 분도께서 나와 닭 6우를 부탁하기에 같이 가서 2,300원에 6우를 갖다가 5우에 2,270원으로 팔았다.

의행이는 가고 일행이는 오고 국수 공장 강아지는 작일 사망하였다 한다.

김천길 里(리) 서기에게 야경비 200원을 지불코 오후 늦게 면의 이석우 호적 담임에게 5녀인 호숙이를 1966년 2월 8일 자로 출생계를 제출하였다.

1968년 1월 20일 청 음 12월 21일

아내의 37회 생일이다. 작일 우육 1근을 사온 것을 국으로 끓이고 대곳의 역행으로 다녀서 모산까지 다녀왔다. 수탉만 12우를 샀다. 계란도 14 줄을 샀다.

1968년 4월 20일 토 청 음 3월 23일

금일은 나의 생일인 고로 인접된 친지 남녀 20여 명 등에게 조반 대접을 하였다.

영근이 조모와 영길이 큰매부 전민식 씨께서 포도주 1병 정례 모친께서 약주 1병 이웃 아주머니들께서 약주 1병 순기께서 우육 1근 약주 1승 인천 만신께서 굴 1사발 등 강오 씨 부인께서 小瓶 燒酒 1병이 부주 [扶助] 오고 남자분들 10명 부인들도 10명에게 음식을 나누었고 나는 신역행으로 대능리까지 다녀 계란 10줄 닭 8우를 사갖고 귀가했다.

1968년 4월 23일 화요일 날씨 청

선명학교의 逍風이 월곳의 文殊寺로 간다기에 나도 今淑이와 賢淑이를 다리고 文殊山 寺刹과 上峯까지 登山하여 보기는 처음이었다. 상봉의 오른 시간은 12시였고 오삐 軍人들과 以北 땅을 망원경으로 바라보며 안내를 받고 하산길에 오락을 베풀고 나도 금숙이와 현숙이를 다리고 합창을 부르기도 하며 사진도 찍고 임명섭 교장선생님과 유, 심, 정 선생 등과 사진도 찍었다. 비용은 절에서 부처님에게 10원, 사이다대로 40원 計 50

원이 소모되었다.

1968년 5월 20일 월요일 날씨 청

비로써 차령[촬영] 講義(강의)를 하고 13번 있는 필
름에다 練習(연습)을 하고서 조리개 11에 1/100로 6
내지 8 휘이트로 하여 밤으로 사진을 뽑아 우선
載先과 매리를 배경코 찍은 것과 석기께서 工場(공장)
煙突(연돌)[굴뚝]을 배경으로 삼은 사진은 물에서 건저
갖고 집에 우물에다 담그고 밤 1시 반에 寢具(침구) 속
에 들었다.

1969년도 금년의 각오

"행상에 일편단심" "꾸준한 노력을 목표로"

1969년 1월 1일 수요일 天候 청(영하 10도) 음 11월 13일

1969년의 己酉 새해 새날을 맞았다. 8食口 중 4食口인 好淑이는 載先,
明淑, 엄마와 같이 지난 30일 자로 큰댁에 가서 신정을 맞이햇고 나는 銀
淑 賢淑 今淑이와 같이 쓸쓸히 조반을 식사하였고 영하 10도의 추위에도
昨日(작일)의 言約(언약) 建(건)으로 황포로 닭을 사러 갓다가 가격으로 차이가 많아 단
까만 닭 1羽에 400원 큰 토끼 1羽에 230원을 지불코 사갖고는 정오경에
귀가했다. 작일 막차로 인천에 갓던 김양현 기사는 2번째 차로 귀가햇고,
나는 잠바만 가라입고 닭장을 싣고 송림리로 단녀 닭 10羽를 사 싣고는
큰댁으로 갓다 두고 석식을 식사했다.

明日이 兄任의 생신일이기 때문에 서울의 최오근 씨 내외분과 전유리 [전류리]의 경준이의 외숙과 이모님께서도 오시였다. 인천의 아우께서도 오기를 기대하였지만 경복이랑 못 오고 밤 1시경에 경준이만이 귀가했다. 兄任은 壬子生으로 58세가 되오는 해인데, 날씨는 매우 추어 영하 13도였다.

1969년 1월 5일 일요일 天候 청(아침 −8도) 음 11. 17.

가장 춥다는 소한이다. 큰댁에 갖던 4食口인 가족이 7일 만에 도착되였다. 載先이는 충치로 볼이 부었다.

1969년 1월 27일 월요일 天候 운후설 음 12월 10일

載先, 銀淑은 엄마와 큰엄마와 서울의 우종 아우 돌에 가니라고 800원을 갖고 11시경 출발하였다. 나는 작야 나린 강설로 빙판도 지고[얼음길이 되고] 今淑이 선명고등공민학교 제1회로 졸업하기 때문에 참석키 위해 김포 시장을 포기하고 오전 11시경에 졸업식에 가서 식을 끝이고 晝 식사까지 하고 귀가했다.

今淑이는 18명 졸업생 중 5위로 졸업하고 설립자 이명근 씨의 상을 받고 또한 3개년 개근, 1개년 개근상을 받아와서는 동환이와 인천의 인화여고 입학생 소집일이기 때문에 동환이와 오후에 출발하면서 오는 29일 시험까지 보고 오겠다고 하였다. 여비로 일금 500원을 주어 보냇다.

전기료가 지난 12, 1월분이 동일한 액으로 1,633원이 되었다. 이발소와 사진관은 똑같이 분할하고 나는 국수공장과 같이 같은 150원식 지출키로 햇다.

1969년 2월 1일 토요일 天候 청 음 12월 15일

금숙이는 인화종합고등학교에 가서 합격증을 받아 갖고 왔다. 11,900원의 납부금과 5,500원의 교과서대와 교복 및 가방대는 별도엿지만 등등의 통지서를 갖고 귀가했다.

나는 결정을 못 하고 자근댁에서 숙식은 제공한다기에 납부금 출처를 연구 중이고 김양현 및 곽 기사에게 단녀 매부 댁에서 잣다.

1969년 5월 17일 天候 운후우 음 4. 2.

김포에 나가서 20羽의 鷄 小賣를 하고 오리 10羽를 사 왔다. 260원대가 되었다.

今淑이는 載先이를 다리고 김포까지 와서 載先이의 右側 어금니 下쪽 1개를 200원에 뽑고 月前에 左側 어금니 뽑은 것이 뿌리가 남아 있는 것을 금일 맞아 뽑아주었다. 그리하여 今淑이는 공항의 경준이에게 찾아갔고 載先이는 중앙일보사 찝차편으로 歸家했다.

1969년 12월 31일 수 청 음 11. 23.

인생이 짧다더니 어물어물 1960年代인 막바지 69年이 금일로 막이 내리고 명일부터는 1970年代로 시작될 판이다. 60年代의 주요 골자를 추려 보면,

1960년 1. 1. 큰 妹夫宅 家屋을 마련코 이사코서

  3. 8. 弟 漢龍께서 대성목재회사인 인천으로 취직코,

  4. 19. 의거가 일어나고

5. 18. 東亞日報支局을 分局 4個年만에 昇格設置하였다.

1961년 2. 7. 경복께서 양곡우체국에 임시 집배원으로 취직함.

　3. 10. 449번지의 156평의 밭을 100,000원에 買入하고, 912평의 畓을 주고 654평의 畓을 받고 박선봉씨로부터 교환해 받았다.

　11. 19. 長男으로 載先이를 오전 6시 5분 순산했다.

1962년도 6. 10. 환을 원으로 10대 1의 환율로 줄이였다.

　6. 12. 2층집을 56일 만에 완축하였다.

　7. 20. 弟 한용께서 인천공작창으로 전직.

　11. 25. (음 10. 29) 弟 한용의 결혼일

1963년도 1. 1. 陽西 陽東面이 서울시로 행정구역 변경됨.

　2. 13. 매제 인천으로 이사함.

　3. 29. 큰댁 기와지붕으로 신축함.

　4. 28. 天主教 入教함.

　12. 1. 만 6년 만에 支局을 引渡.

　12. 7. (음 10. 22) 74세로 장모님께서 별세함.

　12. 28. 弟와 같이 부산의 6촌 아우에게 백미 1가마니를 팔아 갖고 단녀왔다. 1월 3일날 귀가했다.

　1964년도 1. 11. 하동한의원 정 의원으로부터 아내의 치질약을 구입코 완치됨.

　2. 29. 明淑이의 국민학교 입학.

　3. 6. 경준의 기능직 발령을 받음.

　6. 20. 상하 15간 2층집을 강신도에게 23만 원에 계약하였다.

　6. 28. (음 5. 19.) 약 9년 1개월 8일 만에 이재우 가옥으로 월세 300

으로 이사함.

7. 22. 391−3번지 527평의 밭을 평당 245원식 매입함.

8. 7. 200평을 245원식 도로 반환해 주었기에 327평으로 되었다.

8. 27. 42,170원으로 강화 동검국민학교 4개 교실을 사왔다.

11. 14. (음 10.11.) 경준의 결혼일이고 宗親會 議決

11. 20. (음 10. 7.) 祖江 妹夫 3일장에 참석함 (10. 14. 기고)

11. 28. 경복 出征함.

1965년도 1. 15. 천주교 황 신부로부터 영세를 받음.

5. 20. 시작한 지 57일 만에 이사한 391−3번지 집에서 入住式을 하였다.

8. 17. 자전거에 치인 載先이 다리를 콩구리 하였다.

10. 2. 쥬리아 화장품 수금원으로 일시 종사함.

1966년도 1. 29. 水淑이 44회째로 양곡국민학교 졸업.

2. 6. 604평 논을 매제에게 평당 235원식 팔았다.

2. 8. (음 1. 18.) 好淑 순산일

2. 20. (음 2. 1.) 이태호 형 서울역에서 순직

4. 8. 경순 인천 적십자 병원서 3만 원으로 입원함.

4. 19. (음 3. 29.) 한복형 오전 4시 10분 별세

5. 1. 207羽의 初生雛를 구입함.

9. 21. 현환 派越

12. 25. 큰 妻男 오후 5시 별세

1967년도 11. 12. 단화를 1,700원으로 맞추었다.

12. 25. 김포군 대곶면 쇄암리 귀룡촌 부락 산 18번지 임야 2,460 평을 일금 70,000원에 구입하는데 수금 내역은 다음과 같다. 김문근

10,000/김순돌 10,000/김순칠 20,000/김한식 10,000/김장손 10,000/김

한필 5,000/김정춘 5,000/김한용 5,000/김기남 5,000/김영길

　1968년도 2월 載先 국민학교 입학

　4. 3. 영자 堂姪의 結婚日

　5. 18. 5,000원으로 사진 기술을 배웠다.

　8. 7. (음 7. 14.) 자근 사촌형 오전 1시 20분 별세

　9. 26. 사진관 개업식

　12. 9. 주민등록증 신청함

　1969년도 1. 29. 금숙 인천 인화여고에 합격

　7. 21. 미국의 아폴로 11호 우주선이 달에 착륙

　8. 18. (음 7. 6.) 큰 사촌형 별세함

　10. 26. 양주의 6촌형께서 林野代 해당분을 10,000원 갖고 왔다.

　11. 1. 10월분 국수 공장 세를 500원 인상하여 2,500원으로 받기 시

작했고

　12월 11일 자로 보증금이 전에 5,000원에서 금반 5,000원을 인상 식

혀 계 10,000원으로 인상해 받았다.

　12월 2일 이발관 유명기께서는 前面 집을 사 나갔다.

　다음 일기는 1970년, 第37號로 시작이다.

아버지의 일기를 세상에 내보이며

아버지께서 일기를 남기시고 가신 지 올해로 22년이 되는 해에 세상에서 제가 가장 존경하는 우리 아버지와 엄마를 기억하고 기리고저 일기를 편집하여 내놓습니다. 어릴 때 가장 존경하는 인물을 적으라면 늘 나라를 구하신 이순신 장군이나 한글을 창제하신 세종대왕이라고 했는데, 결혼하고 아이 키우며 생활하면서 가장 존경하는 인물이 나의 아버지와 엄마가 되었습니다. 두 분이 얼마나 큰일을 하셨는지 깨달았습니다.

이제는 아버지와 엄마, 나의 큰아버지, 작은아버지, 큰고모, 작은고모 그리고 외삼촌들, 외숙모님들 모두, 우리들의 어른들은 모두 저세상으로 가시고 나의 많은 4촌, 6촌 형제들만 남아 있습니다. 아버지와 엄마께서 한때 굶으시면서 겪었던 가난하고 추웠던 세월은 지나가고 자녀들 세대는 모두 풍요롭고 편리한 시대를 살고 있습니다. 아버지 엄마의 여섯 자녀는, 아버지 엄마께서 그 시대 아주 보통으로 가정을 이루고 아이들을 키우셨듯이, 또 그렇게 가정을 이루고 아이들을 키우고 어느덧 아버지와 엄마처럼 할아버지, 할머니 소리를 듣고 있습니다.

이 자리를 빌어 또 한 번 무한한 존경과 사랑과 그리움을 표하는 바입니다.

글의 끝맺음은 이제는 70세가 넘은 맏이 장녀와 여러 손주, 손녀들의 추억 어린 인사말로 대신합니다.

아버지, 어머니!

감사하고 감사합니다. 양가 집안의 무게를 혼자 짊어지시고 당신을 희생하신 아버지, 6남매를 키우시느라 힘드셨을 부모님! 살아계실 때 많은 이야기를 나누지 못함과 −불효한 자식이− 부모님의 힘든 고생에 슬픔과 아쉬움, 미련이 많이 남네요. 제가 부모님 나이가 되어보니 어리석고 바보 같은 자식이었습니다. 기쁨과 즐거움을 드려야 했는데...

어머니, 아버지께 무한 감사를 드립니다.

2024년 봄날에 금숙 올림

외할아버지께.

제가 아는 외할아버지의 모습은 안경을 쓰고, 무언가를 쓰시거나, 책을 읽으시는 모습이었습니다. 초등학생 때 외가댁에 놀러 가면 외할아버지께서는 종종 한자를 알려주셨습니다. 중학생, 고등학생이 되면서, 예전만큼 살갑게 다가서진 못했지만, 여전히 안경을 쓰고, 무언가를 쓰거나 읽고 계신 모습은 여전하셨습니다. 그렇게 만들어진 할아버지의 일기책을 이제는 제가 안경을 쓰고 읽어야 하는 중년이 되어버렸네요. 부디 할머님과 편안히 행복하시기를...

외손자 김태곤(金泰坤) 올림

국민학교 시절이던 1980년대, 방학이 되면 개봉동 외갓집에 모여 놀던 외손주들은 어느새 훌쩍 자라 40대 중년이 되었습니다만, 엄하신 듯 자상하신? 외할아버지가 사주시던 짜장면과 외할머니의 인자한 미소는 30여 년이 지난 지금도 또렷이 기억하고 있습니다. 화단에는 사루비아꽃이 핀 화창한 그 시절의 외할아버지, 외할머니 두 분 모두 그립고 감사합니다.

외손자 윤승준 올림

많은 기억은 없지만 어린 시절 할아버지께 한자로 이름 쓰기, 젓가락 잡는 법을 배웠던 기억이 납니다. 형들과 대결해서 1등으로 잘했다고 칭찬하시고 선물도 받았었네요~ 뭘 받았는지는 기억이 가물하네요. 할아버지께서 엄하게? 가르쳐 주셔서 아직까지 잘하고 있습니다. 어릴 적 받은 가르침 항상 감사히 생각하고 있습니다. 다음 생에도 많은 가르침 기대하고 있겠습니다.

외손자 김태호 올림

내 기억 속의 외할아버지, 늘 일기를 쓰고 계셨고, 늘 일찍 주무셨어요. 항상 깔끔한 모습였던 거 같아요.

외손녀 윤승애 올림

외할머니께서 옥상에서 앵두 열매를 따주시던 게 생각나네요. 몸이 편찮으신데도 예쁘고 잘 익은 앵두로 따주시려고 안쪽 깊숙히까지 들어가셨어요.

이렇게 글로 할아버지 할머니를 추억할 수 있게 되어 행복합니다. 할아버지 일기에 이모들 유아세례 받고 기뻐하셨다는 이야기가 있다고 들었는데 저희 아이들도 2023년 9월에 유아세례를 받았어요. 서준이 예진이 보셨으면 많이 예뻐해 주셨겠지요.

외손녀 양혜리 올림

어쩌면 가장 철없던 국민학교 시절 손자, 손녀 중에 최고로 말 안 듣고 속상하게 행동했을 저인데... 생각해보면 너무 많은 사랑을 주셨던 거 같아요. 할머니 할아버지 속 썩인 것만 생각나서 더 그립고 보고프네요. 따뜻하고 바르게 키워주셔서 감사하고, 이젠 한 가정을 책임지는 가장으로서 받은 사랑 아이들에게 전하겠습니다.

외손자 문호성 올림

나~의 살던 고향은 꽃피는 산~골~ "고향의 봄" 멜로디를 들으면 외갓집 거실에서 아침에 눈을 뜨는 순간으로 돌아갑니다. 아침 할머니 집 앞으로 지나가는 청소차에서 흘러나온 "고향의 봄"은 지금도 저에게 할머니 할아버지 추억을 떠오르게 합니다.

할머니와 함께 슈퍼에 가서 티코 아이스크림을 사 먹고 할아버지 방에서 한자 훈음을 읽으며 보냈던 시간이 그립습니다.

외손녀 양혜지 올림

아빠! 30년 동안 자식들, 엄마 앞에서 힘든 티 못 내고 꿋꿋이 키우느라 고생했어요.

아빠가 외할머니를 보고 눈물 훔치셨을 때 아부지도 할머니를 많이 보고 싶어 했구나...라는 생각이 들었는데 이젠 제가 아부지 입장이 되었네요. 아직 4개월밖에 안 됐는데도 그리운데 아빠는 얼마나 마음고생 했을지 감히 상상을 못 하겠네요.

그리고 아부지 말대로 할아버지 할머니 산소 옆에다 모셔다 드린 건 조금이나마 위안? 안심?이 되네요. 그동안 잘 키워주심에 감사하고 투정 부려서 미안했어요. 꼭 그쪽에서는 할머니와 할아버지를 만났기를 바랄게요.

사랑합니다 아부지!!

[일기책 출간을 계획하고 진행 중 불의의 사고로 고인이 된 아들 김재선 대신 손자인 종호가 아빠 故 김재선에게 전하는 말]

김종호 올림

1928년생
김한필의 일기

초판인쇄 2024년 5월 20일
초판발행 2024년 5월 20일

지은이 김한필
엮은이 김호숙
펴낸이 채종준
펴낸곳 한국학술정보(주)
주 소 경기도 파주시 회동길 230(문발동)
전 화 031-908-3181(대표)
팩 스 031-908-3189
홈페이지 http://ebook.kstudy.com
E-mail 출판사업부 publish@kstudy.com
등 록 제일산-115호(2000. 6. 19)

ISBN 979-11-7217-371-5 03810

이 책은 한국학술정보(주)와 저작자의 지적 재산으로서 무단 전재와 복제를 금합니다.
책에 대한 더 나은 생각, 끊임없는 고민, 독자를 생각하는 마음으로 보다 좋은 책을 만들어갑니다.